Michel Bergmann
Herr Klee und Herr Feld

Roman

ARCHE

Für Eddie und Sam

Wahre Jugend ist eine Eigenschaft, die sich nur mit den Jahren erwerben lässt.
    Jean Cocteau

1

Meine Herren! Ich werde Sie verlassen!

Moritz starrte sie an. Sein Löffel sank in die Suppe.

Aber Frau Stöcklein. Warum denn, um Himmels willen?

Alfred schaute nur kurz hoch und aß dann weiter.

Die Haushälterin blickte verlegen auf ihre Hände.

Ich bin heute fünfundsechzig und …

Moritz unterbrach.

Was? Heute?

Sie nickte und zog ein Taschentuch aus ihrer Schürze.

Moritz erhob sich.

Und wir haben es vergessen! Meine liebe Frau Stöcklein!

Er nahm die weinende Frau ungelenk in den Arm.

Es ist das erste Mal, dass Sie es vergessen haben, schniefte sie.

Er wollte sie beruhigen.

Alles Gute. Alles, alles Gute. Sie dürfen sich etwas wünschen.

Ein Kochbuch, murmelte Alfred kauend.

Moritz schaute zu seinem Bruder.

Hast du etwas gesagt?

Alfred sah Frau Stöcklein an.

Kann ich den Pfeffer haben? Solange Sie noch unter uns weilen.

Wie er diese Frau verabscheute, die sich als Hausherrin aufführte und seinen Bruder gegen ihn beeinflusste. Über drrreißig Jahrrre, so beschwor sie ihn mit ihrem oberhessischen »R«, über drrreißig Jahrrre haben wir das so gemacht und plötzlich kommt dieser Schauspieler daher und will mir erzählen, wie ich was zu tun habe! Schauspieler! Wie sie das aussprach! Wie Kinderschänder!

Einmal hörte er sie am Telefon zu ihrer Tochter sagen, ohne den Herrn Prrrofessor wär der schon verhungert! Nix Gescheites gelernt, aber den grrroßen Herrn spielen. Kein Wunder, dass die Frrrau Prrrofessor den nicht leiden konnte. Ein Schmarrrotzer ist das!

Ja, das hatte Alfred gehört. Er war daraufhin in die Küche gekommen und hatte lächelnd gesagt:

Der Schmarotzer wartet immer noch auf seinen Tee!

Sie war dunkelrot angelaufen und hatte sofort den Wasserkocher angeworfen.

Frau Stöcklein war die klassische Haushälterin, die »nichts vom Leben« hatte, wie sie gern betonte. Aber sollte Alfred deshalb Mitleid empfinden? Was hätte denn aus dem Trampel aus Nidda werden sollen? Miss Universum?

Frau Stöcklein war vor über dreißig Jahren zu den Kleefelds gekommen. Sie hatte als Aushilfsköchin im Jüdischen Altersheim gearbeitet, bevor man sie Fanny empfahl, die wieder einmal auf der Suche nach einer Perle war, weil es keine länger als einen Monat bei ihr aushielt. Ihr Reinlichkeitsfimmel war pathologisch. Man hätte jederzeit in der Küche eine Operation am offenen Herzen durchführen können.

Frau Stöcklein blieb. Ihr gefiel die geregelte Arbeit und dass sie zu einem Familienmitglied wurde. Ihre Tochter Susanne war damals fünfzehn. Die beiden zogen unters Dach, in die kleine, gemütliche Zwei-Zimmer-Wohnung.

Als die Tochter aus dem Ruder lief, die Schule schwänzte, sich nachts in der Stadt herumtrieb, waren es die Eheleute Kleefeld, die sich kümmerten. Sie versuchten, den störrischen Teenager wieder in die Zivilisation zurückzuführen. Aber Susanne war ausgewildert. So wurde sie, nicht überraschend, mit siebzehn Mutter. Frau Stöcklein war entsetzt, aber hatte sie es in dem Alter nicht ebenso gemacht? Es gehörte bei den Stöckleins zur Familientradition.

Inzwischen hatte Susanne vier Kinder von drei Männern und lebte in einer Art Kommune am Vogelsberg. Wenn sie mal nach Frankfurt kam, um ihre Mutter anzupumpen, machte sich Alfred aus dem Staub. Er ekelte sich vor Tattoos. Besonders solchen am Hals. Susanne und ihre Bikerfreunde waren lebende Horrorgemälde. Frau Stöcklein dagegen freute sich auf ihre hyperaktiven Enkelkinder und tat dann so, als sei alles in bester Ordnung.

Das ist die Jugend von heute, gell, entschuldigte sie die Barbaren. Mit iPhone, iPad und »ei geil« zogen sie schließlich von dannen. Natürlich versäumte es Moritz nie, Susanne noch selbst gemachte Marmelade mitzugeben, seine Spezialität!

Herr Professor, super, Sie sind ein total echter Schatz, echt, bedankte sich dann Susanne. Wahrscheinlich, dachte Alfred, warf sie das Glas in der nächsten Kurve aus dem Auto. Quittenkonfitüre mit Ingwer von einem alten, jüdischen Spinner! Geht's noch?

Alfred war erleichtert. Schon bald würde er Frau Stöcklein nicht mehr ansehen müssen, wenn sie mit ihrem unförmigen Oberkörper in dieser dunklen Anrichte steckte. Wenn nur noch der fette Hintern herausragte und sie schnaufend das »Schabbesgeschirr« ans Tageslicht zerrte. Jeden Freitagabend deckte sie den Tisch dem Schabbes gemäß, mit zwei Leuchtern und silbernen Weinbechern. Alfred betrachtete sie zu diesem Anlass wie ein Wissenschaftler. Als sei Frau Stöcklein eine fette Mikrobe in der Petrischale.

Wie er dieses düstere Speisezimmer verabscheute! Dumpf, überladen eingerichtet. Der Geschmack seiner Schwägerin Fanny. Und das im 21. Jahrhundert, unfassbar! Eine Vitrine mit Nippes, schwere Stühle, der wuchtige Tisch mit der geklöppelten Decke. Bilder an den Wänden mit biblischen Motiven. Das Rote Meer wird geteilt, Jakob, der Isaak opfern will! Kokolores!

Es gibt nichts Schlimmeres, als von einem anderen Menschen abhängig zu sein, dachte Alfred, als er in seinem Zimmer vor dem Spiegel stand und sein Hemd anzog. Das mit dem Schabbes tat er nur Moritz zuliebe, jahrzehntelang war ihm Schabbes egal gewesen, er hatte noch nicht einmal an Schabbes gedacht, wenn Schabbes war. Aber nun, da er mietfrei im Haus seines Bruders seinen Lebensabend verbrachte, war er gezwungen, Kompromisse zu machen. Und einer davon war dieser gottverdammte Schabbes!

Überhaupt das Jüdische!

Moritz Kleefeld war einmal als ein Linker gestartet, der an die Genese einer gerechten, sozialistischen Gesellschaft glaubte. In den ersten Jahren an der Universität wurde er von seinen konservativen Kollegen angefeindet, weil er sich auf die Seite der 68er geschlagen hatte. Aber dann machte er erste bittere Erfahrungen.

Der linke Antisemitismus, der durch die Unterstützung

von palästinensischen Terrororganisationen in den Siebzigern seinen Höhepunkt fand, ließ Moritz zweifeln. Die Nachbeben waren bis heute spürbar. Das Verteufeln von Israel gehörte inzwischen zum guten Ton und galt als Konsens. Viele seiner Studenten trugen bewusst oder gedankenlos die kefiah um den Hals, den »Pali-Lumpen«, wie er es nannte, erschienen damit selbstzufrieden zu den Vorlesungen, fühlten sich auf der richtigen Seite der Geschichte und hörten gleichzeitig ihren jüdischen Professor über »Aggression als politische Komponente« referieren.

Ebenso widerte ihn der Antiamerikanismus an, der es inzwischen zum deutschen Selbstverständnis gebracht hatte. Nicht die Tatsache, dass er US-Staatsbürger war, verlieh ihm diesen kritischen Blick. Ihm war klar, Nixon oder Bush jr. hatten ihren Anteil am miserablen Ruf der Amerikaner, aber die Linke war nicht bereit zu differenzieren. Die USA waren in ihren Augen keine Kulturnation. Sie liebten zwar die amerikanische Lebensart, Hollywood, Facebook und Apple, aber der Amerikaner an sich war ein militanter Einzeller, eine Hamburger mampfende Dumpfbacke. Dass allein der Staat Kalifornien innovativer war als Deutschland, trotz maroder Stromnetze und Schlaglöchern, wollten sie hier nicht wahrhaben. Wahrscheinlich nahmen sie den Amerikanern bis heute übel, dass ihr Volk einst durch sie befreit wurde.

Der Zusammenbruch der kommunistischen Systeme in Osteuropa führte Moritz die ungeschönte Wahrheit vor Augen, war aber eher eine logische Folge des »faschistoiden Sozialismus«, wie er es bezeichnete. Er konnte nicht aufhören, links zu sein, nur weil ihm die Ansichten vieler Linker nicht passten. Links und religiös sein schlossen sich für ihn nicht aus. Er hatte das Judentum ohnehin stets als eine »linke«

Religion begriffen. Stand nicht im Talmud: Der kann nicht glücklich sein, der einen anderen unglücklich weiß? Das war jüdisch! Aufgeschlossenheit und Wagemut. Unzufrieden mit dem Gegebenen, Suche nach neuen Wegen, soziales Engagement, die Verantwortung für den Nächsten, nicht allein gut sein, sondern die Welt gut machen.

Das waren für Moritz Kleefeld die Ingredienzien einer aufgeklärten, humanistischen, jüdischen Ausrichtung. Deshalb nahm er heute sein Judentum ernster als früher. Die Pflege von Traditionen gehörte zur »Schablone des Lebens«, wie er es auch in seinen Arbeiten beschrieb. Nur auf einem sicheren Fundament der Moral, des Wissens und des Vertrauten konnte Neues errichtet werden. Deshalb bestand er auf einem koscheren Haushalt: aus Selbstdisziplin! Wobei er Gebote, Regeln und Rituale auf seine Weise modifizierte. Eine Art »Koscher-light-Version«. Ebenso verhielt es sich mit dem Schabbes.

Alfred klopfte an die Tür zum Badezimmer, das zwischen den Zimmern der Brüder lag und von jeder Seite eine Tür hatte.

Bist du da drin?, fragte er.

Zwei Minuten!, rief Moritz.

Moritz sah sich im Spiegel an. Das Alter zu ehren hatte er sein gesamtes Leben befolgt und nun stellte er fest, dass er selbst alt geworden war. Wurden nicht, so kam es ihm vor, Nase und Ohren größer? Er sollte mal wieder zu Dr. Nielsen gehen und sich die Leberflecken nachschauen lassen. Oder waren es Altersflecken? Ansonsten konnte er mit seinem Aussehen zufrieden sein. Immerhin war er achtundsiebzig. Er fand, dass er aussah, wie ein emeritierter Professor aussehen sollte: freundliches Gesicht, ein Schnauzbart, lockiges weißes Haar. »Professor Einstein« hatte mal eine seiner Studentinnen zu ihm gesagt. Das schmeichelte ihm.

Das gemeinsame Badezimmer war eine Katastrophe! Als seine Frau noch lebte, war es halbwegs erträglich. Fanny schlief ohnehin morgens länger als er, sodass sie sich gut aus dem Weg gehen konnten. Außerdem hatte er sich im Lauf des Ehelebens an die Requisiten seiner Frau gewöhnt, die er zum überwiegenden Teil für verzichtbar ansah. Die vielen Cremes und Tuben, Puderdosen, die Parfums und Sprays, die diversen Pasten, die zahllosen Pinselchen, Bürstchen, Spängchen, Kämmchen, Klämmerchen, Gummibändchen, Pads, Q-Tips, Wimpernzangen und Pinzetten. Die Pillen, Dragees, Pastillen und Kapseln. Dazu Watte, Zahnseide, Bodylotions, Körpermilch, Shampoos, Deos und Gels ohne Ende. Dazwischen Mascaras und Stifte. Nicht zu reden von den Proben und Souvenirs aus Hotels. Auch an das Spülen, Föhnen, Gurgeln, Zupfen, Schaben, Schrubben, Rubbeln und Klatschen hatte er sich gewöhnt.

Nun aber, seit Alfred im Haus lebte, war alles anders. Sein Bruder konnte sich nicht daran halten, nur seine Seite und nur seine Handtücher zu benutzen. Niemals machte er das Waschbecken sauber, bevor er das Bad verließ, und so fanden sich überall Haare und weitere unappetitliche Hinterlassenschaften und verdarben Moritz die gute Morgenlaune. Dann noch das Gurgeln und Husten, das Nasehochziehen, das laute Niesen, entsetzlich.

Hinzu kam, dass auch Alfred merkwürdige Salben, Lotionen und Wässerchen hatte, die angeblich dazu dienen sollten, die unaufhaltsame Alterung aufzuhalten. Er zupfte sich sogar die Augenbrauen, was Moritz überhaupt nicht verstand. Auch einen batteriebetriebenen Rasierer besaß er, mit dem man Nasenhaare entfernen konnte, und einen speziellen Kurzhaarschneider, der zu unrasiertem Aussehen verhalf und ihm den Anschein von Boheme geben sollte. Boheme! Ein alter unrasierter Mann sah aus wie ein alter unrasierter Mann! Dann noch der antiquierte Duft von Acqua di Selva, den nur Alfred für unwiderstehlich hielt. Kurz, seine äußerliche Eitelkeit entsprach in keiner Weise seinem nachlässigen Umgang mit dem Badezimmer. Und mit seinem eigenen Zimmer ebenso, und mit der Wohnung insgesamt. Er ließ alles liegen und es war an der armen Frau Stöcklein, ihm ständig irgendetwas hinterherzutragen. Oft fanden sich im Salon noch am Morgen seine Schuhe und Socken, die er beim Fernsehen achtlos ausgezogen hatte. Den Trenchcoat pflegte er über den Stuhl im Flur zu werfen, obwohl sich unmittelbar daneben eine Garderobe mit Kleiderbügeln befand. Moritz hatte dafür kein Verständnis. Klar, als Schauspieler war es Alfred gewohnt, dass ihm Sachen hinterhergetragen wurden und andere auf seine Kleider achteten. Oder hing seine Schlamperei damit zusammen, dass es nicht sein eigenes Haus war, in dem er lebte, und er keinen ideellen Zugang dazu hatte und keine Achtsamkeit verspürte? Für Moritz war er ein Ignorant.

Alfred mit Hut, in einem exotischen Hausmantel, Moritz mit kippa, Strickjacke, Hemd und Krawatte saßen sich schweigend am Tisch gegenüber. Darauf standen zwei Schabbesleuchter mit brennenden Kerzen. Über die challe war ein Tuch gedeckt, blau mit einem silbernen Davidstern.

Moritz beendete die bracha:

… hamauzi lechem min ha'arez.

Den Ritus und die Gebete hielt er nicht korrekt ein, aber

das merkte hier keiner. Nach dem Segensspruch wartete er, dass sein Bruder »omejn« sagte, aber der schaute bloß gelangweilt.

Alfred, mit seinem scharf geschnittenen Gesicht und der Habichtsnase, trug seinen schwarzen Hut, den »Schabbesdeckel«, wie er ihn nannte, wie ein ironisches Aperçu.

Moritz sagte nach einer Pause selbst:

Omejn.

Er nahm die challe, riss ein Stück ab, tat Salz drauf und reichte es seinem Bruder. Der ergriff das Brot, biss ein Stück ab und murmelte dabei:

Omejn, gut Schabbes, cheers!

Dann nahm er seinen Becher und trank einen Schluck Rotwein.

Moritz reagierte verärgert.

Warum wartest du nicht auf die broche?

Broche-schmoche! Bis dahin bin ich verdurstet!

Sein Bruder hob seinen Becher hoch und murmelte rasch den Segensspruch.

Dann trank auch er einen Schluck.

Er setzte sich und betätigte die Fußklingel.

Alfred sah an sich herunter und sagte ironisch:

Sieht gut aus, nicht? Reine Seide. Jetzt sehe ich aus wie ein Chassid.

Moritz verzog den Mund.

In der Tat. Sehr geschmackvoll!

Alfred reagierte gespielt naiv:

Oh, don't you like it?

Moritz lehnte sich zurück.

Ich habe mir abgewöhnt, dich positiv beeinflussen zu wollen.

Alfred daraufhin:

Gott soll mich abhüten. Dein Geschmack! Allein diese Strickweste!

Moritz reagierte:

Erstens, berufe dich nicht auf Gott. Zweitens, immer noch ansehnlicher als das da!

Er zeigte abfällig auf Alfreds Hut.

Was willst du?, sagte Alfred, habe ich extra für deinen Schabbes ausgegraben.

Es ist nicht mein Schabbes, es ist Schabbes!

Nein, es ist dein Schabbes! Keiner pflegt den Schabbes so inbrünstig wie du. Du gibst dich dem Schabbes förmlich hin …

Moritz zupfte ein Stück von der challe ab und sagte dabei:

Es ist allein der Schabbes, der die Juden über Jahrtausende zusammenhielt. Es ist dem unbeirrten Festhalten am Schabbes zu verdanken, dass das Judentum nach wie vor existiert. Alle intelligenten, seriösen und traditionsbewussten Juden pflegen den Schabbes.

Das ist ein Widerspruch! Intelligent, seriös, traditionsbewusst und auch noch Jude!

Alfred nahm ebenfalls ein Stück Brot.

Banause!, sagte Moritz.

Alfred erwiderte kauend:

Moische! Gerade am Schabbes rücken die weltlichen Fragen in den Hintergrund. Säkular wird sekundär!

Moritz blieb ruhig.

Und du wirst ordinär. Und nenn mich nicht Moische.

Wie soll ich dich ja nennen? Professor Moische?

Bevor Moritz etwas sagen konnte, betrat Frau Stöcklein mit der Suppenterrine den Raum und bemerkte sofort die miese Stimmung. Sie stellte die Terrine auf den Tisch und sagte dabei:

Na, na, nicht schon wieder Streit an Ihrem Schabbes!

Alfred erhob Einspruch:

Sie irren, gute Frau. Es ist nicht mein Schabbes! Es ist der Schabbes des seriösen, intelligenten, traditionsbewussten Professors. Finden Sie nicht, Schläfenlocken würden ihm gut stehen?

Frau Stöcklein schaute Alfred strafend an. Sie wollte etwas sagen.

Lassen Sie, Frau Stöcklein, sagte Moritz, mein Bruder kann nicht anders. Er leidet an PTBS.

Was ist das denn wieder?, fragte Frau Stöcklein.

Eine Posttraumatische Belastungsstörung, sagte Moritz.

Während er sich dabei die Serviette in den Kragen steckte, war Alfred heftig am Salzen.

Frau Stöcklein war aufgebracht.

Da! Jetzt salzt er wieder! Das macht er immer! Warum probieren Sie nicht erst?

Bevor Alfred sich äußern konnte, sagte Moritz:

Es ist das Krankheitsbild! Er glaubt, er sei zu kurz gekommen.

Alfred sagte freundlich leise:

Nenne mir doch bitte schön einen Punkt, an dem ich deiner Meinung nach zu kurz gekommen bin, hn? Ich bin größer als du, jünger als du, schöner als du!

Moritz tippte sich auf die Stirn.

Und meschuggener als ich! Bon appétit!

Frau Stöcklein stand noch einen Moment unschlüssig, bevor sie sagte:

Meine Herren! Ich werde Sie verlassen!

2

Es war Alfred nicht leichtgefallen, sich wieder an das Leben in Frankfurt zu gewöhnen. Fünfzig Jahre Abwesenheit waren eine lange Zeit. Er musste sich dazu durchringen, am gesellschaftlichen jüdischen Leben der Stadt teilzunehmen, um nach Freunden von damals zu forschen und Erinnerungslücken zu schließen. Obwohl er nicht schüchtern war, hatte er Hemmungen, sich bei Leuten zu melden und zu sagen:

Hier ist Freddy Kleefeld, erinnerst du dich noch?

Welcher Freddy?

Da war ihm Marian Perlmann, der Hausarzt seines Bruders, eine Hilfe. Der hatte zu allen Kontakt. Alfred hatte Perlmann bereits gekannt, als sie noch Kinder waren. Als sie gemeinsam 1954 mit vielen anderen Juden in einem Café das Endspiel von Bern auf einem winzigen Schwarz-Weiß-Fernseher angeschaut hatten und sich der kleine Marian als Einziger über den deutschen Sieg gefreut hatte und nicht verstand, warum ihn alle nach seinem Jubelschrei am liebsten umgebracht hätten.

Einmal im Monat kam Perlmann vorbei, er wohnte nur ein paar Häuser weiter. Er maß Blutdruck, hörte Moritz ab, untersuchte ihn, verschrieb Medikamente. Seit Beginn dieses Jahres hatte er mit Alfred einen weiteren Patienten.

Durch Perlmann erfuhr Alfred vom Verbleib einiger Menschen, die er in seiner Jugend gekannt hatte: Alle Teilacher wie Fränkel, Verständig, Szoros und Fajnbrot waren gestorben, ebenso Max Holzmann, dieser allerdings als Multimillionär. Benny Kohn war Journalist und lebte in Berlin, Maxele Grosser hatte das Modegeschäft seiner Eltern übernommen, Lenny Hofheimer war Neurologe und arbeitete in Houston, Arie Getter erfolgreicher Anwalt in Toronto, Danny Stern war bei einem Autounfall ums Leben gekommen. Alfreds »Buddy« Leo Bialik lebte als Arzt in St. Louis. Milly Freiberger hieß Legovici, hatte zwei Kinder und saß in Washington, wo sie eine Agentur leitete. Juliette Lubinski war jetzt Frau Dr. Tisch aus Zürich. Alfred nahm sich vor, sie zu googeln und den Kontakt aufzunehmen. Es war aufregend, Menschen aus der Vergangenheit zu treffen. Es war so, als würde man sich selbst in einer anderen Zeit begegnen.

Perlmann hatte vor einigen Wochen ein Treffen mit ein paar alten Freunden organisiert. Der Abend war unterhaltsam. Die Freunde aus der Jugendzeit waren erfolgreiche Geschäftsleute geworden, hatten Kinder und Enkel. Die meisten lebten ein behagliches bürgerliches Leben, spielten Golf und ertrugen ihre dominanten jüdischen Frauen mit der Nachsicht, die aus einem langen Eheleben resultierte. Es sei denn, sie waren geschieden und hatten gojische Partnerinnen. In diesen Fällen erfuhr Alfred von Rosenkriegen, von nächtlichen obszönen Anrufen oder Lackschäden an Maseratis.

Alfred hatte erwartet, als Filmschauspieler im Mittelpunkt des Interesses zu stehen. Aber nach ein paar Minuten war es so, als sei er nie weg gewesen. Er gehörte gewissermaßen wieder zum Inventar. Die meisten kannten seine Filme nicht. Henry Reichmann sagte sogar voller Stolz, dass er nie ins Kino gehe. Er interessierte sich nur dafür, wie hoch die Gage war, die Alfred für einen Film bekam. Alfred log und nannte eine beachtliche Summe.

Wieso kriegst du so wenig? Dieser James Bond, dieser Craig oder wie er heißt, kriegt fünfzehn Millionen.

Siebzehn!, verbesserte ein anderer.

Das werde ich mir nicht mehr antun, sagte sich Alfred, als er nach Hause ging.

Seitdem Moritz Witwer war, wurde er für einige jüdische Damen attraktiv. Insbesondere für Norma Mizrahi, die selbst vor einem Jahr Witwe geworden war. Norma war Ende fünfzig, nicht unattraktiv, blond, lebhaft. Sie besaß ein kleines, edles Hotel im Westend, das »Le Petit Grand«. Die Paare Kleefeld und Mizrahi waren locker befreundet gewesen. Ab und zu war man sich im Café oder bei Veranstaltungen der Gemeinde begegnet, auch bei der WIZO, für die die umtriebige Norma unverdrossen die Werbetrommel schlug und wo Fanny und Moritz gern gesehene Spender gewesen waren.

Norma hatte es sich zur Aufgabe gemacht, den trauernden Moritz aus seiner Lethargie zu holen und ihn wieder dem gesellschaftlichen Leben zuzuführen. Schließlich wusste sie selber, was es bedeutete, einen geliebten Menschen zu verlieren. Sie erschien hin und wieder unangemeldet beim Professor und holte ihn aus seiner »Höhle«, wie sie lachend bemerkte, damit er nicht »verstaubte«. Moritz war unfähig, sich gegen die gnadenlose Hilfsbereitschaft von Norma zu wehren. Zumal sie stets betonte, dass dies sicher auch im Sinne der verstorbenen Fanny, ihrer angeblich engsten Freundin, wäre. Sie schleppte Moritz zu Vorträgen, Konzerten und Wohltätigkeitsveranstaltungen und der ließ es, arglos wie er war, geschehen. Es kam ihm nicht in den Sinn, dass einige Bekannte der Meinung sein könnten, dass Frau Mizrahi und Professor Kleefeld mehr verband als nur gesellschaftlicher Umgang. Auch Frau Stöcklein ließ durchblicken, dass sie über die enger werdende Freundschaft zu dieser Dame nicht erfreut war. Mit Alfreds Auftauchen veränderte sich die Lage und Norma hielt sich vorerst zurück. Sie rief ab und zu an, erzählte Neuigkeiten aus der Gemeinde und versuchte, auch Alfred einzubinden.

Einmal war es ihr gelungen, beide Brüder zu sich nach Hause einzuladen, und zufällig war ihre geschiedene Cousine Stella aus Tel Aviv anwesend, die Alfred anschwärmte und sich zwischendurch über das ach so teure und unkultivierte Leben in Israel echauffierte. Frankfurt sei durchaus eine Option, die sie sich für ihr weiteres Leben vorstellen könnte. Auch ein Partner wäre angenehm. Stella war auffallend an Alfreds ereignisreichem Leben interessiert, hörte ihm aufmerksam zu, lachte ausgiebig über seine Witze und berührte dabei immer wieder absichtlich unabsichtlich seine Hand.

Als Moritz und Alfred vor die Tür traten, nieselte es. Deshalb sorgten sich die Frauen um die Gesundheit ihrer Gäste und Norma bot an, sie mit dem Auto nach Hause zu bringen. Moritz und Alfred lehnten ab. Im Gegenteil, meinten sie, es wäre angenehm, in der frischen Nachtluft zu spazieren. Als sie dann durch den immer stärker werdenden Regen nach Hause rannten, war ihnen klar, dass sie darauf achten mussten, nicht in ein Spinnennetz zu geraten. Frauen verstanden sich gut darauf, die Eitelkeit der Männer für sich zu nutzen.

Am nächsten Morgen hatte Moritz eine Erkältung.

3

Der mit aggressiven Graffiti besprühte Fiat Ducato stand in der Einfahrt. Ein muskulöser, tätowierter Mensch im T-Shirt schleppte einen Karton.

Alfred verfolgte die Aktivitäten mit Genugtuung. Er befand sich auf dem kleinen Balkon seines Zimmers im Erdgeschoss und rauchte einen Zigarillo. Nach anfänglichen Auseinandersetzungen mit Moritz hatte er sich schlussendlich bereit erklärt, seine täglichen drei Zigarillos draußen zu rauchen. Er war die Streiterei mit seinem pedantischen Bruder leid. Dreimal am Tag einen kleinen Zigarillo! Das hatte doch was Gemütliches, aber Moritz tat so, als würde ein Tsunami hereinbrechen:

Ich bestehe darauf, dass du in diesem Hause nicht rauchst!

Warum?

Noch nie ist in diesem Hause geraucht worden und so soll es, bitte schön, auch in Zukunft bleiben.

Hast du Angst, du bekommst Lungenkrebs vom Passivrauchen?

Es ekelt mich.

Wenn du wüsstest, was mich hier alles ekelt!

Dann kannst du ja gehen!

So gab ein Wort das andere. Alfred knickte ein, was selten vorkam, aber sein Bruder war nun mal der Hausherr, was konnte man machen? Alfred empfand diese Zurechtweisung als kleinkariert. Doch zu seiner Verwunderung konnte er im Lauf der Zeit den Viertelstunden auf dem Balkon einiges abgewinnen. Immer wenn er hier saß, erlebte er etwas:

Ungeschickte Fahrer beim Einparken, brüllende Kinder, denen der Ball unter ein abgestelltes Auto gerollt war, Joggerinnen, die verschwitzt und mit wippenden Brüsten die Straße hinunterhechelten, Typen auf Liegefahrrädern, hektisch telefonierende Jungmanager mit Businessköfferchen, alte Frauen mit Rollator, bekopftuchte türkische Mütter mit kreischenden kleinen Sumoringern. Ab und zu gab es Sielarbeiten, meistens dann, wenn die Straße gerade frisch asphaltiert worden war. Alfred sah Kehrmaschinen, Männer mit phosphorgrellen Arbeitswesten und blödsinnigen Laubpüstern. Bella, die struppige Hündin im Vorgarten nebenan, die immer wieder vergebens den Elstern hinterherhetzte und hoch in die Luft sprang, selbst wenn die Vögel sich bereits auf dem nächsten Baum befanden und hämisch schrien. Auch Eichhörnchen gab es. Kurz, Alfred freute sich inzwischen auf seine drei täglichen Rauchpausen.

Heute war es besonders vergnüglich. Frau Stöcklein zog aus!

Alfred hörte, wie der Klotz zu Susanne sagte:

Jetz simmer gleich dorsch.

Alfred sah seinen halben Hintern samt Schlitz, natürlich mit Behaarung und Tattoo, in einer dieser viel zu knappen Hosen, wie sie heute Mode waren, und hörte ihn sagen:

Sieh zu, dasse raus kimmt.

Er kroch aus dem Transporter und nahm ihr einen Koffer ab.

Sie ging los in Richtung Haus.

Ich geh mal gucke, wo sie bleibt …

Sie schaute kurz zum Balkon, aber Alfred hatte sich verzogen.

Er stellte fest, dass der kleine blonde Torsten, Frau Stöckleins Enkelsohn, in seinem Zimmer stand und auf das große, gerahmte Filmplakat starrte, das Alfred als Vampir zeigte, der sich über eine junge Frau beugte. Darauf stand:

»Freddy Clay – Sylvia Vermont in: The Night of the Vampire. A film by Ramon Polinsky«.

Alfred näherte sich dem Jungen von hinten und sprach einen Satz aus seinem berühmtesten Film:

Wer schleicht sich denn so still und heimlich in mein Schloss?

Der Fünfjährige erschrak und drehte sich um.

Das bist du, gell?, fragte er.

Alfred war in Erwartung einer Demütigung.

Ja, sagte er leise.

Der Film ist doof!

Alfred hatte es geahnt.

Machst du da Leute tot?

Ja.

Alle?

Alfred lächelte.

Nur kleine, blonde Buben!

Damit ging er zu seinem Schreibtisch, der überladen war mit Papier und Notizen, mit einem Laptop, Büchern und Stiften. Alfred arbeitete an seinen Memoiren. Er hatte noch kaum etwas geschrieben, aber bereits einen Titel: »Bis hier und weiter«. Das gefiel ihm.

Moritz hatte schon gelästert:

Wen soll das interessieren, was ein kleiner B-Movie-Actor da an Belanglosem von sich gibt?

Alfred war gekränkt. Zumal er immer wieder im Arbeitszimmer seines Bruders auf diverse Buchrücken starren musste, auf denen gut leserlich der Name Moritz Kleefeld zu erkennen war.

Alfred startete seinen Laptop, als der Knabe an den Schreibtisch kam und den Brieföffner sah.

Ist das dein Messer?, fragte er.

Alfred nickte.

Der Junge begann, seine Hand auf dem Schreibtisch zu bewegen. Sie näherte sich dem Gegenstand der Begierde wie ein Insekt. Der Kleine provozierte Alfred, indem er nach dem Brieföffner greifen wollte.

Krieg ich das?

Nein, sagte Alfred scharf und seine Augen wurden zwei schmale Schlitze.

Ich will das aber haben, sagte der Junge.

Alfred wurde lauter:

Nein! Verstanden?

Das ist meins ...

Hüte dich!

Der Junge blieb unbeeindruckt.

Ich würd's jetzt nehmen, gell?

Das glaube ich nicht, sagte Alfred mit einem dunklen Unterton. Dabei beugte er sich vor und kam dem Gesicht des Jungen gefährlich nah.

Ich rate dir jetzt zu verschwinden!

Die Hand des Jungen kam dem Objekt näher und näher.

Alfreds Kiefer begann zu mahlen, wie in einem seiner Western.

Da! Der Junge griff nach dem Brieföffner!

Im nächsten Moment hatte Alfred den Duden genommen und schlug damit dem Jungen auf die Hand!

Der starrte eine Sekunde verblüfft, dann ...

Moritz und Frau Stöcklein standen auf dem Flur und sprachen leise miteinander, als sie ein hysterisches Kreischen hörten!

Beide schauten entsetzt in die Richtung, aus der die Schreie kamen.

Um Gottes willen!, rief Frau Stöcklein.

In diesem Augenblick lief Susanne bereits aufgeregt an beiden vorbei, zu Alfreds Zimmer.

Torsten!, schrie sie.

Da kam der Junge auch schon brüllend angerannt und warf sich seiner Mutter in die Arme.

Liebling! Was ist denn?, fragte sie aufgeregt.

Auch Frau Stöcklein ging in die Hocke.

Sie bemerkte, dass sich das Kind die Hand hielt.

Torsten, hast du dir wehgetan?, fragte sie. Sag doch der Omi, was du hast.

Moritz stand hilflos daneben. Er wollte auch etwas sagen.

Möchtest du vielleicht einen Bonbon?

Torsten schaute ihn wutverzerrt an und presste die Worte hervor:

Der Mann hat mich gehauen!

Welcher Mann?, fragte Moritz.

Der Junge zeigte nach hinten.

Der böse Mann da hat mich gehauen!

Alle starrten auf Alfred, der auf den Flur getreten war und mit wehendem Hausmantel auf die Gruppe zuging. Mit diabolischem Lächeln. Wie aus einem Horrorfilm.

Na? Was hat er denn, der Kleine?, fragte er.

Er hat sich wohl wehgetan, sagte Frau Stöcklein unsicher.

Ach, sagte Alfred.

Susanne nahm den Jungen auf den Arm.

Er ist müde, von der Fahrt. Ich geh dann schon mal raus, also tschüs, sagte sie rasch und gab Moritz die Hand.

Und nochmals vielen Dank. Für alles, was Sie für meine Mutter getan haben …

Aber ich bitte Sie. Ihre Mutter war eine unverzichtbare Hilfe in meinem Leben und im Leben meiner verstorbenen Frau.

Frau Stöcklein begann zu weinen.

Herr Professor, Sie waren immer so gut zu mir, wimmerte sie.

Moritz nahm Frau Stöcklein in die Arme. Auch er war gerührt.

Alfred wurde sachlich:

Machen wir's kurz und schmerzlos. Ich habe zu tun. Auf Wiedersehen.

Er gab Frau Stöcklein die Hand.

Dann hielt er dem Jungen die Hand hin und sagte freundlich:

Na, junger Mann, kriege ich kein Händchen?

Torsten auf dem Arm seiner Mutter schaute Alfred ängstlich an und schüttelte den Kopf.

Darf ich Ihnen noch etwas Marmelade mitgeben, fragte Moritz, um die Stimmung aufzulockern.

Oh, ja super, sagte Susanne, die ist immer total lecker, echt.

Als der Ducato davonfuhr, stand Moritz vor dem Haus. Er winkte kurz, dann schaute er dem Wagen nach, bis der an der

Ampel losgefahren war und rechts abbog. Die Vorstellung, dass Frau Stöcklein nun nicht mehr für ihn sorgen würde, versetzte ihm einen Stich ins Herz. Ein halbes Menschenleben hatte sie zum Haus gehört, sie war ein Teil von ihm geworden im Lauf der Jahre. Gemeinsam mit seiner Frau hatte sie die Alltagssorgen von Moritz ferngehalten, sodass er sich auf seine akademische Karriere konzentrieren konnte. Fuhr er zu einem Kongress oder einer Gastvorlesung, wusste Frau Stöcklein, was in welchen Koffer sollte, es fehlte ihm unterwegs nie an etwas. Während seiner Gastsemester in Berkeley, als Fanny und er für längere Zeit drüben waren, hütete sie hier das Haus. Für einen Winter hatten sie die Haushälterin sogar nach Kalifornien mitgenommen, aber der amerikanische Alltag war ihr fremd geblieben. Die Supermärkte waren zu groß, die Portionen zu üppig, die Wege zu weit, die Töne zu schrill, das Leben zu verschwenderisch. Sie verabscheute Halloween. Und rosafarbene Weihnachten unter Palmen bei Sommertemperaturen? Unmöglich. Sie bekam Heimweh.

Moritz konnte sich nicht erinnern, dass Frau Stöcklein einmal mehr als zwei Wochen Urlaub am Stück genommen hatte. Als seine Frau krank wurde, kümmerte sie sich aufopferungsvoll um sie, ging mit ihr zu den Ärzten und zur Chemotherapie und war schließlich auch an jenem schrecklichen Tag an ihrer Seite, als Fanny plötzlich starb. Das würde er nie vergessen. Und nach Fannys Tod war sie ihm eine große Hilfe. Während er verzweifelte, schier unfähig, seine Tage zu organisieren, war Frau Stöcklein an seiner Seite. Sie erledigte Behördengänge, kümmerte sich um Trauergäste und überließ ihn seinem Schmerz.

Frau Stöcklein lehnte Alfred von Anbeginn ab. Obwohl er

sich in den ersten Wochen bemühte, sie von seinem Charme und seinem einnehmenden Wesen zu überzeugen, war sie in der Vergangenheit zu sehr von Fanny gegen ihn beeinflusst worden. Irgendwann war es zu einer lautstarken Auseinandersetzung zwischen den beiden gekommen. Alfred begann, gegen Frau Stöcklein zu stänkern, sie schlechtzumachen, an ihr herumzumäkeln und sie dermaßen überheblich zu behandeln, dass sie schließlich aufgab.

Nun stand Moritz in der Einfahrt und machte sich Vorwürfe, dass er seinen Bruder nicht in die Schranken gewiesen und sich nicht eindeutiger zu Frau Stöcklein bekannt hatte. Sie spürte offenbar keinen Rückhalt mehr und hatte resigniert. Dieses Versäumnis machte ihn traurig. Heute war sie für immer gegangen. Die gute ... wie hieß sie noch mal? Gerlinde. Ja. Genau. Gerlinde Stöcklein.

Minuten später rief Norma an und Moritz machte den unverzeihlichen Fehler, vom Weggang der Haushälterin zu berichten. Nur mit Mühe konnte er die Freundin davon abhalten, sofort zu kommen, um den Haushalt zu übernehmen. Sie bot sogar an, bei Bedarf eines ihrer portugiesischen Zimmermädchen auszuleihen, aber Moritz bedankte sich brav: Sein Bruder sei gelernter Junggeselle und hätte bereits jetzt alles im Griff.

Okay, sagte Norma, aber Moritz, wenn was ist ...

Versprochen, sagte er.

Soll ich nicht doch ...?

Norma! Wir kommen wunderbar zurecht, wirklich. Mach's gut.

Übrigens, Stella schwärmt immer noch von Alfred. Sag ihm Grüße von ihr.

Mach ich, sagte Moritz, tschüs, Norma.
Ja, tschüs. Und melde dich, wenn du mich brauchst.
Klar.
Habt ihr genug zu essen?

4

Moritz saß im Wintergarten und sorgte sich. Er bekam zwar eine stattliche Pension und hatte sein Geld, so glaubte er, einigermaßen sicher hier und in den USA angelegt, aber was war heute noch sicher in Zeiten der Krise? Die Krise! Sie war überall. Im Fernsehen, im Internet, im Radio, auf jeder Seite der Zeitung. Und vor allem in den Köpfen! Hatten sich die normalen Bürger in der Vergangenheit kaum mit Wirtschaft beschäftigt, war nun jeder zum Experten geworden. In den zahllosen Talkshows wimmelte es von ihnen. Vor wenigen Jahren noch waren Hedgefonds, Derivate und Ratings abstrakte Begriffe gewesen, über die man nicht nachdachte. Es gab sie, so wie das Ozonloch, die Rüstungslobby, die Gesundheitskosten oder die Massentierhaltung. Alles war, so wurde dem Volk versichert, komplex, etwas für Fachleute. Moritz sah im Fernsehen Männer in teuren Anzügen und blau-weiß gestreiften Hemden mit weißen Kragen. Die trafen sich in Brüssel oder Frankfurt, verkündeten irgendwelche Prozente. Es wurden aus Millionen Milliarden. Jetzt mussten Schirme aufgespannt werden, denn es gerieten nicht nur Menschen auf die schiefe Bahn, sondern auch Banken und am Ende Staaten. Jetzt schlug die Stunde einer neuen, fiktiven Gewalt: der Terror der Märkte!

Die Märkte, dachte Moritz. Sie waren wie unersättliche Drachen nach Jahren der Harmonie aus der Höhle gekommen und wüteten. Ein Staat nach dem anderen geriet in ihren verheerenden, kochenden Atem. In Nanosekunden machten sie gewaltige Umsätze an den Börsen, Maschinen entschieden jetzt über unser Schicksal. Wer oder was waren diese Märkte? Waren sie nicht unsere Brut? Hatten wir sie nicht an unserem Busen genährt und gehofft, sie zähmen zu können?

Sie entzogen sich den Gesetzen und waren zutiefst unmoralisch. Die alten Fakultäten gab es nicht mehr. Sie waren miteinander verschmolzen. Wirtschaft und Philosophie, Finanzen und Psychologie, Marktwirtschaft und Ethik. Moritz nahm sich vor, den amorphen Zustand unserer Gesellschaft zu analysieren. Darüber war er schließlich eingenickt …

… als er durch ein Klappern aufgeschreckt wurde. Alfred kam mit dem Teewagen durch die Tür.

Teatime, Sir, sagte er launig.

Moritz reckte sich.

Hast du auch Kaffee gemacht?

Kaffee? Du glaubst doch nicht, dass ich auch noch Kaffee koche? Du weißt genau, dass ich mit meinem kranken Herzen keinen Kaffee trinken darf. Außerdem bekommt man Rheuma davon. Das habe ich gerade gelesen.

Mein Herz ist kerngesund. Und Rheuma habe ich schon. Ich brauche meinen Kaffee!

Bitte. Du erinnerst dich sicher noch, wo die Küche ist …

Moritz erhob sich, während Alfred sich setzte.

What a lovely day!, rief er. Bin ich froh, dass die klafte weg ist. Wir schaffen das schon. Wäre doch gelacht!

Moritz ging ohne ein Wort aus der Tür.

Er stand in der großen Küche und wusste nicht, wo er zuerst suchen sollte. Er öffnete ein paar Türen am Küchenschrank und forschte nach der Kaffeedose. Schließlich fand er sie auf dem Sideboard.

Im Eckschrank dann die Kanne und das Filterpapier. Er suchte nach einem Topf, füllte Wasser aus dem Hahn hinein, zündete die Gasflamme an und setzte den Topf auf den Herd. Dann fiel ihm ein, dass sie ja einen elektrischen Wasserkocher besaßen. Moritz nahm den Topf vom Herd und ließ Wasser in den Kocher ein. Dann wartete er, bis es kochte.

Jetzt wurde ihm bewusst, was der Verlust der Haushälterin im alltäglichen Leben bedeutete: putzen, waschen und vor allem kochen. Wenn er das Alfred überließ, gab es von nun an täglich Spaghetti. Vermutlich würden beide in den nächsten Wochen öfter im Café Laumer zum Frühstück auftauchen und könnten sich abends hin und wieder eine Pizza kommen lassen oder eine Dose mit Gemüse aufmachen oder was auftauen, aber schön war das nicht. Das Haus würde langsam verkommen, denn es war nicht damit zu rechnen, dass Alfred je einen Staubsauger bewegen würde, und für ihn selbst war die körperlich anstrengende Hausarbeit Gift. Warum hatte er sich nicht sofort nach Frau Stöckleins Kündigung um eine Haushälterin bemüht? Hatte er am Ende gehofft, sie würde bleiben?

Als er den dampfenden Wasserkocher in der Hand hielt, wurde ihm schlagartig klar, dass es nicht schlecht wäre, zunächst Kaffee in die Filtertüte zu füllen!

Als das Wasser durch den Filter gluckerte und ihm Kaffeeduft in die Nase stieg, dachte er mit einem Mal an glückliche Tage in der Bockenheimer Landstraße, wenn es am Sonntagnachmittag Kaffee und Kuchen gegeben hatte. Gerüche waren der beste Katalysator für Erinnerungen.

Moritz war sechzehn, Alfred dreizehn. Sie machten das

Riesensonntagsrätsel mit Onkel David und wetteiferten, wer am schnellsten die Lösung hatte. Er war damals nicht schlecht. Es wurde viel gelacht, Onkel David war ein genialer Witzeerzähler. Onkel David! Der Mann der ihnen so nah war und doch auf rätselhafte Weise stets ein wenig fern blieb. Wieso hatte seine Mutter das Geheimnis so lange für sich behalten? Erst nach Davids Tod erfuhren sie die Wahrheit. Nichts war mehr wie vorher.

Der Kaffee war fertig. Moritz nahm die Kanne und ging aus der Küche. Als er in den Wintergarten kam, saß Alfred im Korbsessel und nippte an seinem Tee.

Morgen kaufe ich Nescafé, sagte Moritz.

Er wollte sich einen Keks nehmen, aber dann bemerkte er den Teller.

Was ist das für ein Teller?, fragte er.

Darauf hatte Alfred nur gewartet.

Meißen? Hutschenreuther? Was weiß ich?

Ist er milchig?

Tu mir bitte einen Gefallen und hör auf mit diesem Aberglauben, milchig, fleischig!

Dann zeigte er auf den Keks und näselte wie im Englischkurs:

Is this cookie really kosher?

Alfred nahm provozierend einen Keks und biss hinein. Mit den Krümeln spuckend rief er:

Der Keks schmeckt. Er kann nicht koscher sein!

Du musst ja nicht koscher essen, aber mir gibt es etwas. Dieser Teller ist milchig, sagte Moritz.

Alfred drohte mit dem Finger.

Nein, er ist fleischig! Und es steht geschrieben: Es sollen dir wachsen Schweineohren und Schweinshaxen!

Moritz winkte ab.

Ich werde mich heute nicht streiten.

Sehr schade. Wirklich. Was kann ich tun, damit wir uns ja streiten? Wie wäre es mit dem Thema Fanny Kleefeld, geborene Trindel. Das belgische Kaltblut! Dein treu sorgendes Weib, meine charmefreie Schwägerin.

Moritz lächelte:

Sie hat dich sofort durchschaut.

Alfred grinste frech:

Sie war wie ihr Land: klein, farblos, künstlich gebildet!

Moritz griff zur Zeitung und sagte:

Und wenn du dich auf den Kopf stellst. Du kannst mich nicht provozieren. Wo ist das Feuilleton?

Alfred ließ nicht locker.

Oder der Holocaust. Immer wieder lustig! Ist doch dein Lieblingsthema. Wie wär's damit?

Er schaute fragend, nahm den Teelöffel, hielt ihn wie ein Mikro und sprach wie ein Reporter:

War Hitler von der Schuld der Juden innerlich überzeugt oder hat er sie nur als Vorwand benutzt? Was meinen Sie, Professor?

Moritz fragte:

Hast du deine Herztabletten genommen?

Gut, dass du das sagst ...

Alfred griff in seine Tasche, zog sein Pillendöschen heraus.

Habe ich sie ja genommen, nein genommen? Was weiß ich?

Nimm sie besser.

Alfred nahm eine Tablette.

Plötzlich wirkte er krank und zerbrechlich.

Alfred saß vor seinem Laptop, als er ein Scheppern hörte. Er lief in die Küche, wo Moritz auf dem Boden kniete und damit beschäftigt war, in Essig getränkte Scherben eines Gurkenglases vorsichtig zwischen den Gewürzgurken herauszupicken. Alfred schloss mit langem Arm wortlos die Tür des Kühlschranks.

Ich weiß nicht, wie das passiert ist, sagte Moritz zerknirscht.

Ich kann's dir sagen, es ist runtergefallen.

Ich habe es übersehen. Ich wollte mir ein Joghurt holen.

Alfred ging in die Hocke.

Mein Gott, bist du ungeschickt! Man nimmt die Gurken, tut sie zur Seite und wischt dann alles zusammen.

Man kann sich schneiden.

Du kannst dich schneiden! Komm, lass mich das machen.

Er ging in die Hocke. Moritz erhob sich stöhnend und rieb sich die Knie.

Alfred sah zu ihm hoch:

Ein Mensch soll so blöd sein! Wie kannst du dich auf die Fliesen knien, mit deinem Rheuma? Meschugge. Mach uns lieber ein Brot.

Moritz war froh, dass er etwas tun konnte.

Mit was?

Nicht mit Gurken!

Vorsichtig, um nicht in das Gurkendesaster zu treten, öffnete Moritz den Kühlschrank und entnahm Butter und Scheibenkäse.

Dann ging er zum Küchenschrank, holte ein Brot aus dem Brotkasten und ein Messer aus der Schublade. Auf einem Brett auf dem Küchenblock schnitt er zwei Scheiben ab.

Nicht vergessen: milchiger Teller, sagte Alfred, während

er zum Besenschrank ging, um Schaufel und Handfeger zu holen.

Du chochem, deine ejzes fehlen mir noch, sagte Moritz.

Für Mai war es relativ kühl und Alfred hatte die Heizung in seinem Zimmer etwas hochgedreht. Er surfte im Internet. Fast täglich suchte er nach seinem Namen, aber die Einträge vermehrten sich nicht. Auf der IMDb-Seite stand seine Filmografie, sie endete mit einem Film aus dem Jahr 2008. Ein italienischer Mehrteiler fürs Fernsehen mit dem Titel »Fluch der Vergangenheit«. Auch so ein Meisterwerk!

Darin spielte er wieder einmal einen Untoten, einen toskanischen Edelmann, der von den Schergen Garibaldis im Keller lebendig eingemauert worden war und der plötzlich in der heutigen Zeit auftaucht, um sich an den Nachkommen seiner Feinde zu rächen. Darunter ist natürlich, wie konnte es anders sein, auch eine verdammt gut aussehende junge Frau, die ihn schließlich zur Strecke bringt, weil sie Liebe heuchelt. Beim Showdown stößt sie ihn in einen riesigen Bottich mit Olivenöl, in dem er qualvoll ertrinkt. Ein Stunt, den er gern selbst gemacht hätte, aber die Versicherung war nicht bereit, das zu akzeptieren. Was letztendlich allerdings auch keine Rolle mehr spielte: Es war ein lausiges Drehbuch und daher konnte kein guter Film entstehen.

In den folgenden Jahren war Alfred bei diversen Castings. Überall wurde ihm gesagt, dass er ein toller Typ sei, nur nicht so richtig in die Rolle passen würde. Die Leute waren zu feige, ihm einfach zu sagen: He, verzieh dich, kauf dir eine Schnabeltasse! Obwohl er das genau wusste, wollte er es nicht glauben. Wie viele ältere Schauspieler gab es, die noch erfolgreich waren und gut im Geschäft? Clinty zum Beispiel, mit dem er in den Sechzigern Italowestern gedreht hatte, war zum Superstar geworden. Ein reicher Produzent und begnadeter Regisseur. Aber heute war an ihn nicht mehr ranzukommen. Vor ein paar Jahren hatte Alfred ihm geschrieben, ihn an die guten, alten, gemeinsamen Zeiten erinnert, an die verrückten Partys, und hatte beiläufig erwähnt, dass er sich über einen kleinen Job in einem seiner Filme freuen würde. Zurück kam ein Autogramm:

»Loving you, Clint Eastwood«. Das war's.

Gegen Abend schaute Alfred bei seinem Bruder rein, um ihn zu fragen, ob er denn was kochen sollte. Zum Beispiel Spaghetti mit einer pikanten Sahnesoße. Moritz hatte Besuch von einem seiner ewigen Studenten, einem gewissen Maik Lenze.

Maik! Das hatten uns die Ossis eingebrockt, dachte Alfred. Die wollten hip sein und hatten keine Ahnung von Orthografie. Eltern wissen offenbar nicht, was sie ihren Kindern mit überchochmezten und fehlerhaften Vornamen wie Marcell, Timm, Devid, Mendy oder Shantall antun. Besagter Maik Lenze hatte seit Jahren die Absicht, ein Dr. Maik Lenze zu werden, und Moritz half ihm dabei mit Engelsgeduld. Der Student kam mindestens einmal in der Woche vorbei, um mit dem von ihm hochverehrten Professor Kleefeld seine Ergüsse zu diskutieren. Oft hatte er sie ihm schon vorab per Mail geschickt und so war Moritz vorbereitet. Einmal konnte Alfred den Titel von Maiks Dissertation lesen und der Respekt vor seinem Bruder wuchs von Stund an: Soziologische Untersuchung der technisch-wissenschaftlichen und psychologischen Ausrichtungen und Gegebenheiten in der Institutionalisierung und Organisation der ambulanten Palliativversorgung. Donnerwetter, da musste man erst mal drauf kommen.

Als Maik schließlich gegangen war, gab es Spaghetti mit Sahnesoße, die niemand so lecker zubereiten konnte wie Alfred, der alte Römer.

Seitdem sie mehr als eintausend TV-Sender empfangen konnten, waren sie überfordert. Bereits drei Mal war Tom, der Gymnasiast von nebenan, gekommen, um ihnen die Fernbedienung, die Favoritenliste und weitere Geheimnisse zu erklären, aber immer wieder verstellten sie die programmierten Einstellungen. Natürlich schob jeder das Missgeschick auf den anderen:
Ich habe das Ding nicht berührt!
Du hast es zuletzt in der Hand gehabt!
Ich?
Ja, du!
Dir ist es doch runtergefallen, nicht mir.
Runtergefallen? Es ist auf den Teppich gerutscht. Was soll da passieren?
Diese Dinger sind empfindlich.
Nicht so wie du!
Wir müssen Tom rufen.
Als sie an jenem Abend wieder einmal vor einem toten Bildschirm saßen, sagte Moritz plötzlich:
Wir brauchen jemanden.
Finde ich nicht. Wir kommen doch ganz gut zurecht.
Ja, wenn man nicht putzt und nichts macht, läuft es ganz gut, das stimmt, sagte Moritz bissig.
Okay, eine Putzfrau, das sehe ich ein.
Nein, ich will jemanden haben, der kocht, wäscht, putzt und sich kümmert. Wie die Stöcklein eben.
Ah, ich koche dir nicht gut genug.

Freddy, meinte da Moritz fast liebevoll, du kochst ausgezeichnet, aber du kannst nur ein einziges Gericht!

Alfred erhob sich.

Sie irren, Majestät, aber da du auf deinem koscheren Fraß bestehst, sind mir die Hände gebunden. Es gibt großartige Fleischgerichte mit Crème fraîche oder Käse oder was weiß ich. Aber solange du nicht ablässt von deiner exzellenten »cuisine juive« …

Dabei küsste Alfred verzückt seine Fingerspitzen und sprach dann weiter:

Es gibt keine Religion mit so vielen Hinweisen, Rezepten und Speisegesetzen und einer so miserablen Küche!

Moritz musste grinsen.

Das war nicht schlecht, kleiner Bruder.

Am nächsten Morgen frühstückten sie im Laumer. Sie saßen an ihrem Stammtisch, hinten im Nebenraum, an der Tür zur Terrasse.

Linda, die unverdrossene Kellnerin, hatte von Moritz einen koscheren Teller in Empfang genommen. Alfred saß hinter der Zeitung versteckt.

Es war ihm peinlich, dass der verrückte Professor sein Geschirr mit ins Café brachte! Auch andere Gäste schauten befremdet. Einmal hatte einer die Kellnerin darauf aufmerksam gemacht, dass der Alte in der Ecke das Besteck geklaut hätte, er habe gesehen, wie Messer, Gabel und Teelöffel in seiner Anzugjacke verschwunden waren. Linda hatte den Mann aufgeklärt und der konnte nur ungläubig den Kopf schütteln. Dass es so was gab. Heute. Wo wir mit Smartphones telefonieren, online einchecken und Drohnen fliegen lassen. Genauso empfand es auch Alfred, aber er hatte es aufgegeben, seinen

Bruder von diesen archaischen Ritualen abhalten zu wollen. Anfangs hatte er versucht, ihm klarzumachen, dass der Teller in dieser nicht koscheren Umgebung ebenfalls nicht koscher sein konnte, aber Moritz hatte sich eine abstruse Theorie zurechtgelegt, von der er nicht abließ.

Soll er doch seinen verschissenen Teller überallhin mitnehmen, dachte Alfred. Besser als einen Stoffschimpansen als Gesprächspartner dabeizuhaben, wie Fritz Lang in seinen letzten Jahren.

Die Kleefelds aßen Butterbrötchen und zwei Eier im Glas. Moritz mit, Alfred ohne Schnittlauch. Dazu Tee und Kaffee. Im Laumer gab es keinen Streit um die Zeitung, jeder hatte seine Frankfurter Allgemeine. Manchmal blätterte Alfred auch in der Gala oder der Bunten und erzählte Moritz Geschichten von seinen Begegnungen mit einigen Prominenten, die er auf Fotos aus Hollywood oder Cannes entdeckt hatte. Sein Bruder hörte sich das brav an. Aber es interessierte ihn nicht. Wenn Moritz dann mal eine abfällige Bemerkung machte, wie »Es gibt Wichtigeres«, konnte es leicht zur Auseinandersetzung kommen. Schließlich, so argumentierte Alfred, müsse er sich informieren, wer was macht, denn vielleicht gäbe es ein Filmprojekt, wo genau ein Schauspieler wie er gefragt war. Dem wollte Moritz nicht widersprechen, im Gegenteil, es hätte ihn froh gemacht, wenn Alfred mal wieder einen Job gehabt hätte. Das würde seinem Ego guttun.

5

»Niveauvolle Hausdame gesucht. 2 gutsit. Herren su. ab sof. versierte Haushälterin. Leichte Tätigkeit in Villa, Westend, hübsch. sep. Wohng., Verpflg. inkl., gute Bezahlg., Sa. Nachm. u. So. frei. Chiffre Nr. ...«

So sah die Annonce aus, die Alfred über den Tresen schob. Die junge Frau in der Anzeigenannahme fühlte sich gestört und sah Alfred missmutig an.

Guten Tag, sagte er freundlich.

Keine Reaktion. Die Frau sah sich den Text emotionslos an.

Soll das so bleiben?

Haben Sie einen besseren Vorschlag?

Wir könnten die Hausdame fetter machen.

Okay, meinetwegen, machen Sie sie fetter.

Wie oft soll das Inserat erscheinen?

Ich würde es gern mit einem Mal versuchen, in der nächsten Wochenendausgabe.

Holen Sie die eingehende Post ab oder sollen wir die zuschicken?

Bitte zuschicken.

Das macht dann 42 Euro.

Alfred bezahlte.

Vielen Dank.

Die Frau schwieg.

Als er vor die Tür trat, in den kühlen aber sonnigen Mai,

musste er plötzlich an David denken. Was hätte der dieser unfreundlichen Annoncentante erzählt?

Er hätte sie zuerst gefragt:

Sagen Sie, foltert man Sie heimlich im Keller, damit Sie hier arbeiten?

Da hätte sie schon mal doof geguckt.

Glauben Sie nicht, dass ein Lächeln helfen könnte, den Kunden froh zu stimmen? Frohe Kunden kaufen mehr. Ich zeige Ihnen mal, wie das geht.

Und schon hätte er hinter dem Tresen gesessen. Sprechen Sie Leute immer mit dem Namen an, hätte er ihr geraten, das schafft Vertrauen. David hätte am Ende eine große Anzeige mit Foto und Rand und einem unwiderstehlichen Text zusammengestellt für 420 Euro und der Kunde wäre glücklich gewesen.

So ging er los. Diese Tussi würde ihm nicht den Tag verderben.

Er war sommerlich gekleidet, ein wenig dandyhaft. Mit Ray-Ban-Brille und seidenem Tuch, um den Hals zu kaschieren. Er schaute zwei jungen Mädchen nach, die in fast durchsichtigen Kleidchen an ihm vorbeistöckelten.

Als er in die Fressgasse einbog, die nur wegen der Fressgeschäfte, die es dort von jeher gab, so genannt wurde, überkam ihn ein nostalgisches Gefühl. Es war Frühling, die Sonne schien. Stühle, Tische und Sonnenschirme standen vor den Restaurants und Cafés. Er kannte diese Straße schon, als es noch keine Fußgängerzone gab, als er hier die Welt aus Davids Wohnzimmerfenster im ersten Stock über Feinkost Plöger beobachten konnte. Als Autos, Motorräder mit Seitenwagen, Brauereikutschen und Handkarren durch die Straße fuhren. Als kräftige Männer mit Lederlappen auf den

Schultern und Haken in den Händen Stangeneis in die Gastwirtschaften schleppten. Das »Café Libelle« gab es damals, wo heute die Apotheke ist. »Zum Onkel Max« hieß eine der Kneipen. Sie gehörte Max Althans, einem Bekannten von David. Daneben das Wollädchen mit der attraktiven Besitzerin, das gab es schon ewig.

Alfred setzte sich vors »Café Schwille«, das ebenfalls eine Institution war, und beobachtete Gäste und Passanten.

Neumütter mit selbstgefälligem Lächeln, ob ihrer grandiosen Gebärleistung, standen neben martialischen Kinderwagen mit riesigen Gummireifen, die Kinder bis zu zwei Tonnen tragen konnten und den Bürgersteig blockierten. Sie plauderten mit frischgebackenen Vätern, die Babys vor die Brust geschnallt, im Kinderwagen der Bio-Einkauf. An den Tischen smarte Businesstypen mit rasierten Schädeln, selbstbewusste Frauen hinter Sonnenbrillen. Selten, dass mehrere Leute beieinander saßen, die meisten hockten allein vor ihrer »Latte«. Wir leben in einer Welt der Autisten, dachte Alfred, als er die einsamen Gestalten sah, die entweder telefonierten oder auf ihre Smartphones starrten, mit flinken Fingern simsten oder mit dem iPad im Internet unterwegs waren.

Die hübsche, dunkelhäutige Kellnerin kam und räumte ein paar leere Tassen weg, die noch auf dem Tisch standen.

Und, was darf es sein?

Drei Kugeln Eis, sagte Alfred, Vanille, Schokolade, Erdbeere. Und ein Glas Wasser, bitte.

Das Eis mit Sahne? Sie lächelte.

Überredet.

Als Moritz das Haus verließ und schon auf der Straße war, fiel ihm der Briefkasten ein. Frau Stöcklein hatte sich immer um die Post gekümmert, aber jetzt war alles anders. Moritz ging zurück und schloss den Briefkasten auf. Ein paar Briefe, Rechnungen, Werbung, das UC-Berkeley-Magazin, das er regelmäßig erhielt und für das er hin und wieder einen Beitrag schrieb. Was war das? Moritz ärgerte sich. Wieder ein Buch von Amazon. Wie oft hatte er Alfred gebeten, zu der Buchhandlung im Grüneburgweg zu gehen? Die sollte man unterstützen. Außerdem bekam man dort ein bestelltes Buch schneller als bei Amazon.

Er legte die Post wieder zurück.

Vor dem Nachbargebäude war Tom damit beschäftigt, die Räder seines Mountainbikes aufzupumpen.

Tag, Tom.

Der Junge grüßte kurz.

Hi.

Es ist mir unangenehm, aber ...

Programmierung im Arsch.

Wie konntest du das nur wissen?, flachste Moritz.

Der Junge grinste.

Okay, ich komme nachher vorbei. So gegen sieben. Ist das okay?

Das ist so was von okay, sagte Moritz.

Nach ein paar Minuten überquerte er die Bockenheimer Landstraße und begab sich in die Bio-Bäckerei an der Ecke. Dort bestellte er ein Brot, das er in zwei Stunden abholen würde.

Direkt hinter dem Eingang zum Park gab es das kleine Café, das nur bei schönem Wetter geöffnet hatte. Weiße Plastiktische und Stühle standen auf der nahen Wiese herum, an einer Theke konnte man bestellen und sich selbst bedienen. Die Auswahl war überschaubar: Kaffee, Tee, Kuchen,

Eis, Limo und Wasser. Einen preiswerten Riesling und einen Merlot gab es auch. Hier kam Moritz ab und zu mit Alfred her, dann setzten sie sich so, dass sie das Treiben auf der Wiese beobachten konnten, und was zu lästern gab es immer. Die Muttis, die Hunde, die Kinder, die halb nackten Teenies, die Fußballspieler, die Spanner und Spinner.

Moritz lächelte. Ja, manchmal war das Zusammensein mit seinem Bruder kurzweilig. Er konnte durchaus originell sein. Nur leider war er ein kapriziöser Mensch und sein lebenslanger beruflicher Teilerfolg hatte ihn sarkastisch werden lassen. Wie jeder nicht geniale Schauspieler überschätzte er sich und unterschätzte die anderen. Bekam er eine Rolle nicht, um die er sich beworben hatte, so lag es nie an seinen schauspielerischen Fähigkeiten, sondern daran, dass sein siegreicher Konkurrent natürlich mit der Produktion gekungelt hatte. Er wusste genau, was sich backstage abspielte. Aber an solch finsteren Machenschaften konnte und wollte er sich nie beteiligen. So redete sich Freddy Clay seine Misserfolge schön.

Moritz hatte sich einen Kaffee genommen und sich gerade auf einem der zahlreichen Plastikstühle niedergelassen, als er sie sah! Sie ging am Stock, aber kerzengerade und aufrecht. Sie trug eine Dior-Sonnenbrille und einen eleganten Hermès-Schal zum edlen Nerzmantel. Sie setzte ihre Schritte vorsichtig, die Wiese war uneben. Moritz erhob sich, ging auf sie zu.

Frau Holzmann, wie schön, Sie mal wiederzusehen.

Sie blieb stehen, sah ihn an.

Professor Kleefeld!

Bleiben wir bei »Moritz«.

Er schüttelte ihr die behandschuhte Hand. Ihr Schmuck klapperte.

Wie geht es Ihnen, Frau Holzmann?

Danke, ich kann nicht klagen. Ich bin dreiundneunzig.

Dass alte Leute immer mit ihrem Alter kokettieren, dachte Moritz, als hätten sie den Nobelpreis dafür bekommen. Natürlich erwartete Else Holzmann, dass Moritz sagte:

Was? Das sieht man Ihnen nicht an. Unberufen, kol hakavot.

Was er auch brav tat.

Sie lächelte.

Möchten Sie sich setzen?

Ich weiß nicht, vielleicht ist es etwas zu kalt.

Ich kann Ihnen eine Decke holen. Die haben Decken hier.

Ach was, ich habe ja mein Winterfell.

Langsam nahm sie Platz.

Möchten Sie etwas trinken?

Danke, ich bleibe nicht lang. Aber einmal am Tag muss ich an die Luft.

Dann wurde sie ganz sanft:

Auf die Luft, wie mein Max, Gott hab ihn selig, immer gesagt hat.

Sie lächelte.

Er hat Sie gemocht, Moritz. Und auch Ihren Bruder. Wie geht es Freddy?

Es geht ihm gut. Er lebt jetzt hier bei mir.

Ach? Wie kann man weggehen aus … er war doch in Rom, oder?

Ja, aber es ist ganz schön, im Alter, wenn man jemanden hat.

Sie wurde nachdenklich und sagte nach einer Pause:

Da haben Sie recht. Meine Enkeltochter studiert in Harvard. Sie waren doch in Harvard?

Nein, Berkeley.

Mein Micky lebt in Berlin seit ein paar Jahren.

Ich weiß. Und wie läuft das mit der Hausverwaltung?

Na ja, um die kümmert er sich nach wie vor. Heute mit dem Internet ist das kein Problem. Und einmal im Monat ist er hier. Er hat ein eigenes Flugzeug.

Selbstverständlich, sagte Moritz.

Sie sah ihn an.

Wie geht es Ihnen? Ohne Ihre Fanny?

Was soll ich dazu sagen? Es gibt Tage, da könnte ich nur heulen.

Sie nickte.

Ja, ich kenne das. Es ist jetzt schon über fünfundzwanzig Jahre her, dass mein seliger Max von mir gegangen ist, aber der Schmerz ist immer noch frisch, wenn ich an ihn denke.

Else Holzmann spürte, dass etwas Unausgesprochenes in der Luft lag, und deshalb sagte sie plötzlich:

Ich weiß, dass man nicht gut geredet hat über Max, dass er Feinde hatte, manche haben ihn gehasst, aber ich denke, das war nur Neid.

Moritz schwieg.

Sagen Sie etwas, Moritz, Sie kennen sich doch aus mit solchen Dingen.

Ach, wissen Sie, Frau Holzmann, ich kann Ihrem Mann keine Vorwürfe machen, dass er ein erfolgreicher Bauherr geworden ist. Aber wenn man Häuser baut, gibt es Menschen, die Platz machen müssen. Diese Menschen fühlen sich dem Geld und der Politik ausgeliefert. Diese Ohnmacht erzeugt Wut. Und die artikuliert sich dann in Hass und, wie in Ihrem Fall, Antisemitismus. Ich heiße das nicht gut, denn wenn Ihr Mann Katholik gewesen wäre, hätte niemand »Christensau« an die Wand geschmiert, aber ich glaube, es ist da viel falsch gelaufen und Ihr Mann ist bedauerlicherweise nicht auf die Leute zugegangen. Im Gegenteil, er war unerreichbar.

Können Sie das nicht verstehen, nach allem, was er nebbich durchgemacht hat?

Moritz schwieg.

Mir ist etwas kalt, sagte sie plötzlich und erhob sich langsam. Moritz nahm sie am Ellbogen und half ihr aufzustehen.

Sie können sich bei mir unterhaken, dann gehen wir ein Stück gemeinsam.

Danke, aber ich muss es allein schaffen.

Jetzt stand sie gerade und aufrecht.

Ich denke oft an Baby. Sie war eine wundervolle Person. Und David. Ein toller Mann. Schade, dass das alles auseinandergegangen ist.

Ja, das ist der Lauf der Dinge.

Der Lauf der Dinge, das haben Sie schön gesagt.

Sie legte ihm kokett die Hand auf die Brust.

Grüßen Sie Ihren Bruder. Vielleicht sehen wir uns mal. Ich wohne ja nur um die Ecke.

Moritz lächelte.

Kommen Sie gut heim, Frau Holzmann. Auf Wiedersehen.

Tschüs, Professor.

Damit drehte sie sich um und ging langsam fort.

Else Holzmann, geborene Adam, dachte Moritz, die Kohlenhändlerstochter aus Bornheim. Welch eine Metamorphose.

Dreißig Minuten später war Moritz zu Hause. Er hatte das Brot unter dem Arm, die Post in der Hand, als er die Villa betrat.

Freddy! Bist du da?, rief er.

In der Küche!

Moritz kam in die Küche, wo Alfred Mozzarella mit Tomaten und Basilikum vorbereitete. Moritz legte das Brot auf das Brett.

Stell dir vor, wen ich getroffen habe.

6

Moritz saß in seinem gestreiften Pyjama im Bett, vor sich einige Briefe und geöffnete Kuverts. Er sprach laut mit Alfred, den man durch die offene Badezimmertür gurgeln hörte:

Hier, diese Annemarie Born, die macht einen guten Eindruck: ... und war ich viele Jahre im Dienst seiner Exzellenz, des Bischofs von Limburg.

Aus dem Badezimmer rief Alfred dazwischen:

Nicht koscher!

Moritz lachte. Er las weiter vor:

Oder die ... Pauline König ... die wäre was für dich, gelernte OP-Schwester, will sich verändern ...

Als Nachtschwester!

Alfred kam, lehnte sich fotogen an den Türrahmen. Er trug ein T-Shirt und Boxershorts.

Es ist nicht eine dabei, die auch nur annähernd meinen Ansprüchen genügt.

Moritz lachte.

Hört! Hört! Seinen Ansprüchen! Na, was glaubst du? Angelina Jolie wird sich bewerben!?

Bestimmt nicht, solange du dein Gebiss veröffentlichst! Alfred zeigte mit dem Daumen in Richtung Badezimmer, wir sind doch nicht in der Pathologie.

Moritz nahm es gelassen.

Das ist kein Gebiss, sondern eine Brücke. Und teuer war sie auch.

Ja, ja. Golden Gate! Stell das Glas sonst wohin. Auf deinen Nachtkasten. Aber nicht mitten ins Bad. Das ist ja ekelhaft.

Moritz wehrte sich.

Das musst du gerade sagen. Hast du mal gehört, wie du aufstößt? Das ist ekelhaft!

Ich bin magenkrank.

Ah! Jetzt ist er plötzlich magenkrank! Auch nicht schlecht. Seit wann?

Seit wann! Seit wann! Ich hatte schon immer einen übersäuerten Magen. Und wenn ich dann so ein Gebiss sehen muss …

Was bist du so empfindlich? Du warst doch ein Horrorstar.

Alfred winkte ab.

Schlaf gut, rief ihm Moritz nach.

Ich lass mir von dir nicht vorschreiben, wie ich zu schlafen habe, sagte Alfred, bevor er die Tür schloss.

Irgendwann gab Alfred auf. Es war müßig, mit seinem Bruder über die Bewerberinnen zu streiten, und so überließ er ihm die Auswahl. Schließlich kannte Moritz die Anforderungen des Haushalts besser. Alfred erklärte sich bereit, sich fernzuhalten, wenn die Kandidatinnen ihren Besuch ankündigten.

Die Erste war Frau Finke.

Frau Finke war zweiundfünfzig Jahre alt und viele Jahre bei Schlecker Filialleiterin. Sie war es gewohnt, wie sie schrieb, selbstständig zu arbeiten, war entscheidungsfreudig und teamfähig. Moritz hatte der schmalen, dunkelhaarigen Frau mit dem strengen Dutt bereits das Haus gezeigt. Sie betraten am Ende der Führung Alfreds Zimmer.

Hier lebt mein Bruder, sagte Moritz. Er ist zwar etwas jünger als ich, aber nicht mehr so gut beieinander.

Ist er ein Pflegefall?, fragte die Frau unsicher.

Nein, das nicht. Aber wie gesagt, er kränkelt ein wenig.

Frau Finke sah sich das monumentale Filmplakat an. Moritz trat neben sie.

Sehen Sie, hier steht »Freddy Clay«. Das ist mein Bruder. Er war ein berühmter Filmstar.

Die Frau blieb noch einen Moment schweigend vor dem Poster stehen, dann sagte sie:

Ich geh nie ins Kino. Es läuft ja nur Quatsch.

Das wollte Moritz so nicht stehen lassen.

Es gibt auch gute Filme.

Es kommt ja alles im Fernsehen.

Was kommt schon im Fernsehen?

Manche Sachen sind ganz schön.

Na ja, manche ..., sagte Moritz mechanisch und sah sich dabei um. Dann fand er, was er suchte. Er kam mit einer von Alfreds Autogrammkarten.

Möchten Sie vielleicht ein Autogramm?

Frau Finke verzog keine Miene.

Nein danke.

Haben Sie Kinder?

Zwei, sagte die Frau.

Dann nehmen Sie doch zwei mit, für die Kinder.

Er hielt ihr zwei Fotos unter die Nase.

Danke, aber meine Tochter ist geschieden und mein Sohn lebt in Detmold.

Moritz legte die Fotos wieder zurück.

So, Detmold ... ausgerechnet ... und was macht er da?

Er ist arbeitslos, sagte die Frau bedrückt.

Das kann er auch hier sein, dafür muss er nicht nach Detmold.

Frau Finke sah Moritz streng an.

Tja, ich muss mir das überlegen.

Ich auch, sagte Moritz.

Die nächste Bewerberin, Frau König, die ehemalige OP-Schwester, war eine untersetzte Mittvierzigerin. Sie stand verloren in der Küche herum, während Moritz hin und her ging und dozierte.

Wir sind kleine Esser, erklärte er, was isst man schon groß in unserem Alter? Kleinigkeiten.

Ja, sagte die Frau.

Sie können doch kochen, jedenfalls stand das in Ihrer Bewerbung.

Ja, ich kann kochen, meine Eltern hatten ein Wirtshaus.

Sie kommen aus Bayern, nicht wahr.

Die Frau bestätigte es.

Im Norden der Republik sagt man »Gasthaus« – also das Haus des Gastes. Bei Ihnen sagt man »Wirtshaus«, da hat der Wirt das Sagen. Daran kann man einiges erkennen.

Wie meinen Sie das?, fragte die Frau leicht aggressiv, wir sind auch gastlich.

Klar, sicher.

Eine peinliche Pause entstand. Moritz wollte das Gespräch wieder anschieben.

Abends essen wir meistens kalt.

Er ging zum Pinboard und zeigte ihr einen Plan.

Es ist nicht kompliziert bei uns, sehen Sie. Alles genau eingeteilt. Das ist der Speiseplan.

Für diese Woche?

Für alle Wochen, erklärte Moritz.

Es gibt jede Woche dasselbe?

Das gleiche, verbesserte er. Glauben Sie mir, das ist wunderbar. Man weiß immer, auf was man sich freuen kann.

In diesem Moment betrat Alfred die Küche. Er hatte eine Zeitung unter dem Arm. Er stellte eine volle Einkaufstüte auf den Küchentisch.

Das ist mein Bruder. Frau Kaiser, sagte Moritz.

König!, verbesserte ihn die Frau.

Alfred nickte kurz und ging wieder.

Die Frau sah ihm hinterher und sagte schnippisch:

Ich rufe Sie an.

Moritz und Frau Menschikowa, eine vitale Wolgadeutsche, standen im Keller vor einem Regal mit Marmeladengläsern. Jedes hatte einen ordentlichen, handgeschriebenen Aufkleber mit Inhaltsangabe und Datum.

Das ist mein Hobby, erklärte er.

Choppi? Sie verstand es nicht.

Nun, ein Steckenpferd …, versuchte Moritz zu erklären.

Pferd? Gaul?

Nein, es ist so. Meine Frau …

Frau?

Die Russin wusste nicht, was er meinte.

Ja, Frau. Aber meine Frau ist verstorben, versuchte es Moritz noch einmal.

Hn?

Sie ist tot!

Frau Menschikowa bekreuzigte sich und begann mit einem Klagegesang.

Oj, oj … armer Mann, Frau tot! Oj, oj …

Nein, nein, liebe Frau Mensch …, beruhigte er die Frau.
Menschikowa, sagen Ludmilla, sagte sie freundlich.
Frau Ludmilla. Das ist nicht so schlimm mit Frau, weil …
Sie unterbrach ihn entsetzt.
Nicht schlimm, wenn Frau tot? Das nicht sollen sagen …
Moritz sprach jetzt übertrieben langsam und betonte jedes Wort:
Doch, das ist sehr schlimm, aber meine Frau ist schon vor längerer Zeit verstorben.
Ah! Choroscho!, rief sie. Jetzt neue Frau!
Sie stupste ihn kumpelhaft am Arm.
Er lächelte gequält und fragte:
Sind Sie verheiratet? Sie Mann?
Frau Menschikowa machte eine abfällige Bewegung mit der Hand.
Mann meiner … pffft!
Jetzt war es Moritz, der nicht richtig verstand:
Pffft? Auch … tot?
Sie lachte heiser.
Nein! Hat er sich viel gesoffen, sie machte die Trinkbewegung, Wodka!
Und dann?, wollte Moritz wissen.
Und dann … weglaufen!
Das machte Moritz verlegen, ihm fiel nicht mehr ein als:
Ja, ja, so hat jeder sein Päckchen zu tragen …
Er wendete sich wieder seinem Eingemachten zu.
Also, Marmeladen sind meine große Leidenschaft.
Sie kam verschwörerisch an ihn ran und flüsterte:
Mann meiner ab … mit dreckige Judenchure!

Der Salon sah nicht mehr aufgeräumt aus. Moritz saß auf der Couch und blätterte ohne Hoffnung noch einmal alle Bewerbungen durch. Alfred war hinter dem »Corriere della Sera« verschwunden, den er sich manchmal aus Sentimentalität gönnte.

Morgen kommt noch mal eine, sagte Moritz.

Das liest man hier nie, meinte Alfred, dass es in der Zeit, während die arabischen Reitermilizen Darfur terrorisierten und Zehntausende von Menschen massakrierten, allein 22 Resolutionen der UN gegen Israel gab. Möchtest du wissen, wie viel gegen den Sudan ausgesprochen wurden?

Lass mich raten, sagte Moritz. Keine?

Bingo!, rief Alfred. Wenn in Gaza ein Mensch umkommt, sind hier Hunderte von Sympathisanten auf der Straße. Hast du schon mal eine Demo gesehen gegen die Ermordung von Christen in Nigeria? Oder die Hinrichtung von Schwulen im Iran? Immer nur, wenn es gegen Juden geht, werden die Menschen aktiv.

Moritz erhob sich.

Freddy, wir müssen uns nicht immer erzählen, was wir ohnehin besser wissen als die anderen.

Du hast recht, außerdem regt es einen nur wieder auf.

Weißt du, was mich aufregt? Wenn wir nicht umgehend eine Haushilfe finden, sieht es hier bald aus wie bei der Rebbezen im Bett!

Alfred hatte inzwischen die Programmzeitung in der Hand.

Wo ist die Fernbedienung?

Er sprang auf und begann, sie zu suchen. Moritz schaute ihm nach.

Ich will nicht fernsehen!

Aber ich. Stell dir vor: Es kommt »Schrecken der Nacht« auf 3sat. Da haben sie Themenabend Horror!

Muss ich das sehen? Diesen Schwachsinn!

Schwachsinn? Dieser Schwachsinn hat mich gut ernährt!

Er schaltete durch die Kanäle.

Freddy! Du hast ihn doch schon tausendmal gesehen. Von vorn, von hinten, in Zeitlupe, auf Hindi mit chinesischen Untertiteln.

Alfred unterbrach:

Das ist nicht dasselbe wie »live«!

Er zappte weiter durch die Kanäle.

Habe ich dir mal erzählt, wie Mauro Murano mich damals gecastet hat?

Ja! Ich kann es auswendig. Es war in Rimini am Strand!

Alfred war sauer.

Rimini! Es war in San Remo! Du schmock! »Die Nacht des Grauens« war in Rimini! »Schrecken der Nacht« war San Remo!

Alfred hatte den Sender rechtzeitig gefunden. Eine hübsche Moderatorin war zu sehen. Sie hielt ein Kärtchen in der Hand und sagte gerade:

Im Anschluss sehen Sie jetzt: »Schrecken der Nacht«, mit Harvey Stuart und Freddy Clay in den Hauptrollen.

Was nennt sie mich an zweiter Stelle? Die Kuh!

Moritz nahm seine Post und ging zur geöffneten Flügeltür.

Ich gehe ins Bett.

Alfred war außer sich.

Um halb elf geht er ins Bett! Fabelhaft! Du bist ausgesprochen ungemütlich!

Wie das hier aussieht! Räume lieber auf, anstatt deine alten schmonzes anzugucken. Aber nein! Er ist sich zu schade, der Herr Filmstar!

Alfred starrte auf den Bildschirm.

Schau dir wenigstens den Anfang an. Mein Auftritt ist nicht schlecht, sag ich dir!

Moritz sagte im Rausgehen:

Ich sehe deine Auftritte jeden Tag.

Dann war er weg.

Du mieser jid!, rief ihm sein Bruder hinterher.

7

Sie war von außergewöhnlicher Schönheit. Schwarzes Haar, hellbraune Haut, große, dunkle, strahlende Augen mit hohen Brauen. Ihr aufrechter Gang, der ihre Größe noch unterstrich. Sie trug Jeans und eine Kapuzenjacke. Selbst in dieser einfachen, unauffälligen Kleidung wirkte sie stilvoll und edel. Über ihre linke Schulter hatte sie einen schwarzen Rucksack gehängt.

Sie hatte die Familienpension verlassen und war die Straße hinuntergelaufen. An der Ecke sah sie sich nach links und rechts um, als fühlte sie sich beobachtet, und überquerte dann rasch die Bergerstraße, um zur U-Bahn-Station am Merianplatz zu gehen. Vor einer Espressobar blieb sie stehen und sah auf die Uhr. Sie ging zum Buffet und bestellte einen Cappuccino.

Moritz saß auf der Bettkante und wartete, bis sein Kreislauf einigermaßen in Schwung gekommen war. Fanny hatte ihn bereits vor Jahren dazu angehalten, »vernünftig« aufzustehen und nicht einfach hochzuschnellen und aus dem Bett zu springen. Damals hatte er sich noch über sie lustig gemacht. Aber heute? Solange man jung war, dachte man nie über sein Jungsein nach. Heute, im Alter, dachte man an nichts anderes als daran, dass man alt wurde.

Moritz erhob sich langsam und sah auf den Wecker. In einer Stunde würde sie kommen, die nächste Bewerberin. Er wollte im Eingangsbereich ein wenig sauber machen, nur das Notwendigste. Mit diesem Vorsatz verschwand er im Bad.

Alfred saß in seinem Morgenmantel am Schreibtisch und schnitt einen Artikel aus. Er hatte sich die Zeitung schon früh aus dem Briefkasten genommen. Er hasste es, eine bereits gelesene Zeitung in die Hand zu nehmen. Für ihn musste eine Tageszeitung noch unschuldig sein. Leider ging es Moritz ebenso und darum gab es den täglichen Kampf um die FAZ. Immer wieder regte sich Moritz auf, wenn sein Bruder die Feuilletonbeilage herausnahm, die jeder zuerst lesen wollte.

Alfred überflog in der Regel die politischen Artikel, sie waren oft Schnee von gestern. Es ging immer um Krisen: die Finanzkrise, die Bankenkrise, die Bildungskrise, die Kulturkrise. Jeder hatte heute das Recht auf seine Krise. Das Wesentliche hatte er bereits im Fernsehen gesehen oder im Internet auf Spiegel Online gelesen, was er täglich mehrmals anklickte. Die Kommentare las er selten zu Ende, denn in den meisten Fällen deckten sie sich mit seiner Meinung, und was ihn ärgerte, musste er nicht lesen. Was ihn wirklich interessierte, waren Verschwörungen und Machenschaften, waren Artikel, in denen sich zum Beispiel Antisemiten selbst entlarvten. Sie bestätigten seinen kritischen Blick auf die deutsche Gesellschaft.

Was Moritz am meisten hasste, waren Artikel, die nicht mehr da waren, die Alfred bereits ausgeschnitten hatte. Das ließ sich aber nicht immer vermeiden, so wie heute, als er einen Artikel über die Schließung von zweihundert Kinos und den Niedergang des italienischen Films entdeckt hatte, den er unbedingt einem schwulen Kollegen nach Rom schicken wollte. Enrico Paulson war ein jüdischer Schauspieler, ein Wiener Emigrant, der schon bei Rossellini und Visconti gespielt hatte und der in einem Altersheim für Künstler lebte.

Alfred legte den ausgeschnittenen Artikel zur Seite. Er sah auf dem Teller das Wurstbrot und biss ein Stück ab. Er kaute genüsslich.

Dann nahm er die Tasse und trank einen Schluck Tee.

Es klopfte an seiner Tür und Moritz rief: Freddy?

Alfred nahm nervös die Zeitung hoch.

Was willst du?

Möchtest du etwas essen?, hörte er durch die Tür.

Nein!, antwortete Alfred, danke!

Aber du musst doch was essen, ließ der Bruder keine Ruhe.

Wieso muss ich essen?

Soll ich dir ein Brot machen? Ich mache dir gern ein Brot. Mit Quittenkonfitüre. Hn?

Moritz gab nicht auf, typisch.

Nein. Ich möchte nichts, versuchte Alfred ihm klarzumachen.

Trink wenigstens einen Tee, war die Antwort.

Oder ja oder nein! Lass mich.

Was ist los mit dir?, kam die nächste Frage durch die Tür.

Alfred antwortete jetzt mit tonloser Stimme:

Ich fühle mich nicht gut.

In der nächsten Sekunde wurde die Tür geöffnet und Moritz kam ins Zimmer. Alfred warf rasch die Zeitung über sein Frühstück.

Moritz war besorgt:

Was heißt, du fühlst dich nicht gut?

Ich weiß auch nicht, sagte Alfred gequält, irgendwas ist mit mir.

Möchtest du Haferschleim?

Du musst dich nicht kümmern.

Was heißt, ich muss mich nicht kümmern? Sei nicht albern. Ein Tee mit Zwieback ist schnell gemacht.

Meinetwegen, gab Alfred nach.

Na, siehst du.

Moritz ging zur Tür.

Die Kittelschürze ist schrecklich, sagte Alfred.

Ich weiß.

Die Tür wurde geschlossen.

Alfred stopfte rasch das Brot in sich hinein. Er kaute und trank.

Die junge Frau verließ die U-Bahn-Station Westend. Sie hielt einen Zettel in der Hand, musste sich kurz orientieren, wo sie war. Sie fragte einen Schülerlotsen nach der Straße. Der zeigte in eine Richtung. Die junge Frau bedankte sich und ging weiter.

Einige Minuten später stand sie für einen Augenblick unschlüssig an der Pforte und schaute auf die eindrucksvolle graue Villa. Dann drückte sie auf die untere Klingel, an deren Schild der Name Kleefeld stand. Die Klingel darüber trug den Namen Stöcklein.

Durch ein offenes Fenster im Erdgeschoss vernahm sie das Geräusch eines Staubsaugers. Sie schaute ratlos, als ein junger Briefträger hinter ihr sein gelbes Fahrrad aufbockte.

Morgen. Wollen Sie da rein?, fragte er.

Ja, sagte die Frau.

Der Briefträger meinte:

Das dauert, bis die aufmachen, die zwei Zausel.

Er öffnete mit sicherem Griff die Gartenpforte am inneren Drehknopf.

Dann drückte er der jungen Frau die Post in die Hand.

Darf ich? Einer ist sicher da …

Und damit radelte er weiter.

Sie klingelte an der Tür. Das Staubsaugergeräusch brach ab.

Moritz zog rasch die Kittelschürze aus. Er blickte kurz in den Garderobenspiegel, ordnete mit den Fingern ein wenig sein Haar und öffnete die Tür.

Davor stand eine attraktive junge Frau.

Sie war ein wenig größer als er, hatte das hübscheste Lächeln, die weißesten Zähne und die wärmsten Augen der Welt, als sie mit einer angenehmen Stimme sagte:

Guten Tag. Mein Name ist Zamira Latif. Hier, Ihre Post …

Moritz nahm ihr den Packen aus der Hand.

Kleefeld, bitte treten Sie doch ein, es ist leider etwas …

Zamira betrat den Flur und schaute sich um. Dabei sagte sie:

Danke, dass Sie haben sich gemeldet auf meinen Brief.

Das ist doch eine Selbstverständlichkeit, erwiderte Moritz.

Er warf die Post auf eine Konsole und zog den Staubsauger zur Seite.

Bitte, legen Sie doch ab.

Moritz wollte ihr helfen, aber sie hatte blitzschnell die Jacke ausgezogen und hängte sie an den Haken. Ein Mobiltelefon spielte eine arabische Melodie.

Entschuldigung, sagte sie, und fingerte ihr Handy aus dem

Rucksack. Sie schaute auf das Display und schaltete das Gerät aus.

Er machte eine Handbewegung und zeigte zum Salon. Sie ging los.

Zamira sah sich im Zimmer um. Es war ein großer Raum, von dem man durch eine Flügeltür ins Speisezimmer sehen konnte.

Woher kommen Sie? Sie haben nichts darüber geschrieben.

Berlin.

Ich meine, woher stammen Sie?

Aus Hebron.

Ah, Hebron, sagte Moritz mit belegter Stimme.

Er musste sich räuspern. Ausgerechnet eine Palästinenserin, dachte er. Sympathisch wirkt sie ja, aber wenn sie erfährt, wo sie hier gelandet ist, haut sie wieder ab. Oder, so kam ihm plötzlich angstvoll in den Sinn, wusste sie es bereits! Vielleicht war sie Teil eines heimtückischen Plans? Eine arabische Mata Hari.

Sie spielen Klavier, sagte sie und zeigte auf den Steinway-Flügel, der in der Ecke stand.

Ein wenig, meinte Moritz, Lang Lang bin ich nicht. Eher Kurz Kurz.

Sie musste lachen.

Spiel ich Geige, sagte sie.

Ich spiele Geige, verbesserte er sie.

Sie spielen Geige?

Nein, ich habe Sie nur korrigiert. Sie sagten: Spiele ich Geige. Es heißt aber: Ich spiele Geige. Zuerst das Pronomen, dann das Verb.

Klar. Mache ich immer den gleichen Fehler.

Bevor er etwas sagen konnte, verbesserte sie sich:
Ich mache immer den gleichen Fehler!
Moritz schaute sie an und dachte:
Wer Geige spielt, konnte kein schlechter Mensch sein. Obwohl, wenn er ans Dritte Reich dachte, an die musischen Bestien. Hatte Heydrich nicht Geige gespielt? Oder war es Mengele?
Dann können wir ja Hauskonzerte geben, sagte er.
Sie lächelte.
Die junge Frau schaute hinüber zu einer Staffelei, die dekorativ vor dem Fenster stand und auf der sich Fannys letztes Werk befand, ein Aquarell von ihrer Reise in die Provence. Lavendelfeld mit Olivenbäumen. Nichts Berühmtes, aber auch nicht schlecht. Alfred machte sich hin und wieder lustig über das amateurhafte, naive Bild, aber Moritz mochte es nicht wegstellen. Er wollte, dass der Geist seiner Frau nach wie vor präsent blieb in diesem Haus.
Sie sind Künstler?, fragte sie.
Nein, das hat meine Frau … als sie noch gelebt hat, natürlich. Ich bin Soziologe … und Psychologe.
Ah, Psychologe! Haben Sie zu tun mit Verrückten?
Er lachte.
Im Augenblick nur mit einem!
Sie verstand es nicht. Er winkte ab. Unwichtig.
Ich war an der Universität.
Wow, sagte sie, sind Sie ein Professor!
Na ja, jeder ist, was er ist …
Sie verwirrte ihn.
Unser Hausmädchen war über dreißig Jahre bei uns.
Jetzt fiel ihm auf, dass sie im Zimmer herumstanden.
Bitte, setzen Sie sich doch. Möchten Sie etwas trinken?

Nein, vielen Dank, sagte sie, während sie in einem Sessel Platz nahm.

Sind Sie schon lange hier? Sie sprechen wunderbar deutsch.

Ich war in Beirut auf der deutschen Schule.

Tatsächlich?

Darf ich das Haus sehen?, fragte sie plötzlich.

Warum wollte sie jetzt das Haus sehen? War sie auf die Kleefelds angesetzt? Sollte sie sich den Plan einprägen für das Kommando, das in wenigen Stunden hier einfallen würde? Für die vermummten Männer, die mit einem weißen Toyota Hilux durchs Tor preschen, die Tür eintreten und dann mit Kalaschnikows um sich ballern würden. Trug sie vielleicht einen Sprengstoffgürtel? Wo hatte sie ihre Pistole versteckt?

Das Haus! Aber sicher, verzeihen Sie, ich bin etwas nervös ... mein Bruder ist kränklich und er fühlt sich heute elend ...

Oh, tut mir leid.

In diesem Augenblick betrat Alfred schwungvoll das Zimmer!

Er war leger gekleidet, wirkte jugendlich. Er machte einen kerngesunden Eindruck! Alfred, der Schauspieler. Vermutlich hatte er die hübsche Frau schon von seinem Balkon aus erspäht und sich vorbereitet. Beiläufig sagte er:

Moritz, ich wollte ... hallo ... wen haben wir denn da?

Sein Bruder zeigte auf Zamira.

Das ist Frau ...

Latif, sagte die Schöne.

Frau Latif, wiederholte Moritz, um dann anzufügen, sie kommt aus Hebron!

Alfred ließ sich nichts anmerken, sondern ging zu Zamira und gab ihr die Hand.

Madame.

Sie kommt aus Hebron!, wiederholte Moritz lauter. Er war sauer. Das war wieder einmal typisch. Der eitle Geck, und wie er sich an die Rampe spielte.

Habe die Ehre, Kleefeld, sagte Alfred.

Moritz musste wieder die Initiative ergreifen.

Frau Latif interessiert sich für die Stelle als Hausdame …

Alfred lächelte ironisch.

Glauben Sie kein Wort, Verehrteste, sagte er, »Hausdame« ist ein Euphemismus. Im Klartext heißt das Putzfrau, Köchin, Krankenschwester und …

Er grinste verschmitzt und fügte pathetisch an, indem er jede Silbe betonte:

To-ten-grä-be-rin!

Moritz atmete tief durch. Was sollte das jetzt?

Zamira wurde unsicher.

Aber in der Annonce war geschrieben »Hausdame« …

Erlauben Sie mir bitte die kleine Übertreibung. Ich bin Schriftsteller.

Auch das noch, dachte Moritz, jetzt ist er auch noch Schriftsteller! Nur weil er seit Monaten versucht, seine überflüssigen Lebenserinnerungen in seinen Laptop zu hacken.

Bevor aber Moritz etwas sagen konnte, meinte Alfred:

So, Kinder, ich lasse euch. Ich habe einen Termin.

Im Rausgehen drehte er sich noch einmal theatralisch um:

An Ihrer Stelle würde ich mich nach etwas anderem umschauen. Für die Arbeit bei uns sind Sie viel zu schön!

Dieser Auftritt war gelungen, dachte Moritz bitter.

Alfred war bereits außer Sichtweite, als er sagte:

Ich esse in der Stadt!

Moritz rief ihm nach:

Was heißt, du isst in der Stadt? Ich wollte eine Gemüsepfanne machen.

Eben, deshalb!

Dann fiel die Tür ins Schloss.

Einige Minuten später standen sie in Alfreds Zimmer vor dem Filmplakat.

Wow! Freddy Clay! Habe ich schon mal gehört.

Moritz spielte es herunter.

Das ist lange vorbei. Er kann sich keinen Text mehr merken. Deshalb schreibt er jetzt. Na ja, was heißt »schreiben« … Thomas Mann ist er nicht.

Können Sie ihm nicht helfen?

Beim Schreiben?

Psychologisch.

Sie tippte sich an die Stirn.

Moritz schüttelte den Kopf.

Fortgeschrittene Arteriosklerose. Da ist nichts zu machen. Immerhin ist er bereits fünfundsiebzig.

Sieht gut aus, sagte sie.

Finden Sie?, wurde Moritz eifersüchtig, ich bin achtundsiebzig.

Nein, rief sie, nicht möglich!

Wenn ich es Ihnen sage.

Hätte ich das nie gedacht, können Sie sich bei Gott bedanken, dass Sie sind in Form.

Moritz fühlte sich geschmeichelt.

Gott hat sicher seinen Anteil daran, aber ich habe selbst dazu beigetragen, dass ich noch fit bin.

Machen Sie Sport?, wollte sie wissen.

Um Himmels willen! Nein, aber ich bin streitbar!

Streitbar?

Das Gehirn muss trainiert werden. Wer sich gern streitet, bleibt jung!

Nein, Streit macht nur Probleme.

Ich meine auch nicht Streit im Sinne von Streit. Man muss wach sein, reflektieren, argumentieren, sich wehren.

Okay, stimmt, Herr Professor. Soll man sich nix gefallen lassen. Sonst machen die, was die wollen.

Wer?

Die Leute.

Da haben Sie recht ... bitte.

Er zeigte zur Tür.

Sie drehte sich noch einmal zum Plakat um.

Moritz legte ihr kaum merklich die Hand auf den Rücken und schob sie sanft zur Tür. Er berührte dabei unabsichtlich den Verschluss ihres Büstenhalters durch das T-Shirt. Und ihr junges, strammes Fleisch. Wie lange hatte er so etwas nicht mehr erfühlt? Hundert Jahre.

Wie gesagt, mein Bruder ist etwas kränklich.

Die Küche war unaufgeräumt. Schmutziges Geschirr stand im Waschbecken. Zamira sah sich um, während Moritz redete:

Sie müssen mir glauben. Ich bin sonst etepetete.

Was?

Sauber.

Sie lächelte.

Also, das ist mir unangenehm. Ich war gerade am Putzen.

Sie hätten sehen sollen unsere Wohnung.

So unaufgeräumt?, fragte Moritz.

Nein. Mein Mann hat alles kaputt gemacht.
Moritz war entsetzt.
Kaputt? Wieso?
Weil ich weg bin ...
Ein Araber?
Nein, sagte sie leise, deutsch.
Moritz war erleichtert. Ein Ehrenmord hier im Haus, das hätte ihm noch gefehlt.
Sie sind verheiratet?
Ja, aber ich habe eingereicht die Scheidung.
Nach einer kurzen Pause fuhr sie fort:
Ich will, dass er mich in Ruhe lässt.
Und? Lässt er Sie in Ruhe?, wollte Moritz wissen, er war beunruhigt.
Er weiß nicht, wo ich bin. Wenn er wüsste ...
Das hört sich ja gut an, dachte Moritz.
Ist er denn kräftig?
Er trinkt. Und wenn er ist in Rage, wird er wie ein Tier!
Wie ein Tier! Auch das noch! Die Unruhe steigerte sich bei Moritz.
Die Polizei ist gekommen, sonst hätte er mich umgebracht!
Umgebracht! Er sah ihn vor sich. Ein blutrünstiger Riese. Moritz würde nachher ein Valium nehmen müssen.
Sie ging zum Spülstein und ließ Wasser einlaufen.
Was machen Sie da?
Spülen, sagte sie.
Moritz stellte das Wasser ab.
Das kommt überhaupt nicht infrage. Außerdem haben wir einen Geschirrspüler. Und wir sind uns ja auch noch nicht einig, oder?

Ich würde gern arbeiten hier, sagte sie bestimmt.

Das will gut überlegt sein.

Moritz sah sich unter einem weißen Tuch vor dem Haus liegen. Zwei Füße ragten hervor. Ein Schuh und ein Strumpf waren zu sehen. Wo ist immer der zweite Schuh bei solchen Katastrophen? So ein netter Herr, würde die Nachbarin ins Mikrofon sagen, gestern hat er noch freundlich gegrüßt. Alfreds Leiche und die der Frau lagen im Hausflur. Einen verwirrten Mann mit blutverschmiertem Messer in der Hand hatte man bereits festgenommen. Eine Beziehungstat wird nicht ausgeschlossen. Der »mutmaßliche« Täter, würde es in der Tagesschau korrekterweise heißen. Er hätte keinen Nachnamen und sein Gesicht wäre gepixelt.

Wir waren noch nicht im Keller, sagte er.

Wow, Sie haben einen richtigen Weinkeller!

Als meine Frau noch lebte, haben wir Weinreisen gemacht, nach Frankreich, und haben uns aus dem Bordeaux Weine mitgenommen. Wir waren auch im Burgund. Und an der Loire.

Er nahm eine Magnumflasche aus dem Regal und besah sich das Etikett.

Ist die dick, meinte Zamira.

Je voluminöser die Flasche, desto besser das Aroma. Das ist ein Grand-Puy Ducasse von 1984.

Vierundachtzig, rief sie, bin ich geboren!

Er lächelte ihr zu und sagte:

1984 war ein gutes Jahr.

Vierundachtzig, dachte er, da war er schon fast fünfzig. Und sie wurde gerade geboren.

Er legte die Flasche zurück. Sie gingen weiter.

Jetzt stand Zamira staunend vor dem Regal mit den zahllosen Einmachgläsern.

Das ist meine Passion!

Konfitüre ist ihre Passion? Sie verstand es nicht.

Meine Frau war Belgierin.

Belgien ist schön?

Was heißt schön? Die Schokolade ist gut und das Bier. Und die Pommes frites, natürlich. Sie kam aus Antwerpen, aus dem flämischen Teil.

Aha.

Es gibt auch einen wallonischen Teil. Sie hat immer gern Marmeladen gemacht und an den Feiertagen hat sie kleine Konfitüregläser verschickt, an die Familie, und so ist das gekommen. Ich habe diese Tradition übernommen.

Sie schaute ihn an.

Das mit dem Einmachen, schob er hinterher.

Zamira sagte:

Haben Sie Ihrer Frau geholfen. Das ist gut. Die arabischen Männer machen das nicht. Und die deutschen auch nicht.

Moritz' Ton veränderte sich, als er zu erzählen begann:

Sie war mit unserer Haushälterin vom Markt gekommen und plötzlich bekam sie mörderische Kopfschmerzen und wurde bewusstlos. Wir haben den Notarzt gerufen, sie kam sofort in die Klinik. Es war ein Aneurysma, ein Stau in einem Blutgefäß im Gehirn, und das wird immer dicker, bildet eine Beule und reißt dann.

Schrecklich!, sagte Zamira.

Dabei hatte sie gerade eine Krebstherapie hinter sich und war auf dem Weg der Besserung.

Tut mir so leid, sagte die junge Frau.

Ich konnte nicht auf der Intensivstation bleiben, es machte

mich fertig. Die Haushälterin blieb, ich bin zurück nach Hause. Und ich sah das viele Obst, das auf dem Tisch lag. Und dann habe ich es geputzt. Ich habe geweint, geputzt, gekocht, geweint. Und mir gesagt, wenn ich das ganze Obst koche, dann wird sie wieder gesund.

Sie sind ein guter Mensch, sagte Zamira, das merkt man gleich.

Sie ist dann in der Nacht gestorben.

Moritz wurde traurig und wollte das Thema wechseln:

Das Einmachen beruhigt. Und man hat direkt einen Erfolg. Wenn ich eine Vorlesung hielt, haben mich zweihundert Studenten angeglotzt, aber ich konnte nie sicher sein, ob da etwas hängen blieb.

Sie lachte:

Bei Marmelade bleibt was hängen!

Er lächelte.

Allerdings. Man präpariert die Früchte, man kocht sie, man verfeinert sie und ein paar Stunden später stehen sie hier unten. In Gläsern, säuberlich beschriftet und haben einen Sinn. Ich verschenke sie an Freunde.

Sie schaute versonnen auf die Gläser.

Toll, sagte sie.

Finden Sie wirklich?

Natürlich, ich lüge nicht.

Er gab ihr wortlos ein Glas.

Nein, ich kann das nicht annehmen, sagte sie.

Warum nicht?

Sie kennen mich nicht.

Sie werden mir das leere Glas hoffentlich zurückgeben?, fragte er.

Beide lachten.

Und Ihr Bruder? Hat der auch ein Hobby?

Moritz dachte einen Augenblick nach. Dann sagte er:

Jetzt, wo Sie das fragen ... ich glaube, er ist sein Hobby.

Sie standen in der kleinen Wohnung unter dem Dach, die noch nach Frau Stöcklein roch. Während Moritz das Fenster öffnete:

Ich wollte sie renovieren lassen, aber unsere Haushälterin war allergisch gegen Farben ...

Ich nicht, meinte Zamira, kann ich streichen.

Das kommt nicht infrage. Also, wenn Sie ... ich meine, wenn wir uns einigen, dann wird die Wohnung picobello hergerichtet.

Sie ging zum offenen Fenster und schaute hinaus. Er sah ihre wundervolle Figur im Gegenlicht.

Schön, sagte sie.

Ja, meinte er versonnen. Sehr schön.

Moritz war fasziniert. Ihre anmutigen Bewegungen. In ihren Händen hielt sie das Marmeladenglas. Sie drehte sich zu ihm um und fragte:

Das gehört alles Ihnen? Auch der Garten?

Ja, sicher.

Wir haben alles verloren. Durch Israel.

Moritz wollte sich auf keinen Fall auf dieses Thema einlassen.

Er lenkte ab:

Eigentlich wäre ich gern woanders, sagte er.

Und wo?

Moritz überlegte.

Also ... es ist schwer zu sagen ... mal hier, mal dort.

Reisen Sie gern?

Ja, sagte er, aber ich bin auch gern zu Hause.
Was erzähle ich denn da, dachte er.

Zamira und Moritz standen im Hausflur.

Wie gesagt, meinte Moritz, ich möchte, dass sich auch mein Bruder äußert. Schließlich müssen wir alle hier zusammenleben.

Versteh ich, sagte sie, ich komme noch mal vorbei.

Sie lächelte.

Etwas lag Moritz auf der Seele und er musste es loswerden. Er räusperte sich.

Es gibt noch eine Sache, die Sie wissen sollten. Also, es ist so ... Sie sind Islamistin ... nein, ich will sagen, Sie glauben an Allah.

Ja. Ich bin Muslima, sagte sie. Aber bin ich nicht religiös. Und Sie?

Nun, ich bin ... ich bin jüdisch!

Zamira war überrascht.

Jude? Sie sind sicher?

Moritz lächelte über ihren Einwand.

Ja, ganz sicher.

Und Freddy Clay auch?

Ja, Frau Latif, seine Stimme wurde fester. Unsere Familie ist jüdisch.

Ein Moment der verlegenen Pause folgte.

Warum Sie sind nicht in Israel?

Warum sind Sie nicht in Hebron?, fragte er sofort zurück.

Weil man nicht in Hebron leben kann. Wollen Sie wissen, warum?

Moritz spürte eine unterschwellige Aggression.

Es liegt mir fern, sagte er, die israelische Siedlungspolitik zu verteidigen. Ich bin nur ein einfacher Jude und nicht verantwortlich für die israelische Regierung. Für mich ist das ein Unterschied, leider nicht für Ihre Extremisten.

Sie sah ihn an und fragte:

Sie waren in KZ?

Nein. Wir konnten rechtzeitig in die USA flüchten. Aber mein Vater ist im KZ umgekommen und viele aus unserer Familie.

Zamira schaute ihn ernst an und sagte:

Heute behandeln die Juden die Palästinenser so, wie die Nazis die Juden. Die Juden sollten doch wissen, wie das ist.

Erstens ist das nicht wahr. Gaza oder das Westjordanland mit einem KZ zu vergleichen, ist infam, schoss Moritz zurück. Zweitens: Auschwitz war keine Universität, dort hat man nicht Humanität gelehrt. Warum erwartet man immer von den Juden Verständnis und Nachgiebigkeit? Sie sind ein Volk wie jedes andere. So gut und so schlecht.

Die Stimmung hatte sich verändert. Beide spürten das. Zamira schaute auf die Uhr. Hoffentlich behält sie das Marmeladenglas, dachte Moritz.

Sie stellte es auf die Konsole.

Ich muss überlegen, sagte sie, ich melde mich.

Nachdem sie gegangen war, musste Moritz lange an sie denken. Nein, sie war keine eingeschleuste Terroristin. Er hoffte, sie würde den Job annehmen.

Sie waren im Garten. Alfred war im Begriff, einen Kopfstand zu machen. Er trug einen Jogginganzug.

Sie ist nett. Und nicht dumm, sagte Moritz, der am Gartentisch saß.

Wenn du »nicht dumm« sagst, meinst du »intelligent«, kam Alfreds Stimme kopfüber von unten, wenn du »nett« sagst, bist du hin und weg.

Das wollte Moritz so nicht stehen lassen.

Unsinn, aber ich habe das Gefühl, sie ist eine anständige Person.

Alfred kam wieder auf die Beine. Er atmete schwer, erhob sich, haute sich in einen Korbsessel und sagte:

Du verstehst was von Frauen!

Nein, nur du!, konterte Moritz.

Ich trage keine Strickwesten!

Mit Blick auf den schnaufenden Alfred sagte Moritz:

Was quälst du dich?

Ich halte mich fit, widersprach er, außerdem war ich immer sportlich. Im Gegensatz zu dir, du schlamassel.

Dafür habe ich ein gesundes Herz und einen gesunden Magen.

Alfred nahm das Sprudelwasser und trank aus der Flasche.

Warum nimmst du kein Glas?

Alfred setzte die Flasche ab und wischte sich den Mund.

Hast du Angst vor Aids oder was?

Er reckte sich und atmete tief durch. Dann fragte er:

Nu, was ist jetzt mit dieser Palästinenserin?

Dass wir Juden sind, hat ihr einen Schock versetzt.

Dass wir alte Juden sind!

Falls sie »Ja« sagt … sie muss dir auch gefallen.

Gefallen? Wer so aussieht, für den ist Sünde eine Tugend.

Ich wollte sie nicht als deine Mätresse einstellen.

Sie ist immerhin Araberin. Vielleicht ist sie ein Sleeper?, sagte Alfred.

Ein Beisleeper! Moritz grinste.

Nein, im Ernst, was kann man wissen?

Moritz versuchte, die Zweifel zu zerstreuen.

Die Hamas hat sie rekrutiert, um zwei alte Kacker in die Luft zu sprengen! Glaubst du das tatsächlich?

Die sind zu allem fähig.

Moritz wollte davon nichts hören.

Sie wird den Haushalt machen und fertig.

Deine verpischten Unterhosen waschen, sagte Alfred.

Und dein verstunkenes Zimmer aufräumen.

Moritz grinste wieder.

Sein Bruder grinste zurück.

Du alter jeckepotz!, sagte er.

Du nudnik!, antwortete Moritz.

Das Telefon klingelte.

Moritz nahm den Hörer.

Ja, bitte, sagte er.

Professor?

Er erkannte ihre Stimme sofort.

Der Regen prasselte gegen die Erkerfenster. Ein wenig verloren wirkte Zamira in dem breiten Ledersessel. Ihr gegenüber, fast wie bei einem Verhör, saßen Moritz und Alfred. Alfred erzählte schon seit über einer Viertelstunde Belanglosigkeiten. Von irgendwelchen Dreharbeiten zu irgendeinem Film. Zamira lauschte aufmerksam, wahrscheinlich nur aus Höflichkeit, während sich Moritz langweilte. Er kannte die Geschichten zur Genüge, allerdings baute Alfred sie von Mal zu Mal aus und erfand immer neue Variationen. Nun war die Nummer mit den Zähnen dran:

Und dann habe ich sie gebissen, hier in den Hals, die große Ornella Muti, und plötzlich waren meine Zähne fort! Mein

Vampirgebiss war spurlos verschwunden. Es war in ihren Ausschnitt gefallen!

Zamira lächelte höflich.

Ja, ein Vampir ohne Zähne!, sagte Alfred und sah dann zu seinem Bruder.

Du weißt, wie das ist, Moritz ... Golden Gate!

Er schüttete sich aus vor Lachen.

Was ist so lustig?, sagte Moritz.

Alfred sagte lachend zu Zamira:

Sie müssen entschuldigen, aber mein Bruder hat keinen Humor.

Moritz lächelte gezwungen.

Wegen Alfreds Humor hatten wir als Kinder oft Stubenarrest!

Alfred mit scharfem Ton:

Dein Vater hatte auch keinen Humor. Das hast du von ihm.

Das hätte er nicht sagen sollen. Moritz schaute ihn böse an.

Onkel David hatte Humor, stimmt!, sagte er bissig.

Alfred versuchte, die Situation zu entschärfen:

Erzählen Sie von Ihren Eltern, Zamira.

Ach, sagte sie, was soll ich erzählen ... mein ist Vater gestorben, war ich klein. Ich bin zu meiner Tante gekommen. Bin da aufgewachsen, Schule und so.

Sie sind Waage, sagte Alfred.

Wow, woher wissen Sie das?

Ich erfühle es, sagte er pathetisch.

Nein, bitte jetzt keine Horoskope!, dachte Moritz. Er wollte das Thema beenden.

Erzählen Sie von Ihrer Kindheit. War sie schön?

Schön? Wir lebten im Westjordanland!

Das saß!

Ich wollte Krankenschwester werden.

Moritz meinte mit Blick auf seinen Bruder:

Da finden Sie hier ein weites Betätigungsfeld. Mein Bruder ist dauernd krank. Heute das Herz, morgen die Leber.

Soll er ruhig reden. Ich mache jeden Tag noch Fitnesstraining. Wie alt schätzen Sie mich?

Bring doch Frau Latif nicht in Verlegenheit.

Alfred ließ nicht locker:

Na, schätzen Sie.

Ihr Bruder hat mir gesagt, wie alt Sie sind, gestand Zamira.

Alfred war sauer.

So? Hat er Ihnen auch gesagt, wie alt er ist?

Ja, sagte sie.

Alfred erhob sich. Er schaute auf die Uhr und sagte dann:

Ich habe mich verplaudert. Die Arbeit ruft. Also, von mir aus gestorben!

Gestorben?, fragte Zamira.

Alfred belehrte sie:

So sagt man beim Film, wenn eine Einstellung in Ordnung ist. Ich bin einverstanden, vorausgesetzt, das mit dem Geld geht klar.

Das werden wir schon hinkriegen, sagte Moritz.

Wissen Sie, das Finanzielle erledigt bei uns mein Bruder. Er ist der Gewissenhaftere von uns beiden. War er schon immer. Geld bedeutet mir nicht viel.

Deshalb gibt er es gern aus, fiel ihm Moritz ins Wort.

Alfred sagte:

Glauben Sie mir, geizige Menschen sind was Schreckliches.

Moritz protestierte:

Ich bin geizig? Geizig sind Menschen, die auch an sich

selber sparen. Spare ich an mir selber? Ich rechne. Wenn ich nicht rechnen würde, dann ... vergiss es.

Alfred stand auf.

Ciao belli, sagte er.

Sie schauten ihm beide hinterher, wie er aus dem Zimmer ging. Wieder ein starker Abgang.

Ich möchte Probezeit, sagte sie unvermittelt.

Einverstanden.

Die Haustür war geöffnet, der Regen fiel in Strömen auf das gläserne Vordach.

Moritz half Zamira in ihre Jacke.

Soll ich Ihnen nicht ein Taxi rufen ... ich zahle das.

Danke, sagte sie, ich hab Kapuze und Schirm ...

Sie drehte sich zu ihm um und schaute ihn an.

Ich geh mal los ...

Moritz wollte etwas sagen:

Frau Latif ...

Sagen Sie Zamira.

Zamira, wenn Sie Geld benötigen, vorab, ich meine ...

Sie schüttelte den Kopf.

Danke. Ich brauche kein Geld. Bis Montag, Herr Kleefeld.

Sie öffnete den Schirm und verschwand im Regen.

Er stand noch einen Moment und schaute ihr nach.

8

Das Taxi hielt vor dem Haus und bevor Zamira aussteigen konnte, hatten Moritz und Alfred bereits die Heckklappe geöffnet und beide Koffer ausgeladen. Während Alfred ein Liedchen pfiff und beschwingt einen der Koffer ins Haus trug, tat sich Moritz mit dem anderen schwer.

Zamira hatte gezahlt, war ausgestiegen und rief ihm hinterher:

Herr Kleefeld! Wirklich, lassen Sie. Nehme ich den Koffer. Ich will das nicht.

Unter der Last versuchte Moritz, die Contenance zu wahren.

Aber ich bitte Sie, sagte er und schleppte den Koffer ins Haus.

Alfred saß schwer atmend im kleinen Apartment im Sessel, als Moritz mit dem Koffer ins Zimmer kam.

Sammelt sie Steine, oder was?, sagte Alfred dünn.

Moritz ließ sich stöhnend in den zweiten Sessel fallen. Er konnte nichts erwidern, er war fertig.

In diesem Moment sprang sein Bruder auf, als wäre nichts gewesen, denn Zamira betrat das Zimmer. Sie hatte einen Rucksack und einen Geigenkoffer dabei.

Bienvenu à bord!, sagte er launig.

Zamira zeigte auf die beiden Koffer.

Merci. Aber das war nicht nötig.

Alfred tänzelte im Zimmer wie ein Boxer.

Ich bitte Sie! Ich könnte jetzt noch einen Dauerlauf machen.

Bis zum Friedhof, sagte sein Bruder.

Alfred sah sich im Zimmer um.

Moritz, hier muss man was tun. Das Zimmer ist ein Loch, ehrlich gesagt.

Bei uns leben fünf Menschen in so einem Zimmer, sagte sie.

Das Zimmer wird renoviert! Stimmt's, Moritz?

Moritz bestätigte es. Ich habe bereits gesagt, dass ich das Zimmer herrichten lasse.

Alfred sagte väterlich:

Sie sollen sich hier wohlfühlen.

Zamira schaute Moritz an.

Ist Ihnen nicht gut?

Er wird leicht kurzatmig, sagte Alfred.

Dann sah er zu seinem Bruder.

Du bist blass, emmes …

Jetzt hatte Moritz genug. Er sprang auf, ging aus dem Zimmer und rief dabei:

Blass! Schau dich an! Du siehst besser aus?

Zamira sah ihm hinterher.

Was hat er?, fragte sie erstaunt.

Altersstarrsinn!, sagte Alfred.

Eine Stunde später stand Zamira neben Moritz in der Küche. Sie hatten gemeinsam Geschirr auf dem großen Küchentisch verteilt und Moritz erklärte der jungen Frau den Unterschied zwischen milchig und fleischig, indem er sagte:

Sie denken vielleicht, dass es kompliziert ist, weil alles weiß ist, aber das Milchige ist gerifelt, sehen Sie …

Er zeigte ihr einen Teller.

Das Fleischige nicht. Die Teller sind glatt.

Zamira wollte es genauer wissen.

Warum macht man den Unterschied? Wir dürfen auch nicht Schwein. Ist doch wie halal, oder?

Nicht ganz. Es ist Juden verboten, Fleisch und Milchprodukte gleichzeitig zu essen. Das ist der Unterschied.

Kein Steak mit Butter?, fragte sie.

Tabu!

Warum?

Es gibt viele Erklärungen, eine lautet: um zu vermeiden, dass man das Fleisch des Kindes, also zum Beispiel einen Kalbsbraten, isst und ein Glas Milch von der Mutter dazu trinkt. Der Gedanke ist schrecklich, finden Sie nicht?

Und Kuhmilch mit Lamm?

Moritz zögerte.

Eine gute Frage …

Sie erlöste ihn.

Und Ihr Bruder?

Er ist nicht gläubig.

Aber einen Glauben muss der Mensch haben.

Der Mensch schon, sagte Moritz, aber nicht mein Bruder!

Sie denken nicht gut über ihn, sagte sie.

Doch. Er ist im Innersten ein guter Mensch. Aber das weiß nur ich.

Die beiden standen im Hauswirtschaftsraum, der neben der Küche lag und eine Tür zum Garten hatte.

Montags ist Waschtag, aber wenn Sie das ändern wollen …

Nein, ist okay.

Soll ich Ihnen die Waschmaschine erklären?
Komme schon klar.
Zamira schaute sich kurz die Waschmaschine an.
Ist einfach.
Dienstag hat unsere Haushälterin gebügelt. Mittwoch hat Frau Stöcklein vorne gründlich geputzt, Donnerstag hinten. Und am Freitag hat sie Schabbes vorbereitet.
Schabbes?
Sabbat. Oder Shabbat. Freitagabend. Ich helfe Ihnen dabei. Oder macht es Ihnen etwas aus? Also, falls es Ihnen unangenehm ist, ich meine, weil Sie als Mohammedanerin …
Werde ich überleben, sagte sie.

Moritz saß in seinem Arbeitszimmer hinter seinem Computer und tippte, als Alfred eintrat. Er trug seinen Trenchcoat.
Ich gehe in die Stadt. Soll ich dir was mitbringen?
Die Süddeutsche. Ist ein Artikel über Moses Mendelssohn drin.
Mach ich, sagte Alfred und wandte sich zum Gehen.
Ach, Freddy, sagte Moritz, um eins wird gegessen. Nur eine Kleinigkeit, bis Zamira sich gewöhnt hat.
Alfred sah seinen Bruder an.
Schlimm, wie du das arme Ding verunsicherst mit deinem Aberglauben. Sie hat bestimmt Angst, was falsch zu machen: koscher–trejfe, milchig–fleischig, Cholesterin–cholesterinfrei!
Du übertreibst mal wieder schamlos!, sagte Moritz, aber du kannst gern in der Stadt essen. Ich werde dir nichts vorschreiben.
Wie generös! Du wirst lachen, ich esse in der Stadt. Eine saftige Schweinshaxe mit Speckkartoffeln! Shalom, shalom!

Alfred spazierte die Bockenheimer Landstraße entlang in Richtung Opernplatz. Hier um die Ecke hatte doch Simon Plessner gewohnt, ein Klassenkamerad. Nach dem Abitur hatte er sich auf Druck seiner Eltern für Jura entscheiden müssen. Das war was Handfestes, nicht Psychologie, so ein brotloser Quatsch. Im Irrenhaus arbeiten! Was der alte Plessner beruflich machte, war ein Geheimnis. Vermutlich auch für ihn. Den Plessners ging es mal gut, mal schlecht. Mal lebten sie über, mal unter ihren Verhältnissen. Mal hatten sie ein großes amerikanisches Auto, mal gingen sie zu Fuß. Mal spendeten sie beim WIZO-Ball ein Vermögen, dann mussten sie wieder von der Jüdischen Wohlfahrt unterstützt werden. Die Mutter, einen Kopf größer als der Vater und stimmlich eine Oktave tiefer, war stets besorgt um ihren einzigen Sohn und Simon rannte mitunter zwei- bis dreimal am Tag in eine Telefonzelle, um zu Hause anzurufen. Der Umgang ihres Sohnes mit Alfred war den Eltern angenehm. Der junge Herr Kleefeld wusste sich zu benehmen, war ein intelligenter Mensch, das konnte nicht schaden. Erst als Alfred sich für die Schauspielerei entschied, unterband die Mutter den weiteren Kontakt. Simon lebte noch mit über dreißig bei seinen Eltern, in seinem Zimmer mit der Micky-Maus-Tapete.

Es gab kaum noch Häuser aus Alfreds Jugendzeit. Auch das Haus, in dem sie mit ihrer Mutter gelebt hatten, war in den Siebzigern ein Opfer des Baubooms geworden, als im Westend die Bürohäuser und die Hoffnungen in den Himmel wuchsen. Zahlreiche Imbissbudenbesitzer oder Textilhändler waren zu Immobilienkönigen geworden, hatten sich in dieser bürgerlichen Ecke Frankfurts ihre Denkmäler aus Stahlbeton errichtet. Zu diesen talentierten Geschäftsleuten gehörte auch Max Holzmann, der irgendwann seinen Wäschehandel aufgegeben hatte, um sich ausschließlich darauf zu konzentrieren, ein schwerreicher Mann zu werden.

Bevor er zum Opernplatz kam, erinnerte sich Alfred an das Postamt Ecke Niedenau, den Zeitungskiosk, wo er einst seine Comics kaufte, das Fotogeschäft, dessen Eigentümer irgendwann erschossen worden war, die Bäckerei, wo es die besten Kreppel gab, und an der Ecke Fisch-Krembsler. Daran hatte Alfred zwiespältige Erinnerungen. Im Laden gab es ein großes Becken, wo man sich die lebenden Fische ansehen und aussuchen konnte. Man zeigte auf einen, Herr Krembsler fischte ihn mit einem Netz heraus, schlug dem zappelnden Karpfen auf den Kopf und das war's. Eine Selektion wie in Auschwitz – auf solche Gedanken konnte man kommen bei dem Anblick. Es wurde ihm wehmütig ums Herz, als er stehen blieb, um sich die wenigen verbliebenen Fassaden der Gründerzeithäuser anzusehen und Menschen an ihm vorbeihasteten. Da wurde ihm bewusst, dass er ein Relikt aus längst vergangenen Zeiten war.

Er konnte es nicht erklären, aber irgendetwas in seinem Innern empfahl ihm, nicht die U-Bahn zu nehmen und auch nicht zur Hauptwache zu laufen, sondern zu Fuß durch die Taunusanlage zu flanieren, um zum Hauptbahnhof zu gelangen.

Und auf einmal stand er vor »Mutti«!

Ein halb kniender Frauenakt aus schwarzem Granit, lässig ein Gewand über der Schulter, ihr Gesicht in ihrer linken Hand, mit der rechten verdeckte sie eine nackte Brust. Auf dem Sockel des Monuments die Inschrift: »Den Opfern«. Als Aktmodell diente dem Künstler im Jahr 1920 die Primaballerina der Frankfurter Oper, die Jüdin Rosel Rosenberg. Sie war eine kämpferische, emanzipierte Frau und emigrierte nach der Machtübernahme der Nazis mit ihrer kleinen Tochter Ruth nach New York, wo sie bis zu ihrem Tod in einem Hotel lebte und Gymnastikkurse für Millionärinnen leitete. Auch Jacky Kennedy, Marina Stern und Ivana Trump gehörten zu ihren Kunden. »Mutti«, wie sie genannt wurde und was sie hasste – »Don't call me Mutti!« –, war in den Vierzigern eine Freundin von Baby, Alfreds Mutter. Sie engagierte sich in der Frauenbewegung. Mutti lebte bescheiden und starb als reiche Frau.

Alfred konnte sich noch gut an die Nachmittage am Strand von Coney Island erinnern, gemeinsam mit seiner Mutter und seinem Bruder sowie Mutti und Ruth. Daran, wie beeindruckt er von der Sportlichkeit der beiden Frauen war und davon, wie lang sie Handstand machen konnten und dabei sogar auf den Händen im Sand liefen.

Eines schönen Nachmittags gab es plötzlich Alarm und alle Gäste mussten das Strandbad räumen. Die US-Navy hatte nahe der Küste ein deutsches U-Boot gesichtet! Mutti schimpfte laut, sie sei nun um die halbe Welt geflohen vor diesem Scheiß-Hitler und jetzt säße er in einem U-Boot und würde sie bis hierher verfolgen! Alfred war damals davon überzeugt, dass der Führer höchstpersönlich durch das Sehrohr starrte, um Mutti eine Breitseite zu verpassen!

Alfred berührte in einem Anflug von Sentimentalität den Sockel des Denkmals und dachte daran, dass es hier noch stehen würde, wenn es ihn längst nicht mehr gäbe. Und kein Mensch würde sich noch an »Mutti« erinnern.

Einige Minuten später stand er in der Kaiserstraße. Was war nur aus dieser einst so prächtigen Verbindung zum Bahnhof geworden? Eine Art Frankfurter Reeperbahn, nur uncharmanter und verkommener. Von den Seitenstraßen gar nicht zu reden. Sexshops, Bars, Imbissbuden, Bordelle. Dazwischen gesichtslose Bürohäuser. Das prächtige Haus aus rotem Sandstein, das einst die Kanzlei von Rechtsanwalt Dr. Dr. Lubinski beherbergte, stand noch. Im Erdgeschoss befand sich jetzt ein Militaria-Laden, wo sich Kriegsfreaks und Jagdfans einkleiden, bewaffnen und tarnen konnten.

Alfred dachte an Juliette, seine Jugendliebe, und die Stunden in der hochherrschaftlichen Villa der Lubinskis. Der erste scheue Kuss in der dunklen Garage, im Maybach auf dem Rücksitz. Dann das jähe Ende der Romantik, die Rache der strengen Mutter. Juliette wurde ins Internat gesteckt. Ein Jahr danach der plötzliche Tod des Anwalts, später der Tod der Mutter, vermutlich aus Gram. Juliette hatte in der Schweiz geheiratet, wo sie als Psychotherapeutin arbeitete. Zweimal hatten sie in den vergangenen fünfzig Jahren versucht, miteinander in Kontakt zu kommen. Einmal wollte ihn Juliette in Rom besuchen, anlässlich eines Kongresses, aber er musste nach Kroatien zu Dreharbeiten. Dann hatte er sie zur Premiere eines Films in Zürich eingeladen, aber sie war erkrankt und konnte nicht kommen. Alfred nahm sich vor, sie heute noch im Internet zu suchen.

Jetzt war Alfred beim ehemaligen Atrium-Lichtspielhaus angelangt, das einmal seine »Berufsschule« war. Er dachte an die Nachtvorstellungen, an die zahllosen Horrorfilme, die er sich reingezogen hatte, an den Besitzer, dessen Namen er vergessen hatte, den er aber ganz deutlich vor sich sah mit seiner kalten Zigarre im Mundwinkel. Das Atrium war zu einem klebrigen Sexkino mutiert, mit einem braunen Vorhang am Eingang, den man noch nicht einmal mit Gummihandschuhen hätte anfassen wollen.

Links davon, an der Ecke, hatte der Flachbau mit »Robby's Teppichparadies« gestanden, in dem Alfred als Schüler gejobbt und am Straßenrand seine kleinen Brücken an den Mann gebracht hatte. Neben ihm bisweilen der Besitzer Herr Fränkel, der Berufsberliner, mit seinem »Hereinspaziert! Nur noch heute Sonderpreise!«

Robert Fränkel! Alfred sah ihn vor sich und ihm fiel ein, wie er von dessen abenteuerlicher Kriegsmission erfahren hatte, wie Fränkel beinah Hitler getötet hätte und von seiner Flucht zu den Russen. Später bekam er Schwierigkeiten mit der CIA, die ihn für einen Nazi-Kollaborateur hielt. Bis heute hatte Alfred sein Versprechen gehalten, darüber zu schweigen, obwohl Fränkel schon lange tot war. Eigentlich könnte er Moritz davon erzählen.

An der besagten Ecke stand nun ebenfalls ein langweiliges, beigefarbenes Bürohaus. Alfred ging näher, um sich die Namen der Firmen anzusehen, die hier residierten und stieß zu seiner Überraschung auf ein protziges Schild: E. C. Blum & Co. KG – Liegenschaftsverwaltung. Emanuel Chaim Blum! Fast hätte Alfred weiche Knie bekommen, als ihm in den Sinn kam, wie Blum ihn gequält und danach sein Fahrrad zerstört hatte. Und nun besaß er »Liegenschaften«! Irgendwann hatte es dieser Betrüger und Kleingangster wohl nach oben geschafft. Das ärgerte Alfred. Es trieb ihn jetzt förmlich in dieses Haus. Er drückte auf eine Klingel. Ein quäkende Frauenstimme fragte durch die Sprechanlage: Bitte?

Ist Herr Blum vielleicht zu sprechen?, rief Alfred in den Lautsprecher.

Machen Sie Witze?, kam die Antwort, Herr Blum ist verstorben. Möchten Sie mit seiner Tochter sprechen?

Nein danke, sagte Alfred und ging.

Später würde er von Moritz erfahren, dass Blum vor Jahren

anlässlich eines Besuchs in Israel bei einem Attentat in einem Restaurant tödlich verletzt worden war, nachdem ein Palästinenser um sich geschossen hatte. Alfreds Mitgefühl würde sich in Grenzen halten, obwohl er Blums Werdegang vom polnischen Waisenjungen mit tätowierter Auschwitznummer zum Immobilientycoon durchaus bemerkenswert fand.

Moritz saß allein am gedeckten Tisch und löffelte abwesend eine Suppe.
Dabei blätterte er in einem Manuskript.
Als er die Suppe gegessen hatte, trat er auf die Fußklingel.
Es klingelte in der Küche.
Zamira war gerade dabei, ein Omelett zuzubereiten, als sie erschrak und beinah die Pfanne fallen ließ.
Sie lief auf den Flur, zur Haustür und öffnete sie.
Es war niemand zu sehen.
Sie schloss die Tür wieder, als sie nochmals das Klingeln vernahm.
Jetzt lief Zamira zum Telefon und nahm den Hörer ab.
Hier bei Kleefeld, sagte sie.
Keiner dran.
Hallo?, rief sie, dann legte sie auf.
Als sie zurück in die Küche kam, war überall Rauch.
Das Omelett war verbrannt!
Ya allah, chnu heda?, rief Zamira laut, als Moritz in die Küche kam.

Moritz und Zamira krochen auf allen vieren unter den Esstisch.
Hier, sehen Sie.
Er zeigte auf die Fußklingel und erklärte:

Wenn ich da draufdrücke, mit dem Fuß, dann klingelt es in der Küche und Sie wissen, es kommt der nächste Gang oder es ist sonst was.

Ist ja wie beim Sultan, sagte sie.

Also, wenn Sie meinen, es ist zu feudal, sagte er unsicher.

Feudal?

Zu kapitalistisch, verbesserte er sich.

Drücken Sie, solange Sie wollen. Jetzt, wo weiß ich, wo's herkommt.

Sie drückte auf die Klingel.

Sie lächelten sich an.

Beide auf Knien.

Von oben hörte man ein lautes Räuspern!

Alfred stand vor dem Tisch und beobachtete seinen Bruder und das Hausmädchen, wie sie unter dem Tisch hervorgekrochen kamen, eingehüllt von der Tischdecke. Jetzt sahen beide ein wenig arabisch aus.

Alfred sagte bissig:

Ich hoffe, ich störe!

Zamira richtete sich auf und zupfte ihren Rock zurecht.

Ihr Bruder hat mir seine Klingel gezeigt, sagte sie.

Moritz kam mühsamer auf die Beine.

Ja, seine kleine, putzige Klingel, sagte Alfred, die zeigt er gern.

Willst du was trinken?, fragte Moritz, um irgendwas zu sagen.

Und Zamira fügte an:

Ich mach einen Tee.

Alfred warf demonstrativ die Süddeutsche Zeitung auf den Tisch und begab sich mit dem »New Yorker«, den er im Bahnhof gekauft hatte, in sein Zimmer. Dabei sagte er:

Muss arbeiten. Ich habe keine Zeit für Kindereien.

Jetzt hatte er es ihnen aber gegeben.

Zamira schaute fragend.

Vergessen Sie's, meinte Moritz und nahm die Zeitung, Sie können auch gern Siesta machen, wenn Sie möchten.

Das Omelett ist kaputt. Mach ich ein neues.

Sie wollte los, aber er hielt sie am Handgelenk fest.

Er sah sie freundlich an.

Lassen Sie. Alles nicht so wichtig.

Sie begann, den Tisch abzuräumen, während Moritz in den Salon hinüberging.

Als er es sich gerade in einem Sessel gemütlich gemacht hatte, kam Alfred zurück.

Was ich dich fragen wollte, sagte er, was weißt du über Emanuel Blum?

Blum, Blum, antwortete Moritz nachdenklich, ja, ich erinnere mich, eine schreckliche Geschichte.

Gegen vier Uhr nachmittags kam Zamira mit einem Tablett auf die Terrasse. Im Garten war Moritz dabei, seine Rosen zu beschneiden.

Alfred sagte, ohne von der Zeitung aufzuschauen:

Wie gefällt es Ihnen bei uns? Im Jurassic Park!

Es ist okay.

Warum lügen Sie?

Sie stellte den Tee, Kaffee und Gebäck auf den Tisch.

Ich lüge nie.

Und warum gefällt es Ihnen?

Sie sind nette Herren.

»Alte Herren«, meinen Sie.

Sie wollte gehen.

Zamira. Was hat eine so schöne Person wie Sie hier zu suchen? Bei zwei alten Kackern!

Sie schaute ihn an.

Warum sind Sie so …?

Er zeigte auf einen Sessel.

Setzen Sie sich.

Nein, sagte sie, das möchte ich nicht.

Eindringlich sagte Alfred:

Aber ich. Es ist ein Befehl.

Sie setzte sich auf die breite Lehne des nächsten Sessels.

Ihnen steht die Welt offen. Sie sind jung. Sie sind klug. Warum machen Sie nicht irgendetwas Sinnvolles?

Wollen Sie mir wehtun? Mach ich die Arbeit gern. Lagerkraft bei Aldi ist auch nicht toll!

Jetzt stand er auf. Wieder ganz Schauspieler.

Zamira! Machen Sie etwas Vernünftiges! Vergeuden Sie nicht Ihr Leben. Irgendwann ist es vorbei. Das geht schneller, als Sie denken. Und dann werden Sie es bereuen. Ich weiß, von was ich spreche.

Er beugte sich zu ihr hinunter und kam ihr ganz nah.

Leben Sie!

Sie konnte sich nur noch vor seiner Eindringlichkeit retten, indem sie laut rief:

Herr Kleefeld! Kaffee!

Alfred verzog das Gesicht, wie er es als Vampir oft machen musste, nachdem man ihm das Kruzifix gezeigt hatte.

Sie kapieren nichts!, sagte er. Bleiben Sie eine Magd!

Er setzte sich wieder.

Sie erhob sich und goss Tee ein. Moritz kam und setzte sich.

Kinder, ich sage euch … meine Rosen! Fabelhaft!

Er zog seine Arbeitshandschuhe aus. Alfred griff wieder zur Zeitung und sagte dabei:

Na, dann kriegen wir ja bald Rosenkonfitüre ...

Moritz schaute Zamira an, die gerade im Gehen begriffen war, und machte eine entsprechende Gaga-Geste.

Alfred blätterte in seinen Unterlagen, als Zamira mit dem Staubsauger sein Zimmer betrat.

Darf ich?, fragte sie. Geht schnell.

Aber sicher. Ich störe Sie nicht. Wollte eh eine kleine Pause machen.

Er nahm einen Zigarillo und machte sich auf den Weg zu seinem kleinen Balkon.

Es ist kompliziert, wenn ich muss immer Kleefeld sagen. Was halten Sie davon, wenn ich sage Herr Klee?

Gute Idee, aber nur wenn Sie meinen Bruder Feld nennen.

Sie lachte.

Herr Klee und Herr Feld ist gut, sagte sie und zeigte auf das Plakat, Sie heißen ja Clay.

Neben dem Plakat hing das kleine gerahmte Foto einer schönen, dunkelhaarigen Frau.

Ist das eine Schauspielerin?, fragte sie.

Nein, das ist eine Sängerin. Carla Lombardi.

War das ... eine Liebe?, wollte Zamira wissen.

Ja, antwortete Alfred, das war eine Liebe ...

9

Carla war die erste große Liebe seines Lebens, er siebzehn, sie zwanzig. David hatte ihnen ab und zu seine Wohnung zur Verfügung gestellt, das war hilfreich. Dann beendete sie mitten im Semester ihre Gesangsausbildung an der Frankfurter Oper, um in eine Meisterklasse an die Mailänder Scala zu wechseln. Anfangs hielten sie noch Kontakt, aber dann begann die Verbindung sich langsam aufzulösen. Carla hatte ihm geschrieben, dass die Entfernung zu groß sei, eine Beziehung aufrechtzuerhalten. Die Zeit verging, er machte sein Abitur und begann mit einer Schauspielausbildung am Frankfurter Theater. Irgendwann erreichte ihn eine Programmkarte der Scala mit der Ankündigung für ein Konzert. Ein paar Wochen später war er in den Zug gestiegen und nach Milano gefahren, um sie nach ihrem ersten Soloauftritt mit einem Blumenstrauß zu überraschen. Er fühlte sich wie in der Novelle von Schnitzler, die er zurzeit an der Schauspielschule einstudierte.

Er stand am Bühnenausgang und konnte über die anderen hinweg auf die Tür blicken. Dann kam sie heraus, ein Blitzlichtgewitter empfing sie – und ein anderer Mann! Er hatte die ganze Zeit neben dem Kerl gestanden, der ebenfalls mit einem Blumenstrauß bewaffnet war. Wieder fiel ihm Schnitzler ein, diesmal aber das Duell aus »Leutnant Gustl«!

Er kämpfte sich zu ihr durch und begrüßte sie. Carla freute sich aufrichtig. Wie selbstverständlich stellte sie ihm ihren Freund Umberto vor, der als ihr Impresario fungierte.

Anstatt diesen Menschen zu fordern, begleitete er beide in eine kleine Trattoria in der Galleria Vittorio Emanuele, wo sie einen netten Abend verlebten. Alfred gab vor, hier um die Ecke in einem Hotel zu übernachten. In Wahrheit verbrachte er die frühen Morgenstunden im Milano Centrale, wo er gegen acht den ersten Zug in Richtung Deutschland nahm. Während draußen die Telegrafenmasten vorbeirasten, nahm er sich vor, reich und berühmt zu werden, sodass sich Carla nach ihm verzehren würde.

Nachdem er seine Abschlussprüfung hinter sich hatte, wusste Alfred nicht so richtig, wie es mit ihm weitergehen sollte. Es gab seriöse Angebote von Bühnen in der Provinz, aber er konnte sich nur schwer ein Leben in Karlsruhe oder Braunschweig vorstellen. Außerdem galt seine Sehnsucht dem Film. Es musste ja nicht der deutsche sein. Die Filme der frühen sechziger Jahre waren nicht dazu angetan, einen jungen Mann, der sich nach Hollywood orientierte, zu begeistern. Edgar Wallace, Karl May oder Heimatschmonzetten waren nicht nach seinem Geschmack.

Durch einen Zufall lernte Alfred den Schauspieler Klaus Kinski kennen, der mit Liedern von François Villon tourte. Alfred war begeistert, denn er erkannte sich und seine Gefühle in diesen frivolen Gesängen wieder:

Ich bin so wild nach deinem Erdbeermund, ich schrie mir schon die Lungen wund, nach deinem weißen Leib, du Weib! Im Klee, da hat der Mai ein Bett gemacht, da blüht ein schöner Zeitvertreib mit deinem Leib, die lange Nacht. Das will ich sein, im tiefen Tal, dein Nachtgebet und auch dein Sterngemahl.

Nachts in der Kantine gab ihm Kinski den Tipp, nach Rom zu gehen. In Cinecittà würden serienweise Western gedreht und ein Junge mit Alfreds Aussehen, seinem amerikanischen Slang und seinem Talent hätte da fraglos Chancen. Allerdings sei Rom teuer und Kinski riet ihm, hier noch Geld zu verdienen, um gegebenenfalls ein halbes Jahr in Italien zu überbrücken, die Konkurrenz sei groß. Junge US-Schauspieler oder Franzosen antichambrierten unentwegt in den Studios und hofften, von Corbucci oder Leone entdeckt zu werden.

In der Eschersheimer Landstraße besaß ein Herr Blackwood eine Pizzeria, die »Bologna« hieß. Die italienische Küche war bei der einheimischen Bevölkerung noch unpopulär und so setzte Blackwood auf die Amerikaner, die bereits auf eine lange Pizzaerfahrung zurückblicken konnten. Der Wirt war vor dem Krieg nach Providence in Rhode Island emigriert. Im Gefolge der US-Army kam Blackwood zurück nach Frankfurt, wo er in den Nachkriegsjahren als Teilacher ausreichend Geld verdiente, um schließlich das »Bologna« eröffnen zu können.

Auf »gepflegte Gastlichkeit in südlicher Atmosphäre«, wie es in der mandolinenseligen Kinowerbung hieß, legte Blackwood in Wahrheit wenig Wert. An den Wänden hingen ein paar minderwertige Aquarelle mit den klassischen italienischen Urlaubsmotiven Rialtobrücke, Kolosseum und Pisa-Turm und selbstverständlich gab es die unvermeidlichen rot-weiß karierten Tischdecken, auf denen zu Kerzenleuchtern mutierte Chiantiflaschen standen. Für die zwölf Tische war Barry zuständig, ein freundlicher schwarzer Kellner, für deutsche Gäste eine Attraktion. So nah kam man seinerzeit einem »Neger« selten.

Das wichtigste Requisit im Lokal war das Telefon. Denn das »Bologna« war der erste Laden, der Home Delivery machte! Und es war kein Zufall, dass diese Geschäftsidee in Frankfurt umgesetzt wurde, denn hier im Rhein-Main-Gebiet waren Zehntausende von US-Army-Angehörigen zum Teil mit ihren Familien stationiert. Das hatte zur Folge, dass das Telefon vierzehn Stunden nicht stillstand und Blackwood es oft vorübergehend aushängen musste, weil er mit den Aufträgen nicht mehr nachkam und Hunderte von Kassenbons auf Spieße stecken musste.

Onkel David kannte Harry Blackwood noch aus der Zeit, als er Herschel Schwarzwälder hieß. Mitte der fünfziger Jahre wurden David, Baby, Alfred und Moritz Stammgäste im »Bologna«.

Obwohl Alfreds Mutter einerseits stolz war, ihren Sohn in Schillers »Räuber« auf der Bühne des Schauspielhauses bewundern zu dürfen, nahm sie ihm andererseits übel, dass er nicht studieren wollte, um es seinem Bruder gleichzutun. Moritz hatte mit knapp vierundzwanzig bereits einen Doktortitel erworben und den Grundstein zu einer erfolgreichen akademischen Karriere gelegt. Deshalb war es nicht überraschend, dass Baby sich weigerte, sich an den zu erwartenden Lebenshaltungskosten in Rom zu beteiligen, abgesehen davon, dass sie diese Idee für meschugge hielt. Onkel David hatte dagegen Verständnis für Freddys Unternehmungslust und ihm heimlich zugesagt, ihn mit tausend Mark bei dem italienischen Abenteuer zu unterstützen. Das reichte bei Weitem nicht, denn Alfred hatte die Absicht, sich ein Auto zu kaufen, um damit nach Rom zu fahren. Es machte nicht nur was her, es bot ihm auch einen Schlafplatz, falls er nicht umgehend eine preiswerte Bleibe finden sollte.

Nachdem er seinen Finanzbedarf auf etwa fünftausend Mark kalkuliert hatte, brauchte er einen Job, der ihn zügig reich machen konnte. Da gab es nur einen: Pizzafahrer bei Blackwood!

Als Alfreds Pizzakarriere begann, arbeiteten bei Blackwood drei Fahrer:

Simon Kornblum, ein jüdischer Architekturstudent, dessen Vater einer der frühen Immobilienkönige wurde und Wert darauf legte, dass sein Sohn kein »fils à papa« würde und sich nicht zu schade wäre, ganz unten in der »Kohlenmine« sein Geld zu verdienen.

Mir hat man was geschenkt?, war ein beliebter Ausspruch des alten Kornblum.

Simon war wohlerzogen und bekam von Blackwood in der Regel die Fahrten zur Frankfurter Hautevolee zugewiesen: zu den Neureichen, zu Konsulaten, Konzernniederlassungen, zur Universität, zu den Verlagen oder zum Hessischen Rundfunk. Hier war der junge Kornblum gern gesehen.

Ganz anders dagegen Hermann Rau! Ein Hüne von Kerl, ein früher Rocker mit der Figur eines Schwergewichtlers. Wortkarg und immer schlecht drauf. Er bekam die kritischen Touren ins Frankfurter Bahnhofsviertel, in die Bars und Bordelle, in die Unterwelt. Es kam nicht selten vor, dass »Herman, the German«, wie ihn die Amis nannten, sich sein Geld auf recht unkonventionelle Weise verdienen musste, indem er es zahlungsunwilligen Türstehern oder besoffenen Zuhältern aus der Tasche prügelte.

Nummer drei war »Bimbo« Ewald. Bimbo, der eigentlich Lothar hieß, war ein kleiner, vogelhafter Mensch, der trotz seiner geringen Körpergröße noch mit gekrümmtem Rücken umherspazierte und dadurch kaum sichtbar war. Es passte zu seinem Biedermeiertyp, dass er großen Wert auf eine gepflegte, um nicht zu sagen altmodische, Sprache legte: Nun denn also, wohlan, frischauf, potz Blitz, sei's drum – das war seine Ausdrucksweise, die er kultivierte und mit der keiner was anfangen konnte, am wenigsten Blackwood, der ihn für »a rachmunes« hielt, für einen bemitleidenswerten Menschen. Dabei war Bimbo ein begabter Trompeter und spielte in einer Jazzcombo und mit etwas mehr Ehrgeiz hätte er ein deutscher Chet Baker werden können. Sei's drum.

Herr Blackwood war begeistert, dass Alfred bei ihm als Fahrer arbeiten wollte und investierte in einen vierten VW Käfer. Diese Fahrzeuge waren von Raimund Rübsam, einem Schrauber mit kleiner Werkstatt um die Ecke, eigens fürs Bologna umgebaut worden. Es gab keinen Beifahrersitz, dafür eine spezielle Fixierung für eine Blechtonne, in der die Pizzas und andere Speisen warm gehalten wurden. So eine Thermostonne hatte zwölf horizontal ausklappbare runde Bleche, auf denen die Pappscheiben mit Pizzas lagen oder die Teller mit den Teigwaren. Oben befand sich eine Lederschlaufe für den Transport. Anstelle der Rückbank gab es Vorrichtungen für zwei zusätzliche Tonnen, denn in den US-Kasernen kam es nicht selten zu Massenbestellungen.

Alfreds Arbeit als Pizzafahrer begann mit einer Aufnahmeprüfung. Er musste in Begleitung von Herrn Blackwood einmal um den Block fahren und am Ende vor dem Lokal rückwärts einparken. Da der Käfer nur den Fahrersitz hatte, saß der Boss neben Alfred auf dem Boden des Autos und gab seine Anweisungen. Blackwood sprach Englisch mit Alfred, oder das, was er für Englisch hielt, denn er sprach es stets als eine Melange aus Frankfurterisch und Jiddisch.

Drive los now, rief er. And stop at the Ampel. Gib a kick

nach links and go on. Not so schnell, will you kill us. Look at this potz in front of us. Überhol him! What are you waiting for? Schluf nich ein! Du willst sein a driver, then you must drive! The most important ist: dass die Pizzas not werden cold. A cold Pizza, you will get an den Kopp. Mit Recht! Okay, you made it! Die Prüfung war beendet. Von nun an verdiente Alfred zwei Mark fünfzig pro Stunde.

Mit Komplimenten war Blackwood sparsam. Keine Nörgelei war bereits eine Auszeichnung. Egal, wie schnell seine Fahrer fuhren, sie waren immer zu lahm. Gleichgültig, ob sie bis zum Umfallen arbeiteten, alle waren Faulenzer. Nur an Alfred hatte Blackwood einen Narren gefressen. Weil er Englisch sprach. Bereits nach ein paar Tagen war es klar, dass Alfred immer die besten Touren bekam. Bis nach Wiesbaden wurde er geschickt, wo die Jungs von der Air Force wohnten und wo die Trinkgelder besonders hoch waren. Hier kam es vor, dass Eltern mit ihren Kids am Abendbrottisch saßen, jeder einen leeren Teller vor sich, das Besteck in der Hand, und Alfred servieren musste. Er nahm die bestellten Speisen aus der Tonne. Dann reichte er gekonnt Spaghetti, Pizza, oft auch mit Salat. Die Amerikaner ließen sich nicht lumpen. Sie waren begeistert, dass Alfred einer von ihnen war, und überschütteten ihn mit Trinkgeldern. Ein Dollar war das Mindeste und fünf keine Seltenheit. Zu dieser Zeit war der Wert eines Dollars 4,20 DM.

Alfred konnte sein schauspielerisches Talent ausleben, durfte Autofahren, verdiente gutes Geld. Sein Käfer hatte ein Autoradio und so brummte er nachts durch die leeren Straßen und hörte im AFN die aktuellen Hits wie »Lonely Boy« von Paul Anka, »Smoke Gets in Your Eyes« von den Platters oder »What'd I Say« von Ray Charles.

Manchmal kam es vor, dass er Pizzas beim AFN abliefern musste. Dann fuhr er zum IG-Farben-Building, stoppte an der Schranke, sprach ein paar Worte mit dem MP-Mann und hielt vor dem Portal. Mit dem Paternoster fuhr er in den sechsten Stock, ging mit seiner Pizzatonne durch einsame, spärlich beleuchtete Flure, bis er zum Tonstudio kam, wo er von den Moderatoren und den Technikern mit Hallo begrüßt wurde und seine Pizzas verteilte.

Eines Nachts, so erinnerte er sich, wurde plötzlich »Take Five« von Brubeck ausgeblendet und er hörte im Auto auf dem Weg zum Sender den Moderator »Mike, the mike« sagen: Somewhere out there is the guy we are longing for: Freddy, the pizza man! Where are you? Alfred hätte heulen können vor Stolz. Das war es, was er wollte: dass man von ihm sprach.

Eine besondere Herausforderung waren Fahrten zu den großen Kasernen, wie den »Gibbs Baracks«. Kamen die Sammelbestellungen von den Gibbs rein, war es oft schon spät, meistens nach zehn. Dann wurden zwei Tonnen mit Pizzas gefüllt und Alfred raste los. Es war nicht weit. Den Marbachweg runter Richtung Eckenheim, dann links in die Einfahrt.

Hier kannte man ihn schon. Ein Soldat kam aus seinem Wachhäuschen und hob mit der Hand kurz die Schranke an. Dabei tippte er sich an den Helm.

In House B wurde er vom wachhabenden Staff Sergeant nicht gerade herzlich empfangen. Alfred lief mit seinen beiden Tonnen hinter dem Soldaten her, dessen lauter Stiefelschritt durch die nächtlichen Flure schallte. Sie kamen an eine Tür, die er mit Schwung öffnete. Ein Klick, dann begannen unzählige Neonlichter zu knacken, zu flackern und zu brummen. Währenddessen schrie der Sergeant in den Schlafsaal:

Pizza man is here!

Etwa einhundert schlaftrunkene Männer fielen fast aus ihren Betten! Alfred öffnete seine Tonne und rief:
A big double mushroom, salami! Three bucks!
Ein Soldat im grünen T-Shirt schlurfte auf ihn zu und holte sich seine Pizza ab. Er steckte Alfred fünf Dollar zu.
Here you are.
So ging es weiter.
Double cheese!
Hot chilli!
Plain Margherita!
Four seasons!
Napoli without anchovies!
Immer und immerfort, während die Kameraden, die keine Pizza bestellt hatten, sich lautstark beschwerten und herumpöbelten. Manchmal kam auch ein Stiefel geflogen.
Nach zehn Minuten war der Überfall vorbei und Alfred saß im VW und machte Kasse. Es hatte sich gelohnt. Fast zwanzig Dollar tip.

Ein Ereignis anderer Art war es, wenn Alfred zur Friedberger Warte musste. Auf dem Gelände des Militärhospitals befand sich eine Kaserne ausschließlich für weibliche Armeeangehörige. Hier kam Alfred zwar durch das Tor, im Erdgeschoss der Kaserne war jedoch Schluss.
Der Zerberus war eine stramme, Kaugummi kauende Unteroffizierin, die ihn unmissverständlich aufforderte, in der Lobby zu warten. Dann lief sie mit wippendem Hinterteil los. Die große Uhr zeigte Viertel nach zehn.
In der Eingangshalle standen Dinge, die Deutsche in Erstaunen versetzt hätten: ein Wasserspender neben der Tür, links eine große Eiswürfelmaschine. Daneben ein Getränke-

automat mit Pappbechern. Ein Gottlieb-Flipper, speziell für Damen, namens »Cheer Leader«.

Auf der anderen Seite eine Musikbox. Gegenüber eine Pinnwand mit Tagesplänen und Dienstanweisungen. In einer Ecke Stahlrohrsessel mit grünen Plastikbezügen. Sie standen um einen flachen Tisch, der voll mit Zeitungen und Illustrierten war, auch mit Comics, darunter »Mad«.

Alfred blätterte während seiner Wartezeit gern in »Keep Rocking« oder »Variety«, wo es Neuigkeiten aus der Welt des Films, der Musik und des Glamour zu erfahren gab. Nach ein paar Minuten schlurften die ersten verschlafenen Frauen in rosa Bommelschlappen in die Halle und holten sich ihre Pizzas ab. Alfred verstand, warum hier auf Sitte und Ordnung geachtet wurde, denn es war in Wahrheit so, dass nicht nur die jungen Frauen vor Eindringlingen beschützt werden mussten. Viele der Soldatinnen waren ungemein sexy in ihren Negligés, Shortys, Baby Dolls und exotischen Nachtgewändern. Und einige lächelten oder blinzelten Alfred durchaus aufmunternd, um nicht zu sagen eindeutig zweideutig zu. Auch hier wurde mit dem Trinkgeld nicht geknausert.

Wenn Alfred nach einem späten Feierabend mit seinem Rennrad nach Hause fuhr, hatte er oft noch Pizzas dabei, »Remittenden«, wie er sie nannte. Rückläufer, die entweder Reklamationen waren oder an Adressen geliefert werden sollten, wo niemand die Tür öffnete. Immer machten sich irgendwelche Kinder einen Spaß und bestellten für ein Haus gegenüber Pizzas. Dann lagen sie auf der Lauer und beobachteten, was sich anbahnte und nicht selten im Streit endete. Deshalb konnte es passieren, dass Alfred um zwei Uhr nachts noch mit der Mutter und Moritz in der Küche saß und sie kalte, gummiartige, leckere Pizzas aßen.

Obwohl Alfred fleißig für Rom sparte, ging er an den Wochenenden gern hinaus ins Leben. Es gab die »Hütten-Bar« im Steinweg, in einer Passage dem Metro-Kino gegenüber. Zur blauen Stunde traf sich hier die lebensgierige Jugend. Der Eintritt war ab achtzehn und der Eigentümer, Herr Tanner, saß persönlich am Eingang, von wo eine Treppe nach unten führte, und vergab die Tickets, deren Preis ein Getränk beinhaltete. Tanner, ein notorischer Lebemann, erkannte sofort, ob die Mädchen sich älter machten. Viele behaupteten, sie hätten kein Geld, aber wenn sie attraktiv waren, drückte er ein Auge zu und einen Stempel auf die Hand, denn ein gutes Geschäft brauchte eine gute Auslage. Der Keller war an den Wochenenden rappelvoll. Das Zentrum bildete ein quadratischer Bartresen, hinter dem manchmal ein Dutzend Leute arbeiteten. Flaschen wurden geöffnet, Gläser mit farbigsten Getränken gefüllt, Eiswürfel klapperten, Zitronenscheiben wurden aufgesteckt und Strohhalme gereicht. Es gab mehrere ineinander übergehende Räume, die man durch rot beleuchtete verschlungene Gänge und Treppenstufen erreichen konnte. Rot war die beherrschende Farbe. Es gab rot bespannte Stoffwände, roten Sisalboden, rote Lämpchen, rote Vorhänge, rote Plüschsessel. Überall Nischen und kleine Tische, an denen junge Menschen saßen, rauchten und Gin Tonic, Cuba Libre, Ginger Ale, Bourbon 7UP, Campari Orange, Bols Grün, Cointreau Cacao oder Piccolo tranken. Die Musik war aktuell, Rock'n'Roll wurde in regelmäßigen Intervallen von Schmusetiteln abgelöst. Man küsste sich, man wetzte sich aneinander, man schwitzte vor Hitze und erotischer Auflading und Alfred lernte in dieser Zeit eine Menge Mädchen kennen.

Darunter war eine achtzehnjährige Schönheit, die sich Inga nannte, weil ihr der Name Ingelore hinderlich schien.

Man hätte sie leicht mit Veruschka von Lehndorff verwechseln können und auch Inga wollte Mannequin werden. Sie kam aus bürgerlichem Haus, der Vater war Abteilungsleiter bei Messer Griesheim. Und deshalb sollte die Tochter ebenfalls Abteilungsleiterin bei Messer Griesheim werden oder wenigstens einen Abteilungsleiter von Messer Griesheim ehelichen. Inga hatte sich heimlich bei einer Mannequinschule in der Zeppelinallee in Sachsenhausen angemeldet, die von einer ehemaligen »Miss Rhein-Main« geleitet wurde. Hier bekamen die jungen Frauen vermittelt, sich auf Pumps auf dem Laufsteg hin- und herzubewegen, zu lächeln und einen Pelzmantel hinter sich herzuziehen. Sie erlernten die Geheimnisse des Schminkens und mussten sich aufwendig frisieren können. Nach einem Jahr waren sie fit, die Laufstege von Paris zu erobern.

Aber dafür benötigten die jungen Damen Geld. Denn ein Vorstellungsgespräch bei Dior, Chanel oder bei der angesagten Modelagentur Eileen Ford gab es nicht ohne ein sogenanntes Composé, einen Prospekt der Kandidatin. Und die Fotos darin mussten von einem der großen Modefotografen wie Avadon, Penn, Newton oder Sieff gemacht sein. Und als Inga und Alfred wieder einmal ausgepumpt nebeneinander im Bett lagen, fragte ihn das Mädchen, ob er ihr wohl tausend Mark leihen könne. Alfred reagierte zögerlich, denn das würde seine nahe Zukunft tangieren, aber sie versprach, dass sie ihm das Geld bis zu seiner Abreise nach Rom längst zurückgezahlt hätte. Alfred glaubte ihr, glaubte an ihr Talent und an ihr Durchsetzungsvermögen.

Sie fuhr nach Paris, machte ein Composé und stellte sich bei Agenturen vor. Dass sie Durchsetzungskraft und Talent hatte, sollte sich rasch bewahrheiten: Sie schaffte es auf die

Titelseite der Vogue, lernte einen Millionär kennen und heiratete ihn. Das geliehene Geld sah Alfred nie wieder.

Trotz dieses Rückschlags hatte er nach einem Jahr über sechstausend Mark gespart und es war an der Zeit, Frankfurt Lebewohl zu sagen. Seine Mutter hatte bis zuletzt gehofft, dass er doch noch von der Idee nach Rom zu gehen und Filmschauspieler zu werden, abließ. Auch Moritz bemühte sich, ihm die Vorzüge einer akademischen Ausbildung schmackhaft zu machen, indem er ihm von Horkheimer und Adorno vorschwärmte – es war vergebens. Alfred hatte eine Bestimmung. Er wollte zum Film. Da konnten Horkheimer und Adorno nicht mithalten.

Über den Kellner Barry kam er zu einem sensationellen Wagen! Für siebenhundert Dollar kaufte er einen Chevrolet Bel Air, türkis und weiß. Ein Schnäppchen. Verkäufer war ein GI, der nach den USA zurück beordert worden war und das Auto schnell loswerden musste.

Für Alfred war es ein unvergesslicher Augenblick, als er am Nachmittag mit seinem Straßenkreuzer vor dem »Bologna« hielt. Alle stürzten nach draußen und staunten. Blackwood bestand darauf, mit Alfred eine Runde um den Block zu machen und setzte sich auf die endlose vordere Sitzbank. Der Straßenkreuzer glitt auf die Straße und Alfred fühlte sich wie auf Wolken.

Er erklärte seinem Chef die geheimnisvollen Kippschalter, Knöpfe und Regler, die automatische Antenne, das Radio, die elektrischen Fenster, die Klimaanlage, den Zigarettenanzünder, das beleuchtete Handschuhfach.

Blackwood war beeindruckt.

A mezije, rief er, unberufen, mazl tov! Und dann fügte er

an: Much money you must have. I'm sure, du hast mich beganeft.

Dann mussten sie beide lachen.

Am Ende der Testfahrt wollte Alfred rückwärts einparken und versuchte, den Halbautomatikhebel am Lenkrad zu betätigen. Dabei gab er zu viel Gas und plötzlich krachte es höllisch und die hintere Stoßstange des Chevys stand im Schaufenster des Friseurgeschäfts Krall. Während sich Blackwood amüsierte, entschuldigte sich Alfred zerknirscht beim Friseurmeister, der den Vorfall entspannt zur Kenntnis nahm. Was tun? Alfred rief Onkel David an, der erzählte seiner Versicherung, dass er gefahren sei, und so wurde der Schaden unkompliziert beglichen. Es blieb für immer das Geheimnis von David und Alfred. Und Meister Krall.

10

Die Schabbeskerzen brannten. Moritz und Alfred saßen sich gegenüber und hatten die Suppe gegessen. Moritz tupfte sich den Mund, legte seine Serviette zur Seite und sagte anschließend, dass er sehr zufrieden darüber sei, dass sie sich für Zamira entschieden hätten. Ja, auch Alfred war angetan von der jungen Araberin, wenngleich sie ihm manchmal zu perfekt vorkam. Er vermutete, dass sie nur eine Seite dieser außergewöhnlichen Person kannten.

Moritz, sagte Alfred leise, sie ist freundlich, sie ist sauber, sie ist fleißig. Sie ist schön. Und sie vergiftet uns nicht. Da muss es noch etwas geben, glaube mir.

Warum kannst du sie nicht akzeptieren, wie sie ist?, wollte Moritz wissen, nicht alle Araber sind hassenswert.

Damit hat das nichts zu tun. Ich sage nur, dass sie so nicht ist, wie sie ist, antwortete sein Bruder, bist du blind? Ich denke, du bist Psychologe. Du erzählst mir doch immer vom Unterbewusstsein …

Vom Unbewussten, verbesserte Moritz.

Geschenkt! Jedenfalls davon, dass mein Gehirn schon lange Bescheid weiß, bevor ich es weiß.

Moritz verzog den Mund. Sein Bruder übertrieb, wie immer.

Für Alfred war die Sache klar:

Sie ist fast dreißig. Sie hat bereits ein Leben gelebt. Wo? Mit wem? Wie?

Offenbar ein mieses Leben, meinte Moritz, und sie will es hinter sich lassen.

Alfred lachte.

Genau, und deshalb will sie den Rest ihres Daseins in einer düsteren Höhle mit zwei jüdischen Steinzeitmenschen verbringen! Als arabische Nonne! Wo lebst du denn?

Bevor Moritz antworten konnte, betrat Zamira mit einem Tablett das Zimmer und sagte:

Ich kann nicht warten auf Ihr Klingeln, werden mir die Schnitzel kalt.

Sie stellte jedem einen Teller mit einem panierten Schnitzel vor die Nase, dazu gab es Kartoffelsalat.

Moritz war überrascht.

Schnitzel? Ich dachte, es gibt Huhn, wie immer am Schabbes.

Ach, das ist doch langweilig, Herr Feld.

Alfred war begeistert.

Wiener Schnitzel! Wunderbar, Zamira! Zeigen Sie es diesem konservativen Sack!

Damit begann er zu essen.

Moritz kratzte indessen akribisch die Panade vom Schnitzel und ignorierte auch den Kartoffelsalat. Er beobachtete seinen Bruder beim Kauen mit großem Interesse und sagte nach einer Weile:

Dass du das verträgst mit deinem Magen. Unberufen!

Alfred hielt inne, wie vom Blitz getroffen.

Sein Mund war noch voll, als er rief:

Wer sagt, dass ich das vertrage? Zamira!

Er begann ebenfalls, die Panade abzukratzen, als Zamira kam.

Schnitzel mit Kartoffelsalat! Zu fett! Und am Abend! Das

ist viel zu schwer. Das ist Mord! Ich brauche meine Magentabletten.

Er sprang auf und lief in sein Zimmer.

Zamira war bedrückt.

Tut leid mir. Ich wusste nicht, dass der Herr Klee hat einen kranken Magen.

Das wusste er selber nicht, sagte Moritz und aß weiter. Dann sagte er:

Es schmeckt großartig. Das können Sie öfter machen. Nur nicht paniert. Und ohne Kartoffelsalat. Und nicht am Abend.

Alfred kam wieder zurück. Er hatte eine Pille dabei und nahm sie ein, indem er sich ein Glas mit Wasser griff.

Als Zamira das Zimmer verlassen wollte, sagte er plötzlich:

Zamira!

Sie blieb stehen.

Ja?

Warum sind Sie bei uns? Ich frage mich das immer wieder.

Moritz wollte etwas sagen, aber Alfred sprach weiter:

Warum gehen Sie nicht in ein Orchester oder geben Geigenunterricht?

Sie wusste nicht, was sie sagen sollte.

Verstehe ich nicht, Herr Klee. Was wollen Sie wissen?

Ich will wissen, was eine junge Palästinenserin bei zwei alten Juden verloren hat? Was ist so unwiderstehlich an diesem Job?

Ist mir egal, ob Sie sind Juden oder Christen. Ich fühle mich gut hier. Sie sind nett. Gefällt mir das. Ich mache gern Hausarbeit. Kochen und das alles. Ich wollte weg aus Berlin und habe ein neues Leben gesucht.

Neues Leben? Das nennen Sie neues Leben?, fragte Alfred. Warum haben Sie sich nicht einen richtigen Job gesucht, der zu einer jungen, hübschen Frau passt?

Ich habe keinen Job gesucht, ich habe ein Zuhause gesucht, sagte sie leise.

Die Männer schauten betroffen.

Am folgenden Sonntag war Alfred angenehm überrascht, wie gemütlich es sich Zamira in der kleinen Wohnung unterm Dach gemacht hatte. Mit Postern, Familienfotos, Kissen und orientalischem Schnickschnack hatte sie eine anheimelnde Atmosphäre geschaffen.

Möchten Sie Tee?, fragte sie.

Gern, antwortete Alfred, während er sich die Fotos an der Wand besah.

Ganze Familie, sagte sie und zeigte auf ein Foto, auf dem etwa dreißig Personen zu sehen waren, Mutter, Vater, Bruder, Schwester, Cousins und Cousinen, Tanten und Onkel. Hier ich …

Nein, rief Alfred, nichts sagen, ich finde Sie.

Er kniff die Augen zusammen, besah sich das Foto und zeigte dann auf ein kleines Mädchen.

Das sind Sie!

Stimmt.

Während sie weitersprach, dachte Alfred, dass er sich niemals Gedanken über eine Familie im Westjordanland gemacht hatte. Jetzt aber, da er bewusst in die Gesichter sah und sie Namen wie Leila, Aziza und Kamal erhielten, ja gleichsam zum Leben erweckt wurden, überkam ihn ein schlechtes Gewissen. Was hatten sie durchgemacht? Niemand kann doch dafür, wann und wo er hineingeboren wurde. Und wie man ihn erzog. Als Moslem oder als Jude.

Er war Jude und bei allem, was im Nahen Osten passierte, war er darauf dressiert, sofort zu denken: Ist das gut oder schlecht für Israel? Sollte er dieser freundlichen Frau neben ihm gestehen, dass ihm das Schicksal ihres Volkes gleichgültig war? Nicht dass er die Palästinenser verabscheute oder alle für Terroristen hielt, aber die Israelis waren ihm nah, sie waren mit seinem eigenen Schicksal verbunden. Aber hatte er nicht auch in Israel eine Menge Vollidioten getroffen, kulturlose Banausen, Machos und primitive Goldkettchenträger? Hatte er sich nicht oft fremdgeschämt? Was war so besonders an den Sabres? Ist Jude sein eine Auszeichnung? Gehörte man automatisch einem erlesenen Klub an? Shylock kam ihm in den Sinn. Was für die Juden gedacht war, galt doch für alle:

Haben wir nicht Augen? Hände, Gliedmaßen, Werkzeuge, Sinne, Neigungen, Leidenschaften? Mit derselben Speise genährt, mit denselben Waffen verletzt, denselben Krankheiten unterworfen, mit denselben Mitteln geheilt, gewärmt und gekältet von eben dem Winter und Sommer? Wenn ihr uns stecht, bluten wir nicht? Wenn ihr uns kitzelt, lachen wir nicht? Wenn ihr uns vergiftet, sterben wir nicht? Und wenn ihr uns beleidigt, sollen wir uns nicht rächen?

Honig?, hörte er Zamira fragen.

Fein, sagte Alfred und setzte sich an den niedrigen Tisch.

Wieso besuchen Sie mich?, fragte sie.

Sie haben sonntags frei und ich habe gedacht, was macht sie so allein an diesem Tag? Vielleicht langweilt Sie sich und hat Lust auf ein Schwätzchen mit einem Dinosaurier.

Gern, aber ich langweile mich nie. Sonntags schlafe ich lang, dann schreibe ich E-Mails oder telefonier ich. Manchmal fahre ich zu meinen Freunden nach Bornheim. Nebenan ist ein libanesisches Restaurant. Abends Kino. Oder Disco, nur tanzen.

Er lächelte. Er konnte es sich gut vorstellen, wie sie sich bewegte.

Sie müssen die Israelis hassen, sagte Alfred plötzlich.

Ja, begann sie, als Mädchen ich war radikal, habe sogar Steine gegen Soldaten geworfen, die waren ja nur da, um ein paar Siedler zu schützen ...

Doch Zamiras wohlhabende Tante Hind holte das Kind von der Straße, sie hatte bereits früh die musikalische Begabung ihrer Nichte erkannt und schickte sie von nun an regelmäßig zum Geigenunterricht. Als Zamira vierzehn Jahre alt war, bewarb sie sich beim West-Eastern Divan Orchestra, das von Daniel Barenboim und Edward Said gegründet worden war. Hier musizierten arabische und israelische Jugendliche gemeinsam. Zamira wurde aufgenommen. Die Zusammenarbeit, das gemeinsame Musizieren, die Gespräche mit Barenboim und Mitgliedern des Orchesters, auch den jüdischen, trugen dazu bei, dass ihr Hass auf die Israelis abkühlte. Sie würde sie zwar niemals lieben, aber versuchen, sie kennenzulernen. Nach einem Jahr intensiver Proben konnte sie zum ersten Mal nach Europa fliegen. Nach der Tournee blieb sie bei einem Onkel in Beirut, in dessen Restaurant sie aushalf. Sie besuchte die deutsche Schule, an der sie auch musikalisch weiter gefördert wurde.

Wie sind Sie nach Deutschland gekommen?, wollte Alfred wissen.

Mit zwanzig wollte mich meine Familie verheiraten, mit einem Cousin! Da habe ich mich beworben bei den Berliner Philharmonikern. Ich wurde zwar nicht genommen, nutzte aber Berlin, um zu bleiben. Ich lernte Mark Faller kennen, ein

Radiojournalist. Amour fou. War ich sieben Wochen später verheiratet!

Das erste Jahr verlief harmonisch. Mark arbeitete beim Sender und bald verstand sie seine geheimen Botschaften, wenn er ihr über das Radio Grüße schickte. Sie besuchte am Vormittag Deutschkurse, am Nachmittag gab sie Geigenunterricht.

Aufgrund ihrer immer besseren Sprachkenntnisse kam auch die Erkenntnis, dass es sich bei ihrem Ehemann um einen begrenzten Typen handelte, der schlecht damit umgehen konnte, dass sich seine arabische Frau emanzipierte, mehr noch, ihm das Gefühl gab, intelligenter zu sein als er. Immer öfter widersprach sie ihm bei politischen Diskussionen im Freundeskreis und sie stellte fest, dass er rechtsradikales Gedankengut verbreitete, auch in seiner Sendung. Auf subtile Weise zwar, aber seine Adressaten verstanden ihn gut. Er konnte es nicht verstehen, dass sie als »geschundene« Palästinenserin Israel nicht zerstören wollte. Ein bisschen mehr Hass hätte er sich schon gewünscht. Er war im Grunde enttäuscht, keine Terroristin geheiratet zu haben, mit der er sich selbst hätte aufwerten können.

Zamira wurde klar, dass Mark Faller verbohrt und ihren Argumenten gegenüber ablehnend war. Immer öfter kam es zu lautstarken Auseinandersetzungen, bei denen sie immer besser mithalten konnte. So blieb ihm letztlich nur noch ein Mittel: Gewalt. Es begann der klassische Kreislauf. Er schlug sie, sie wehrte sich, er schlug sie heftiger, er entschuldigte sich, er weinte, er schwor Besserung, bis zum nächsten Mal. Sie verließ ihn, er drohte mit Selbstmord, sie kehrte zurück. So vergingen entsetzliche Jahre.

Zamira hatte inzwischen Anschluss an ein Kammerorchester gefunden, mit dem sie kleinere Tourneen unternahm. Immer gab es irgendwo festliche Anlässe, bei denen klassische Musik angesagt war. Kirchliche Feste, Preisverleihungen, Woche der Brüderlichkeit und anderes.

Mit Olga Weismanowa, einer russischen Cellistin, verstand sie sich besonders gut, die Frauen nahmen stets gemeinsam ein Hotelzimmer. Dann kam die Nacht, die alles veränderte.

Nach einem Konzert in Quedlinburg erschien plötzlich Mark Faller mit seinem Kumpel Alex in der Lobby des Hotels, um seine Frau zu besuchen, wie er sagte. Als der Nachtportier die Zimmernummer nicht herausgeben wollte, zwangen die Männer ihn dazu. Mark stürmte nach oben und drang in das Zimmer von Zamira und Olga ein. Er beschimpfte seine Frau als Lesbe. Alex beobachtete die Szene. In blinder Wut zerstörte Faller Möbel und schlug immer wieder auf Zamira ein. Olga hatte inzwischen Hilfe geholt und irgendwann wurde Faller überwältigt und von der Polizei festgenommen.

Die rote Linie war überschritten. Zamira nahm sich einen Anwalt und reichte die Scheidung ein. Sie verließ die gemeinsame Wohnung und zog zu Olga. Als Mark sie weiterhin terrorisierte, zeigte sie ihn an und informierte seinen Arbeitgeber. Mark Faller verlor seinen Job. Ein tiefer Sturz, der noch mehr Wut freisetzte. Er bedrohte sie am Telefon, er lauerte ihr auf, er terrorisierte sie von nun an Tag und Nacht.

Zamira entschloss sich, die Stadt zu verlassen. So kam sie nach Frankfurt, wo russische Freunde von Olga eine Familienpension besaßen. Sie wechselte ihre Handynummer und verschwand von Fallers Radar. Lediglich Olga kannte ihre neuen Kontaktdaten. Als sie den Job bei den Kleefelds bekam, fühlte sie sich das erste Mal in Sicherheit und wieder glücklich.

Sind Sie eigentlich glücklich?, fragte sie ihn.

Alfred war überrascht.

Wieso fragen Sie mich das?

Weil ich das Gefühl habe, dass Sie nicht glücklich sind.

Ach, wissen Sie, es kommt darauf an, was man noch erwartet. Ich hatte ein abwechslungsreiches Leben, habe viele interessante Menschen kennengelernt, hatte viele, wie soll ich sagen, »Frauengeschichten«. Es ist mir gut gegangen. Ich war nie reich, aber hatte immer genug Geld, um zu überleben. Ich habe Rom geliebt.

Warum Sie sind weg?, wollte sie wissen.

Nach dem Herzinfarkt im letzten Jahr hat sich mein Leben verändert. Es ist mir plötzlich klar geworden, dass ich allein bin, dass ich niemanden habe, der sich um mich sorgt. Es gab keinen, den ein Arzt hätte ins Vertrauen ziehen können. Wen sollen wir benachrichtigen?, fragte man mich in der Klinik. Mir fiel niemand ein. Außer meinem Bruder ...

Es war ein milder Spätsommertag. Alfred, in eine Decke gehüllt, saß neben Moritz auf der Terrasse der Klinik und schaute in die Landschaft. Er sah in ein Tal, an dessen Ende sich ein Pinienwäldchen befand, hinter dem man im Abenddunst die Silhouette von Rom mit seinen Hügeln und Kuppeln ahnen konnte.

Hat etwas von Turner, sagte Moritz.

Alfred lächelte. Er sah zu seinem Bruder, erkannte im Profil des alten Mannes den jungen Moritz von damals.

Moritz sah ihn an.

Was hältst du davon, wenn du zu mir nach Frankfurt kommst?

Alfred war überrascht. Er zog die Decke am Hals zusammen, hielt sie und sagte:

Ich weiß nicht, ob das eine gute Idee ist.

Was sollst du hier in Rom?

Es ist meine Heimatstadt.

Heimat! Du hast hier keinen Menschen. Wer kümmert sich um dich?

Und in Frankfurt? Du kümmerst dich? Du hast doch genug mit dir zu tun.

Ich habe ein Dienstmädchen, du hast zwei Zimmer für dich. Du kennst noch Leute von früher. Du wirst dich schnell einleben. Ich biete es ja nur an. Warum sollen zwei Brüder nicht am Ende ihrer Tage zusammenleben?

Ich weiß nicht, sagte Alfred unsicher.

Komm mir nicht mit: Einen alten Baum soll man nicht verpflanzen!, sagte Moritz.

Nein, das ist es nicht. Wir sind uns fremd geworden. Du hast deine Macken, ich habe meine.

Das Haus ist groß genug. Wir können uns aus dem Weg gehen, wenn wir uns auf die Nerven fallen!

Ich werde darüber nachdenken, sagte Alfred.

Ein halbes Jahr später war ich hier. Und heute weiß ich, dass es ein Fehler war, sagte Alfred und trank einen Schluck von dem süßen Tee.

Wieso Fehler?, fragte Zamira.

Es ist schwer sich einzugewöhnen. Mit jemandem zusammenleben ist für einen älteren Junggesellen besonders schwer. Ich habe ja im Lauf der Jahre Schrullen entwickelt, die nur etwas mit mir selbst zu tun haben. Tagesrhythmus, Essgewohnheiten, Schlafen, Hygiene. Ich höre gern laute Musik und rede vor mich hin. Manchmal erinnere ich Texte aus meinen Filmen. Moritz sieht gern wissenschaftliche Filme, ich mag Melodramen. Ich liebe Spaghetti, er Kartoffeln. Ich gehe gern essen, er sitzt gern zu Hause. Wir haben unterschiedliche Interessen. Ich mag die Beatles, er Strawinsky.

Also, ich finde, so groß sind die Unterschiede nicht.

Es klopfte an der Tür.

Zamira?, hörte man Moritz.

Sie sprang auf und öffnete.

Moritz kam ins Zimmer und bevor er etwas sagen konnte, bemerkte er seinen Bruder, der auf der Couch saß.

Du hier?, fragte er.

Das könnte ich auch sagen, meinte Alfred und erhob sich. Danke für den Tee.

Ich habe rote Grütze gemacht, sagte Moritz, kennen Sie das?

Nein.

Das schmeckt sehr lecker. Mit Sahne oder auch Vanilleeis. Wollen Sie runterkommen und probieren?

Sie sah zu Alfred, der jetzt in der Tür stand.

Gehen wir essen große Grütze.

11

Moritz und Alfred saßen vor dem Fernsehgerät und sahen sich die »Tagesthemen« an. Gerade lief ein Bericht über einen der zahlreicher werdenden Raketenangriffe aus Gaza, als Zamira in den Salon kam, um sich für heute zu verabschieden.

Hier, sagte Alfred, finden Sie das richtig?
Moritz wollte ihn bremsen.
Freddy!
Nein, sagte Zamira, aber haben die Menschen keine andere Chance, als sich zu wehren. Gaza ist wie ein Gefängnis. Die Menschen können nicht raus, haben die nix zu essen.

Und deshalb muss man Raketen abfeuern und Menschen töten?

Wissen Sie, warum die nichts zu essen haben, fragte Moritz, weil die Hamas das Geld für Waffen ausgibt.

Zamira wurde laut.

Nervt mich das so! Nie ist Israel Schuld! Haben Sie immer Entschuldigung. Bauen die Siedlungen, bauen die Mauer, geben die unser Geld nicht raus, lassen die keine Transporte zu, erpressen die uns seit über vierzig Jahren. Töten unsere Kinder. Aber für Sie ist Israel immer gut! Kotzt mich das an!

Damit verließ sie das Zimmer.
Zamira!, rief Moritz.

Am Morgen kam Moritz in die Küche, wo Zamira das Frühstück zubereitete.

Guten Morgen, sagte er.

Guten Morgen, erwiderte sie nicht unfreundlich.

Es tut mir leid wegen gestern Abend.

Mir auch, sagte sie, möchten Sie ein Ei?

Gern.

Herr Feld, ich bin davon überzeugt, wenn es den Konflikt mit Israel nicht gäbe, dann wären die Araber nicht so radikal.

Moritz lächelte und meinte:

Natürlich nicht! Dann würden sie ihre Frauen nicht mehr unterdrücken, keine öffentlichen Hinrichtungen mehr machen, keine Ehrenmorde würde es mehr geben und Dieben würden die Hände nicht mehr abgeschlagen.

Hat das nix zu tun mit Juden, sagte sie, das ist Religion, aber der Konflikt im Nahen Osten, daran sind die Israelis schuld.

Bevor Moritz antworten konnte, kam Alfred in die Küche und mischte sich ein:

Ja, geben Sie uns nur die Schuld. Wir kennen uns darin aus. Denn wir sind schon zuständig für Kapitalismus und Kommunismus, für Freiheit und Diktatur, für die Globalisierung und den Separatismus, für die Atombombe und den Pazifismus.

Moritz schaut ihn an.

Freddy, werde nicht unsachlich.

Hasst man uns deshalb oder nicht?, wollte sein Bruder wissen.

Warum es gibt überhaupt Antisemitismus?, fragte Zamira.

Moritz sagte:

Antisemitismus ist eine Geisteskrankheit.

Antisemitismus bedeutet, die Juden noch weniger zu mögen als allgemein üblich, sagte Alfred.

Aber woran liegt es, dass alle sie hassen?

Moritz stand ihr gegenüber.

Hassen Sie uns, Zamira?, fragte er.

Nein.

Sehen Sie, Menschen hassen nur Menschen, von deren Leben, Kultur, Sprache, Religion sie keine Ahnung haben. Das schafft Ressentiments. Menschen, die man kennt, die man akzeptiert, die hasst man nicht.

Alfred ging dazwischen:

Das hört sich gut an, aber was war mit den Deutschen im Dritten Reich? Haben da nicht plötzlich Nachbarn Nachbarn gehasst und denunziert, die sie jahrelang kannten und mit denen sie oft sogar befreundet waren?

Moritz widersprach:

Das war kein Hass. Das waren Neid, Häme, Gleichgültigkeit.

Das wird die Toten von Auschwitz sehr beruhigen, sagte Alfred.

Wenn alle Deutschen ihren jüdischen Freunden geholfen hätten …, sagte Zamira.

Moritz schüttelte den Kopf.

So funktioniert leider die Welt nicht.

Und Alfred sagte:

Bei Ihnen bringen sich ja die eigenen Leute gegenseitig um.

Warum? Sagen es mir. Sie kennen sich aus doch.

Zuerst einmal grenzt sich eine Gruppe nach außen ab, sagte Moritz. Sie beschwört Harmonie und Solidarität. Die Gruppe und ihre Entstehung werden idealisiert. Dann beginnen Konflikte über Programme, Rollen, Richtlinien. Die Ziele und deren Erreichung werden infrage gestellt. Misstrauen macht sich breit, schließlich bilden sich Subgruppen und das führt zu Machtkämpfen. Je ähnlicher sich die Gruppen sind, desto gewalttätiger sind sie gegeneinander. Man verlangt nach sozialer, positiver Identität und wenn man diese gestört glaubt, sucht man den Feind zuerst in der Gruppe.

Warum sind Menschen so, Herr Feld?, fragte Zamira.

Moritz dachte nach und Alfred sagte leise:

Herr Feld weiß es nicht.

Damit verließ er die Küche.

Alfred hat recht. Obwohl ich mich mein ganzes Leben als Sozialwissenschaftler mit den Phänomenen der Masse befasst habe, muss ich gestehen, dass ich nur an der Oberfläche gekratzt habe. Vieles bleibt nur schwer erklärlich, vieles verborgen. Denn oft greifen die soziotypischen Verhaltensweisen nicht. Das Irrationale ist eben, wie der Name sagt, irrational.

Wann haben Sie begonnen, sich für Psychologie zu interessieren?

Er setzte sich an den Küchentisch.

Schon recht früh. Während mein Bruder Ende der Fünfziger das Leben eines Bohemiens führte, mit Partys, Mädchen und dem erklärten Ziel, ein Filmstar zu werden, arbeitete ich bereits an meiner Promotion. Ich war glücklich, in Frankfurt zu sein, wo Koryphäen lehrten. Und ich hegte den Wunsch, zu ihnen zu gehören ...

Moritz hatte im Gegensatz zu seinem Bruder wenig Interesse an ausschweifenden Freizeitvergnügungen. Er engagierte sich intensiv im Zionistischen Studentenbund und fuhr in den Semesterferien regelmäßig nach Israel, wo er in verschiedenen Kibbuzim arbeitete. Damals hätte er es sich gut vorstellen können, für immer nach Israel zu gehen. Der Arbeiterzionismus übte zu dieser Zeit eine große Anziehungskraft auf ihn und seine Altersgenossen aus. Es war die Einsicht, dass die jungen Juden in der Diaspora ein dekadentes, assimiliertes, ja nutzloses Leben führten, während es in Israel täglich ums Überleben ging, das Kollektiv gleichzeitig die sozialistische Utopie zu verwirklichen suchte, in der es keine Ausbeutung gab. Alles würde allen gehören, das Land, die Bücher, selbst die Kinder.

Auch die Liebe war eine freie, ungezwungene, wobei sich Moritz hier eher gegen das Kollektiv stellte. Er wurde schlicht eifersüchtig, wenn ein Mädchen, dass er nach der ersten Nacht sofort geheiratet hätte, am nächsten Tag mit einem anderen zusammen war.

Als man ihm im Jahr 1962 in Frankfurt eine Dozentur anbot, musste er sich entscheiden. In Israel lockten das Abenteuer, die Wildnis, der Orient und die Möglichkeit, gemeinsam mit anderen etwas Neues zu gestalten.

In Deutschland wartete die akademische Karriere mit all ihren Annehmlichkeiten auf den jungen Doktor. Habilitation, Autorenschaft, Kongresse, Preise. Ein angenehmes Leben im wissenschaftlichen Elfenbeinturm. Während die Jugendlichen die Musik der Beatles hörten, sich die Haare wachsen ließen und Hasch rauchten, wurde Moritz Professor.

Der Sechs-Tage-Krieg brachte nicht nur für Israel eine Zeitenwende. Juden in aller Welt waren auf Israels Seite, viele reisten in das Land, um zu helfen. Moritz hatte ein zwiespältiges Gefühl, wenn er die deutsche Presse las. Erst ein Krieg, der mit Löwenmut gewonnen wurde, nachdem man bereits in den Abgrund gesehen hatte, ließ Juden plötzlich in einem anderen Licht erscheinen. Es war traurig, dass sie im Bewusstsein der Menschen in der Bundesrepublik nur durch diesen gewonnenen Krieg Anerkennung bekamen. Als Ostjerusalem eingenommen war, ahnte Moritz bei aller Freude, dass dies eine schwere Hypothek werden würde.

Als ihm der fanatische linke Antisemitismus, getarnt als Antizionismus, entgegenschlug, wurde ihm klar, dass diese jungen Deutschen die Kinder der alten Deutschen waren. Enttäuscht packte er seine Koffer und ging für ein paar Jahre nach Berkeley.

Selbst als er altersmilde geworden war und sich mit den deutschen Studenten arrangiert hatte, behielt er bis zuletzt seine jährliche Gastdozentur in Kalifornien.

So, meinte Moritz, jetzt wissen Sie alles!

Zamira lächelte.

Nein, sagte sie, weiß ich nicht, wie haben Sie Ihre Frau kennengelernt?

Das interessiert Sie?

Das interessiert Frauen immer!

Tja, es war im Jahr 1972, anlässlich eines Kongresses zum Thema »Aktuelle Sozialpsychologie der westlichen Gesellschaften«, bei dem ich als Redner angekündigt war, sagte Moritz, da lernte ich die junge, wissbegierige Redakteurin Fanny Trindel aus Antwerpen kennen. Sie schrieb Artikel für eine jüdische Zeitung und hatte sich mit mir in einer Hotellobby in Paris zum Interview verabredet. Sie wirkte unsicher, war eine Frau von siebenundzwanzig, die noch recht wenig Lebenserfahrung hatte. Sie stammte aus einem religiösen, wohlhabenden Elternhaus und war sorgfältig erzogen worden. Die Familie war seit Generationen im Diamantenhandel tätig. Ihr Vater Aron besaß eine gut gehende Schleiferei in der Pelikaanstraat, dem Diamantenzentrum. Ihr Onkel Hyman, der Prinzipal der Sippe, gehörte zum ehrwürdigen Direktorium der Diamantenbörse. Ihre Mutter Dorit war ein patente Frau, eine ausgezeichnete Köchin und Kuchenbäckerin.

Als Fanny das erste Mal mit ihrem neuen Freund, dem jungen Professor Kleefeld, nach Antwerpen reiste, war allen bis auf Moritz klar, dass er das hübsche Haus in der Mozartstraat nicht unverlobt verlassen würde. Er ließ sich mehr oder weniger passiv in diese Ehe schubsen. Bereits am ersten Abend wurde er vom alten Trindel in die Bibliothek gebeten und darüber ausgefragt, ob er denn finanziell in der Lage sei, eine Frau und hoffentlich bald viele Kinder zu ernähren. Bis dato hatte er weder an Heiraten gedacht, noch um Fannys Hand angehalten.

Trotzdem gab er bereitwillig Auskunft. So kam es, dass Moritz verlobt wurde, kaum dass er es merkte. Fanny war nicht die Frau seiner Träume, aber sie war eine treue Seele und eine gute Partie. Als Moritz eine Woche später zurück in die USA flog, fiel ihm ein Satz von Vance Packard ein, den er vor Jahren gelesen hatte: Warum man sich nach einem Cabriolet sehnt und sich doch eine Limousine kauft!

Ein halbes Jahr später. Die Trindels ließen es sich nicht nehmen, ihrer einzigen Tochter ein beeindruckendes Hochzeitsfest im Hilton auszurichten. Allein die Anzeige im Jüdischen Gemeindeblatt von Antwerpen füllte eine ganze Seite, ein pathetischer Text mit Verweisen auf den Holocaust, Zitaten aus der Thora, dazu Fotos der Delinquenten. Man gab sich die Ehre.

Die Trindels kamen aus aller Welt angereist, keiner wollte sich dieses Ereignis entgehen lassen. Einige dachten sicher, ein Wunder, dass die noch einen abgekriegt hat – den schmock müssen wir uns ansehen! So lernte Moritz seine zukünftige

Verwandtschaft aus Toronto, Montevideo, Haifa und Paris kennen. Von seiner Seite waren die Gäste überschaubar: Seine Mutter und sein Bruder Alfred.

Nach der Sache mit David ließen die Brüder die Mutter ein Jahr lang leiden. Nun aber war es an der Zeit, ein neues Kapitel aufzuschlagen und Frieden zu schließen. Da war diese Hochzeit ein guter Anlass, denn wie sollte man den Trindels erklären, dass die Mutter des Bräutigams nicht teilnehmen würde? Moritz war glücklich, als er seinen Bruder am Flughafen Brüssel begrüßen konnte. Gemeinsam fuhren sie zum Bahnhof und holten ihre Mom ab. Als sie aus dem Zug stieg, umarmten sich die drei und hielten sich lange fest.

Die Trindels waren von Baby begeistert, insbesondere Onkel Hyman begrabschte die attraktive Mutter des Bräutigams wann immer er konnte. Sie gehörte ja jetzt zur Familie, ließ er seine eifersüchtige Gattin wissen. Alfred, von den Trindels in aller Bescheidenheit als weltberühmter Hollywoodstar eingeführt, zog die gesamte Aufmerksamkeit auf sich und genoss das Fest im Ballsaal des Luxushotels. Er tanzte mit allen jüdischen Jungfrauen und war höchst begehrt. Nur Fanny konnte ihren Schwager vom ersten Augenblick an nicht leiden. Und er sie auch nicht. Alfred hatte sich für seinen Bruder eine andere Gattin gewünscht. Eine sinnliche, frauliche, humorvolle und unkomplizierte Person, die offen und neugierig war, kurz: die zu ihm passte! Was er hier sehen musste, war eine verwöhnte, überhebliche, missgünstige, aseptische klafte. Fanny wusste sofort, dass sie ihren zukünftigen Mann von seinem Bruder fernhalten musste, denn sie fürchtete seinen zweifellos negativen Einfluss. Alfred war für sie ein selbstverliebter, oberflächlicher, egoistischer Mensch. Ein Schauspieler eben.

Der stand nachts mit Onkel Hyman an der Bar und diskutierte über Politik. Die Familie war glücklich, dass ihre Fanny verheiratet war, nur dass sie zeitweise in Deutschland leben würde, machte ihr Sorge.

Hyman bekannte, dass es ihm von seiner Frau nicht gestattet war, deutsche Produkte zu kaufen. Sie wollte nichts mit Deutschland zu tun haben. Er gestand Alfred, dass er so gern einen deutschen Fernseher oder eine deutsche Waschmaschine besitzen würde. Von einem Mercedes gar nicht zu reden.

Was für einen Wagen fährst du?, fragte ihn Alfred.

Ich habe einen französischen Wagen, sagte Onkel Hyman und schaute sich verstohlen nach seiner Frau um, die an einem der Tische saß. Dann flüsterte er: Mit einem Volkswagen-Motor, aber das darf sie nie erfahren!

Die meisten der Hochzeitsgäste waren bereits gegangen. Es war lang nach Mitternacht, als Aron Trindel seinen Schwiegersohn in den holzgetäfelten Klubraum des Hiltons rief. Es roch angenehm nach Leder.

Auf einem Tisch in der Ecke standen zwei Cognacgläser und eine Flasche Rémy Martin. Trindel saß in einem Klubsessel und paffte eine Romeo y Julieta. Er bot Moritz eine Zigarre an, der dankend ablehnte. Dann tranken sie Cognac. Trindel ermahnte Moritz, so wie er es bereits am Morgen in der Synagoge getan hatte, seine einzige Tochter Fanny, diesen wertvollen, verletzlichen Menschen, die Güte des Herzens in Person, das Licht seiner Augen, zu ehren und zu achten und ihr in jeder Beziehung ein liebender Gatte zu sein. Und sie umgehend zur Mutter zu machen. Das sei ihre Bestimmung. Und wenn man, was er durchaus verstehen könne, denn irgendwann erlösche jedes Feuer einmal, also wenn man wirklich nebenbei eine andere, man sei ja nicht aus Holz, er wisse sehr gut, von was er rede, dann dürfe das die sensible Fanny niemals erfahren, das gehöre sich nicht als Gentleman. Moritz versprach es. Trindel griff in die Innentasche seines Smokings, holte einen Scheck raus und erhob sich.

Mazl und broche, sagte er, küsste Moritz auf die Stirn und drückte ihm den Scheck in die Hand.

Dann verließ er den Klubraum.

Moritz war noch in Gedanken, als er zu Zamira sagte:

Von dem Geld erwarben wir dieses Haus. So, jetzt wissen Sie eine ganze Menge über mich, fügte er an.

Ist das schlimm?

Nein, sagte Moritz.

Wieso erzähle ich ihr das alles, dachte er gleichzeitig.

12

Als Moritz und Alfred in der folgenden Woche aus der Stadt nach Hause kamen, waren sie kaum imstande, die Haustür zu öffnen, denn der Flur war mit Möbeln zugestellt.

Zamira!, riefen sie.

Ja?, kam es aus dem Salon zurück.

Wir kommen hier nicht durch, sagte Moritz.

Versuchen Sie es, war die Antwort des Hausmädchens.

Bevor Alfred begann, sich zwischen den Möbeln durchzuquetschen, rief Moritz:

Geben Sie uns den Garagenschlüssel! Wir kommen durch die Garage.

Kann ich den nicht finden, sagte Zamira.

Also begann auch Moritz seinen Weg durch den Hindernisparcours.

Als sie schließlich, zum Teil auf allen vieren, Tische und Stühle überwunden hatten und atemlos im Salon standen, erblickten sie Zamira, die gemütlich im Schneidersitz inmitten von diversen Sofakissen auf dem Teppich hockte, vor sich ein Tablett mit Stövchen, Teekanne, drei Teetassen und Gebäck. Die Brüder sahen sich ratlos an, was sollte das denn werden?

So geht es uns im Westjordanland jeden Tag, sagte Zamira.

Mit einem umwerfenden Lächeln machte sie eine einladende Handbewegung: Teatime, meine Herren. Während die beiden etwas unbeholfen auf den Kissen Platz nahmen und Zamira allen Tee einschenkte, begann sie:

Ich wollte, dass Sie sich auch mal in unsere Situation versetzen. Wir waren immer unterdrückt ...

Am Ende des 19. Jahrhunderts gehörte die Stadt Hebron zum Osmanischen Reich. Es gab viele Schikanen. Den türkischen Besatzern war das Schicksal der Menschen gleichgültig. Zu dieser Zeit waren viele Verwandte in die USA ausgewandert, wo sie es zu bescheidenem Wohlstand brachten.

Nach 1930, als die Flucht der europäischen Juden nach Palästina begann, war Hebron britisches Mandatsgebiet. Die Familie Latif lebte bis dahin in gutem Einvernehmen mit ihren wenigen jüdischen Nachbarn. Zamiras Großvater Ibrahim Latif war Bürgermeister der Stadt und für seine versöhnliche Politik bekannt. Das wurde ihm zum Verhängnis, denn er wurde von arabischen Nationalisten ermordet. Nach der Gründung des Staates Israel und dem damit verbundenen Krieg von 1948 wurde Hebron jordanisches Hoheitsgebiet. In den neunzehn Jahren bis zum Sechs-Tage-Krieg wurde von jordanischer Seite nichts unternommen, die Lebensbedingungen der Menschen in Hebron zu verbessern. Ein Teil von Zamiras Familie zog nach Beirut.

Mit der israelischen Besatzung änderte sich das Leben der Menschen in Hebron schlagartig. Die Menschen waren nun neuen Ungerechtigkeiten und größeren Schikanen ausgesetzt.

Ich war neun Jahre, sagte Zamira, als zwei Cousins mit siebenundzwanzig Männern vom jüdischen Attentäter Goldstein erschossen wurden, in einer Moschee.

Alfred und Moritz schwiegen.

Vielleicht verstehen Sie jetzt, warum ich die Israelis nicht mag.

Hilf mir hoch, sagte Moritz zu seinem Bruder und streckte die Hand aus.

Noch in derselben Nacht, als die »senile Bettflucht« sie im Badezimmer zusammenführte, sprachen die Brüder über Zamira. Alfred saß auf dem Klodeckel, Moritz auf dem Rand der Badewanne.

Ich kann nicht schlafen.

Ich auch nicht.

Wir müssen uns damit abfinden, sagte Alfred, sie ist Araberin und hat ihre Sicht auf die Situation.

Das ist auch nicht dramatisch, sagte Moritz, es ist sogar zu verstehen, aber es darf sich nicht gegen uns richten.

Genau! Ich möchte nicht verantwortlich sein, nur weil ich Jude bin und Israel mir am Herzen liegt.

Aber du erwartest bei ihr eine Neutralität, die sie aufgrund ihrer Sozialisation nicht haben kann. Wir informieren uns auch in unserem Sinne, damit unsere Weltsicht bestätigt wird. Und blenden aus, was uns nicht passt. Wie soll sie differenzieren, wenn sie nicht persönlich andere Erfahrungen macht?

Moritz hatte recht.

Hast du je gesehen, was über die arabischen, iranischen und türkischen Fernsehsender und über das Internet an Müll hereinschwappt?, fragte Alfred, an Lügen und Unterstellungen? Das sehen Hunderttausende von jungen Menschen jeden Tag.

Danke. Jetzt kann ich überhaupt nicht mehr schlafen!, sagte Moritz.

Es hatte sich bewahrheitet. Moritz lag im Bett, hatte das Licht gelöscht und starrte in die Dunkelheit. Es gab Dinge, die würde Zamira nie verstehen. Seit Jahrtausenden lebten die Juden in der Diaspora und hatten die Sehnsucht nach einem eigenen Staat. Dann, nach endlosem Leiden und schließlich dem Holocaust war es so weit: Israel wurde gegründet! Aber seine Nachbarn hatten seit über sechzig Jahren nur ein Ziel: seine Vernichtung! Bis heute flogen täglich Raketen nach Israel, bis heute drohten islamische Länder mit Krieg. Dabei bräuchten die Palästinenser den Staat nur anzuerkennen und schon hätten sie einen eigenen. Aber sie sehnten sich lieber nach einem unerfüllbaren Traum, den ihnen ihre fanatischen Politiker einredeten. Die Palästinenser merkten es nicht, dass sie von radikalen Kräften instrumentalisiert wurden. Es war ein Wunder, dass es nach fünf Kriegen das Land Israel überhaupt noch gab. Und es war ein Wunder, was die Menschen daraus gemacht hatten, trotz aller Widrigkeiten. Moritz konnte es sich gar nicht vorstellen, wie glänzend das Land dastünde, wenn es nicht den Großteil seines Haushalts für Verteidigung aufwenden müsste. Es machte ihn stolz, wenn er an den technologischen Fortschritt und die vielen Patente dachte, die das Land trotz allem zu einem großen Player auf der Weltbühne machte. Er lächelte. Wenn die Araber wüssten, dass ihre Smartphones ohne israelisches Know-how nicht funktionieren würden. Obgleich er nicht in Israel lebte, war es auch sein Land. Es war der einzige Ort, wo er immer willkommen wäre.

Auch Alfred lag lange wach. Es machte ihn traurig, dass alles, was Zamira von der historischen Entwicklung Palästinas wusste, ideologisch gefärbt war. Sie warf Israel Brutalität vor, aber hatte noch nie den Versuch gemacht, sich in die Position der Israelis hineinzuversetzen. Du bist von Feinden umgeben, die nur eines wollen: deine Vernichtung. Und es sind Feinde, die auch ihre eigene Vernichtung in Kauf nehmen würden! Alfred haderte immer mal wieder mit diesem merkwürdigen Land, auch politisch hatte er einiges auszusetzen, aber es war das Land seiner Hoffnung, das Land, in das er gehen könnte, wenn man ihn hier nicht mehr wollte. Hätte es Israel 1933 schon gegeben, wäre der Holocaust so nicht passiert. Israel war mehr als nur das Land der Juden. Es war für alle Juden auf der Erde die Lebensversicherung. So etwas würde eine Palästinenserin niemals begreifen.

Zamira war überrascht, als Moritz am nächsten Tag vorschlug, mit ihm für zwei Stunden in die Stadt zu fahren, er wollte ihr etwas zeigen.

Sie waren ein paar Stationen mit der U-Bahn gefahren und an der Konstabler Wache ausgestiegen. Fünfzehn Minuten später standen sie vor dem Philanthropin, einem großen Gebäude aus der Gründerzeit. Moritz hatte keine Gelegenheit, Zamira über das Haus zu informieren, denn sofort stürzte ein Mann mit kugelsicherer Weste auf die Straße und fragte streng, was die beiden hier wollten. Er sprach Englisch, denn es war kein deutscher Polizist, sondern ein israelischer Wachmann, der die jüdische Schule bewachte!

Zamira war unangenehm berührt. Zehn Minuten später war die Schule aus und unzählige Autos, meist mit allein fahrenden Müttern besetzt, fädelten sich vor dem Haupteingang in eine durch Absperrgitter eingeengte Spur. Kinder kamen rasch aus dem Schulgebäude gelaufen und stiegen in einen wartenden Wagen, der davonfuhr, sodass der nächste nachrücken konnte. So ging es ununterbrochen, bis alle Kinder abgeholt worden waren.

Haben Sie das je vor einer Koranschule oder einer Moschee in Deutschland gesehen?, fragte Moritz, als sie fortgingen.

Nein, sagte Zamira.

Möchten Sie noch zur Jüdischen Gemeinde, oder zur Synagoge? Davor sieht es aus wie im Krieg. Zementblöcke, Mannschaftswagen, schwer bewaffnete Polizei.

Sie schüttelte den Kopf.

Eine Woche war vergangen.

Alfred tat überrascht, als er ins Esszimmer kam und der Frühstückstisch liebevoll dekoriert war.

Happy Birthday!, rief Zamira und drückte ihm ein Küsschen auf die Wange.

Danke, sagte er, ich habe es total vergessen!

Das war eine unverschämte Lüge. Es war nach dem Aufwachen sein erster Gedanke. Er hatte gehofft, dass sein Bruder an seinen Geburtstag denken würde. Alles andere hätte ihn bitter enttäuscht.

Wissen Sie, in meinem Alter ignoriert man besser die Geburtstage, fügte er kokett hinzu.

Hören Sie auf, sagte sie, wenn jemand noch so in Form ist.

Moritz kam ins Esszimmer. Er ging auf seinen Bruder zu, überreichte ihm ein Buch, das in Geschenkpapier verpackt war, zwickte ihm in die Wange und sagte:

Happy Birthday, Freddy!

Auf einen Wink von Moritz begab sich Zamira mit ihm in den Salon. Sie nahm ihre Geige, die sie bereitgelegt hatte, setzte sich an den Flügel und sie begannen, ein Geburtstagsständchen zu spielen. Ein nettes Barockstück von Corelli.

Alfred war gerührt und applaudierte heftig, als es beendet war.

Ihr habt heimlich geübt, sagte er.

Ja, bestätigte Zamira. Vorgestern, als Sie im Jüdischen Museum waren. Damit verließ sie den Raum.

Genau, dachte er. Der Anruf von Frau Hirsch.

Sie hatte im Archiv Unterlagen entdeckt über eine Familie Kleefeld und Moritz hatte ihn gebeten, sie sich anzusehen. Er könne nicht weg, Student Maik hatte sich angeblich angesagt.

Zamira kam wieder. Mit einer Flasche Champagner.

Was? Vor dem Frühstück?, sagte Alfred und drohte spielerisch mit dem Finger.

Für euch Filmleute ist das doch das Frühstück, oder?, sagte sein Bruder.

Sie lachten.

Sie stießen an.

Lechaim!, sagte Moritz.

Ja, sagte Zamira, auf ein langes Leben!

Auf ein langes Leben, sagte Carla.

Lechaim, sagte Alfred und hob sein Glas, dass du an meinen Geburtstag gedacht hast!

Dann tranken sie warmen spanischen Schaumwein.

Es war verdammt heiß an diesem Tag und sie saßen in Alfreds Wohnwagen. Am Vormittag war es dem Regisseur in den Sinn gekommen, den Überfall auf das Büro der Goldminengesellschaft noch einmal zu drehen. Ohne zu erklären, warum! Für Freddy Clay hieß das: langer Ledermantel, Handschuhe, Hut, Stiefel, zwei schwere Colts, anreiten, abspringen, in das Blockhaus stürmen, ein paar Leute erschießen, mit seinem Kumpel die Kiste schnappen, sie raustragen, Dynamitstangen anzünden, sie zur Hütte werfen und sich danach flach auf den Boden schmeißen. Bei fünfzig Grad Hitze.

Jetzt hatte er ein paar Stunden frei. Sie würden die Hütte sprengen. Irgendwann käme ein Regieassistent, um ihn zu holen. Dann würde er davonreiten. Mit seiner Beute. In den Sonnenuntergang. Morgen würden sie ihn hängen.

Als er heute Vormittag zum Set ging, glaubte er, eine Geistererscheinung zu haben. Zuerst dachte er, es ist irgendeine Kollegin, die da im Gegenlicht stand und ihn beobachtete, aber als er näher kam, erkannte er sie: Carla!

Warum war sie im Juni 1978 plötzlich nach Andalusien gekommen, um ihren ehemaligen Geliebten zu sehen? Sie fiel ihm um den Hals und er hielt sie fest. Irgendwann sagte er zu ihr, sie würde sich schmutzig machen, und hatte auf seinen staubigen Mantel gezeigt.

Während sie zu seinem Wohnwagen gingen, erzählte sie ihm, dass sie über das Studio den Drehort erfahren und sich als Journalistin ausgegeben habe, um hierherzukommen. Während er unter der Dusche stand, redete sie ununterbrochen weiter. Sie erzählte von ihrer Karriere, die er im Lauf der Jahre aufmerksam verfolgt hatte, aber auch davon, dass es für sie jetzt, mit dreiundvierzig, langsam bergab ging.

Er wollte das nicht glauben, denn sie war doch eine großartige Sängerin, hatte in allen Opernhäusern der Welt gastiert. Meine Zeit ist vorbei, sagte sie.

Er könnte gewiss noch mit siebzig Banken überfallen, aber für sie wurden die Parts immer weniger. Neue Talente rückten nach. Außerdem wollten die jungen Regisseure mit jungen Leuten arbeiten. Sie hatten Angst davor, von älteren Profis belehrt zu werden. Das konnte Alfred nur bestätigen, als er, nur mit einem Handtuch bekleidet, aus der Dusche kam.

Wann hatten sie sich das letzte Mal gesehen? Vor zehn Jahren etwa, als er einen Dreh in Milano hatte und überraschend bei ihr anrief. Sie lebte damals in der Via Montaldi nach wie vor mit Umberto zusammen. Sie hatte eine schwere Zeit hinter sich. Ihre erste Schwangerschaft, über die sich beide so sehr gefreut hatten, musste abgebrochen werden. Die Ärzte hatten einen Tumor an der Gebärmutter entdeckt. Als Alfred sie besuchte, hatte sie die Bestrahlung hinter sich und war noch sehr schwach.

Sie gestand ihrem alten Freund, dass sie die Absicht hatte, sich von Umberto zu trennen. Nur die Aussicht darauf, doch noch Eltern zu werden, hatte die Verbindung wieder gekittet. Umberto, der ein erfolgreicher Agent geworden war, wurde permanent von jungen Künstlerinnen umgarnt und sie war davon überzeugt, dass er sie hinterging. Heute lebte sie allein und hatte nur noch wenige Auftritte im Jahr. Es machte ihr Spaß, junge Leute zu unterrichten und ab und zu einen Liederabend zu veranstalten. Sie sah großartig aus, aber als Alfred ihr das sagte, hielt sie es für Schmeichelei.

Eine Garderobiere war gekommen und hatte beiden eine Gazpacho und Brot, Salz und Olivenöl gebracht. Während sie aßen, fragte Alfred, warum sie gekommen sei. Natürlich freute er sich, aber war doch überrascht, nach all den Jahren.

So berichtete sie, dass sie vor ein paar Wochen einen Film mit ihm im Fernsehen gesehen hatte, einen Horrorschinken, in dem er den Anführer von einer Bande von Zombies gegeben hatte, die den Vatikan besetzten, um, wie konnte es anders sein, die Weltherrschaft zu übernehmen. Und als er am Ende getötet wurde, musste sie weinen, denn ihr wurde klar, wie anders ihr Leben verlaufen wäre, wenn sie zusammengeblieben wären. Ja, sie hatte ihn geliebt und liebte ihn immer noch. Und sein letzter Blick in diesem schrecklichen Film galt ihr. Ein Blick voller Erstaunen, voller Sehnsucht und voller Traurigkeit. Und als sie es ihm erzählte, begann sie wieder zu weinen und Alfred nahm sie in den Arm. Irgendwann fanden sich ihre Lippen und sie küssten sich. Mit der gleichen Leidenschaft wie damals in Davids Wohnung. Als sie fast noch Kinder waren.

Nach dem Ende der Dreharbeiten verbrachten sie ein paar Tage in Madrid. Sie wohnten im Plaza und fühlten sich wie in den Flitterwochen. Tagsüber besuchten sie die Museen, bewunderten Goya und Velázquez. Oder sie standen vor Picassos Guernica. Nachts zogen sie durch die Tavernen der Altstadt, aßen Tapas und tranken Rioja. Irgendwann fielen sie ins Bett. Beide hatten im Laufe der Jahre Erfahrungen gemacht, Routine gewonnen. Alfred war nicht mehr der aufgeregte Gymnasiast und Clara nicht mehr seine Lehrmeisterin. Trotzdem war da noch diese Neugier. Carla sagte sofort Ja, als er ihr anbot, mit ihm nach Rom zu gehen.

Hier verlebten sie himmlische und harmonische Wochen. Er konnte ihr seine Stadt zeigen, sie lernte seine Freunde kennen. Sie lebten wie ein Ehepaar und Alfred hatte große Freude daran.

Sie brachte ihm Glück, so schien es ihm, denn er bekam die Hauptrolle im berühmtesten Vampirfilm von Ramon Polinsky. Die Dreharbeiten fanden zum Teil in England statt und sie versprach, ihn zu besuchen, nach einem Kurztrip nach Milano zu ihrem Hausarzt. Sie hatte abgenommen in den letzten Wochen.

Sie beruhigte ihn am Telefon, die Untersuchungen verzögerten sich. Bald wäre sie wieder bei ihm. Er wartete. Aber sie kam nicht und rief auch nicht mehr an. Er versuchte, sie zu erreichen, aber sie meldete sich nicht. Alfred nutzte eine längere Unterbrechung des Films, es gab einen Umzug in die Dolomiten, und flog nach Milano.

Er fuhr zu ihrer Wohnung, aber sie war nicht da. Er rief Umberto an, der nur wusste, dass sie im Krankenhaus sei. Alfred fuhr zur Klinik. Er fragte nach Signorina Lombardi.

Sie ist heute Nacht verstorben, sagte die Schwester, sind Sie ein Verwandter?

Professor Matteo war äußerst mitfühlend und nahm sich Zeit, als er Alfred in sein Büro bat.

Bauchspeicheldrüsenkrebs, sagte der Arzt, absolut tödlich. Sie hatte keine Chance. Und sie wollte auch nicht mehr. Nach der Diagnose sagte sie zu mir, Professore, ich weiß, dass ich nur noch wenige Monate habe. Und die will ich leben!

Noch in der Eingangshalle ging Alfred in eine Telefonzelle und rief Umberto an.

Falls es dich interessiert – sie ist tot. Ciao.

13

Zamira verließ den Supermarkt durch die automatische Eingangstür, links die Korbtasche, rechts eine Plastiktüte. Sie ging bis zur Ampel und wartete auf Grün.

Den Wagen mit dem Berliner Kennzeichen, der an der Ecke stand, bemerkte sie nicht.

Bei Grün ging sie hinüber und nach ein paar Minuten bog sie in die Lindenstraße ein. Zwei Männer stiegen aus, verfolgten sie und beobachteten, wie sie zur Villa Kleefeld kam. Zamira nahm Post aus dem Briefkasten und ging ins Haus.

Moritz war in der Küche dabei, Erdbeermarmelade zu kochen. Zamira reichte ihm den Gelierzucker.

Ach, eine Olga hat gerade angerufen, sagte er, Sie sollen sofort zurückrufen. Es ist anscheinend ziemlich dringend. Sie schien aufgeregt.

Danke, sagte Zamira.

Sie packte die Tasche aus und verstaute ihre Einkäufe in der Speisekammer. Dann ging sie in den Flur. Sie war gerade im Begriff, den Hörer abzunehmen, als es an der Tür klingelte. Sie öffnete die Haustür in der Absicht, zum Tor zu schauen ... da war Mark bereits vor ihr!

Hi, sagte er zynisch, so sieht man sich wieder.

Er winkte und Alex trat neben ihn.

Alex, mein Kumpel, du kennst ihn ...

Zamira versuchte, sich zu fassen. Sie sprach leise.

Was willst du? Komm ich nicht mit. Es ist vorbei.

Nicht für mich, sagte er mit gefährlichem Unterton, wir werden jetzt nach Hause fahren.

Sie versuchte, ihn zu beruhigen.

Mark, wir können das in Ruhe besprechen. Wart im Café um die Ecke auf mich, ich komme sofort nach.

Er lachte.

Für wie doof hältst du mich?

Er trat in den Flur.

Wir fahren jetzt zusammen nach Berlin. Hol deine Sachen.

Nein, sagte sie.

Oh doch. Du hast mein Leben zerstört. Ich bin meinen Job los. Das wirst du wiedergutmachen.

Ich kann hier nicht so einfach weg.

Er kam ihr gefährlich nah.

Doch, das kannst du. Die zwei alten Juden müssen jetzt auf dich verzichten.

Bitte, Mark, mach keinen Scheiß!

Sie hatte Angst.

In diesem Moment kam Moritz auf den Flur. Sofort hatte er die Situation erkannt.

Was wollen Sie hier?, fragte er Mark.

Verpiss dich, Alter, antwortete dieser, bevor Blut fließt.

Ich rufe die Polizei, sagte Moritz und ging zum Telefon. Schon war Mark neben ihm und hielt ihn an der Schulter.

Lass das mal lieber, sagte er.

Nehmen Sie gefälligst Ihre Hand weg, rief Moritz, sonst …

Sonst was?, fragte Mark und sah Moritz in die Augen. Sonst was!, schrie er dann.

Er stieß Moritz in die Küche, schlug die Tür zu und schloss sie ab.

Hier bleibst du, brüllte er, sonst hau ich alles kurz und klein. Frag sie, die kleine arabische Fotze. Ich kann das!

Er ging zu einer Konsole in der Ecke des Flurs, auf der eine chinesische Vase stand, nahm die Vase hoch und ließ sie fallen. Am Boden zersprang sie in tausend Scherben.

Hast du das gehört? Ach, das tut mir ja leid, sagte er grinsend, die war sicher teuer.

Zamira kam zu ihm gelaufen.

Hör auf! Ich komm mit.

Okay, sagte er, Alex!

Zamira ging die Treppe hoch, Alex und Mark folgten ihr.

In ihrer kleinen Wohnung suchte sie rasch ein paar Sachen zusammen, stopfte alles in ihren Rucksack.

Alex und Mark strichen inzwischen durch die Wohnung, fassten alles an, schauten in die Schränke und Schubladen.

Es war nicht leicht, dich zu finden, sagte Mark, aber deine Freundin Olga hat mir bereitwillig Auskunft gegeben. Na ja, bereitwillig ist vielleicht etwas übertrieben, aber wer kann denn wissen, dass ihre Finger so leicht brechen!

Zamira war entsetzt.

Los jetzt, sagte Mark, den Rest sollen sie dir schicken, deine jüdischen Freunde.

Damit gingen sie die Treppe hinunter. Zuerst Alex, dann Zamira, gefolgt von Mark. Als sie in den Hausflur kamen, nahm Zamira ihre Jacke, dann gingen sie zur Tür. Alex öffnete die Haustür – und da stand er!

Dracula! In seinem schwarzen Cape mit dem roten Satinfutter. Er hatte das Haar nach hinten gegelt, und das Gesicht weiß geschminkt. Er grinste, sodass man das Gebiss mit den langen Eckzähnen deutlich sehen konnte, und er sprach mit bedrohlicher Stimme:

Wer einmal dieses Schloss betreten hat, wird es nie mehr lebend verlassen!

Alex war unsicher, aber Mark schob sich an ihm vorbei und sagte zu Alfred:

Okay, gute Show, aber jetzt mach Platz, Mottenfuzzi!

Herr Klee, rief Zamira, machen Sie sich nicht unglücklich. Werde ich Ihnen irgendwann einmal alles erklären, aber muss ich jetzt gehen.

Alfred lachte böse:

Wir Untoten wissen alles vom Schicksal der Sterblichen. Du bist nur ein Opfer. Ein armes, geschundenes Opfer dieser beiden verkommenen Gesellen!

Mark sagte:

Hör zu, Opa, die Kleine ist eine Nutte. Die wollte euch nur ausnehmen.

Alfred war in seinem Element, als er rief:

Schweig, du Strolch! Euch ist der Ernst des Augenblicks nicht bewusst. Geht in euch, denn ihr seid dem Tode geweiht.

Mark kam auf ihn zu.

Ich mach dich platt, du alter Wichser!, schrie er.

Unseliger!, rief Alfred, ich bin unsterblich! Und damit stürzte er sich auf Mark, der kleiner war als er. Alfred schlug auf ihn ein, versuchte ihn zu beißen, wie er es tausend Mal beim Film getan hatte. Er konnte seinem Gegner nicht wehtun. Zuerst war Mark überrascht, solch eine Attacke hatte er nicht erwartet. Dann begann er, auf Alfred einzuprügeln. Auch Alex beteiligte sich.

Beide trieben Alfred mit Schlägen und Tritten vor sich her. Noch ein, zwei Schläge, dann krümmte sich Alfred am Boden. Mark wollte Alfred gerade einen Tritt verpassen, als Moritz mit der Polizei in der Tür stand!

Die zwei Beamten hatten Mark und Alex im Nu überwältigt und ihnen Handschellen angelegt.

Alfred erhob sich. Er stöhnte. Blutete aus dem Mundwinkel. Zamira kam und kümmerte sich um ihn.

Sie sind verhaftet, sagte der erste Beamte. Hausfriedensbruch, Sachbeschädigung, schwere Körperverletzung ...

Und Raub, sagte Moritz.

Raub?, meinte der Polizist.

Die spinnen, die zwei Alten, sagte Mark.

Ich vermisse den Schmuck meiner Frau, sagte Moritz, sie haben ihn schon zum Auto gebracht. Ich habe es gesehen.

Der zweite Beamte machte sich auf den Weg.

Glauben Sie ihm kein Wort! Der lügt, dieser Saujude.

Beleidigung, sagte der Beamte und notierte es.

Erstatten Sie Anzeige?, fragte der Polizist.

Ja, sagte Zamira, die noch neben Alfred kniete, der jetzt auf dem Boden saß, Körperverletzung und Menschenraub!

Menschenraub!, schrie Mark, du hast doch einen an der Waffel! Das ist meine Frau!

Wir leben in Scheidung, sagte Zamira. Ich bin aus Berlin hierhergeflohen, weil er mich nicht in Ruhe ließ! Mein Leben ist bedroht.

Der zweite Beamte kam und hielt eine Schmuckschatulle in der Hand.

Ist das der Schmuck Ihrer Frau?, wollte er von Moritz wissen.

Ja, sagte der.

Du Drecksau!, rief Mark.

Erstatten Sie Anzeige?, wollte der Beamte von Moritz wissen.

Unter einer Bedingung würde ich darauf verzichten, sagte der.

Und das wäre?, fragte der Beamte.

Dass sich diese Männer niemals mehr hier sehen lassen.

Das lässt sich bestimmt machen, sag ich mal, meinte der erste Polizist, der Mann bekommt vermutlich ein richterliches Annäherungsverbot, was seine Frau betrifft.

Ich werde nicht hierbleiben, sagte Zamira.

Doch, sie wird, sagte Alfred. Wer einmal dieses Schloss betreten hat, wird es nie mehr lebend verlassen!

Als Mark nach draußen geführt wurde, drehte er sich noch einmal um:

Das werdet ihr noch bereuen! Alle!

Zamira weinte. Alfred nahm sie in den Arm. Moritz kam hinzu und strich ihr übers Haar. Da machte sie sich los und lief nach oben.

Alfred hatte ein Pflaster auf der Wange. Moritz reichte ihm ein Tablett voller Gläser mit Erdbeermarmelade, nahm sich ein zweites und so gingen sie in den Keller. Dort stellte Moritz die Gläser gewissenhaft ins Regal.

Du warst große Klasse, sagte Moritz plötzlich.

Bist du krank?, wollte Alfred wissen.

Warum?

Weil du mich noch nie gelobt hast, meinte sein Bruder.

Es gab ja auch bisher keinen Anlass, konterte Moritz.

Punkt für dich, sagte Alfred.

Er schaute auf die Uhr.

Wir sollten mal nach ihr sehen.

Machst du dir Sorgen?, fragte Moritz.

Ja, ein wenig. Das war schon hart vorhin.

Zamira lag auf ihrem Bett und weinte. Es klopfte an der Tür.

Moritz und Alfred schauten ins Zimmer. Zamira drehte sich zu den beiden Männern um.

Verzeihen Sie, Zamira, aber wir ...

Er hatte sagen wollen, wir machen uns Sorgen, aber bevor er das tat, hatte Alfred gesagt:

... wir haben Hunger!

Moritz nahm die challe und legte das Deckchen drüber.

Zamira kam und stellte Gläser auf den Tisch.

Alfred saß am Tisch, wie unbeteiligt.

Moritz nahm die Schabbesleuchter und stellte sie in die Mitte des Tisches.

Zamira?, sagte er.

Ja?

Würden Sie mir einen Gefallen tun und die Kerzen anzünden ...

Gern.

Sie nahm die Streichhölzer.

Einen Augenblick. Bei uns setzt man eine Kopfbedeckung auf, wenn man mit Gott ... korrespondiert.

Er nahm eine Serviette und legte sie Zamira über den Kopf.

So. Jetzt.

Sie zündete ein Streichholz an und dann die Kerzen.

Sie machte es feierlich und sah dabei wie eine jüdische Madonna aus.

Moritz beobachtete sie.

Auch Alfred schien beeindruckt.

Das Kerzenlicht beleuchtete ihr schönes Gesicht.

Sie lächelte die Männer an.

Ein bisschen wie bei Mom, findest du nicht, sagte Moritz.
Alfred sah hinüber zur Wand, wo das Hochzeitsfoto seiner Mutter hing.
Ja, wie bei Mom …

14

Alfred hatte noch ferngesehen und zwei Gläser Rotwein getrunken, doch obwohl er müde war, fand er nur schwer in den Schlaf. Der Sommer 1991 war schwül und trotz des offenen Fensters und des Ventilators empfand er die Hitze in der Wohnung als unerträglich. Den Lärm der nächtlichen Straße, die Geräusche aus dem Restaurant an der Ecke, die Musik, das Lachen und Kreischen der Gäste an den Tischen unter der Markise und die knatternden Vespas nahm er gar nicht mehr wahr. Im Gegenteil, wenn es ruhig war, vermisste er etwas. Aber der Hitze wäre er am liebsten entflohen.

Wie gern wäre er nach Amalfi gefahren, wo seine amerikanische Kollegin Paula Remington-Casagrande ein Haus am Meer besaß. Beide hatten in den Siebzigern in ein paar Italowestern gemeinsam vor der Kamera gestanden, er meist als eiskalter Bandido oder Kopfgeldjäger, sie als unschuldige Farmerstochter oder verruchte Bardame. Dann hatte sie bei einer Premierenfeier den wohlhabenden italienischen Industriellen Ettore Casagrande kennengelernt und ihn auf der Stelle geheiratet. Die Ehe blieb kinderlos und nach einer lukrativen Scheidung zog sie sich ans Meer zurück, wo sie heute lebt und malt und Gedichte schreibt und ihre beiden riesigen Maine-Coon-Katzen verwöhnt. Zu Beginn ihrer gemeinsamen Filmarbeit gab es durchaus Situationen, die zu einer Affäre hätten führen können, aber Paula war aufgrund ihrer puritanischen Midwest-Erziehung nicht imstande, über ihren Schatten zu springen. Sie spürte instinktiv, dass Alfred nicht der Mann für ein gemeinsames Leben war, und er unternahm nichts, sie vom Gegenteil zu überzeugen. Er war jung, verdiente gutes Geld und hinter jeder Ecke lockte ein neues Abenteuer.

Vor Kurzem hatte Paula sich bei ihm gemeldet und ihm angeboten, ein paar Wochen am Meer zu verbringen. Es gab ein Gästehaus auf dem weitläufigen Gelände und aus dem Schlafzimmer hatte man einen herrlichen Blick auf die nahe Küste. Paula war eine Frau mit einem bissigen Humor, sie war schlagfertig und hatte großes parodistisches Talent. Sie war der einzige Mensch, der in der Lage war, Tiere und selbst Pflanzen nur durch minimale Gesten zu imitieren.

Hätte er diese Rolle nicht angenommen, er wäre gefahren. Aber so freute er sich, wieder einmal mit Aldo Serafini zusammenzuarbeiten, einem Regisseur, der ihn regelmäßig besetzte und ihm über die Jahre die Treue hielt. Es handelte sich um eine TV-Adaption der »Dame mit dem Hündchen« von Tschechow. Der Stoff war in die Jetztzeit verlegt worden und er spielte darin den kranken Ehemann der Anna Sergeevna, einen russischen Oligarchen. Es war keine große Rolle, aber die Abende mit Aldo in den besten Restaurants von Triest waren es wert. Sie würden über alte Zeiten reden und sich darüber auslassen, wie das Fernsehen an Qualität verloren hatte, dass heute jeder Anfänger sofort zum Superstar hochgeschrieben würde und die Produzenten keine Eier mehr hätten.

Endlich war er eingeschlafen, als das Telefon schrillte. Alfred griff nach dem Hörer:

Pronto, sagte er.

Capitaine Maurizot, Gendarmerie de Nice, sagte ein Mann, Monsieur Kleefeld?

Oui, sagte Alfred.

Sie sind der Sohn von Madame Barbara Kleefeld?

Ja, sagte Alfred nervös und schaute auf die Uhr. Es war fast Mitternacht.

Ich habe traurige Nachrichten für Sie, Monsieur. Ihre Maman, also, sie ist gestorben. Mein Beileid.

Alfred war wie gelähmt.

Was soll das heißen?, fragte er, um im selben Augenblick zu denken: Wie blöd war das denn?

Ihre Mutter, also, wir haben sie gefunden, gegen 21 Uhr.

Sie haben sie gefunden? Wo haben Sie sie gefunden?

Monsieur, es tut mir leid, das zu sagen, aber sie hat sich aus dem Fenster gestürzt und lag auf dem Parking hinter dem Haus.

Wie kann das sein?, dachte er. War ihr schwindelig geworden, war es Übelkeit, hat sie das Gleichgewicht verloren, wollte sie ihre verschissenen Geranien gießen? Nachts?

Sie meinen, sie ist aus dem Fenster gefallen, sagte Alfred.

Gefallen würde ich es nicht nennen wollen, sagte der Polizist belehrend und fuhr fort, wenn ich sage gestürzt, dann meine ich gestürzt, wenn sie verstehen, Monsieur.

Aber was ist der Unterschied?

Wir haben den Verdacht, dass Ihre Mutter Selbstmord begangen hat.

Selbstmord! Das Wort zischte ihm wie Säure ins Hirn.

Sie glauben, Sie hat sich umgebracht?, fragte Alfred nach.

Das ist bei Selbstmord üblich, sagte der Beamte ohne jede Ironie.

Und wie kommen Sie darauf?

Die Leiter, Monsieur. Sie stand am Fenster im Schlafzimmer.

Eine Leiter? Alfred konnte es nicht glauben.

Ihre Maman war siebenundachtzig Jahre, wie uns die Nachbarin bestätigte, da braucht man schon eine Leiter, um auf das Fensterbrett zu steigen und sich herauszustürzen. Außerdem gibt es vor dem Fenster ja noch das Gitter. Und die Geranien.

Ich weiß.

Wann können Sie hier sein, Monsieur?, fragte der Polizist.

Übermorgen. Ich muss Termine absagen und …

Kommen Sie bitte so schnell wie möglich, sagte der Mann. Sie müssen Ihre Frau Mutter identifizieren. Solange bleibt sie in der Morgue.

Ich muss sie was? Jeder im Haus kennt sie. Fragen sie die Nachbarin, sie sind befreundet.

Der Beamte wurde lauter:

Monsieur, ich habe Verständnis für Ihre Situation, aber wir müssen darauf bestehen, dass Sie als ihr nächster Verwandter Madame Kleefeld offiziell und amtlich identifizieren. Und zwar morgen. D'accord?

Ja, sagte Alfred, natürlich, ich komme.

Capitaine Maurizot diktierte Alfred noch die Adresse und die Telefonnummer des Reviers, wünschte ihm noch »bonne nuit« – dann war das Gespräch beendet.

Bonne nuit! Alfred öffnete die Balkontür und trat auf seine kleine Loggia. Er sah hinaus in die römische Nacht. Von unten kamen die Geräusche des Lebens. Menschen lachten, Autos hupten, Musik war zu hören. Und sie lag in Nizza in der Morgue! Alfred beugte sich über das Geländer und sah hinab in die Via Tomacelli. Wie hoch mochte das hier sein?

Was gehörte dazu, sich einfach abzustoßen und zu fliegen. Er atmete tief durch und sah in den nachtschwarzen Himmel, wo man ein paar helle Sterne wahrnehmen konnte.

Er musste Moritz Bescheid sagen. Wie spät war es jetzt in Oakland?

Ach, du bist es, Alfred, sagte Fanny in ihrer unverbindlichen Art. Sie hatte ihn noch nie Freddy genannt.

Ich komme gerade aus dem Pool und …

Ist Moritz da?, unterbrach er sie knapp.

Moritz ist in seinem Büro in Berkeley. Du hast die Nummer?

Ja, sagte Alfred, ich habe sie.

Ist was?, wollte sie wissen.

Alfred tat so, als hätte er die Frage überhört.

Ciao, sagte er, ich rufe ihn an.

Und er legte auf.

Eine Minute später hatte er Moritz' Sekretärin am Apparat und dann endlich seinen Bruder.

Freddy?, sagte der.

Mom ist tot, sagte Alfred.

Eine Pause entstand.

Was? Sie ist … wann ist sie …, also ich meine … und wie …

Es war merkwürdig, dachte Alfred, selbst ein Akademiker vom Rang eines Professors Kleefeld war nicht in der Lage, die schlichten Worte »tot« oder »gestorben« auszusprechen!

Sie hat sich vor ein paar Stunden umgebracht, sie hat sich aus dem Fenster gestürzt.

Nein!, sagte Moritz.

Doch, sie hat sich eine Leiter geholt …

Dann brach es aus ihm heraus. Er weinte mit einem Mal

tausend bittere Tränen, er schluchzte und stöhnte. Es war wie eine Sturzflut, die aus ihm kam.

Freddy, rief Moritz immer wieder, Freddy, sag was! Bist du noch da?

Der Telefonhörer wurde nass.

Ich fahre morgen hin, sagte Alfred irgendwann weinend. Dann legte er auf.

Einen Moment später rief Moritz zurück.

Freddy, hör zu, ich versuche, gleich einen Flieger zu kriegen. Wir schaffen das.

Okay, antwortete Alfred, ach, und noch was. Du kommst doch allein, oder?

Ja, sagte Moritz.

Während des gesamten Flugs hatte Alfred aus dem Fenster gesehen und nachgedacht. Er hatte nicht die geringste Lust verspürt, mit dem Geschäftsmann neben ihm in Kontakt zu kommen, obwohl der förmlich danach lechzte, ihn anzusprechen, wie es Alfred schien.

Er hatte den Flug am frühen Morgen über das Reisebüro gebucht und dann bei der Produktionsfirma angerufen und den Dreh abgesagt, der für den nächsten Montag vorgesehen war. In der Firma hatte man Verständnis. Dann hatte er eine Weile mit seinem Freund Enrico telefoniert, der ihm Trost zusprach und meinte, dass siebenundachtzig doch ein gesegnetes Alter sei und wenn jemand nicht mehr leben wolle, solle man das akzeptieren. Das konnte Alfred nicht. Er sah den Selbstmord seiner Mutter als eine Bestrafung seiner Person. Sie hatte ihm noch einmal wehtun wollen.

Als er schon mit seiner Tasche an der Tür war, klingelte das Telefon. Aldo Serafini war dran und beschwor ihn, die

Rolle nicht sausen zu lassen. Er würde den Dreh umdisponieren, damit Alfred an Bord bliebe. Das tat ihm gut und er versprach, so schnell wie möglich nach Triest zu kommen.

Alfred presste seine Stirn an das Flugzeugfenster und blickte hinab in die Tiefe. Es war ein klarer Sommertag und er sah die Küstenlinie der Riviera deutlich. Sogar kleine Segelschiffe auf dem blauen Meer konnte er ausmachen. Merkwürdig, kam es ihm in den Sinn, da unten geht das Leben weiter, als sei nichts passiert, dabei hatte eine der außergewöhnlichsten Frauen diese Welt für immer verlassen. Er dachte voller Traurigkeit an glückliche Momente, die für Baby im Lauf der Jahre immer spärlicher geworden waren.

Was hatte sie am Ende von ihrem Leben? Er meldete sich selten bei seiner Mutter, ebenso sein Bruder. David war seit zwanzig Jahren tot, die meisten ihrer Verwandten waren ebenfalls gestorben.

Sie hatte sich als Wohnort Nizza ausgesucht, weil ihre engsten Freunde, die Schimmels, in der Nähe wohnten und weil ihr das Klima guttat. Außerdem hatte sie damit gerechnet, dass David mit ihr an die Côte ziehen würde, aber er hatte sich geweigert. Er wollte nicht finanziell von ihr abhängig sein, so ließ er sie wissen, aber in Wahrheit spürte er, dass er bald ein Pflegefall sein würde. Man hatte ein Jahr zuvor die Parkinson'sche Krankheit bei ihm diagnostiziert und selbst eine rasche Operation in der Mayo-Klinik, an der Baby sich finanziell beteiligte, hatte nur vorübergehende Linderung gebracht. Er wollte sich ihr nicht zumuten. Sie wusste, dass dies der Grund für seine Absage war, aber er hatte niemals mit ihr darüber sprechen wollen. Davids Innerstes, das war eine uneinnehmbare Festung.

Kurz nachdem seine Mom die hübsche Wohnung unweit des Bahnhofs erworben hatte, starb Frau Schimmel, zwei Jahre später ihr Mann. Baby war plötzlich einsam geworden. Moritz arbeitete in Kalifornien, wo sie ihn einmal besucht hatte. Aber sie vertrug sich nicht mit ihrer Schwiegertochter, der sie unterstellte, ihren Sohn gegen sie zu beeinflussen. Auch nach Rom war sie einmal gekommen, um Alfred zu besuchen. Sie hatten eine gute Zeit. Er zeigte ihr die Stadt und stellte ihr einige seiner Freunde vor. Doch beide spürten, dass da dieser Riss war und dass er wohl niemals mehr zu kitten wäre. Die unterschlagene Wahrheit über David Bermann hatte ihn zutiefst verletzt.

Auf der Fahrt zum Flughafen fing Fanny erneut mit diesem Thema an, als hätte er jetzt nichts anderes im Kopf, als sich mit ihr über Alfred zu streiten. War es nicht schon schlimm genug, dass seine Mutter tot war und er einen Fünfundzwanzig-Stunden-Trip vor sich hatte? Er solle sich nicht kleinmachen, beschwor sie ihn, und um seine Rechte kämpfen. Es gäbe bestimmt Stücke in Babys Wohnung, die viel eher ihm zustünden als seinem Bruder, der ja nur sein Halbbruder war. Er solle auf keinen Fall zu allem Ja und Amen sagen. Besonders was den Nachlass des Vater anginge, da hätte Alfred wohl keinen Anspruch. Als Moritz ihr zu verstehen gab, dass er in diesem Augenblick nicht über Alfreds Abstammung zu diskutieren gewillt war, lenkte sie ab und meinte, wie dem auch sei, Alfred wisse familiäre Erinnerungsstücke gar nicht zu schätzen. Es gäbe doch da dieses große Bild im Speisezimmer, das Moritz doch schon immer mochte.

Du mochtest das schon immer, dachte er, und deshalb

quälst du mich jetzt wieder mit deinen Besitzansprüchen. Sagen tat er aber:

Mach dir keine Sorgen, wir werden das alles in Ruhe klären.

Aber sie ließ keine Ruhe. Sie erzählte vom Besuch seiner Mutter in Oakland und wie großartig ihr das gefallen hatte, von ihrer letzten Reise zu Baby nach Nizza, und es war erschreckend mitzuerleben, wie sie sich all dies schönredete. Seine Mutter war früher abgereist damals, weil sie sich mit Fanny nicht vertrug. Oder glaubte sie es tatsächlich selbst? Lediglich eine Frage der Wahrnehmung?

Sie redete und redete. Wie gut sie sich mit ihrer Schwiegermutter verstanden hatte und wie sehr sie auf einer Linie lagen, besonders was die Kunst, die Mode und die Ästhetik anging.

Moritz starrte auf die Straße.

Dann machte sie einen letzten Versuch, ihn doch noch davon zu überzeugen, dass sie morgen nachkäme, um bei der Beerdigung dabei zu sein. Das sei sie schließlich ihrer geliebten Schwiegermutter schuldig.

Sie wird es überleben, wenn du nicht kommst, sagte er, in Gedanken vertieft.

Fanny sah ihn an. Jetzt ist er total verrückt geworden?, dachte sie.

Ihm war klar, dass sie nur deshalb unbedingt nach Nizza kommen wollte, damit sie verhindern konnte, dass Alfred sie übervorteilte, indem sie Alfred übervorteilte.

Mir tut es genauso weh, dass deine Mutter tot ist, sagte sie und zückte ein Taschentuch.

Heredis fletus sub persona risus est, sagte er plötzlich.

Was soll das heißen?, fragte sie.

Das Weinen des Erben ist ein maskiertes Lachen.
Sehr komisch, meinte sie. Dann schwieg sie, bis sie am Flughafen ankamen. Wenigstens etwas.

Das Taxi hatte das Flughafengelände und die breite Avenue vor der Strandpromenade verlassen, war links abgebogen und mühte sich nun durch die engen Straßen von Nizza. Der Chauffeur hatte sein Fenster geöffnet und ließ seinen linken Arm heraushängen.

Alfred kannte diese Marotte aus Rom. Das waren die schlimmsten Fahrer. Selbst fuhren sie provokant langsam, regten sich aber darüber auf, wenn ihnen einer im Weg war. Es wurde gehupt und geschimpft.

Während der Stop-and-go-Fahrt, in Frankreich liebevoll »l'accordéon« genannt, erkannte der Taxifahrer in der Nähe des Blumenmarktes einen Bekannten, rief »Salut Dédé!« und hielt einfach an, um ein paar Worte mit Dédé zu wechseln. Dass er einen Fahrgast im Wagen hatte, störte ihn nicht. Dieser schreckliche Mensch ist am Leben, dachte Alfred, und meine Mutter musste sterben.

Beim Umsteigen in Los Angeles war Moritz in einen Kollegen von der UCLA gerannt, der ebenfalls nach Paris flog. Glücklicherweise saßen sie in der 747 weit voneinander entfernt, denn Moritz hätte es in seinem Zustand nur schwer ertragen, stundenlang Konversation zu treiben. Aber am Gate sprachen sie doch eine Weile miteinander und nachdem Moritz seinem Kollegen den Grund seiner Reise offenbart hatte, musste er sich anhören, wie und wo und warum dessen Mutter vor ein paar Jahren verstorben war.

Man macht sich immer Vorwürfe, sagte Rickman, man

hätte sich mehr kümmern müssen, sie öfter anrufen. Machen wir uns nichts vor, sie sind immer enttäuscht.

Moritz nickte, dann sagte er:

Meine Freundin Rachel schrieb einmal: »An den Gräbern der Eltern weinen die Kinder um die in sie gesetzten Hoffnungen.«

Das ist ein guter Satz, meinte der Kollege, muss ich mir merken.

Einige Minuten später war die Maschine zum Einsteigen bereit.

Moritz hatte um einen Platz am Gang gebeten, so konnte er immer mal wieder aufstehen und ein paar Schritte machen. Neben ihm saßen zwei junge Frauen, vermutlich Studentinnen. Moritz hätte gern gewusst, was sie über ihn dachten. Wenn sie ihn überhaupt zur Kenntnis nahmen.

Zwei seiner Kollegen in Berkeley hatten jüngere Geliebte und bei einem von ihnen konnte er nicht verstehen, warum. Er war klein, dick, über sechzig. Aber er war Hegelianer, vielleicht lag es daran. Außerdem hatte Moritz die ominöse Geliebte noch nicht gesehen. Vielleicht war sie hässlich oder existierte überhaupt nicht! Vielleicht machte sich der Kollege nur interessant. Eine gute Idee, dachte er.

Manchmal machten ihm Studentinnen, aus welchen Gründen auch immer, schöne Augen. Aber seit den militanten, feministischen Regeln an den Universitäten achtete Moritz tunlichst darauf, die Vorgaben zu erfüllen. Wenn eine seiner Studentinnen mal hinter sich die Tür schloss, wenn sie sein Büro betrat, erhob er sich sofort und öffnete sie demonstrativ wieder. Es war schon vorgekommen, dass Studentinnen als agents provocateurs unterwegs waren, angestachelt von feministischen Hardlinerinnen oder missgünstigen Kollegen.

Er war in seinen Gedanken abgeschweift und wurde umso heftiger von der Realität eingeholt, als ihm einfiel: Seine Mutter war tot! Und er war auf dem Weg nach Südfrankreich, um sie zu begraben.

Alfred hatte sich von einem Beamten am Empfang bei Capitaine Maurizot anmelden lassen und man hatte ihm mitgeteilt, er möge einen Moment warten. Einen Moment! Jetzt saß er schon fast eine halbe Stunde auf diesem harten Stuhl, in diesem kargen Flur, gegenüber einer Yuccapalme in einem viereckigen Topf mit braunen Kügelchen. Er kannte inzwischen jedes der idiotischen Plakate an den Wänden auswendig. Es wurde vor Taschendieben gewarnt, vor Waldbränden und vor der Tollwut. Die Polizeigewerkschaft rief zu einer Kundgebung auf. Das war zwei Wochen her. Neben ihm gab es ein Kommen und Gehen. Nur Maurizot ließ sich nicht blicken. Ein pietätvoller Umgang mit einem Trauernden wäre angemessen gewesen.
    Endlich dann. Ein junger dynamischer Mann in Uniform kam flott den Flur entlanggelaufen. Groß, aufrecht, selbstbewusst. So würde ich ihn auch spielen, wenn ich ihn spielen sollte, dachte Alfred.
    Monsieur Kleefeld, bonjour. Excusez-moi, je me mis en retard, sagte Maurizot mit seinem provenzalischen Akzent und gab Alfred die Hand.
    Während sie losgingen, berichtete er darüber, dass sie täglich viele Einbrüche hätten, die Leute seien im Sommer leichtsinniger, würden die Fenster offen lassen, na ja, und viele der Touristen seien zu gutgläubig und zu arglos. Er vermied zu sagen: zu blöd.
    In seinem dunklen Büro, das nur zwei kleine Fenster

knapp unter der Zimmerdecke hatte, setzte sich Alfred ihm gegenüber vor den Schreibtisch. An der Decke quietschte ein Ventilator. Lediglich eine durchsichtige Plastikhülle lag vor dem Beamten, aus der er nun einen Schlüsselbund entnahm. Babys Wohnungsschlüssel. Dann schüttelte er einen Ring und eine dünne goldene Halskette aus der Tüte auf den Schreibtisch. Alfred nahm den Ring, sah ihn kurz an. Er kannte ihn gut. Platin mit zwei kleinen versenkten Brillanten.

Capitaine Maurizot berichtete kurz und amtlich, von wem und wann die Gendarmen zum Parkplatz des Hauses gerufen worden waren und wie sie Madame vorgefunden hatten. Sie lag vor einem Garagentor. Eine Dame aus der ersten Etage wollte in ihre Garage, als sie im Licht ihres Scheinwerfers plötzlich die Frau hatte liegen sehen.

Maurizot bat, den Empfang des Schmucks und des Hausschlüssels zu bestätigen, und Alfred unterschrieb das Formular. Leider, meinte der Capitaine, wäre es ihm nicht möglich, Alfred zur Gerichtsmedizin zu begleiten. Die Tour de France käme in zwei Wochen hier durch, da gab es laufend Besprechungen in der Mairie und eine Menge vorzubereiten. Vor der Tür des Reviers erklärte der Gendarm Alfred noch den kurzen Weg zur Morgue, dann überließ er ihn seinem Schicksal.

Die Straße stieg an, Alfred hatte seine Tasche dabei und es war heiß. In diesem grellen Sommerlicht unter dem azurblauen Himmel konnte man sich alles vorstellen, nur nicht den Tod.

Das Institutsgebäude war im Kolonialstil der dreißiger Jahre erbaut, gelb, mit rechteckigen Sprossenfenstern, einem umlaufenden Sims und abgerundeten Ecken. Es hätte auch im Maghreb stehen können.

Alfred trat in die kühle Vorhalle, ein Pförtner fragte nach seinem Wunsch. Alfred erklärte ihm, um was es ging, und der Mann begleitete ihn ein Stück bis zu einer Kellertreppe. Er nannte ihm einen Namen und beschrieb ihm den Weg in die Unterwelt.

Hier unten roch es nach Verwesung. Alfred klopfte an eine Tür und öffnete sie gleichzeitig. In einem winzigen Büro stand ein kräftiger junger Mann im weißen Kittel mit einem freundlichen, offenen Gesicht.

Monsieur Lionel?, fragte Alfred.

Bonjour monsieur, sagte der Mann mit überraschend sanfter Stimme, j'ai déjà préparé votre mère.

Préparé!, dachte Alfred, er hat meine Mutter bereits präpariert!

Sie betraten den nächsten Raum. An einer Wand waren vier eingelassene quadratische Kühlschranktüren und die untere rechts stand offen. Davor eine Bahre auf Rollen und darauf ein Körper, mit einem weißen Tuch abgedeckt. Monsieur Lionel zog das Tuch so weit zurück, bis Gesicht und Schultern sichtbar wurden. Es war Baby, Alfreds Mutter.

Ist das Ihre Mutter?, fragte der Mann.

Alfred schluckte und nickte.

Der Mann hielt ihm ein Formular unter die Nase und Alfred unterschrieb es, ohne zu lesen, was drauf stand.

Ich lasse Sie jetzt allein, sagte der Mann und verließ den Raum.

Alfred schaute auf seine Mutter. Er hatte sich vor diesem Moment gefürchtet, aber nun war es gar nicht so, wie er es erwartet hatte.

Sie sah gut aus. Ein friedvolles Lächeln lag auf ihrem schönen Gesicht, das trotz der Falten etwas Mädchenhaftes hatte.

Alfred hatte aufgrund des Sturzes mit einem monströsen Anblick gerechnet und war überrascht, dass er nichts davon entdecken konnte. Er beugte sich zu ihr hinunter und küsste sie auf ihre kalte Stirn.

Er bemerkte einen Hocker auf drei Rollen, der an der Wand stand und zog ihn zu sich heran. Er setzte sich neben die Tote und strich ihr über die Wange, über das weißblonde Haar. Er sah die rosafarbenen Träger ihres Büstenhalters auf ihrer bleichen Haut. Sie wirkte so sauber, so rein.

Warum hast du das getan?, fragte er sie. War das nötig? Warum musst du mir das Herz so schwer machen? Habe ich nicht schon genug gelitten? Wolltest du mich bestrafen? Habe ich deine Erwartungen nicht erfüllt?

Dann verstummte er. Er saß schweigend und sah sie an.

Als Monsieur Lionel wieder in den Raum kam, war eine halbe Stunde vergangen. Der Mann übergab Alfred den beglaubigten Totenschein. Unnatürlicher Tod, war darin vermerkt.

Wann lassen Sie Ihre Maman abholen?, wollte Monsieur Lionel wissen.

Daran hatte Alfred noch gar nicht gedacht.

Ach so. Morgen, denke ich. Ich muss erst alles organisieren mit der Beerdigung.

Verstehe, meinte er, sie läuft ja nicht weg.

Diesen Witz machte er wohl täglich.

Alfred verließ das gerichtsmedizinische Institut, überquerte den kleinen Platz und setzte sich in ein Straßencafé. Weder Maurizot noch Monsieur Lionel hatte ihn nach seinem Ausweis gefragt, er hätte irgendjemand sein können. Ein Kellner kam. Alfred bestellte einen Tee und schaute sich um. Ein paar

Männer tranken Pastis, ein Touristenpärchen machte Fotos. Was keiner von ihnen nur ahnen konnte: Er hatte soeben seine tote Mutter gesehen!

Er hatte immer mal wieder in den letzten Jahren daran gedacht, dass sie sterben könnte, er hatte versucht sich vorzustellen, wie das wäre.

Er, Freddy Clay, der im Film unzählige Tode gestorben war, der erschossen, gehenkt, ersäuft wurde, der verbrannte, dem man als Vampir einen Pfahl durch das Herz getrieben hatte, der auf dem elektrischen Stuhl endete oder als Zombie in die Luft gesprengt wurde, er konnte es sich nicht vorstellen, was der Tod wirklich bedeutete. Was war mit seiner Mutter geschehen? Was empfand sie während des Sturzes? Hat sie nach dem Aufprall noch gelebt? Starb sie unter Schmerzen?

Als er zahlen wollte, hatte er plötzlich den Brillantring seiner Mutter in der Hand. Er versuchte, ihn über den linken kleinen Finger zu streifen. Er passte.

Das Taxi war schon lange verschwunden, als Alfred immer noch vor dem Haus stand. Er schaute hoch zu ihrem Balkon. Gestern um diese Zeit hat sie noch gelebt. Vielleicht war sie auf den Balkon gegangen, hatte die Markise ausgefahren oder die Blumen gegossen. Er schaute sich um. Er war nicht sehr oft hier gewesen, vielleicht zehn Mal. Was war das schon in fünfundzwanzig Jahren? Oft hat er Dreharbeiten vorgeschoben, weil er einfach keine Lust hatte, hierherzukommen. Heute verfluchte er sich und wünschte, er könnte es wiedergutmachen.

Als er an der Tür stand, bemerkte er, dass man einen Code brauchte, um hineinzukommen. Hatte sie ihm das gesagt? Hatte sie ihm womöglich in einem ihrer letzten Briefe den

Code geschrieben? Hoffentlich konnte man noch durch die Seitentür ins Haus, die sich neben dem Parkplatz befand. Der Parkplatz, ausgerechnet. Musste das jetzt sein? Neben dem Haupteingang gab es die Durchfahrt mit Schranke. Von dort konnte Alfred hinter das Haus kommen.

Auf dem Asphalt vor der zweiten Garage war noch die Kreidezeichnung zu sehen. Er blickte nach oben zum Schlafzimmerfenster. Dann vollzog er mit den Augen den Sturz nach. Wie lange mochte es gedauert haben? Vom Fenster bis zum Boden?

Im Hintergrund spielten Kinder mit einem Ball und eine Frau mit Kopftuch zerrte einen Kinderwagen durch die Seitentür.

Pardon, un instant, rief Alfred. Er lief los, um ins Haus zu kommen.

Mit dem Aufzug fuhr er in den sechsten Stock. Rechts war ihre Wohnung, links die der Nachbarin, Madame Mosbach. Alfred ging zur Wohnungstür. Rechts oben am Rahmen befand sich die mesusah. Er öffnete die Tür. Sofort hatte er den typischen Geruch in der Nase. Ja, so roch es immer bei seiner Mutter: sauber, ein wenig nach Mottenpulver und Bohnerwachs. Auch das Möbelspray, das sie beim Staubwischen verwendete, konnte er herausriechen. Die Wohnung war aufgeräumt, ordentlich wie immer. Die Küchentür stand offen, alles picobello. Durch das Speisezimmer kam er in den Salon. Auch hier alles comme il faut. Bis auf den Fernsehsessel. Die Plaiddecke, die sich Baby abends stets über die Beine gelegt hatte, lag auf dem Boden. Das passte nicht zu ihr. Alfred betrat das Schlafzimmer. Neben dem Fenster stand die Trittleiter. Das Fenster war geschlossen worden.

Die Türklingel schreckte ihn auf.

Er lief in den Flur und öffnete. Vor ihm stand winzig klein mit ihrem Rollator die Nachbarin.

Alfred, rief sie, das ist schön, dass Sie da sind!

Madame Mosbach, sagte er und küsste sie rechts und links auf die Wangen.

Ich habe es mir gedacht, dass Sie das sind, als ich hörte, wie die Tür ging. Kommen Sie doch herüber zu mir, dann reden wir ein wenig miteinander, wenn Sie möchten.

Muriel Mosbach war Elsässerin und ihr Deutsch klang etwas altbacken.

Gern, sagte Alfred.

Die Nachbarin hatte den Rollator gewendet und wackelte zurück in ihre Wohnung.

Alfred versank in dem ausgeleierten Sessel von Frau Mosbach, der ihr Fernsehsessel war. Sie hatte darauf bestanden, dass er darin Platz nehmen sollte, denn in keinem Möbel saß man angeblich so bequem wie in diesem. Sie bewegte sich noch erstaunlich geschickt in ihrer Wohnung, wo sie sich überall festhalten konnte. Den Rollator nutzte sie nur, wenn sie die Wohnung verließ.

Mit zittrigen Händen bugsierte sie eine Schale mit Keksen auf den Rauchglastisch, wo bereits zwei kleine Weingläser standen. Dann folgte der Rinquinquin, ein Pfirsichlikör aus der Region.

Den haben wir am liebsten getrunken, Baby und ich.

Sie kicherte.

Dafür, dass ihre beste Freundin sich gestern Abend aus dem Fenster gestürzt hatte, war die Nachbarin erstaunlich aufgekratzt, dachte Alfred.

Sie hob das Glas.

Lechaim, sagte sie.

Lechaim, antwortete Alfred.

Das Getränk war süß und warm.

Schmeckt gut, nicht wahr, stellte die alte Frau fest.

Ja, sagte Alfred, sehr lecker.

Man braucht kein Eis zu nehmen, oder?

Nein, log Alfred.

Waren Sie schon bei der Gendarmerie?, wollte sie wissen.

Ja, sagte Alfred.

Sie sah ihn an.

Für Sie war das bestimmt ein Schock gewesen, aber für mich war es keine Überraschung.

Alfred war erstaunt.

Hat sie mal etwas angedeutet?, wollte Alfred wissen.

Vor ein paar Wochen hat sie zu mir gesagt, wenn das alles schlimmer wird, dann springe ich vom Balkon. Da habe ich gesagt, Baby, wenn Sie schon springen wollen, dann springen sie hinten, denn vorn stürzen sie in den Vorgarten auf das Gras und da ist man nicht sicher tot. Aber hinten, auf den Steinen, da sind sie hundertprozentig tot.

Alfred war entsetzt.

Aber warum wollte sie das tun?

Es ging ihr gar nicht gut. Sie hatte es am Darm. Sie musste immer auf das WC. Sie konnte nicht mehr rausgehen. Sie hatte ja früher die Bestrahlung.

Ich weiß, sagte Alfred, aber das ist Jahre her und ich dachte, sie wäre geheilt.

Ja, der Krebs war weg, aber der Darm, der ist porös geworden durch die Strahlen, und die Gefahr, dass er kaputtgeht, war sehr groß. Und deshalb hat der Docteur Weiss gesagt, sie braucht irgendwann ein Stoma, wie sagt man, einen falschen Ausgang. Und das wollte sie auf keinen Fall haben.

Trotzdem, sagte Alfred, man bringt sich nicht um. Wieso hat sie uns das angetan, meinem Bruder und mir?

Innerhalb einer Sekunde wurde aus der netten Oma von nebenan eine kämpferische Frau:

Jetzt hören Sie mir mal gut zu, junger Mann! Was sie Ihnen angetan hat, ist hier komplett egal. Je m'en fou! Es geht nur um ihre Mutter und sonst nichts. Ihre Mutter hatte fast achtundachtzig Jahre und spürte, dass sie, wie sagt man, dass sie ein Pflegefall wird. Es war ein letzter selbstbestimmter Schritt, den sie getan hat, solange sie es noch tun konnte. Und ich will Ihnen noch etwas sagen, Alfred. Ich habe über neunzig Jahre und wenn ich noch auf eine Leiter gehen könnte, würde ich es auch tun!

Alfred schwieg. So hatte ihn schon lang niemand mehr zusammengefaltet.

Sie entnahm ihrer Strickweste ein Blatt Papier und schob es ihm hin.

Hier. Das sind die Telefonnummern und die Namen von der Chewra Kaddischa und von der Gemeinde. Und von Rabbiner Abou. Ein Algerier, aber ein netter Mann. Sie müssen sich ja schnell um die lewaje kümmern. Ein Grab haben wir jeder schon gekauft. Wir liegen nebeneinander. Damit wir schmusen können.

Sie kicherte.

Ich gehe dann mal, sagte er und stand auf.

Und den Code von der Tür, den habe ich auch daraufgeschrieben. Ich weiß ja nicht, ob Sie den haben.

Danke.

An der Tür drehte er sich zu ihr um.

Noch eine Frage, Madame Mosbach, der Fernseher, lief der noch gestern, nachdem sie …?
Ja, sagte die alte Frau, die Television habe ich ausgemacht.

Alfred hatte die Plaiddecke aufgehoben und auf das Fußbänkchen gelegt, das vor ihrem Sessel stand. Er sah sich um und obwohl er alles kannte, war es ihm heute fremd. Es war ihm, als hätten auch die Möbel und Gegenstände eine Veränderung erfahren. Sie hatten ihre Funktion verloren. Selbst die Bilder schauten ihn mit stumpfen Augen an. Alfred musste sich zusammenreißen, er musste etwas tun. Telefonieren zum Beispiel.

Über der Konsole, auf der das Telefon stand, hing ein vergrößertes Foto. Meine Männer, hatte sie immer gesagt, wenn sie es ansah. Sie hatte das Foto gemacht, 1953, mit ihrer alten Leica. In Knokke. An der Strandpromenade. Links Alfred, fünfzehn Jahre alt, in Bermudas, in der Mitte David. Ein bisschen Gatsby, in seiner weißen Bundfaltenhose und dem gelben Polohemd. Rechts Moritz mit überheblichem Studentenblick. Jeder hatte den Arm um die Hüfte des anderen gelegt.

Irgendwann nach Davids Beerdigung hatte Alfred einen Abzug des Fotos in dessen Brieftasche gefunden.

Moritz war abgeschnitten!

Zwanzig Jahre waren vergangen, seit Alfred in Davids Zimmer gestanden hatte, im Jüdischen Altersheim in Frankfurt. Alfred war gekommen, um die spärliche Hinterlassenschaft zu verpacken. Er erinnerte sich noch genau, wie schwer ihm das gefallen war. Warum hatte seine Mutter ihn damals nach Frankfurt geschickt? Wollte sie vielleicht, dass endlich alles ans Licht käme? Hatte sie es darauf angelegt?

Alfred scheute sich, die Küche zu betreten, geschweige denn, sich einen Tee zu machen. Das Schlafzimmer war tabu. Er entschloss sich, ins Arbeitszimmer seiner Mutter zu gehen, das Zimmer, das sie für David vorgesehen, aber das er niemals bezogen hatte. Hier stand ein mächtiger, dunkelbrauner Schreibtisch mit eindrucksvollen Beschlägen und gedrechselten Säulen an den Ecken. Dahinter das schwere, überladene Bücherregal im selben Stil. Seine Mutter war eine fanatische Leserin gewesen und Bücher und Zeitschriften stapelten sich überall im Zimmer. Alfred setzte sich auf die Liege, auf der, wie bei Sigmund Freud in der Berggasse, eine orientalische Decke mit langen Fransen lag.

Alfred nahm die Kutscherstellung ein und schaute auf den Teppich. Gab es nicht ein Bild von Hopper, das so ein ähnliches Motiv hatte? Ein einsamer Mann in einem Hotelzimmer.

Er stand abrupt auf. Genau, das war es. Er wollte hier nicht sein. Jedenfalls nicht allein. Sie war keine vierundzwanzig Stunden tot und ihr Geist war noch immer hier. Das spürte er. Außerdem wollte er vor dem Eintreffen seines Bruders nichts berühren. Er war sicher, Fanny hatte ihren Mann instruiert. Sieh zu, dass Alfred sich nicht alles unter den Nagel reißt, hatte sie ihm bestimmt eingebläut.

Nein, nein, werte Schwägerin, du altes Miststück, ich werde nichts beanspruchen. Außer diesem kleinen Ring, den ich am Finger trage. Und wenn du den auch willst, musst du ihn mir abschneiden!

Die Aggression gab ihm Kraft. Er ging in den Salon und setzte sich auf den Hocker vor der Konsole mit dem Telefon. Der Apparat hatte eine Brokathülle! Porca Madonna, wie er dieses Chichi verabscheute. Aber es war nun mal ihr Geschmack. Deckchen, Rüschen. Überall silberne oder lederne

Bilderrahmen mit Fotos, daneben Figürchen, Silberuntersetzer. Auf dem Tisch ein Brokatläufer, darauf eine künstliche Orchidee. So sahen noch heute in Frankreich die Salons der Bourgeoisie aus. Wie zu Zeiten der Belle Époque.

Alfred zog den Notizzettel von Madame Mosbach hervor und wählte die Nummer des Rabbiners.

Monsieur le rabbin?, fragte Alfred.

Oui, antwortete ein Mann mit einer jugendlichen Stimme.

Alfred erklärte dem Rabbiner, wer er sei und dass man sich um seine tote Mutter kümmern sollte.

An was sie denn gestorben sei, wollte der Rabbi wissen. Er sprach mit einem harten Akzent.

Alfred log und sagte:

Es war ein Unfall. Sie ist aus dem Fenster gestürzt.

Wie schrecklich, sagte der Mann am Telefon.

Alfred sprach rasch weiter, um das Thema abzuhaken, und sagte, dass er sich für das Organisieren der Beisetzung mit seinem Bruder abstimmen wolle, der allerdings erst morgen früh in Nizza eintreffen würde.

Der Rabbi setzte Alfred davon in Kenntnis, dass er die Frauen der Chewra Kaddischa umgehend über den Todesfall informieren müsse, sie würden die Tote heute noch aus der Pathologie holen und zum Friedhof bringen, um sie dort zu waschen. Üblicherweise müsse sie spätestens morgen begraben werden. Wir sind verpflichtet, den Toten die Ebenbildlichkeit zu bewahren, solange sie auf der Erde unseren Augen preisgegeben sind, unangetastet, unverletzt, ungeschändet, und sie der Erde zurückzugeben, bevor sie die Ebenbildlichkeit verlieren. So steht es geschrieben. Aber ich denke, wir können in ihrem Fall eine Ausnahme machen.

Danke, sagte Alfred.

Ihre Mutter war eine angenehme Persönlichkeit, sagte der Rabbiner nach einer Pause.

Angenehm! Was für ein Wort!, dachte Alfred.

Und sehr kultiviert.

Kultiviert! Wann hatte Alfred dieses Wort zum letzten Mal gehört?

Der Rabbi erzählte von seinen Begegnungen mit Baby und wie sehr er sie schätzen gelernt hatte. Ihre aufrichtige Religiosität. Und ihre Großzügigkeit.

Ob er das in seiner Trauerrede erwähnen dürfe, fragte er schüchtern.

Selbstverständlich, sagte Alfred. Sie habe es verdient.

Der Rabbiner gab ihm den Namen und die Nummer des Mannes, der bei der Jüdischen Gemeinde für die Bestattungen zuständig war. Ein Monsieur Singer, den sie hier »Sähnché« aussprachen.

Als Alfred sich verabschieden wollte, fragte der Rabbiner: Monsieur Kleefeld, kennen Sie den Namen ihrer Maman?

Ihren Namen?

Ich meine ihren hebräischen Namen.

Natürlich! Sie musste ja mit ihrem hebräischen Namen auf die Reise gehen, sonst würde die arme Frau ewig am Himmelstor stehen und keiner würde »Herein« rufen!

Was sollte Alfred ihm antworten? Sie heißt Barbara, geborene Petersen, Tochter eines protestantischen Kneipenwirts aus Altona, auch »Siggi Saufnase« genannt!

Da muss ich meinen Bruder fragen, erwiderte Alfred und war froh, dass ihm diese Ausrede eingefallen war. Bis übermorgen würden sie ihren »koscheren« Namen in den Unterlagen gefunden haben.

Anschließend rief Alfred bei der Gemeinde an und wurde

mit Monsieur Singer verbunden, der ebenfalls voll des Lobes über die Verblichene war.

Herr Singer kam ursprünglich aus Wien und war froh, wieder einmal deutsch reden zu können. Alfred versprach, morgen im Lauf des Vormittags mit dem Totenschein und seinem Bruder in der Gemeinde vorbeizuschauen, um alles persönlich zu regeln.

Monsieur Kleefeld, sagte der Mann zum Schluss, falls sie gut essen wollen in Nizza, kann ich Ihnen das Restaurant »Chez Pierrot« empfehlen, Boulevard Gambetta, unweit des »Negresco«.

Vielen Dank, sagte Alfred und dachte, mein Gott, diese ejze hatte ihm noch gefehlt.

Man isst ausgezeichnet, vernahm er Singer weiter, es ist nicht ganz billig, aber wie gesagt, man isst ausgezeichnet!

Gut zu wissen, sagte Alfred.

Es gehört übrigens meinem Sohn, sagte Singer.

Welche Überraschung, dachte Alfred und sagte:

Ich werde es mir überlegen. Danke.

Er hat Koch gelernt, in Wien, bei Meinl, Am Graben.

Ja, kenne ich. Beste Adresse. Wunderbar. Also, Herr Singer …

Wenn Sie zu ihm gehen, dann sagen Sie mir vorher Bescheid. Ich melde Sie dann an. Für Freunde gibt er sich immer eine besondere Mühe, der Bub. Fragen Sie nach Pierrot.

Ich werde es mit meinem Bruder besprechen, Herr Singer!

Noch etwas. Ihr Bruder ist doch ein Professor, oder? Ihre verehrte Frau Mutter hat mir das erzählt.

Ja, das stimmt, sagte Alfred und wusste schon, was kommt.

Dann grüßen Sie ihn auch schön und nochmals mein herzlichstes Beileid für den Herrn Professor und für Sie.

Als Alfred eine Stunde später sein Zimmer im Hotel Beau-Rivage bezog, kam ihm das berühmte Bild von Matisse in den Sinn »Mein Zimmer im Beau-Rivage«, das er genau vor Augen hatte: der Plüschsessel, das Bett mit dem Lederkoffer, der rote Teppich, das offene Fenster, das blaue Meer.

Von dem einst berühmten Hotel aus war das Meer nicht mehr zu sehen. Es war den gewitzten, französischen Architekten gelungen, noch ein Haus vor die Strandpromenade zu quetschen. Heute musste sich alles rechnen, Matisse hin, Matisse her.

Nachdem er geduscht hatte, zog sich Alfred an und verließ das Hotel. Er ging rechts die Straße entlang bis zum Blumenmarkt, wo er ein Fischrestaurant fand mit vernünftigen Preisen und einem Koch, der nicht bei Meinl gelernt hatte, aber sein Handwerk dennoch verstand. Heute früh war Alfred sicher gewesen, niemals mehr einen Bissen herunterzubekommen, aber nun saß er hier unter einer Markise in Nizza und spürte, dass das Leben in ihn zurückkehrte. Es war zwar alles schrecklich traurig, aber es war auch ein Anfang. Seine Mutter war tot, jetzt spielte er an der Rampe das Stück zu Ende.

Wie ich dieses Frankreich hasse, war der erste Satz, den Moritz sprach, nachdem sich die Brüder lange stumm in der Flughafenhalle umarmt hatten.

Stell dir vor, zuerst schicken sie mich in die falsche Richtung in Charles de Gaulle …

Ein fürchterliches Gebäude, bemerkte Alfred dazwischen.

Ja, diese Betonästhetik, grauenvoll. Wie gesagt, ich kriege meinen Flieger in letzter Sekunde und eben war ich der Einzige, dessen Gepäck durchsucht wurde. Ausgerechnet ich!

Alle zogen fröhlich vorbei und ich stehe da vor diesem miesen Potz!

Er imitierte ihn:

Vous avez quelque chose à déclarer, monsieur?

Non!

Ouvriez la valise, s'il vous plaît!

Je suis touriste, pas terroriste!

Monsieur! La valise!

Alles Antisemiten!, sagte Alfred.

Moritz lächelte.

Das war typisch David!, sagte er.

Da war er wieder, dieser Stich ins Herz, dachte Alfred, sagte jedoch:

Was hältst du davon, wenn wir gleich zur Gemeinde fahren und die Formalitäten erledigen. Bevor es heiß wird.

Du bist der Boss, meinte Moritz.

Der kleine, dicke Herr Singer mit seinem Monjou-Bärtchen kriegte sich kaum noch ein und schleppte in Windeseile einen zweiten Stuhl vor seinen Schreibtisch.

Bitte, Herr Professor, nehmen Sie doch Platz, Herr Professor, ich habe Ihrem verehrten Herrn Bruder gestern bereits berichten dürfen ...

So ging es in einem fort.

Moritz und Alfred saßen nebeneinander und hörten sich das Gesülze von Singer emotionslos an. Ab und zu nickten sie oder machten eine kurze Bemerkung. Singer kopierte den Totenschein und gab Alfred das Original zurück.

Ihre verehrte Frau Mama hat ja bereits vorgesorgt, wenn ich das mal so sagen darf. Sie hat ein Grab erworben. Wollen Sie nicht nach Frankfurt?, habe ich sie gefragt. Ach, wissen

Sie, mein lieber Herr Singer, hat sie gesagt, in Frankfurt besucht mich doch keiner. Aber hier auch nicht, sagte ich und sie meinte, das stimmt, aber hier ist die Aussicht besser!

Moritz und Alfred lächelten gequält.

Ja, Ihre Frau Mama war etwas ganz Besonderes. Dass sie so enden musste …

Schockartig setzte bei Alfred das schlechte Gewissen ein. Natürlich wusste dieser Singer Bescheid. Wahrscheinlich hatte ihm Baby erzählt, wie allein gelassen sie sich fühlte. Deshalb auch die hinterfotzige Anspielung auf das Grab und seine Vorgeschichte. Ja, Alfred fühlte sich schuldig. Er hätte sich mehr kümmern müssen. Er hätte ihr das Gefühl geben sollen, dass er ihr verziehen hat. Sein falsches halbes Leben. Zusammen mit einem Mann, den er Onkel nannte und den er liebte und von dem er sich gewünscht hatte, er wäre sein Vater. Und als er dann sein Vater wurde, war es zu spät.

Wie siehst du das?, hörte er Moritz fragen.

Was?

Na, die Beerdigung, irgendwelche Wünsche?

Singer sah die beiden mit seinen flinken Schweinsäuglein an.

Bescheiden, sagte Alfred, keinen Pomp.

So sehe ich das auch, sagte Moritz.

Gut, Herr Professor, ergänzte der dicke Mann, der leicht schwitzte, wir machen die Standardzeremonie: kleine Trauerfeier in der Halle, der Rebbe redet ein paar Worte, einer von Ihnen vielleicht auch, dann gehen wir zum Grab, sie sagen Kaddisch und c'est tout.

Einverstanden, sagte Moritz, keine Musik, keine Blumen, keine Kränze, keine Bilder, aschkenasisch, bitte.

Wir haben einen sephardischen Rabbiner.

So what, sagte Alfred, weglassen ist doch keine Kunst.

Wie Sie meinen, sagte der Mann hinter seinem Schreibtisch. Er blätterte in seinen Unterlagen, schaute auf seine Uhr und fragte dann:

Wollen wir noch eine Anzeige veröffentlichen für morgen? Im Nice-Matin?

Gern, sagte Moritz, oder?

Alfred nickte. Ja, ja.

Ihre Mutter hatte ja nicht viele Bekannte hier. Wollen Sie die Herrschaften benachrichtigen?

Wir kennen ja niemanden, außer der Nachbarin, sagte Alfred.

Dann schlage ich vor, sagte Singer, dass ich Madame Mosbach bitten werde, den anderen Bescheid zu sagen, dass die Beisetzung ...

Er blätterte in seinem Kalender, ... morgen um elf Uhr stattfindet.

Moritz und Alfred erhoben sich fast gleichzeitig.

Übrigens, meine Herren, wenn Sie mal in Nizza gut essen wollen ...

Moritz tupfte sich mit seinem weißen Taschentuch die Stirn, als sie durch die Schalterhalle der »Crédit Agricole« gingen. Alfred zog den ratternden Samsonite seines Bruders hinter sich her. Alle Kunden drehten sich nach ihm um.

Wir hätten gern Monsieur Bernard kurz gesprochen, sagte Moritz zu einer Mitarbeiterin, die an einem Informationsschalter saß.

Wen darf ich melden?

Kleefeld, sagte Moritz.

Le Professeur Kleefeld, fügte Alfred rasch an, er kannte die Franzosen.

Die junge Dame sprang auf und verschwand in einem Büro.

Sekunden später erschien Monsieur Bernard mit ausgebreiteten Armen und begrüßte zuerst Moritz, dann Alfred.

Er kondolierte.

Mon Dieu, sagte er betroffen, ich habe heute in der Zeitung gelesen von dem Unfall und bei dem Namen Barbara K. wusste ich sofort … es tut mir so leid. Aber kommen Sie doch, meine Herren.

Moritz war im Badezimmer, Alfred hörte die Dusche. Er hatte die Spitzendecke vom Tisch genommen und die Unterlagen darauf ausgebreitet. Kontoauszüge und den Inhalt des Schließfachs. Auch die zweiundvierzigtausend Francs, die sie abgehoben hatten, legte er dazu. Dann ging er zum Balkon und öffnete die Tür. Er trat hinaus und sah über die Dächer von Nizza bis zum Meer. Er ging zu einer Kurbel und bewegte die Markise nach unten. Dann nahm er sich einen der weißen Plastikstühle, die an einem Plastiktisch standen, und setzte sich. Jetzt, wo Moritz da war, fühlte er sich besser.

Moritz, ein Badetuch um die Hüften, kam ins Arbeitszimmer, wo er sich ausgebreitet hatte. Er zog sich etwas Leichtes an, ein Bowlingshirt, eine Sommerhose, Flip-Flops. Nachdem er Alfred auf dem Balkon entdeckt hatte, ging er in die Küche, fand zwei Gläser, gab Eiswürfel und Wasser dazu und brachte alles in den Salon. Er öffnete die kleine Hausbar und goss Pastis in die Gläser. Dabei rief er:

Du sagst, sie ist während des Fernsehens aufgestanden und hat sich entschlossen, aus dem Fenster zu springen?

Damit kam er auf den Balkon.

Ja, sagte Alfred, so muss es gewesen sein. Eine spontane Entscheidung.

Moritz stellte ihm ein Glas vor die Nase, sagte »lechaim« und trank einen Schluck.

Willst du nicht hier wohnen?, fragte er seinen Bruder.

Nein, sagte Alfred, ich bleibe im Hotel.

Aber es ist doch genug Platz.

Ich will nicht in ihrem Bett schlafen. Du doch auch nicht, oder?

Moritz hatte verstanden. Ihm ging es genauso.

Nimm dir Geld, sagte Moritz, fürs Hotel.

Okay, meinte Alfred, aber wir müssen die Beerdigung auch zahlen und die Gemeinde und was weiß ich noch.

Ja, und man muss was spenden für die Chewra.

Er trank den Pastis. Er schmeckte ihm.

Also, wenn ich diesen Bankmenschen richtig verstanden habe, hat Mom über dreihunderttausend Francs fest angelegt in einem Fonds.

Genau, der läuft bis nächstes Jahr, bestätigte Moritz.

Das sind schätzungsweise neunzigtausend Mark am Ende.

Gut. Die Goldmünzen. Wollen wir die aufteilen?

Was meinst du?

Brauchst du Geld?, fragte Moritz.

Immer, sagte Alfred.

Okay, ich kaufe dir deinen Anteil zum aktuellen Goldkurs ab.

Einverstanden. Alfred war alles recht.

Was ist mit dem Schmuck?, fragte Moritz.

Alfred streckte seinen kleinen Finger vor.

Ich will nur diesen Ring.

Okay. Aber es steht dir die Hälfte zu.

Soll Fanny damit glücklich werden, sagte Alfred.

Hör mal, das ist der Familienschmuck. Fanny kann ihn tragen, aber wenn sie stirbt, bleibt er in der Familie.

Und wenn sie uns beide überlebt?, wollte Alfred wissen.

Moritz hatte keine Antwort.

Die Wohnung, meinte Alfred, was ist die wert?

Moritz zuckte mit den Schultern.

Keine Ahnung. Wir lassen am besten einen Makler kommen und …

Es klingelte an der Tür.

Alfred sprang auf und durchquerte den Salon.

Er ging zur Sprechanlage.

Qui est là?, fragte er.

Ivan Sokol. Ich war ein Freund von der Madame Kleefeld …

Moment, sagte Alfred und drückte auf den Türöffner.

Er öffnete die Wohnungstür und ging zum Esstisch, wo er die Unterlagen und das Geld zusammenklaubte und in eine Besteckschublade stopfte.

Wer ist es?, rief Moritz vom Balkon.

Keine Ahnung, sagte Alfred, ein Freund von Mom.

Der kleine dünne Monsieur Sokol war kaum zu sehen hinter dem riesigen Blumenstrauß, den er anschleppte. Er stellte sich bei Moritz und Alfred vor, kondolierte brav und sie fanden gemeinsam eine passende Vase für die Blumen. Mit einem Glas Wasser für Sokol kam Moritz auf den Balkon.

Du wirst es nicht glauben, sagte Alfred, Herr Sokol ist Immobilienmakler.

Wir haben gerade darüber gesprochen, sagte Moritz.

Ihr Bruder hat es gesagt mir, Monsieur, meinte Sokol in jiddischem Deutsch, Ihre Maman und meine Maman sinnen gewesen befreundet und man hat sie sich getroffen a manches Mal zum Fünf-Uhr-Tee im Negresco. Und Ihre Maman hat gebeten mich, im Fall, dass sie soll sein gestorben, also sie hat gewollt, dass ich Ihnen soll helfen verkäufen das Appartement.

Das ist gut, sagte Moritz, was schätzen Sie denn, ist die Wohnung wert?

Alfred und Moritz schauten gespannt auf den kleinen Makler.

Der neigte den Kopf hin und her, fasste sich an die Nase, legte die Stirn in Falten, massierte sich mit einer Hand die Schläfen und meinte dann:

Grosso modo, vier Millionen Francs hors taxe.

Eins Komma zwo Millionen Mark, sagte Alfred, das ist doch nicht schlecht.

Moment, sagte Sokol, leider müssen sie rechnen a Drittel für die taxe, die Erbschaftssteuer ungefähr. Effche man kann eppes machen unter der Tisch mit der Käufer, sagte der Makler verschwörerisch.

Aha, sagte Alfred.

Bevor sich Sokol verabschiedete, hatte er es nicht versäumt, sich von Moritz ein exklusives Verkaufsmandat unterschreiben zu lassen, das er zufälligerweise bei sich führte.

Er stand schon in der Tür, als er noch sagte:

Wenn Sie wollen gehen gut zu essen ... der Cousin meiner, hat er a Restaurant nicht weit von Hafen in die Rue Bonaparte ...

Du willst ins Chagall-Museum? Alfred war erschüttert. Mom ist noch nicht unter der Erde und du planst einen Kulturtrip?

What's wrong?, fragte Moritz während sie die Straße hinunterliefen. Ich wollte da immer hin, Mom hat es geliebt und mir vorgeschwärmt. Es wird sie freuen, wenn sie uns da sieht.

Sie wird uns da nicht sehen, fiel Alfred ein, wir wissen nicht ihren hebräischen Namen. Den braucht der Rebbe bis morgen früh.

Moritz dachte nach.

Ich glaube, sie heißt Batya, sagte er dann.

Kann sein, klingt jedenfalls koscher, sagte Alfred.

Moritz überlegte:

Batya bat …

Batya bat Siggi Suffkopp!, klingt nicht mehr so koscher, unterbrach ihn sein Bruder.

Shlomo!

Wer ist Shlomo?

Na, Siegfried Petersen. Unser Opa.

Wie kommst du auf Shlomo?

Warum nicht. Batya bat Shlomo! So nennen wir sie.

Alfred war unsicher.

So willst du sie nennen? Sie wird vor dem Tor stehen und keiner wird sie reinlassen.

Mom kommt überall rein.

Sie mussten lachen.

Apropos, sagte Alfred plötzlich, ich habe einen klasse Witz für dich, aus Rom.

Erzähl.

Ein alter Mann mit einem weißen Bart steht am Himmelstor und will rein, da kommt Petrus und fragt: Wer bist du? Da sagt der Mann: Ich heiße Josef, bin Zimmermann und komme aus der heiligen Stadt. Und sonst noch was?, fragt Petrus. Ja, sagt der Mann, mein Sohn ist aus toter Materie lebendig geworden und die ganze Welt liebt ihn! Da hat Petrus einen Verdacht und läuft zu Jesus. Du, sagt er, da draußen ist ein alter Mann, der sagt, er heißt Josef, sei Zimmermann, komme aus der heiligen Stadt und sein Sohn sei wieder lebendig geworden, nachdem er tot war! Jesus rennt ganz aufgeregt vor das Himmelstor, sieht den Alten, fällt ihm um den Hals und ruft: Papa! Der Mann lächelt ihn glücklich an und sagt: Pinocchio!

Moritz musste derart lachen, dass er sich verschluckte. Da standen die Brüder Kleefeld mitten in Nizza und lachten.

Nach dem Abendessen, das sie unweit des Hafens in einem hübschen Bistro eingenommen hatten, begleitete Moritz seinen Bruder zum Beau-Rivage. Vor der Tür verabschiedeten sie sich, umarmten sich kurz und Moritz ging zu Fuß zur Wohnung seiner Mutter zurück. Als er den Salon betrat, klingelte das Telefon. Es war Fanny.

Darling?

Ja, sagte Moritz.

Wieso rufst du nicht an? Ich habe mir solche Sorgen gemacht.

Wenn was passiert wäre, hättest du es auf CNN gesehen, meinte Moritz.

Wie war der Flug?

Okay, ich bin nur schrecklich müde.

Klar, sagte sie, was hast du heute gemacht?

Es gab viel zu erledigen. Gemeinde, Beerdigung organisieren, Bankgeschichten ...

Ist alles in Ordnung, finanziell?

Er wusste, was sie meinte.

Mach dir keine Sorgen, sagte Moritz, wir kommen gut zurecht mit allem. Alfred ist sehr kooperativ.

Das ist schön. Wann ist die lewaje?

Morgen früh um elf.

Dann gehst du am besten jetzt schlafen, belehrte sie ihn.

Schade, ich wollte noch zur Mitternachtsshow ins Ruehl-Casino!

Sie ging nicht weiter darauf ein und sagte nur:

Schlaf gut, Darling.

Nachdem er aufgelegt hatte, fiel sein Blick auf das Foto, bei dem Mom stets »meine Männer« gesagt hatte. Auf der Strandpromenade von Knokke, 1953. Ja, es war eine glückliche Zeit gewesen, damals. Er hatte gerade sein Abitur gemacht, freute sich auf sein beginnendes Studentenleben. Drei Jahre zuvor hatte ihn seine Mutter vor die Entscheidung gestellt, in New York zu bleiben und aufs Hunter College zu gehen oder mit ihr und Alfred nach Frankfurt zurückzukehren.

Wie sollte ein fünfzehnjähriger Junge ermessen, was gut für ihn war? Er hing an seinem Bruder, obwohl der Abstand von drei Jahren eine Menge war. Mit Samuel Landau, dem Partner seiner Mutter, verstand er sich nicht sonderlich gut. Sam zählte sich bereits zur jüdischen Aristokratie, obwohl seine Eltern erst nach dem ersten Weltkrieg in die USA gekommen waren. Das Schicksal der europäischen Juden war ihm gleichgültig. Das Affidavit hatte er nur ausgestellt, weil er scharf auf Baby war und hoffte, sie würde sich dankbar zeigen. Das trat auch ein, aber mit ihrem Herzen war sie stets bei David, um den sie sich sorgte.

Nachdem der Krieg begonnen hatte, Moritz war fünf Jahre alt, begab sich seine Mutter mit den beiden Söhnen in ihre Heimatstadt Hamburg. Sie hatte glücklicherweise einen Pass ohne das »J«. Louis Kleefeld war bereits inhaftiert. Die Auswanderungsbehörde in Frankfurt hatte ihm nach der Kristallnacht angeboten, mit seiner Familie ins Ausland zu gehen, wenn er seinen Besitz der Stadt überließ. Kleefeld willigte ein.

Aber, Überraschung, die Stadt hielt sich nicht an die Vereinbarung, sondern berief sich kurzerhand auf das Einspruchsrecht des Reichssicherheitshauptamts in Berlin und deportierte den Bankier stattdessen nach Dachau.

In Hamburg lebte Baby mit ihren Söhnen bis 1941 unbehelligt in Altona. Ihre Eltern betrieben eine Gaststätte und der kleine Alfred und sein Bruder waren bei den Gästen beliebt. Baby servierte in der Kneipe. Ihr Vater Siegfried Petersen, genannt Siggi, war Sozialdemokrat, der die Verbindung seiner Tochter mit einem Juden zwar nicht begrüßte, aber billigte. Ebenso ihre Mutter, Oma Anni, die es schon aufgrund ihrer christlichen Haltung für unmenschlich ansah, wie man die Juden behandelte. Beide liebten ihre Enkelsöhne. Selbst von Onkel Holger, Babys jüngerem Bruder und NSDAP-Mitglied, war keine Gefahr zu befürchten. Dann aber musste jemand im Umfeld herausgefunden haben, dass Baby nicht nur mit einem Juden verheiratet, sondern zum Judentum konvertiert war.

Bei Nacht und Nebel flohen die drei mithilfe von Onkel Holger nach Dänemark, von dort nach Schweden, von da aus nach England und über Southampton mit einem der letzten Ozeanriesen nach New York. Das Haus mit der Gaststätte, Moritz erinnerte den Namen »Bierbrunnen«, wurde kurz vor Kriegsende von einer britischen Bombe getroffen. Das war das Ende von Opa Siggi, Oma Anni und Onkel Holger.

Moritz saß an diesem Abend noch lange auf dem Balkon seiner Mutter und beobachtete, wie die Nacht langsam über die schöne Stadt Nizza fiel. Dabei kamen ihm viele Gedanken und einmal musste er heftig weinen.

Es war heiß, der Weg war steil und Alfred war froh, als er endlich an der Seite von Moritz das kühle steinerne Gebäude betrat. Die wenigen Trauergäste saßen nicht wie in der Synagoge in Reihen, sondern die Stühle standen entlang der vier kahlen Wände.

Durch ein Oberlicht fiel ein Sonnenstrahl in die Mitte des Raums auf einen schlichten Sarg aus Pinienholz, der auf einer Bahre stand. Einige wenige Menschen saßen auf den Stühlen, nickten stumm, als Moritz und Alfred sich ebenfalls setzten.

Zwei ältere Frauen in Schwarz hockten nebeneinander, bewegten die Oberkörper vor und zurück und beteten inbrünstig. Ab und zu erscholl dazwischen ein Schluchzen. Auch ein monotoner, orientalisch anmutender Singsang war zu hören. Vermutlich waren sie professionelle Klageweiber, dachte Moritz, und erwarteten einen Bakschisch. Durch eine Nebentür wackelte Madame Mosbach mit ihrem Rollator. Alfred bekam ein schlechtes Gewissen, weil sie der alten Dame heute Morgen nicht angeboten hatten, sie im Taxi mitzunehmen. Sie grüßte ernst und setzte sich auf eine kleine separate Steinbank, auf der ein Kissen lag. Dann erschien der Rabbiner.

Avram Abou war ein gut aussehender, bronzefarbener Mann, mittelgroß und schlank, mit einem gepflegten Bart, dunklen Augen, weißen Zähnen. Der perfekte Jesus-Darsteller, dachte Alfred. Mit einem Wink bat er Moritz und Alfred, ihm in den Nebenraum zu folgen.

Hier traf die Brüder Kleefeld fast der Schlag! Der Raum war der Leichenwaschraum! In der Mitte lag, auf einem steinernen Tisch mit Abflussrinnen, die tote Mutter, in ein weißes Tuch eingewickelt. Über ihr kamen von der Decke lose Ketten, an Seilwinden befestigt und schwebten einen Meter über dem Tisch. An den gekachelten Wänden befanden sich

Waschbecken und offene Regale mit Reinigungsmitteln, Seifen, Watte, Lotionen, Scheren, Bürsten, Tüchern und Laken. In einer Ecke lagen Gebetbücher. An einem Wasserhahn hing ein Schlauch, daneben an einem Haken ein talles.

Der Rabbiner hatte Alfred und Moritz kondoliert und sie gebeten, ihre Mutter gemeinsam in den Sarg zu legen. Die Brüder waren verwirrt, so etwas kannten sie aus Mitteleuropa nicht.

Das ist eine mizwah, sagte der Rabbi.

Moritz nahm das Kopfende, Alfred die Füße. Wie klein und leicht sie war! Sie trugen ihre Mutter in den Betraum, wo der Rabbi bereits den Sargdeckel abgenommen hatte. Behutsam legten sie Baby in den Sarg und dabei weinten beide.

Als der Rabbi den Deckel auf den Sarg legte, nahmen sich die Brüder in die Arme und hielten sich ganz fest. Einige Trauergäste weinten, riefen Worte aus dem Kaddischgebet und die Klageweiber jammerten so laut sie konnten. Danach begann Rabbiner Abou mit seiner Rede:

Liebe Freunde, wir beerdigen heute unsere liebe Freundin …

Er schaute fragend zu den Brüdern Kleefeld.

Batya bat Shlomo, rief Moritz ihm zu.

… Batya bat Shlomo, die eine vorbildliche Frau war, eine Frau voller Weisheit und Güte und die niemanden ungetröstet ließ. Wie auch ich kam sie spät in unsere Gemeinde, hat sich sofort engagiert und geholfen, wo sie nur konnte. Viele in unserer Gemeinschaft haben ihrem Rat vertraut. Neuen Mitgliedern aus Russland oder Nordafrika hat sie geholfen, ihren Platz zu finden. Ihre Lebensfreude, ihr Optimismus, ihre Neugier auf andere waren ansteckend. Die Bilanz ihres Lebens ist positiv. Sie hat zwei Söhne, die dank ihrer Mutter einen erfolgreichen Lebensweg gehen und die von weither gekommen sind, um sie heute gemeinsam mit uns zu Grabe zu tragen.

Er machte eine Pause.

Möchten Sie etwas sagen, Monsieur le Professeur?, fragte der Rabbi.

Moritz erhob sich und begann in holprigem Französisch:

Unsere Mutter war die beste Mutter der Welt ...

Alfred liefen die Tränen über die Wangen.

... sie war voller Güte und jeder, der sie kannte, musste sie gernhaben.

Sie hat für meinen Bruder und mich alles gegeben, kein Opfer war ihr zu groß. Sie strebte vor allem nach dem Glück für andere. Sie hatte kein leichtes Leben und hat stets die härtesten Anforderungen an sich selbst gestellt. Unsere Mutter ...

Er hielt sich die Hand vor die tränenden Augen und schluchzte.

Alfred erhob sich, legte ihm den Arm um die Schulter und sagte:

... möge sie in Frieden ruhen.

Bis meshiach sie nach Jerushalajim ruft, ergänzte der Rabbi und die Trauergemeinde rief: Omejn!

Als sie vor dem kleinen Betraum standen, machte Madame Mosbach die Brüder Kleefeld mit Dr. Weiss bekannt, Babys Hausarzt. Moritz bedankte sich beim Doktor für sein Erscheinen.

Das ist doch selbstverständlich, sagte der Arzt, sie war so eine liebenswerte Frau.

Von innen hörte man Hammerschläge – der Sarg wurde eben zugenagelt.

Alfred zog Dr. Weiss ein wenig zur Seite, als er ihn fragte: Ein Gedanke lässt mir kein Ruhe, Doktor. Glauben Sie, dass sie nach dem Sturz noch gelebt und vielleicht gelitten hat?

Nein, meinte der Arzt, da kann ich Sie beruhigen, Monsieur Kleefeld. Ihre Mutter verlor während des Sturzes ihre Besinnung.

Tatsächlich? Auch Moritz war überrascht.

Durch die Fliehkräfte wird das Gehirn dermaßen an die Schädelwand gedrückt, dass die Leute ohnmächtig werden. Speziell die älteren. Beim Aufprall waren die inneren Verletzungen Ihrer Frau Mutter sofort tödlich. Ich habe mit dem Polizeiarzt telefoniert.

Die Tür öffnete sich, der Sarg wurde auf einer wackligen Lafette herausgerollt in den strahlenden Sonnenschein.

Es war ein schöner Platz, wenn man das überhaupt so sagen konnte, den sich Baby ausgesucht hatte. Er lag unter einer prächtigen Pinie.

Der Sarg war in der Erde versenkt worden und Alfred zog seinen alten Kaschmirschal hervor, den er umlegte, während der Rabbiner eine Rasierklinge hervorholte. Heute bekam der Schal einen zweiten Riss, als Symbol für eine Wunde, die sich niemals schließen würde.

Nachdem der Rabbiner ein Gebet gesprochen hatte, alle das »shma jisrael« murmelten, stellte sich Moritz vor das offene Grab und sagte Kaddisch.

Als er geendet hatte, begannen zwei dunkelhäutige Männer, Sand auf den Sarg zu schaufeln, ein paar Trauergäste warfen Rosen ins Grab. Madame Mosbach hatte sich bei Alfred und Moritz untergehakt, denn zwischen den vielen unebenen Gräbern, Stufen und Wegen war ihr der Rollator keine Hilfe. Als sie am Tor ankamen, hockten dort die beiden Klageweiber und hielten die Hand auf.

Moritz steckte ihnen einhundert Francs zu.

Alfred winkte nach einem Taxi und gab Frau Mosbach den Rollator.

Sie ist nicht lange allein, ihre Mutter, sagte die Nachbarin zu Moritz, ich werde bald zu ihr gehen.

Aber Madame Mosbach, heuchelte er, Sie sind doch in bester Form!

Der Tod kommt, wenn die Seele ihn ruft, sagte sie und lächelte.

15

Nach dem misslichen Erlebnis mit Mark Faller vergingen einige Tage, bis Zamira sich wieder entspannter auf ihre Arbeit und vor allem auf die beiden Brüder Kleefeld einlassen konnte. Sie hatte zu viel von sich preisgegeben, hatte Anonymität eingebüßt. Dass es Alfred und Moritz waren, die ihr aus dieser bedrohlichen Situation herausgeholfen hatten, machte es für sie nicht leichter. Obwohl sich beide um sie bemühten und ihr nicht eine Sekunde das Gefühl gaben, sie hätte versagt. Im Gegenteil. Alfred lenkte sie von ihren schwermütigen Gedanken ab und erzählte wieder einmal launig von seiner Zeit als Vampir und seinen Erlebnissen aus der großen Welt des Films.

Moritz musizierte jetzt fast täglich mit ihr. Sie spielten Violinkonzerte von Beethoven, Mendelssohn, Mozart und Tschaikowsky. Nur bei Wagner wurde Moritz ungnädig und gerade dessen Werk war es, das sie dank ihrer Zeit beim West-Eastern Divan Orchestra schätzen gelernt hatte.

Wagner hat seine jüdischen Kollegen, zum Beispiel Meyerbeer, musikalisch beklaut, mit Dreck überschüttet und kaltgestellt, sagte Moritz, er hat den Juden den Tod an den Hals gewünscht.

Aber Sie müssen unterscheiden zwischen Mensch und Werk.

Sehr richtig, rief Alfred dazwischen, wenn ich nur noch Autoren lesen würde, die keine Antisemiten waren, dann wäre meine Bibliothek halb so voll!

Moritz stand vom Klavier auf.

Mein Bruder übertreibt mal wieder maßlos, sagte er.

Wieso? Alfred hatte sein Thema gefunden. Dostojewski, Celine, Simenon, Ezra Pound, Roald Dahl waren Antisemiten, oder?

Ja, das stimmt, sagte Moritz.

Und? Hast du sie nicht trotzdem gelesen? Hast du Kommissar Maigret nicht geliebt?

Ja, aber heute lese ich das nicht mehr.

Wieso, fragte Zamira, wird man nicht im Alter relaxter?

Nein, fiel ihr Alfred ins Wort, man wird kleinmütiger und verbohrter. Sie sehen es ja an meinem Bruder!

Moritz lächelte.

Zamira, das ist alles Unsinn. Aber vielleicht wird man moralischer.

Nein, widersprach sein Bruder. Man wird konservativer.

Es fällt mir auf jeden Fall heute schwerer, zwischen der Haltung eines Künstlers und seinem Werk zu unterscheiden.

Und wie ist das bei Wagner?, wollte sie wissen. Kann Musik antisemitisch sein? Nur weil Hitler Wagner verehrte?

Hat er ihn als Musiker verehrt oder weil er ein Bruder im Geiste war? Das ist doch die Frage, antwortete Moritz.

Beides! Woody Allen hat mal gesagt: Immer wenn ich Wagner höre, habe ich Lust, Polen zu überfallen!, sagte Alfred und alle lachten.

Wie dem auch sei, sagte Moritz, Musik kann missbraucht werden und das ist bei Wagner der Fall.

Einspruch, Euer Ehren, rief Alfred. Wagner konnte sich nicht dagegen wehren, was er bestimmt auch nicht getan hätte. Aber nehmen wir Schiller. Den kann man ja nicht als

Antisemiten bezeichnen und trotzdem haben ihn die Nazis missbraucht. Der »Tell« war ihr völkisches Stück.

Das ist wahr, sagte Moritz, aber bei Wagner liegt die Sache anders. Er passte in die Ideologie der Nazis mit seinen Mythen und all den Elementen, die die Deutschen so schmerzlich vermissten. Als Wagner seine Opern schrieb, »Parsifal« ausgenommen, gab es das Deutsche Reich noch nicht, aber eine große Sehnsucht danach. Er hat wie kein anderer dieses Herrenmenschentum transportiert. Die Überlegenheit der arischen Rasse und diesen Firlefanz. Wenn bei einem Menschen wie Wagner alles um diesen Judenhass kreist, dann braucht er ihn, wie die Luft zum Atmen.

Trotzdem glaube ich daran, dass Musik unschuldig ist, sagte Zamira.

Das dürfen Sie, meinte Moritz, es kommt drauf an, wie man sie wahrnimmt. Schostakowitsch wurde von Stalin geächtet, weil seine Musik angeblich zu aufrührerisch war, konterrevolutionär sozusagen. Und wenn wir sie heute hören, finden wir sie einfach nur überirdisch schön. Aber Stalin war hochgradig paranoid, wie alle Diktatoren, und hat nur seinem Misstrauen vertraut.

Muss ich mir merken, das war gut, dachte er in diesem Augenblick.

Ich finde es idiotisch, dass Wagner ist verpönt in Israel, meinte Zamira.

Moritz wurde etwas ärgerlich.

Und ich finde es idiotisch, dass die jüdischen Mitglieder ihres Orchesters in arabischen Ländern nicht auftreten dürfen!

Was sollte sie daraufhin sagen?

Moritz wechselte das Thema und ging zu dem Stapel Post, der auf dem Flügel lag.

Ach, hab ich das schon erzählt? Ich bekomme den Frankfurter Kulturpreis.

Super, gratuliere!, rief Zamira. Und das sagen Sie so nebenbei?

Wissen Sie, was Billy Wilder gesagt hat, bemerkte Alfred daraufhin, Preise sind wie Hämorrhoiden. Jeder kriegt sie irgendwann mal!

Sie lachte und Moritz meinte bissig:

Dann hast du ja noch keine Hämorrhoiden, du Glücklicher!

Die Westend-Synagoge war bis auf den letzten Platz besetzt. Der Vorsitzende des Zentralrats, Dr. Daniel Grünblatt, hatte seine Laudatio fast beendet.

»Wir sind erfreut, mit Ihnen, verehrter Professor Kleefeld, einen »alten« Frankfurter auszuzeichnen, wenn ich mir erlauben darf, das zu sagen. Auch wenn Sie zwischenzeitlich im Ausland gelehrt haben, sind Sie Ihrer Geburtsstadt stets treu geblieben und dass Sie wieder in Frankfurt leben, ist uns eine besondere Ehre. Hier haben Sie auch ihr neustes Werk, »Das Toleranz-Gen«, geschrieben, für das wir Sie heute auszeichnen wollen ...«

Er machte eine kurze Handbewegung in die erste Reihe, wo Moritz neben dem Oberbürgermeister saß und sich nun erhob. Weiter links saßen Zamira und Alfred. Norma und einige andere Bekannte hatten vor Beginn der Feier schon befremdet geschaut, als die Brüder Kleefeld mit ihrer schönen Palästinenserin in der Synagoge erschienen waren. Es wurde getuschelt.

Moritz stand jetzt auf der Empore und Grünblatt sagte:

»... Ich darf Ihnen nunmehr im Namen der Deutsch-Jüdischen Kultur-Gesellschaft den diesjährigen Kulturpreis für Ihre Verdienste um die Freiheit des Wortes überreichen.«

Während Moritz die Urkunde in Empfang nahm, gab es starken Beifall. Er trat an das Rednerpult und begann. Mit seinen ersten Worten bedankte er sich. Kurz zusammengefasst sagte er dann:

»Ich habe mich in meinem beruflichen Leben mit der Psyche der Masse beschäftigt, wobei Psyche nur ein Hilfsbegriff ist, denn die Masse hat keine gemeinsame Psyche. Die Masse hat eine Psychose. Im Dritten Reich bestand sie darin, das Supremat des Deutschen zu beschwören. Deutsch war das Zauberwort, mit dem man die Individualität zerstören konnte. Es war die Antriebskraft des Kollektivs. Und auch deshalb mussten die Juden verschwinden. Sie waren die Verfechter der Individualität, sie waren die letzten lebenden Zeugen der Aufklärung. Mit den Büchern hat man nicht allein die Werke verfemter Dichter verbrannt, man hat »dem Volk des Buches« auf brutale Weise gezeigt, wie verzichtbar es ist.

Zurück zur Psychose der Masse und damit zu einem Thema meines Buches: Israel. Eines der größten Probleme im Nahostkonflikt ist der Absolutheitsanspruch. Jeder Politiker, jeder Handelnde, auch jeder Terrorist geht von einem Absolutheitsanspruch aus, als sei genau diese Zeit, nämlich seine persönliche, aktuelle Lebenszeit, die Gegenwart also, die wichtigste aller Epochen. Als wären das menschliche Dasein und sein Zweck damit abgeschlossen. Die Zeit erfüllt sich, hieß es pathetisch zu Kaiser Augustus' Zeiten. War aber nicht so, wie wir wissen. Der Planet drehte sich weiter und der Homo Politicus veränderte ihn. Und auch der Flecken, der sich heute Israel nennt, war ständig besetzt und fremdbestimmt: Die Assyrer waren da, die Ägypter waren da, die Babylonier waren da, die Etrusker, Phönizier, Griechen, die Römer, die Araber, die Kreuzfahrer, die Türken waren da, die Engländer waren da und jetzt ... jetzt sind die Israelis da! Das ist das ganze Geheimnis. In zwei- oder dreihundert Jahren sind vermutlich andere da. Bedauerlich, aber so ist der Zeiten Lauf. Was lernen wir daraus? Leider nichts, denn sonst würden beide Seiten sagen: So what! Lass uns zusehen, dass wir gemeinsam was erreichen. Denn ich unterstelle einmal: Jeder will, dass es seinen Kindern besser gehen soll. Ich bin davon überzeugt, dass auf beiden Seiten die Vernünftigen in der Überzahl sind. Diejenigen, die ein besseres Leben wollen. Und nicht die Fanatiker, die ihren Kindern Sprengstoffattrappen um die Hüften hängen oder Raketen nach Israel schicken. Genauso wenig die Verblendeten, die aus New York ins Westjordanland gehen, weil sie einem angeblichen Gottesbefehl folgen.

Damit zu den nationalen Psychosen: Auf der einen Seite der Holocaust, der für die Juden zur ideologischen Kernschmelze wurde und dessen Auswirkungen bis heute alles untergeordnet wird. Auf der anderen Seite die naqba, die »Katastrophe«, die Vertreibung von 1948, nach der alle arabischen Uhren auf null gestellt wurden und was vorher war, von arabischer Seite negiert wird. Zum Beispiel die Tatsache, dass der Mufti von Jerusalem, Mohammed Al-Husseini, ein Unterstützer des Holocaust war. Unbestritten ist, dass die arabischen Nationen den UNO-Teilungsplan für Palästina nicht akzeptiert haben, dass sie einen Krieg begannen, um den jungen israelischen Staat zu zerstören. Viele Palästinenser verließen das Land auf Anweisung der arabischen Staaten, andere wurden vertrieben und mussten fliehen. Ihnen ist fraglos Unrecht geschehen, aber es war Resultat eines unnötigen, verlorenen Kriegs. Allein die Gleichsetzung von Holocaust und naqba ist unredlich. Als hätten Juden 1939 ein Friedensangebot ausgeschlagen und jüdische Armeen anschließend Deutschland überfallen!

Wie dem auch sei, Araber und Juden haben diese tragischen Ereignisse auf ihre Weise absorbiert und zum Teil ihres Selbstverständnisses, ja ihres Lebensinhalts gemacht. Das müssen wir verändern. Da wir uns nicht mehr auf eine gemeinsame Vergangenheit verständigen können, da wir die Gegenwart in unserem Sinne subjektiv umdeuten, müssen wir es mit der Zukunft probieren.«

Nach Moritz' Rede wurde applaudiert, auch wenige »Buhs« waren zu hören. Das irritierte ihn nicht, das kannte er aus den Hörsälen. Auf dem Weg in den Innenhof wurde er von vielen Menschen beglückwünscht, aber am meisten freute er sich über die Umarmung von Zamira. Er war nicht sicher, ob ihr seine Ausführungen durchweg gefallen hatten, aber es konnte nicht schaden, einer Araberin die Hintergründe dieses Konflikts aus jüdischem Blickwinkel zu erläutern. Alfred hatte sofort nach der Rede seinen Daumen nach oben gestreckt. Moritz hatte es gesehen und gelächelt.

Jetzt, da sie zu dritt mit Champagner an einem der Stehtische standen, die an diesem milden Abend im Innenhof der Synagoge aufgebaut waren, kamen Leute an ihren Tisch, nickten Zamira und Alfred beiläufig zu und verwickelten Moritz in Gespräche. Dabei war Zamira aufgefallen, dass die meisten lediglich die Absicht hatten, dem verehrten Professor zu beweisen, dass auch sie etwas wussten, und ihn mit zum Teil abstrusen Theorien überraschten. Aber Moritz war ein gut erzogener Mensch und nickte und meinte, das sei ein interessanter Gedanke, darüber müsse er nachdenken. Irgendwann nahm Alfred Zamira zur Seite und schlug vor, ihr die Synagoge zu zeigen.

Er ging mit ihr an den grauen Steinsäulen vorbei durch die Vorhalle und über die kühlen Flure, die er als Junge schon gegangen war, als er mit seinen Freunden heimlich in den Ecken rauchte oder Juliette Lubinski verliebt hinterherstarrte. Während er sprach, dachte er voller Wehmut an seine Mom, an David, an die Zeiten, die ihm in der Rückschau als unbeschwert erschienen. Er konnte sich an keinen Regentag mehr erinnern, sondern sah sich und die Welt von damals ausschließlich im Sonnenschein.

Vom Balkon schauten sie hinunter in den großen, inzwischen leeren Betsaal. Alfred erklärte der jungen Araberin die Gebetsordnung, beschrieb die Thorarollen, erklärte die Funktion der Menora, wies auf die Symbole der schönen, blauen und goldverzierten Mosaiken an den Wänden hin.

Als sie sich auf den Rückweg begaben, kam plötzlich eine Frau aufgeregt auf Alfred zugelaufen. Sie war elegant gekleidet, sah jugendlich aus. Sie stellte sich ihm in den Weg.

Kennst du mich noch, Freddy?

Alfred war zögerlich.

Milly?, fragte er vorsichtig.

Bingo!, rief sie und fiel ihm um den Hals. Lass dich mal drücken. Hundert Jahre ist das her.

Alfred löste sich und stellt seine Begleiterin vor.

Frau Latif, Milly Freiberger …

Legovici, verbesserte sie.

Natürlich, sagte er, und als er Millys Blick auf Zamira wahrnahm, fügte er an:

Frau Latif ist eine gute Bekannte.

Milly grinste und dachte sich ihren Teil. Und Alfred tat es gut, dass sie sich das dachte.

Ich lebe in Washington, sagte sie.

Ich weiß, meinte Alfred, Perlmann hat es mir erzählt. Ich habe dich mal gegoogelt, du leitest eine Art Agentur, stimmt's. Für ethische Politik oder so.

Stimmt! Und du bist ein Filmstar geworden. Chapeau! Ich habe dich auch gegoogelt!

Sie lachten und dann sagte Milly zu Zamira:

Verzeihen Sie, aber Freddy und ich haben uns eine Ewigkeit nicht gesehen. Wir waren befreundet, als Teenager.

Zamira lächelte und sagte:

Ich lasse Sie allein. Geh ich zum Professor.

Ich komme mit, sagte Alfred.

Und zu Milly gewandt:

Entschuldige …

Bist du zu Besuch hier, aus Rom, hielt ihn Milly zurück. Zu Ehren deines Bruders?

Nein, ich lebe jetzt in Frankfurt.

Na, wunderbar! Ich bin öfter hier. Lass uns doch mal treffen.

Gern. Du hast sicher eine Karte, sagte Alfred.

Nein, aber sag mir deine E-Mail.

Dracula at Frankfurt Punkt de.

Merk ich mir. Vielleicht kommst du mal nach Washington. Ich habe meinem Mann schon viel von dir erzählt. Er wird dir gefallen.

Okay, sagte Alfred, we keep in touch.

Er legte demonstrativ den Arm um Zamiras Taille.

Ciao, Milly.

Damit gingen sie fort.

Milly sah ihnen nach. In ihrem Blick lag Enttäuschung. Nach so vielen Jahren nur: »We keep in touch.«

Zu dritt auf dem Heimweg kam Zamira auf die Rede zu sprechen.

Sie haben den Holocaust, wir haben die naqba, warum können Sie das nicht akzeptieren?

Das tue ich ja, aber ich muss es nicht richtig finden, oder?

Und dass der Sechs-Tage-Krieg unrecht war?

Es ist bestimmt ein schrecklicher Einschnitt in Ihrer Geschichte. Das haben Sie in der Schule gelernt. Aber nicht alles, was man lernt, stimmt. Lernen ist immer ideologisch verfärbt. Kein Lehrer in Hebron wird sagen, wir hatten auch Schuld. Die arabischen Führer hatten die Absicht, die Juden ins Meer zu werfen.

Professor, wer hat denn, wie Sie immer sagen, das ganze Schlamassel angefangen? Sie sind in ein Land eingewandert, das nicht leer war ...

Das ist richtig. Aber es war ein Niemandsland.

Es war kein Staat, sagte Alfred und Moritz ergänzte:

Es war zu dieser Zeit britisches Mandatsgebiet, eine Folge des ersten Weltkriegs. Und vorher war es osmanisch. Es gab dort Araber, aber es gab auch Juden. Und alle wurden Palästinenser, auch die Einwanderer. Die Einwanderer haben sich das Land auch nicht einfach genommen. Die Effendis haben den Juden das Land verkauft. Und das haben sie gern getan. Sie wollten Geld verdienen.

Und warum weiß man das nicht?, fragte Zamira.

Ich kenne kein Land, das eine so dilettantische PR hat wie Israel, erklärte ihr Moritz, außerdem würden es die Leute nicht glauben wollen.

Und was geschah denn nach der berühmten naqba, hn?, sagte Alfred.

Warum wurden denn die Flüchtlinge als Flüchtlinge erhalten und missbraucht? Warum heißen denn Städte wie Jenin heute noch »Flüchtlingslager«? Was haben denn Ihre arabischen Brüder getan für Sie? Warum hat Jordanien die Menschen nicht aufgenommen?

Es ging um das Rückkehrrecht.

Das Rückkehrrecht, interessant, sagte Alfred, was ist mit den Hunderttausenden von Juden, die in Kairo, Bagdad oder Damaskus lebten, die über Nacht fliehen und alles zurücklassen mussten? Das Rückkehrrecht! Sechshunderttausend Palästinenser sind geflohen, fünf Millionen wollen zurück. Klar, es ist am Strand von Tel Aviv schöner als in Ramallah.

Und Moritz sagte:

Da könnten Ihre Leute jetzt sitzen, wenn sie dem Teilungsplan zugestimmt hätten. Die Palästinenser haben ein großartiges Geschick, gute Chancen auszulassen!

Und Alfred sagte:

Die Israelis haben Gaza zurückgegeben, aber was hat die Hamas daraus gemacht? Einen iranischen Gottesstaat mit Raketenabschussbasen! Respekt!

Moritz wollte die Situation etwas entspannen und fragte Zamira:

Was mich wundert, wenn ich das sagen darf, Sie haben applaudiert nach meiner Rede. Warum haben Sie das getan, wenn Sie nicht damit einverstanden waren? Sie hätten pfeifen sollen!

Ich war stolz auf Sie.

Alfred wurde laut.

Stolz! Was soll das denn? Wieso sind Sie stolz, wenn er einen Preis bekommt?

Sind Sie nicht stolz?, fragte sie zurück.

Warum soll ich stolz sein, wenn einer aus meiner Klasse eine gute Note schreibt?, konterte er.

Weil er Ihr Bruder ist, sagte Zamira.

Ich freue mich für ihn, aber ich bin nicht stolz, meinte Alfred.

Moritz grinste verschmitzt und bemerkte dann:

Aber er erwähnt immer die einhundertdreißig Nobelpreisträger, die Juden sind. Wenn das kein Stolz ist? Was ist schlimm daran, auf etwas stolz zu sein?

Alle Kriege verdanken wir dem Stolz, sagte Alfred und schwieg dann, bis sie zu Hause waren.

16

Zamira war überrascht, als Moritz die Garagentür öffnete, das Tageslicht in den dunklen Raum fiel und sie diesen wunderschönen Mercedes erblickte. Es war ein Oldtimer, ein schwarzes 280 SE Coupé aus dem Jahr 1970.

Wow!, rief sie.

Meine Frau hat ihn geliebt, gepflegt und gefahren. Ich bin kein leidenschaftlicher Chauffeur. Und seit sie tot ist, habe ich ihn nicht mehr bewegt.

Ist das schade.

Haben Sie einen Führerschein?

Klar.

Man muss ihn nur auf Vordermann bringen. Es gibt ja kein verbleites Super mehr, man braucht einen Filter oder so was. Dann muss er zum TÜV. Ist mir alles zu viel.

Lässt sich doch machen, sagte sie.

Sie fragte ihn, ob sie sich einmal in den Wagen setzen dürfte, und er öffnete ihr wortlos die Fahrertür. Sie setzte sich hinter das Lenkrad und bestaunte ehrfürchtig das Armaturenbrett. Fast zärtlich berührte sie Hebel und Knöpfe. Der Wagen roch angenehm nach Leder.

Sie haben recht. Man sollte ihn wirklich wieder flottmachen, sagte er. Wir reden mit Alfred.

Ja, herein, hörte man leise.

Alfred saß an seinem Schreibtisch, hatte das Gesicht in

den Händen vergraben, als Zamira, gefolgt von Moritz, ins Zimmer kam.

Herr Klee?

Freddy, was ist los?

Alfred lehnte sich zurück, legte die Hände in den Nacken, sah an die Decke.

Kann ich dir helfen?, Moritz ließ sich nicht beirren.

Mir kann keiner helfen. Lasst mich in Ruhe. Alle beide.

Moritz verließ das Zimmer seines Bruders, er kannte diese Anfälle bereits. Quartalsmäßig verfiel Alfred in eine aggressive Form der Depression. Zamira blieb unbeeindruckt im Zimmer.

Herr Klee, was ist los?

Er sah sie mit traurigen Augen an. Nach einer Pause sagte er:

Ich führe seit Jahren Tagebuch. Hier. Jeden Tag tippe ich meine Erlebnisse in diesen Computer. Und wenn ich dann irgendwann lese, was ich geschrieben habe, wird mir übel.

Gefällt es Ihnen nicht mehr?

Es passiert nichts! Das ist es. Jeder Tag ist wie der andere. Man braucht mich nicht. Mein Leben plätschert belanglos dahin. Ich habe keine Geliebte, keine Freunde. Ich kenne hier kaum einen Menschen. Alle sind mit Moritz befreundet, ich laufe so nebenher. Ich unternehme nichts, ich vegetiere. Ich habe das Gefühl, ich sterbe langsam ab in diesem Haus. Frühstück, Mittag, Abendbrot. Fernsehen. Das ist mein Leben, wie in einem Heim, verstehen Sie!

Schreiben macht keinen Spaß?

Vergessen Sie's. Ich bilde mir ein zu schreiben, aber wenn ich meine Gedanken in diese Maschine tippe, dann hat das nichts mehr mit dem zu tun, was ich vorher im Kopf hatte.

Als ich Geige lernte, war das nicht anders. Ich habe gedacht, ich schaffe das nie.

Ich sage Ihnen die Wahrheit. Den halben Tag bin ich im Internet, lese Artikel, meistens schreckliche, die nur meine Vorurteile bestätigen, schaue, was es in Rom gibt und in Hollywood. Aber selbst das Surfen ist auf die Dauer öde. Es ist wie durch Straßen laufen, aber nicht wissen, was man da soll. Man bleibt vor Schaufenstern stehen und glotzt auf Produkte, die man nicht braucht. Verdammt noch mal, ich bin Schauspieler! Warum spiele ich nicht?

Müssen Sie losgehen. Müssen Sie die Leute nerven.

Das habe ich nie nötig gehabt, Klinken zu putzen.

Ist eben so heute. Bauen Sie eine Website, machen Sie Reklame. Sind Sie positiv.

Er lächelte.

Ach, Zamira, Sie sind goldig, echt.

Ich will Ihnen nur Tipps geben.

Er sah sie lange schweigend an.

Alt sein ist scheiße, sagte er dann, glauben Sie es mir. Früher wurde ich morgens wach und dachte: Schön, die Welt ist stehen geblieben und hat auf mich gewartet, heute wartet sie nicht mehr.

Hören Sie auf!

Nein, Zamira, ich bin auf einem Floß und treibe immer schneller dem Wasserfall zu.

Sie sind doch noch wie ein junger Mann, widersprach sie.

Glauben Sie mir, wenn man jung ist, kann man es sich nicht vorstellen, wie das ist, alt zu sein. Man wird nicht alt, man ist alt! Plötzlich fehlen mir Namen, dann kann ich mir nicht mehr die Socken anziehen, ohne außer Atem zu geraten. Aber ich will es nicht wahrhaben. Kürzlich sagte jemand in einer Talk-show: Ich bin zu jung für mein Alter. Das bringt es auf den Punkt, genauso fühle ich mich, zu jung für mein Alter.

Okay, dann habe ich eine schöne Aufgabe für Sie.

Und das wäre?

Machen Sie den Mercedes flott.

Den Benz? Hat Moritz das gesagt?

Ja. Wenn er wieder läuft und TÜV hat, machen wir eine Reise. Vielleicht nach Rom?

Wir beide?

Wir drei.

Alfred verzog das Gesicht.

Reißen Sie sich zusammen. Auf Arabisch sagt man:

Al forca qataa-er lemma zak bodho la zazokro ya'ter! Das Glück ist ein Vogel, du darfst ihn nicht entwischen lassen!

Alfreds Selbstzweifel hielten an. Für den Nachmittag hatte sich eine Journalistin angesagt, die ein Interview mit dem neuen Kulturpreisträger machen wollte. Das waren für Alfred deprimierende Momente. Meistens zog er sich dann in sein Zimmer zurück und gab vor zu arbeiten oder er flanierte durch die Stadt. Manchmal lief er nur mehrfach sinnlos das Rechteck Lindenstraße, Kettenhofweg, Brentanostraße, Bockenheimer Landstraße ab. Einerseits freute er sich über die Prominenz seines Bruders, aber er grämte sich andererseits darüber, dass er nicht ein wenig Sternenstaub abbekam, was er, wie er fand, verdient hätte.

Wissen Sie übrigens, dass mein Bruder Alfred, der weltberühmte Schauspieler Freddy Clay, mit mir hier in diesem Hause wohnt?

Das war ein Satz, den er bei Moritz vermisste und den einzufordern Alfred aus purer Zurückhaltung vermied. Wer weiß? Vielleicht würde die Journalistin gesagt haben, wow, toll, das passt ja super in unsere Film-Rubrik! Könnten Sie ein Interview arrangieren, Professor?

Alfred war davon überzeugt, dass durch eine Erwähnung in der Presse Produktionen aufmerksam würden: Mann, der Freddy Clay! In Frankfurt! Heiß! Sieh doch mal zu, dass wir da einen Kontakt kriegen.

All das ging ihm durch den Kopf, als er das Haus verließ, um sich auf die Suche nach einer Autowerkstatt zu begeben.

Die Journalistin arbeitete für die TAZ und hatte im Salon ihr Aufnahmegerät aufgebaut, das nur aus einem kleinen, klobigen Mikrofon bestand. Die Frau war etwa dreißig, eine strenge, blasse, schmallippige Person. Bevor sie mit ihren Fragen begann, war Zamira erschienen und hatte ihr ein Wasser und Moritz einen Kaffee serviert. Dazu Shortbread. Die Frau stellte ihr Gerät an.

Darf ich zuerst einmal auf ein aktuelles Thema kommen, zur Beschneidung von Jungen?

Dachte ich mir, sagte Moritz, meine Antwort ist: Ich bin dafür.

Sie sind also für die Kinderquälerei, sagte die Frau. Moritz hatte nichts anderes erwartet.

Ich kann Ihnen viele Beispiele nennen, wo es besser gewesen wäre, Eltern hätten früh operativ eingreifen lassen. Wir hatten einen Mitschüler mit abstehenden Ohren, der stets gehänselt wurde.

Aber die Beschneidung ist barbarisch und traumatisiert die Kinder, ging sie dazwischen.

Mag sein, dass es nicht gut ist, Buben mit neun Jahren coram publico zu beschneiden, wie es bei Muslimen üblich ist.

Nicht nur wegen der Schmerzen, sondern in erster Linie wegen der Zurschaustellung. Aber bei uns Juden werden Knaben grundsätzlich mit acht Tagen beschnitten. Ein Zeitpunkt, an dem man, meiner Meinung nach, nicht traumatisiert werden kann und sich später nicht an die Schmerzen erinnert. Warum regt man sich nicht über die Verweigerung auf, Kinder impfen zu lassen? Oder dass Eltern Bluttransfusionen ablehnen und ihre Kinder damit sogar in Lebensgefahr bringen? Viele machen den Kleinen Tattoos oder stechen die Ohren durch. Wo bleibt da der Aufschrei der Kinderärzte?

Verschmitzt fügte er an:

Und ist Ihnen aufgefallen, dass ich bisher nicht ein einziges Mal das Wort Gott oder Religion erwähnt habe?

Professor Kleefeld, in Ihrem aktuellen Buch »Das Toleranz-Gen« beziehen Sie eindeutig Position für die Religion. Die setzt unbedingten Glauben voraus. Ist dieser Glaube nun nicht infrage gestellt, angesichts der neusten Entwicklungen in der Teilchenphysik? Anders gefragt: Ist der Beweis einer Urknalltheorie nicht das Ende des Glaubens an einen Gott?

Mitnichten, sagte Moritz. Die Tatsache, dass alle Existenz im Universum, ja das Universum selbst aus einem explodierenden Nukleus entstand, bedeutet ja nicht, dass dahinter kein göttlicher Plan steht.

Aber wenn Gott all diese Möglichkeiten hatte, warum hat es dann nach dem Urknall Milliarden Jahre gedauert, bis die Erde und damit auch die Menschen entstanden sind?

Gegenfrage. Was, wenn für Gott diese Milliarden Jahre nur eine Minute wären?

Sie lächelte.

Sie drücken sich vor einer Antwort.

Stellen Sie sich vor, dass Gott nur einen Anstoß gibt und dann die Evolution ihren Lauf nimmt. Dass er nur das erste Dominosteinchen anstößt und dann den Verlauf nicht mehr beeinflusst.

Aber das würde ja das Beten überflüssig machen, wenn er unser Schicksal nicht mehr beeinflussen könnte, oder?

Sehen Sie, wir werden gezeugt, indem Samen und Ei sich finden. Das ist unser individueller Urknall. Nach neun Monaten werden wir geboren. Sobald die Nabelschnur durchtrennt ist, sind wir ein eigenes Wesen. Wir werden in den ersten Jahren erzogen, angeleitet, aber irgendwann beginnt der Einfluss unserer Schöpfer, nämlich der Eltern, zurückzuweichen. Wir sind nun Herr unseres Handelns. Wir können unsere Eltern um Rat fragen, wir können abstrahieren, was sie uns geraten hätten, wenn sie nicht mehr am Leben sind. Wir beten also in gewisser Weise zu ihnen. Genauso verhält es sich mit Gott. Er hat uns und alles geschaffen, aber mehr kann er nicht tun. Sonst gäbe es keine Kriege und andere unmoralische Taten.

Sehr geschickt, Professor, wie Sie Gott aus der Schusslinie nehmen. Wenn dem so wäre, warum sollte man dann Angst haben zu sündigen, wenn diese Sünden nicht sanktioniert würden?

Sie irren. Schauen Sie sich um. Die Menschen haben keine Angst vor Gottes Strafe. Sie haben im Lauf der Jahrtausende festgestellt, dass es sich gut mit Sünden leben lässt. Denken Sie an die Inquisition, den Sklavenhandel, den Holocaust, Ruanda, Nine/Eleven oder das, was heute im Namen Gottes alles so angestellt wird.

Dann brauchen wir ja gar keinen Gott mehr, oder?

Wir sollten uns vorab auf einen Begriff für Gott einigen. Für viele ist Gott heute kein abstraktes Wesen, sondern der

Geist, der in allem steckt. Für das archaische Judentum, die Urkirche und auch den Islam war Gott ein weiser alter Herr, der irgendwo saß und aufpasste, dass alles gut war. So eine Art Concierge im Haus des Lebens. Inzwischen, nachdem wir festgestellt hatten, dass es über dem blauen Himmel noch einen schwarzen Himmel gibt und dahinter noch einen und noch einen, suchte der Homo sapiens nach immer neuen Formen zur Darstellung Gottes. Ich würde Ihre Frage umkehren wollen: Gott existiert für uns, solange wir existieren. Und wenn wir nicht mehr sind, sind es andere, die ihn imaginieren und nach seinem Wesen forschen.

Sie ziehen sich aus der Affäre, sagte sie. Warum können Sie nicht einfach Gott infrage stellen?

Weil Gott in uns ist. Weil selbst der gottloseste Mensch in der Not ausruft: Mein Gott! Als ich ein Teenager war, es war die Zeit des Existenzialismus, haben viele mit Gott gehadert, ihn für tot erklärt und einige, zu denen ich mich zählte, haben ihn strikt abgelehnt. Irgendwann habe ich laut gerufen: Es gibt keinen Gott! Und eine Sekunde später gedacht: Hoffentlich hat er das nicht gehört!

Dann ist Gott also tradiert und anerzogen?

Gott nicht, aber der Gottesbegriff. Früher, als die Menschen noch in Höhlen lebten, waren jeder Regen, jedes Gewitter und jedes andere Naturereignis von einer höheren Macht bestimmt. Die Menschen überlegten, was haben wir getan, dass wir jetzt so gemahnt oder gar bestraft werden. Sie gaben sich unbewusst einen moralischen Kompass. Religion ist ja nichts anderes als Regeln, die sich Menschen gegeben haben, lange bevor es Gesetze gab, die von der Gemeinschaft formuliert wurden. Damit nun der einfache Mensch von damals auch tunlichst nicht sündigt, hat er sich ein Gottesbild gegeben, das darin bestand, dass Gott alles rächen würde, was nicht in seinem Sinne ist.

Dann ist die Religion schlicht eine Erfindung der Menschen?

Klar, was dachten Sie denn?

Ich dachte, sie kommt von Gott. Hat er nicht Moses und Mohammed seine Gesetze diktiert?

Ich versuche es mit einem Beispiel. Sie kommen jeden Tag unpünktlich ins Büro. Immer wieder sagen Ihnen die Kollegen, Mensch, komm doch endlich pünktlich! Aber Sie ignorieren es. Gestern aber sagte ein Kollege mit strengem Blick, ich kann dir nur raten, komm morgen pünktlich, der Chef hat schon böse geschaut! Und was passiert? Aus Angst vor dem da oben kommen Sie in Zukunft pünktlich!

Okay. Die Religion ist also eine Erfindung von ein paar pfiffigen Menschen! Wollen Sie das damit sagen?

Ja. Religion besteht aus Regeln und Ritualen, die von uns Menschen gemacht sind. Sie ist die Übersetzung des angeblich göttlichen Diktats in eine für uns verständliche Sprache, von gescheiten Dolmetschern, die Moses, Jesus oder Mohammed hießen. Wenn zum Beispiel geschrieben steht, ihr sollt kein Schweinefleisch essen und nur Gekochtes oder eure Knaben beschneiden oder eure Toten sofort begraben, dann sind das im Grunde reine Hygienevorschriften, die religiös verpackt sind, denn freiwillig hätten die Menschen sich nicht gewaschen, hätten Trichinen gegessen und die Toten herumliegen lassen.

Dann ist Gott also eine Erfindung?

Nicht Gott, Verehrteste, die Religion!

Ich sehe schon, Ihnen ist nicht beizukommen, Professor. Sie glauben verbissen an Ihren Gott.

Darf ich bitte Einstein zitieren: »Ich bin ein tief religiöser Ungläubiger.« Wenn ich mir jedoch die großartige Struktur der Natur besehe, die wir nur unvollkommen verstehen, dann erfüllt das eine denkende Person mit Demut. Demut ist ein zutiefst religiöses Gefühl. Die Idee eines persönlichen Gottes ist mir allerdings fremd, und ich halte sie auch für naiv.

Alfred war zufrieden mit sich, er hatte die kleine Straße in Eschersheim sofort gefunden, trotz der Neubauten. Und als er vor der modernen Autowerkstatt stand, konnte er es nicht glauben. Hier war es, hier war er total aufgelöst nachts mit seinem Pizzakäfer bei Raimund, dem Schrauber, angekommen, nachdem er eine Delle in den Kotflügel gefahren hatte. Aufgeregt hatte er Raimund aus dem Schlaf gehämmert, denn sein Boss, Mister Blackwood, durfte davon auf keinen Fall erfahren. Es hätte Alfred den Job kosten können.

Sag mal, Freddy, spinnst du, schrie Raimund aus dem Fenster seines Gartenhäuschens, du hast mich grad aus 'ner Braut geholt!

Egal, eine halbe Stunde später war keine Delle mehr zu sehen. Einen Zwanziger, oder ein »Pfund«, wie es damals hieß, war das wert.

Autohaus R. Rübsam stand groß an dem ausladenden Gebäude. Und es war eine Niederlassung von Mercedes-Benz! Alfred betrat den Laden, sah kurz zu den neuen, glänzenden Limousinen hinüber, die in der Halle standen. Ein junger Verkäufer kam auf ihn zu.

Kann ich Ihnen helfen?, fragte er.

Vielleicht, meinte Alfred. Das »R« in Ihrem Namen. Steht das für Raimund?

Ja, sagte der Verkäufer. Das ist der Seniorchef. Seit ein paar Jahren wird der Laden vom Junior geleitet.

Ist der vielleicht zu sprechen?, fragte Alfred.

Einen Moment, sagte der Verkäufer und ging nach hinten in ein Büro. Alfred setzte sich in ein Stahlmöbel, das neben einem eindrucksvollen Ficus stand. Er blätterte in Prospekten, als ein korpulenter Mann um die fünfzig auf ihn zukam. Alfred erhob sich, der Mann gab ihm die Hand.

Michael Rübsam, was kann ich für Sie tun?

Ich habe Ihren Vater gut gekannt, als das hier noch eine Klitsche war, mein Name ist Kleefeld.

Mein Vater ist im Ruhestand, sagte Rübsam.

Es gibt ihn also noch.

Und wie! Er ist gut drauf. Es war schwer, ihn davon zu überzeugen, hier aufzuhören.

Das glaube ich. Raimund, der Schrauber, war ein Besessener.

Das stimmt!

Der Mann lächelte.

Er kommt morgen rein. Soll ich ihm was ausrichten?

Das wäre nett, sagte Alfred, vielleicht kann er sich mal bei mir melden. Hier ist meine Nummer.

Er gab ihm einen Notizzettel.

Wird gemacht.

Die Frau hat ganz recht, sagte Alfred beim Abendessen, nachdem Moritz ihm von dem Interview berichtet hatte. Entweder man glaubt an das Higgs-Teilchen und die Antimaterie oder an Gott.

Unsinn, beides ist möglich.

Dann erkläre mir bitte, warum ein Gott, der dies alles geschaffen haben soll, über 15 Milliarden Jahre wartet, um nachzusehen, ob Moritz Kleefeld von einem koscheren Teller ist!

Darum geht es nicht. Ich mache das nicht für Gott, sondern für mich. Ich lasse mich nicht treiben, wie du es tust. Ich gebe mit diesen Regeln meinem täglichen Leben Struktur. Es hat etwas Mönchisches, könnte man sagen. Ich spreche ja kein Morgengebet oder lege tefillin.

Nein, sagte Alfred, du hast dir aus dem Supermarkt des Herrn das Bequemste herausgepickt. Ein wenig koscher, ein bisschen Schabbes …

Moritz hatte genug.

Du hast eine wunderbare Gabe, alles zu banalisieren. Damit kann man jede Diskussion abwürgen. Das macht keinen Spaß. Du hast es nicht gelernt, ehrenhaft zu streiten. Verschiedener Meinung zu sein, ohne den anderen zu verletzen.

Ja, großartig! Du bist der talmudischen Tradition verpflichtet, wo man sich darüber streitet, ob man sich streiten darf und wie man sich ordnungsgemäß streitet.

Ich sollte dich bedauern, denn du hast keine Ahnung, sagte Moritz. Es ist genau diese talmudische Tradition der kultivierten Auseinandersetzung, des konstruktiven Streits und des Klärens, die das Judentum auszeichnet.

Alfred lief zur Höchstform auf, als er den Oberkörper vor- und zurückwiegte und rief:

Rabbi Elieser sagt: Ein Furz stinkt! Rabbi Rambam aber erwidert: Ein Furz stinkt nur, wenn man an ihm riecht. Der weise Rabbi Nachman sagt: Ein Furz stinkt nur, wenn man ihn lässt. Und der edle Zaddik Jesaja, geehrt sei sein Andenken, erwidert: Ein Furz stinkt nur, wenn jemand im Zimmer ist.

Moritz ärgerte sich zwar über seinen Bruder, aber lachen musste er trotzdem.

17

Nachbarn schauten neugierig zu, als der Abschleppwagen von R. Rübsam in der Einfahrt stand und den Mercedes auf die Ladefläche hievte.

Am Morgen hatte Raimund angerufen und sich lang mit Alfred unterhalten. Der alte Schrauber erinnerte sich an viele Begebenheiten von damals und wusste über jeden zu berichten.

Der Blackwood ist schon lange tot, sagte er, auch seine Frau. Sie hat noch ein paar Jahre das Lokal geführt, aber dann lief es nicht mehr. Heute macht doch jeder Pizza frei Haus.

Und die Fahrer? Der Bimbo, der Simon, Herman the German?

Der Bimbo ist Musiklehrer gewesen, soviel ich weiß. Der Hermann hat sich totgesoffen und der Simon ist ein reicher Mann. Übrigens bis heute ein treuer Kunde.

Das ist doch schön.

Und du bist ein Filmstar! Hab alle deine Filme gesehen und hab immer zu meinem Sohn gesagt: Den kenne ich! Den Freddy Clay! War mal ein Kumpel von mir, früher! Vorhin hat er zu mir gesagt, ei Papa, der hat mir nicht gesagt, dass er der Freddy Clay ist, dann hätte ich mir doch ein Autogramm geben lassen!

Alfred lachte.

Kein Problem, ich gebe dem Fahrer eins mit.

Super! Mach das. Da freut er sich, mein Michael. Ein guter Bub. Hat's nicht einfach mit mir. Du kennst mich. Bei mir werden keine Gefangenen gemacht! Hat doch der alte Blackwood immer gesagt: No prisoners taken, hat er immer gesagt. Mein Gott, wie lang ist das her?

Und du, du alter Ami?, fragte er dann. Verheiratet?

Nein, sagte Alfred, bin immer Single geblieben.

Richtig so, sagte der Alte, warum wegen einer die ganze Kundschaft aufgeben, gell?

Er lachte über seinen eigenen Witz.

Also, sagte er zum Schluss, ich schick nachher den Schlepper vorbei, der bockt euren Benz auf und wir schauen mal, was da zu machen ist. Wäre ja gelacht, wenn wir den nicht wieder flottkriegen würden. Ist doch ein Schmuckstück, so ein Auto. Die Leute werden mit der Zunge schnalzen, wenn die den sehen.

Danke, Raimund, sagte Alfred.

Jetzt war der Wagen festgezurrt und der Abschleppwagen setzte sich langsam in Bewegung.

Moritz und Alfred standen an der Straße und sahen ihm hinterher, wie besorgte Eltern, die ihr Kind auf Klassenfahrt schicken.

Zwei Stunden später war für Alfred nichts mehr wie vorher.

Moritz saß bereits am Tisch und wartete auf seinen Bruder.

Ich habe ihn schon zweimal gerufen, sagte Zamira, ich schau mal.

Nein, ich mach das schon.

Moritz stand auf und ging los.

Er kam mit Schwung an die Tür, klopfte und rief:

Freddy! Lunch is ready!

Keine Antwort.

Alfred?

Besorgt öffnete Moritz die Tür.

Was ist los mit dir?

Alfred lag auf der Ledercouch. Wie eine Diva.

Den Unterarm über der Stirn, in der Hand einen Brief.

Moritz kam näher.

Nu, was ist?

Alfred ließ den Brief hinabgleiten.

Eine Katastrophe, sagte er mit gebrochener Stimme, er kommt. Der Miesnik.

Howard?, fragte Moritz.

Alfred setzte sich.

Harold! Er heißt Harold!

Moritz hob den Brief auf.

Was will er hier?

Alfred sprang auf.

Was er will? Kannst du dir das nicht denken? Geld! Er will mich fertigmachen! Er will sich rächen!

Alfred nahm Moritz den Brief aus der Hand und sagte:

Moritz! Seine Mutter hat ihn aufgehetzt. Hier! Er will mit mir etwas besprechen! Stell dir vor! To discuss some vital issues! Er imitierte einen versnobten Engländer. Pretty relevant!

Vielleicht ist es doch wichtig.

Wichtig!, rief Alfred, was kann das sein? Hn? Will er sexuell aufgeklärt werden von seinem Vater, mit fünfzig!? Was denkst du?

Reg dich nicht auf. Gut, er kommt. Das muss noch nichts heißen.

Aber Alfred regte sich weiter auf:

Ich habe diesen Jungen kaum gesehen. Es war ein Ausrutscher!

Ich weiß. Seine Mutter war eine mannstolle Person, die dich verführt hat.

Hat sie auch!

Wenigstens war sie jüdisch, sagte Moritz.

Das interessiert dich! Hauptsache koscher! Miss Bloomland!

Miss Bloomland!? Der Aufnahmeleiter lief verzweifelt über das gesamte Filmset, eine unwirtliche Burg im schottischen Hochland, und suchte eine Kleindarstellerin. Die war in Alfreds winziger Kammer gelandet, auf seiner Couch und in seinen Armen. Debra Bloomland war von der ersten Sekunde an Alfreds Charme erlegen. Bereits bei den »kalten« Proben, bei denen nur die Dialoge gesprochen wurden, setzte sie sich demonstrativ neben Alfred, obwohl sie nur zwei kurze gemeinsame Szenen hatten.

Der Film »The Riot« spielte im Mittelalter, in einem rauen Landstrich, wo Hunger, Pest und Ausbeutung herrschten und ein tyrannischer Fürst, der Jungfrauen ohne Ende verbrauchte. Immer wieder mussten ihm die gepeinigten Bauern ihre Töchter übergeben, um so ihr eigenes Leben zu retten. Wenn der Fürst dann der jungen Frauen überdrüssig wurde, ließ er sie unter dem Jubel seines Hofstaats von den Zinnen seiner Burg werfen, wo unten bereits hungrige Wölfe auf die Mahlzeit warteten. Nun hatte der Unhold aber einen zart besaiteten Sohn, dargestellt vom jungen Freddy Clay, der noch ein Gewissen hatte. Und als der eines Tages die »Jungfrau des Monats« in der Burg entdeckte, entschloss er sich, sie zu retten. Das tat er schließlich auch, aber für ihn nahm die Sache kein gutes Ende. Er landete im Verdauungstrakt eines Wolfes. Der garstige Vater indessen blieb auch nicht verschont. Die

Bauern erhoben sich gegen ihn und er hatte sich bei einer seiner Jungfrauen angesteckt, allerdings nicht mit der Syphilis, sondern mit der Beulenpest.

Debra Bloomland, eine junge, nicht sonderlich begabte Schauspielerin aus London, verkörperte eines der bedauernswerten Opfer. Sie hatte insgesamt etwa vier Sätze zu sprechen, maß diesen aber eine ungeheure Bedeutung bei, sodass sie Alfred bat, ja ihn förmlich bekniete, mit ihr Text zu üben. So landeten die beiden rasch im Bett und hatten eine heiße gemeinsame Drehwoche im kalten schottischen Sommer.

Debra stammte aus einem biederen jüdischen Elternhaus im Londoner Eastend, also keiner gefragten Gegend. Ihr Vater war Schneider und arbeitete für einen Konfektionär, der das Kaufhaus Marks & Spencer belieferte. Die Bloomlands waren den Ansprüchen ihrer Tochter nicht gewachsen. Sie tanzte ihnen auf der Nase herum, durfte alles tun, was sie wollte, sogar Schauspielerin werden. Und das, obwohl eine wohlmeinende Lehrerin von der Royal Academy of Performing Arts händeringend abgeraten hatte. Debra ignorierte alle Ratschläge. So geriet sie einige Monate später in die Fänge des Tyrannen und in Alfreds Bett.

Für diesen war die Begegnung mit der jungen Engländerin eines von zahlreichen Abenteuern, die stets nach Drehende vorbei waren. Nicht so für Debra, die guter Hoffnung nach London zurückkehrte. Aber Alfred war nicht bereit für ein Leben mit Frau und Kind. Er überzeugte Debra davon, die Schwangerschaft abzubrechen. Sie hatte eine Adresse in den Niederlanden ausfindig gemacht und Alfred schickte ihr das Geld für die Reise und den Eingriff. Damit, dachte er, sei die Sache für ihn erledigt. War sie aber nicht, denn Debra bekam in der Abtreibungsklinik plötzlich Skrupel und fuhr zurück nach England. Sie rief Alfred an, teilte ihm ihre Entscheidung mit und entband ihn von jeglicher Verantwortung. Sie würde das Kind bekommen und es allein großziehen.

So kam der kleine Harold in die Welt. Alfred schickte in den ersten Jahren unaufgefordert Geld oder kleine Geschenke. Dann heiratete Debra Howard Winter, einen gutmütigen jüdischen Eisenwarenhändler, der den Knaben adoptierte und von da an dessen offizieller Vater wurde. Leider war dem braven Mann kein langes Leben beschieden. Er starb bezeichnenderweise in dem Moment, als Harold die renommierte und kostspielige London School of Economics besuchen wollte. Jetzt musste Debra ihrem Sohn die Wahrheit gestehen und sprach also zu dem Knaben:

Mein Kind, Harold, mein einziger Sohn, dein Erzeuger ist nicht, wie du fälschlicherweise annehmen musstest, der gewiss aufrechte, aber doch bescheidene Eisenwarenhändler Howard, von dir stets liebevoll »Dad« genannt, sondern kein Geringerer als Freddy Clay, der berühmte, viel beschäftigte und wohlhabende Weltschauspieler, der in Rom in einem Palazzo lebt, in edelste Gewänder gekleidet, und von vergoldeten Tellern Krammetsvögel isst. Er wird dir sicher gern dein Studium finanzieren. Wohl an denn!

So erhielt Alfred unerwartet einen Jammerbrief von einem gewissen Harold Winter und zeigte sich einsichtig. Er beteiligte sich an der teuren Ausbildung und lud den Knaben vor fünfundzwanzig Jahren nach Rom ein, um den erfolgreichen Studienabschluss und das Ende der Unterstützung zu feiern. Denn Harold hatte einen gut dotierten Job als Investmentbanker bei Barclays ergattert.

Die Woche mit Harold gehörte zu Alfreds düstersten Erinnerungen. Sein Sohn war der missmutigste, engstirnigste, spießigste, humorloseste, kurz unjüdischste Mensch, den man sich nur vorstellen konnte. Es gab nichts, wofür er sich nur ansatzweise interessierte. Keine Kunst, keine Musik, keine Historie, nur Börsencharts. Eines von Alfreds ungeschriebenen Gesetzen lautete: Sei nie mit jemandem befreundet, der nicht über Woody Allen lachen kann!

Alfred saß neben Harold im Kino. Der sah sich »Hannah und ihre Schwestern« an und Alfred sah sich seinen Sohn an und dachte, das konnte nicht sein. Der Kerl verzog keine Miene! Als sie aus dem Film kamen, fragte Alfred vorsichtig, wie es Harold denn gefallen hatte, und sein Sohn antwortete:

Ich bin nicht gern in New York. Ich weiß auch nicht, warum.

Alfred versuchte es noch einmal:

Der Film war doch witzig, nicht?

Ich hasse Filme mit Untertiteln, meinte Harold.

Aber der Film war im Original, die Untertitel waren italienisch! Ist dir das nicht aufgefallen?

Doch sicher, meinte sein Sohn daraufhin, aber Untertitel lenken mich ab. Ich lese sie immer mit, egal in welcher Sprache!

Alfred war bedient.

Auch das Café »Greco«, in dem bereits Goethe einer der Gäste war, beeindruckte Harold nicht.

In England hätten wir so was abgerissen, war sein Kommentar.

Und St. Paul's Cathedral fand er attraktiver als den Petersdom.

Schließlich blieb nur noch das Abendessen im berühmten »La Rosetta«, aber auch hier war Harold nicht zu beeindrucken.

Ich bin mehr so der Fish-'n'-Chips-Typ, meinte er.

Als die British-Airways-Maschine in den Wolken über Rom verschwand, stand Alfreds Entschluss fest:

Never ever again!

Es waren fünfundzwanzig angenehme kinderlose Jahre vergangen. Und nun dieser Brief. Alfred konnte sich nicht beruhigen:

Was habe ich mit ihm zu tun? Ich habe gezahlt, er hat eine Ausbildung gehabt.

Stimmt. Das hättest du nicht machen müssen.

Habe ich aber, sagte Alfred. Und was ist aus ihm geworden: Ein mieser Börsenbroker, der uns alle in die Scheiße geritten hat!

Moritz legte seinem Bruder die Hand auf die Schulter.

Howard wird kommen und …

Harold!, schrie Alfred.

Moritz blieb ruhig, als er weitersprach:

Wir werden ihn bewirten, comme il faut, und dann geht er wieder.

Alfred nahm die Hand seines Bruders.

Ich hab's verkackt!

Moritz strich seinem Bruder über die Wange.

Komm essen. Es gibt Lockschnsuppe!

Alfred erhob sich und sagte:

Wer hätte das gedacht!

Zamira kam mit der Suppenterrine ins Speisezimmer.

Moritz lächelte ihr zu. Alfred saß apathisch und starrte vor sich hin.

So, sagte Zamira, während sie Suppe in die Teller gab, ich hoffe, es schmeckt. Guten Appetit.

Alfred schaute kurz auf und nahm sich Brot.

Zamira fragte ihn:

Sind Sie böse?

Keine Reaktion. Sie zuckte mit der Schulter und ging zur Tür. Dabei sagte sie:

Er ist heute schlecht gelaunt, der Herr Klee!

Er bekommt bald lieben Besuch, der Herr Klee! Von seinem kleinen Sohn!, sagte Moritz amüsiert.

Zamira war überrascht.

Sie haben einen Sohn?

Alfred sprang auf und zerknüllte seine Serviette.

Das geht Sie nichts an! Kümmern Sie sich um die Suppe. Sie schmeckt abscheulich!

Er lief aus dem Zimmer.

18

Zamira und Moritz bummelten durch die Kleinmarkthalle. Die junge Araberin war begeistert. Auch darüber, dass sie an diesem Ort frische Ziegenmilch bekommen konnte. Moritz spürte aber, dass etwas im Raum stand, und fragte sie:

Was ist los mit Ihnen? Sie sind nachdenklich.

Wegen Ihrem Bruder. Er ist so verbittert.

Freddy ist im Grunde ein feiner Kerl. Gut, als Kinder haben wir uns oft gestritten …

Streiten Sie doch immer!

Moritz blieb stehen.

Das nennen Sie Streit? Wir sind selten einer Meinung und er widerspricht mir bereits, bevor er weiß, um was es geht, aber das ist ein Zeichen von Schwäche.

Gut, dass Sie Psychologe sind.

Das ist Pech für ihn, ich durchschaue seine Tricks. Ich weiß, wann er lügt, ich kenne ihn besser als mich selbst.

Er ist nicht glücklich, sagte sie.

Sie gingen weiter.

Sie haben recht. Er, der immer nur Unsterbliche gespielt hat, erkennt, dass er sterblich ist, dass er vergessen wird, dass er im Grunde wenig aus seinem Leben gemacht hat. Er ist nicht mit sich im Reinen. Deshalb liest er, schneidet aus, sammelt, surft im Internet, schreibt seine Erinnerungen. Interessiert sich für Astrologie. Er beschäftigt sich mit vielem und doch mit nichts.

Er tut mir leid, sagte sie.

Ich verbiete Ihnen jegliches Mitgefühl für ihn!

Zamira lächelte. Langsam verstand sie Moritz' Humor.

Sie kamen zum Käsestand.

Ei, der Herr Professor, sagte die dicke Käsefrau, wie geht's denn so?

Prächtig, Frau Arnold, darf ich Ihnen meine Tochter vorstellen?

Zamira lächelte.

Was?, sagte die Frau. Davon habe ich ja gar nix gewusst!

Ich auch nicht, meinte Moritz, ich war vor vielen Jahren mal in Marokko und da ist es passiert. Ihre Mutter war eine Bauchtänzerin, in die ich unsterblich verliebt war. Sie wollte meine Ehe und meine Karriere nicht gefährden, aber nun, da ich Witwer bin, hat sie mir das Kind geschickt.

Zamira hätte am liebsten laut losgelacht.

Als das Telefon klingelte, war sie im Nu auf dem Flur, wischte sich die Hände an der Schürze ab und nahm den Hörer.

Bei Kleefeld ... Sie horchte und sagte dann: Ja, Moment bitte ...

Sie ging rasch ins Zimmer.

Herr Klee! Telefon!

Alfred kam in den Salon.

Wer ist es?

Filmproduktion, glaub ich.

Bei diesem Wort verwandelte sich Alfred in Sekundenschnelle.

Sie gab ihm den Hörer und er sagte mit dunkler Stimme:

Jaaa? Hier Freddy Clay ...

Er hörte einen Augenblick zu, dann sagte er:

Warten Sie einen Moment, Herr Bergmann, ich schaue mal nach, ob sich das ausgeht …

Er legte den Hörer zur Seite und blätterte laut in Klaviernoten, die auf dem Flügel lagen, dann nahm er wieder das Gespräch auf:

Das sieht ganz gut aus am Dienstag … Nein, ich nehme mir eine Taxe … Wohin? … Er schrieb die Adresse auf einen Block.

Okay, sagte er dann, um acht bin ich im Atelier … Ja, bis dann.

Er legte auf und ballte die Faust.

Ja! Freddy Clay shoots again!, rief er und rannte zur Küche.

Zamira goss gerade Olivenöl in die Pfanne, als Alfred hereinstürmte und ihr überschwänglich einen Kuss auf die Wange drückte.

Die Hanauer Landstraße nahm kein Ende. Es war über fünfzig Jahre her, dass Alfred zum letzten Mal hier gewesen war, und er war perplex.

Madonna, rief er, wie das hier aussieht, unglaublich!

Hn? Der türkische Taxifahrer verstand nichts.

Die haben ja alles zugebaut, rief Alfred.

Nee, sagte der Fahrer, war so immer.

Wie lange leben Sie in Frankfurt?, fragte Alfred.

Fünfzehn Jahr, sagte der Mann.

Ach so, dann, sagte Alfred.

Nummer?

572, es ist ein Filmstudio.

Da gibt's kein Filmstudio, sagte der Fahrer.

Fünf Minuten später waren sie am Ziel.

Hier hatte sich der Verwaltungs- und Lagertrakt eines

Versandhauses befunden, das dem Online-Geschäft zum Opfer gefallen war. Nun wurde das Gelände gelegentlich als Filmset genutzt. Auch heute herrschte ein anregendes Treiben, als Alfred mit langen Schritten über den Parkplatz zum Hauptgebäude ging.

Er fühlte sich wie in alten Zeiten. Kulissen wurden geschoben, ein Kran von Bühnenarbeitern bewegt, ein Beleuchter zog eine Stahlkarre mit zwei Scheinwerfern.

Verzeihen Sie, ich suche Haus zwei, sagte Alfred.

Der Mann zeigte stumm mit einer Kopfbewegung in eine Richtung.

Alfred sagte:

Vielen Dank. Auch Ihnen einen schönen Tag noch.

Auf einem Flur fragte Alfred einen jungen Mann nach dem Aufnahmeleiter.

Er war eben hinten in der Maske, glaube ich, oder auch nicht, bekam er zur Antwort.

Alfred ging weiter den Flur entlang, bis er fand, was er suchte.

Er klopfte und steckte gleichzeitig den Kopf zum Maskenraum herein.

Hallo, sagte er, ich bin Freddy Clay. Wo finde ich Herrn Bergmann ...

Vor einem Spiegel saß eine Schauspielerin, die gerade geschminkt wurde. Die Maskenbildnerin dahinter ließ ihn gar nicht ausreden.

Was'n hier los? Trampeln Sie immer so mir nix, dir nix rein?

Verzeihung, sagte Alfred und schloss die Tür wieder.

Diese Komparsen, sagte die Maskenbildnerin, kommen sich immer weiß Gott wie wichtig vor.

Als Alfred um die Ecke kam, nahm er eine Situation wahr, die er sich gern erspart hätte: Vier Männer seines Alters saßen auf Plastikstühlen vor einem Zimmer und blickten ihn mehr oder weniger aggressiv an. Es war also doch ein Casting vorgesehen. Am Telefon hatte es sich für ihn angehört, als habe er diesen Job sicher. Der Aufnahmeleiter kam aus dem Zimmer. Er begrüßte die Männer, erkannte Alfred, gab ihm die Hand und sagte:

Tag. Bergmann. Wir fangen mit Ihnen an, Herr Clay.

Also doch, dachte Alfred, er war hier noch jemand.

Dann gingen sie los. Die anderen Männer tuschelten.

In einem Nebenraum des improvisierten Studios befand sich der Regisseur, der mit seiner Assistentin sprach und ihn keines Blickes würdigte, als sie eintraten.

Der Herr Clay ist hier, sagte der Aufnahmeleiter.

Alfred stand ein paar Sekunden stumm, bevor sich der Regisseur zu ihm bequemte und ihm kraftlos die Hand gab.

Tag. Sie sind das also, meinte der junge Mensch. Er war kleiner als Alfred, hatte einen dünnen Milchbart und einen Motivsucher um den Hals hängen, mit dem er wohl glaubte, einen alten Hasen wie Freddy Clay beeindrucken zu können.

Während der Regisseur begann, durch den Motivsucher zu schauen und um Alfred herumzukreisen, sagte er:

Sie haben nicht mehr viel gedreht in den letzten Jahren.

Stimmt, meinte Alfred, ich habe geschrieben.

Hatten Sie keine Lust mehr, vor der Kamera zu stehen?

Doch, aber die Drehbücher waren zu schlecht.

Ich habe Sie mir eigentlich noch etwas jünger vorgestellt, sagte der Regisseur.

Jünger? Alfred schaute fragend. Sie haben doch eine Maske. Ich habe mit dreißig schon Vierhundertjährige gespielt!

Tja, umgekehrt ist es schwieriger.

Er schaute zu seiner Assistentin.

Sie tippte aufs Drehbuch.

Ach ja, sagte er dann, mal unter uns, stimmt es, dass Sie nicht mehr so textsicher sein sollen?

Alfred war verärgert.

Quatsch! Wer sagt denn so was? Die lieben Kollegen, stimmt's? Sie schneiden doch? Oder drehen Sie den Film in einem durch?

Wie meinen Sie das?

Wenn die Takes nicht Hamlet-Monologe sind, kein Problem.

Er lächelte dabei, aber sein Witz kam nicht an.

Noch einmal ging der Regisseur um ihn herum, nahm seinen Motivsucher vom Auge und sagte:

Ich weiß nicht... irgendwas an Ihnen gefällt mir nicht.

Sie werden lachen, meinte Alfred daraufhin, geht mir genauso!

Der Regisseur sagte im Weggehen:

Wir melden uns.

Das kenne ich.

Wie? Der Regisseur schaute dämlich.

Don't call us, we call you!, sagte Alfred.

Der Regisseur hatte die Spitze nicht verstanden und sagte:

Nein, wir melden uns bei Ihnen!

Alfred verzog den Mund zu einem schiefen Lächeln.

Alles klar.

Als Zamira in Alfreds Zimmer am Abstauben war, entdeckte sie auf dem Schreibtisch einen Zettel. Sie nahm ihn hoch, sie hatte ihren Namen gelesen:

Zamira Latif, geb. 09.10.84, ausgeglichen, Sinn für Ästhetik, aber auch nörgelig und besorgt ...

Plötzlich stand Alfred hinter ihr und hüstelte.

Zamira erschrak.

Pardon, ich habe meinen Namen gelesen ...

Ja. Das ist Ihr Profil. Setzen Sie sich.

Zamira setzte sich auf die Couch.

Alfred nahm den Zettel und begann:

Dass Sie intelligent, schön und harmoniebedürftig sind, sollte Ihnen nicht entgangen sein, aber es gibt etwas, was Sie belastet und was Sie verunsichert. Es ist der Grund Ihres Misstrauens.

Ist nicht schwer zu raten. Mein Ex und so.

Nein, es hat mit Ihrer Kindheit zu tun. Ich denke mit Ihrem Vater.

Sie sah ihn überrascht an.

Sie sind ein Hellseher.

Wollen Sie es mir sagen?, fragte er.

Sie blieb stumm und überlegte, ob sie sich ihm anvertrauen sollte. Dann sagte sie leise:

Mein Vater ist nicht an einer Krankheit gestorben. Er wurde getötet ...

Der Bulldozer näherte sich dem kleinen Haus. Einige Frauen rannten ihm entgegen, schrien. Sie versuchten, auf die israelischen Soldaten einzureden, die neben dem Caterpillar herliefen. Der senkte die Schaufel und kam nun dem Haus gefährlich nah. Die Soldaten zeigten keine Reaktion. Plötzlich tauchten ein paar Männer auf, darunter auch Rafid Latif, Zamiras Vater. Sie umringten die Soldaten, diskutierten mit ihnen. Rafid, der in Israel arbeitete, sprach hebräisch und es gelang ihm, zuerst mit einem Offizier und dann mit dem Baggerfahrer zu sprechen. Das Haus, so erklärte er, sei zwar ohne Genehmigung errichtet worden, aber inzwischen habe die Eigentümerin einen Antrag gestellt, über den in zwei Monaten beschieden würde. Eine Frau kam und zeigte den Soldaten ein Papier. Nach ein paar Minuten gaben sich alle die Hand und die Soldaten und der Bulldozer zogen sich zurück. Rafid wurde umringt, geküsst und umarmt, alle bedankten sich bei ihm. Zwei Stunden später wurde er erschossen und vor seiner Haustür abgelegt. Dort fand ihn seine kleine Tochter Zamira. Ihr Vater sprach hebräisch, hatte in Israel gearbeitet und sich mit den Israelis arrangiert. Für die Fanatiker der Fatah war er ein Kollaborateur, ein Verräter.

Wie sind Sie damit fertiggeworden?, fragte Alfred.

Man hat mir erzählt, das waren die Israelis und er ist ein Märtyrer. Erst später habe ich die Wahrheit erfahren.

Sie erhob sich.

Ich muss in die Küche.

Alfred wollte nicht weiter forschen und setzte sich hinter seinen Laptop. Dabei legte er achtlos einen grauen Gegenstand zur Seite.

Ist das ein Stein? Kann der weg?, fragte sie.

Nein, das ist kein Stein. Es ist der Wirbelknochen eines Menschen. Ich habe ihn aus Prag mitgebracht.

Wann war das?

In den Achtzigern. Setzen Sie sich doch wieder hin. Ich erzähle Ihnen eine spannende Geschichte.

Sie nahm wieder Platz.

Alfred stand auf.

Ich war für eine Hauptrolle engagiert. Ich sollte in einem Remake des »Golem« den berühmten Rabbi Löw spielen, der den Homunkulus aus Lehm geschaffen hatte und ihn in die Welt brachte, ähnlich dem Doktor Frankenstein und seiner Kreatur. Kennen Sie die Geschichte vom Golem?

Nein.

Im Jahr 1580 stand in Prag eines der beliebten Pogrome an, wieder einmal bezichtigte man Juden des Ritualmords. Da hörte der weise und verehrte Rabbi Yehuda Löw im Traum eine Stimme, die ihm befahl: Schaffe aus Lehm einen Golem und überwinde das feindselige Gesindel, das den Juden übelwill! Mit seinem Schwiegersohn begab sich der Rabbi des Nachts zum Strand der Moldau und sie formten eine große menschliche Gestalt aus Lehm. Mithilfe eines Gebets erwachte der Golem zum Leben. Er wurde angekleidet, bekam den Namen Joseph und arbeitete von nun an als stummer schammes, als Synagogendiener. Seine Befehle erhielt er durch Zettel, die man ihm unter die Zunge legte.

Als sich nun das Pessachfest näherte, bemerkte der Golem, dass die Christen ein totes Kind im Juden-Getto ablegen wollten, um die Juden des Mordes zu bezichtigen. Da wurde der Golem ziemlich ungehalten und erschlug etliche Bösewichte. Später aber wurde er zu selbstständig, entzog sich der Kontrolle seines Herrn, berserkte herum und musste leider vom Rabbi zerstört werden. Übrigens, noch heute ist im Hebräischen das Wort golem das Synonym für Dummkopf.

In dem Film, der damals in Prag gedreht werden sollte, kam es zu einem hoch dramatischen Showdown zwischen dem echten und einem falschen Golem, dazwischen Alfred, als Rabbi Löw, der sich schließlich opfern musste, um seine Gemeinde zu retten.

Es war für Alfred selbstverständlich, dass er ein paar Tage vor Drehbeginn durch die Gassen der Stadt zum alten Jüdischen Friedhof spazierte, um dort dem großen Rabbi Löw die Ehre zu erweisen und dessen Grab aufzusuchen. Er war beeindruckt von der Anlage des mittelalterlichen Friedhofs, wo Tausende von Grabsteinen eng aufrecht beieinanderstanden und der den Naziterror nur deshalb überstanden hatte, weil Himmler den Friedhof als letzte Hinterlassenschaft einer ausgestorbenen Kultur erhalten wollte.

Wie auf jüdischen Friedhöfen üblich, suchte Alfred nach einem Stein, um ihn auf das Grab des Rabbis zu legen. Jeder Stein auf einem Grab beweist, dass man die Toten nicht vergisst. Woher das stammte? Nun, ein Ritual, das sich wohl daher ableitete, dass die Juden vor Tausenden von Jahren als Beduinen durch die Wüste zogen und ihre Toten flach begruben. Um die Verstorbenen vor wilden Tieren zu schützen, legte man Steine auf die Gräber. Wenn die Karawane auf der nächsten Tour wieder an den Gräbern vorbeizog, wurde kontrolliert, ob sie inzwischen nicht geschändet worden waren, und gegebenenfalls wurde nachgebessert, indem man wieder Steine auf die Gräber legte.

Alfreds Suche nach einem Stein, erwies sich als schwierig, denn zahllose Besucher vor ihm hatten bereits Steine niedergelegt. So musste er ein wenig im Boden scharren und er fand schließlich ein merkwürdig leichtes Gebilde. Es war kein Stein, sondern der Wirbelknochen eines Menschen! Nicht unmöglich, dass es sogar ein Wirbel des Rabbi Löw war. Alfred steckte den Knochen ein, nahm einen Stein von einem Nachbargrab, deponierte ihn beim Rabbi und ging seiner Wege.

In den darauf folgenden Jahren hatte ich das Gefühl, dass der Wirbel des Rabbis mir Glück brachte.

Ist eine schöne Geschichte, sagte sie.

Nachdem ich von Rom nach Frankfurt gezogen war, sagte er dann, zeigte ich eines Tages meinem Bruder den Talisman. Moritz war gar nicht begeistert, im Gegenteil: Er war außer sich! Was würde geschehen, wenn meshiach, also der Messias, käme und die Toten nach Jerusalem riefe? Dann könnte der Rabbi Löw sich nicht erheben und sich auf den Weg machen.

Zamira schaute verwundert.

Ich war genauso perplex. Gut, ich wusste inzwischen, dass mein Bruder sich intensiver der Religion zugewandt hatte, dass er koscher aß und die Feiertage einhielt, aber dass er dermaßen fromm geworden war und an diese absurden Märchen glaubte ...

Was passiert mit den Toten von Auschwitz, die nur noch Asche sind?

Deren Seelen sind bereits in Jerusalem, antwortete mir Moritz voller Überzeugung.

Aha, die sind Economy geflogen, aber Rabbi Löw muss laufen, als Zombie.

Ich habe keine Lust, mit dir darüber zu diskutieren, sagte mein Bruder, was du getan hast, ist Frevel. Du wirst nach Prag fahren und den Wirbelknochen zurücklegen.

Okay. Wenn es dich beruhigt, dann baue ich den Rabbi wieder zusammen, sagte ich.

Und, fragte Zamira, während sie sich den Wirbelknochen ansah, werden Sie das machen?

Vielleicht.

19

Alfred stand in einem Pulk von Menschen, die auf ankommende Passagiere warteten. Alles schaute auf die sich immer wieder öffnende und schließende Tür, durch die die Fluggäste kamen. Man konnte hier interessante Studien treiben, dachte er. Frauen begrüßten sich herzlicher, drückten sich aneinander, Männer dagegen beugten sich unbeholfen vor, hauten sich gegenseitig plump auf den Rücken. Dass man sich Küsschen links und rechts gab, wäre vor ein paar Jahren in Deutschland noch undenkbar gewesen. Besonders bei Männern. Alfred beobachtete amüsiert einen Hund, der sein Herrchen begrüßte und sich kaum noch beruhigen konnte vor Glück und Übermut. Das war echte, unverfälschte Freude.

Ein Junge, etwa fünfzehn Jahre, sprach Alfred unvermittelt an:

Entschuldigung, sind Sie nicht Freddy Clay?

Alfred war überrascht.

Ja. Woher kennst du mich?

Der Junge strahlte.

Ich bin ein Horrorfilm-Fan! Ich kenne alle Ihre Filme! Krieg ich ein Autogramm?

Alfred zog ein Foto von sich heraus.

Gern ... für?

Tobias, sagte der Junge, aber schreiben Sie Toby.

Alfred schrieb, als ein Mann neben ihm auftauchte und in englisch gefärbtem Deutsch sagte:

Kann ich auch kriegen ein Autograph?

Harold war etwas kleiner als Alfred.

Howard!

Howard?, meinte Harold und sah sich um, du hast noch ein Sohn?

Alfred gab abwesend das Autogramm an den Jungen, der sich bedankte.

Habe ich Howard gesagt? Sorry. Dein Onkel Moritz sagt immer Howard. Er macht mich ganz meschugge.

Er hielt Harold von sich weg.

Lass dich anschauen. Gut siehst du aus!

And you look like a million Euro!, sagte sein Sohn daraufhin.

Das hätte er nicht sagen sollen. Alfreds Miene verfinsterte sich.

Let's go.

Das Taxi hielt vor dem Haus. Während Alfred bezahlte, war Harold bereits ausgestiegen und holte seinen Koffer aus dem Kofferraum.

Alfred ging ins Haus, während Harold vor der Villa stehen blieb.

Ein schöne Haus. Ich kenne es von Google Street View, sagte er.

Eine Ruine, knurrte Alfred, kostet ein Vermögen. Immer ist irgendwas. Heute die Heizung, morgen das Dach. Komm.

Zamira öffnete die Tür und lächelte.

Hallo, sagte sie.

Harold lächelte zurück.

Was grinst er so?, dachte Alfred.

Hello, sagte Harold.

Welcome, Mister Kleefeld.
Erste Peinlichkeit.
Mein Sohn heißt Winter. Wie seine Mutter. Das ist Zamira, der gute Geist des Hauses.
Zamira und Harold fanden offensichtlich Gefallen aneinander.
Alfred bemerkte es.
Wie lange soll ich noch im Zug stehen?
Zamira schloss die Tür.
Dabei sagte sie:
Ihr Bruder hat sich hingelegt.
Hingelegt? Jetzt, um die Zeit?
Er fühlt sich nicht gut. Ich habe ihm einen Verveine-Tee gemacht.
Ist er krank?, fragte Harold, als sie im Flur standen.
Alfred schaute zu seinem Sohn und sagte abfällig:
Krank?! A kallike! Immer hat er was. He is an »old kacker«. Was kann man machen? Komm.
Zamira hätte gern etwas dazu gesagt, aber verkniff es sich.
Die Männer betraten das Wohnzimmer.
Harold drehte sich noch einmal nach Zamira um, als sie zurück in die Küche ging.

Wie ein Patriarch saß Moritz im Korbsessel im Wintergarten. Er trug seinen Bademantel und einen Schal. Er hustete. Alfred und Harold saßen am Tisch.
Sie ist sehr nervös, sagte Harold.
Das war sie immer, meinte Alfred, deine Mutter war schon nervös, als ich sie kennenlernte.
Du hast sie nervös gemacht, sagte Moritz. Er lachte über seine Bemerkung und musste wieder husten.

Vielleicht du kannst helfen ihr, uncle Moritz, sagte Harold.

Uncle Moritz is retired, entgegnete Moritz.

Aber vielleicht du weißt ein therapy, erwiderte Harold.

Sie hat das »Jewish-Princess-Syndrom«! Für Alfred war die Sache klar. Sie hat sich immer für etwas Besseres gehalten und sie wollte immer etwas Besseres. Sie glaubt, sie hat ihr Schicksal nicht verdient. Und alle sind schuld daran, nur sie nicht.

Das ist erst mal nichts Außergewöhnliches, sagte Moritz, fast jeder glaubt das. Was ist mit dir? Du hättest ein Weltstar sein können, wenn nicht der oder der das verhindert hätte. Jeder, der etwas Pech im Leben hatte …

Ich hatte Pech? Wo hatte ich Pech?

Well, sie hatte viel Pech, meinte Harold, zuerst du bist weggelaufen …

Alfred sprang auf.

So! Ich bin weggelaufen? Fabelhaft! Ich weiß nicht, was sie dir erzählt hat, aber zwischen uns war immer klar, dass wir nie zusammenleben würden. Dazu waren wir zu unterschiedlich. Sie war nicht die Frau, die ich mir für mein Leben gewünscht habe …

Zamira kam mit Tee, Kaffee und Gebäck.

Alfred sprach leise weiter:

… und ich war nicht der Mann.

Zamira stellte das Tablett ab. Keiner sagte ein Wort. Alle beobachteten sie. Moritz wollte die Stimmung auflockern.

Wie ist das Wetter in London?

Regen, sagte Harold.

Was du sagst. Moritz hustete wieder.

Sie müssen inhalieren, Herr Feld, sagte Zamira.

Wie Sie meinen.
Alfred bemerkte daraufhin:
Sie können gehen. Danke, Zamira.
Sie verließ den Wintergarten.
Die Männer schauten ihr nach. Jeder hatte seine Gedanken.
Auf jeden Fall, es muss passieren was mit Mutter und ich kann nicht das tun selbst, no way.
Alfred fragte:
Gibt es keine Heime?
Alfred! Moritz war verärgert.
Was ist schlimm an einem nursing home?, fragte Alfred unschuldig.
Sure, da sind nursing homes, meinte Harold. Aber die sind zweitausend Pfund ein Monat. Wie kann ich das tun?
Alfred sah ihn an:
Was schaust du mich dabei an? Wie komme ich dazu, nach hundert Jahren deine Mutter zu unterstützen? Was habe ich mit ihr zu tun? Jeder lebt sein Leben!
Harold stand auf, ging zum Fenster, sah in den Garten.
Ich habe, wie sagt man, I'm bankrupt …
Alfred war aufgebracht.
Bankrott! Der große businessman! Sauber!
Ich hatte ein Brokercompany zusammen mit eine colleague, aber man hat mich reingelegt. Und die stocks, die Aktien sind down. Und jetzt habe ich nix.
Eine peinliche Pause entstand. Dann fragte Alfred:
Was macht dein Onkel Sammy, ihr Bruder?
Tot.
Der Glückspilz! Hatte er nicht ein Warenhaus in Notting Hill? Ist da nix geblieben?

Nein, meinte Harold, er auch ist pleitegegangen.

Alfred wunderte sich:

He, was ist denn los bei euch da drüben?

England geht den Bach runter, ganz einfach, sagte Moritz, die haben keine Industrie mehr, haben sich ganz den Finanzgeschäften hingegeben und die schmieren jetzt ab.

Alfred griff zum Tee.

Help yourself, Harold, Shortbread, garantiert koscher.

Zamira deckte das Bett im Gästezimmer ab, ging zum Fenster, um den Rollladen herunterzulassen, als Harold ins Zimmer kam.

Warten Sie, ich mach das, sagte er.

Also, gute Nacht. Wenn Sie noch was brauchen …

No, thank you.

Als sie gehen wollte, sagte er:

Zamira, einen Moment.

Ja?

Er zeigte auf einen Stuhl.

Setzen, bitte. Ich will Sie was fragen, okay?

Sie war unsicher, aber setzte sich.

Zusammen mit mein Vater und mein Onkel hier, ist das gut?

Das verstehe ich nicht, sagte Zamira.

Die sind komisch, diese alten Männer. Nicht?

Sie sind alt, sagte Zamira, da darf man komisch sein.

Uncle Moritz ist wie ein Rabbi. Schrecklich.

Wenn es ihm gefällt.

Okay, sagte der Engländer, aber was haben Sie zu tun mit koscher und der Quatsch?

Macht mir nix aus. Es ist nah am Islam.

Er setzte sich ihr gegenüber auf das Bett.

Was hat Ihnen erzählt mein Dad von mir?

Von Ihnen? Nichts! Ich habe nicht gewusst, dass er einen Sohn hat.

Harold schaute sie ernst an:

Er hat behandelt mein Mutter sehr schlecht, wussten Sie das?

Sie stand auf.

Nein! Will ich auch nicht wissen. Ich bin hier Haushälterin.

Er hielt sie am Arm fest.

Sie könnten mir helfen.

Sie war unsicher.

Wie?

Sagen Sie Ihre Masters, dass ich bin ein netter Kerl.

Er kam näher.

Oder stimmt das nicht?

Er kam gefährlich nah.

Da klopfte es an der Tür.

Harold?, hörten sie Alfred fragen.

Beide erstarrten.

Harold legte Zamira seinen Finger auf den Mund.

Bange Sekunden, dann sich entfernende Schritte. Zamira kam sich vor wie eine Verräterin.

Wortlos huschte sie danach aus der Tür.

Moritz saß hinter seinem Schreibtisch, hatte ein Handtuch über dem Kopf und inhalierte. Währenddessen sprach er zu Harold, der vor ihm stand.

Machen wir uns nichts vor: Du bist der Sohn deines Vaters, aber ihr habt nichts miteinander zu tun.

Das konnte Harold so nicht stehen lassen.

Sie hat Alfred nie vergessen, never. Sie liebt ihn noch heute. Sie geht in alle seine movies, sie liest seine alten love letters.

Gut, sagte Moritz unter seinem Tuch, das kennt man. Es ist eine Psychose im klassischen Sinn. Sie ist zu alt, um noch einmal das Steuer herumzureißen. Soll sie ihn weiter lieben und weiter hassen! Schon!

Harold kam jetzt zur Sache.

Uncle Moritz. Wir haben kein Geld. Ich kann mich nicht um sie kümmern. You must help!

Moritz wunderte sich.

Habt ihr keine welfare, keine Sozialhilfe oder so was da drüben?

Sure, aber warst du schon in so ein Heim? It's fucking hell!

Moritz kam jetzt unter dem Tuch hervor. Er war verschwitzt, sein Gesicht war rot.

Harold, es ist ein Problem, aber ich weiß nicht, wie ich dir helfen soll. Hast du mein Paket bekommen zu Chanukka? Ich denke immer an dich.

Harold wurde laut.

Ja. Danke.

Und? Wie war die Marmelade, hn? Ein Gedicht, was?

Ich will keine Marmelade von dir! Ich brauche Geld, verdammt!

Frag deinen Vater!

Er schickt mich zu dir. Er sagt, du bist der financial manager.

Moritz wollte wieder unter das Handtuch.

Was brauchst du?, fragte er.

Einhundertfünfzigtausend Pfund.

Moritz räusperte sich und meinte:

Oj wej! Das sind über einhundertachtzigtausend Euro! Unmöglich! Das haben wir nicht.

Du willst sagen mir, dass du nicht hast einhundertachtzigtausend Euro?

Moritz begann zu husten.

Zamira!, rief er und sagte dann leise, entschuldige, das ist schon zu kalt.

Harold ging zur Tür.

Hold on. I look for her.

Er verließ das Zimmer. Moritz schaute ihm nach und sagte dann zu sich:

Meschugge werd ich sein! Hundertfünfzigtausend Pfund!

Er lehnte sich zurück und stöhnte.

Als Harold die Küche betrat, stand Zamira am Herd, wo sie das Frühstück vorbereitete.

Uncle Moritz braucht Dampf noch mal, sagte er.

Okay, mach ich.

Sie füllte Wasser in den Kocher. Jetzt stand Harold dicht hinter ihr.

Zamira, sagte er und legte ihr die Hände in die Taille, ich finde Sie wunderbar.

Hören Sie auf!, fauchte sie.

Sie wollte sich lösen, aber er blieb hartnäckig.

Vom ersten Augenblick war ich verliebt, flüsterte er.

Wieder versuchte sich Zamira frei zu machen und nahm seine Hand weg. Sie wurde ungnädiger.

Harold! Lassen Sie mich!

Just one kiss, please!

Er kam näher und näher. Zamira versuchte, ihn wegzuschieben.

Hören Sie auf, bitte …

Er drückte seinen Mund auf den ihren und zwang sie zu einem Kuss, als Alfred in die Küche trat!

Zamira! Harold!

Er lief auf die beiden zu.

Was macht ihr da?

Harold löste sich.

Was glaubst du …, Dad!

Alfred war außer sich.

Also, das ist doch …

Zamira rief, während sie aus der Küche rannte:

Ich kann nix dafür, wirklich, Herr Klee, er wollte mich zwingen!

Harold sah ihn an.

Come on, don't make it a drama! Let's share this Arab slut!

Alfred war außer sich. Du Stück Dreck!, schrie er. Du kommst hierher und bettelst um Geld, weil du dein Leben verkackt hast, genauso wie deine schwachsinnige Mutter! Und dann fällst du über dieses Mädchen her, wie eine Bestie! Verschwinde aus meinen Augen!

Harold sah ihm wutentbrannt an:

Ich will dir mal was sagen, du Supervater! Ich kann nichts dafür, dass ich bin auf der Welt! Mein ganzes Leben hast du nicht gekümmert um mich! Mein Schicksal war egal dir.

Wer hat denn deine Scheiß-Schule gezahlt, hn?! Wer hat dir über Jahre deine Ausbildung finanziert?!

Big deal! Du wolltest deine Ruhe nur. The big movie star. Frau und Kind war nicht in dein Programm! Empathy and Verantwortung sind unbekannt dir. Ich könnte sterben vor dein Augen, du würdest umdrehen dich und fortgehen!

Moritz, mit dem Handtuch über dem Kopf, stand in der Küchentür und fragte:

Was ist denn hier los?

Harold wandte sich sofort an ihn:

Und du? Verreck mit dein ganzen Geld und dein Scheiß-Marmelade! Einmal hast du eingeladen mich nach Oakland! Super! Es war die Hölle in dein Haus mit dein fürchterliche Frau und ihre Kultur! Und deine fuckin' Freunde. Wow, wir sind so special! Wo ist denn dein Moral? Steht nur in dein fuckin' books!

Bist du jetzt fertig?, fragte Alfred.

Fine, I'll piss off!, sagte Harold und wandte sich ab.

Harold kam aus der Einfahrt und zog seinen Rollkoffer hinter sich her. Alfred stand hinter dem Vorhang und schaute nach draußen. War er zu ruppig gewesen? Aber was hatte er mit ihm zu tun?

Er hatte sich gerade wieder an seinen Schreibtisch gesetzt, als er die aufgeregte Stimme seines Bruders im Flur hörte. Er stand auf und ging aus dem Zimmer.

Moritz stand vor Zamira, die offensichtlich im Begriff war, das Haus zu verlassen. Sie hatte ihren Rucksack über der Schulter, eine gepackte Tasche stand neben der Tür.

Ich hole den Rest später ab, sagte sie.

Zamira! Lassen Sie den Unsinn, hörte Alfred seinen Bruder sagen, Sie können doch nichts dafür.

Nein, ich bringe nur Unglück. Zuerst mein Mann, jetzt Harold.

Sie bringen Unglück in dieses Haus, wenn Sie gehen, meinte Moritz, und Alfred, der hinzugekommen war, sagte:

Warum sollten Sie gehen, wenn Harold sich danebenbenimmt?

Weil ich …, sie wusste nicht, was sie sagen sollte.

Weil Sie so schön sind, dass alle Männer sich sofort auf Sie stürzen wollen, sagte Alfred.

Sie machen sich lustig.

Soll er ernst nehmen, was hier gerade passiert?, fragte Moritz.

Alfred nahm ihr den Rucksack von der Schulter.

Aber irgendetwas müssen Sie getan haben! Schöne Augen gemacht oder so …

Zamira protestierte, während sie ihre Jacke auszog.

Nix! Er hat mich überfallen.

Das kann ich sogar verstehen, sagte Moritz.

Hn? Alfred war verwundert.

Freddy, was bist du plötzlich so prüde. Er wollte ein bisschen knutschen.

Auf die Idee kann man doch leicht kommen, oder?

Herr Feld! Zamira war das Gespräch offenbar unangenehm.

Moritz nahm sie väterlich in den Arm:

Sie sind attraktiv, um nicht zu sagen hübsch, außerordentlich hübsch, und ein Mann ist eben ein Mann. Ich könnte bei Ihnen sogar politische und ideologische Grenzen überspringen.

Alfred wurde eifersüchtig:

Das hast du schön gesagt. Vergessen wir den Vorfall. Harold ist weg. Das Leben geht weiter.

Genau, sagte Moritz. Ich werde mich ein wenig hinlegen.

Und dann zu Alfred:

Und du solltest auch ins Bett. Mit deinem Herz. Nach der Aufregung.

Alfred lächelte frech.

Kümmere du dich nicht um mein Herz. Das ist bei Zamira in den besten Händen!

Zamira musste grinsen.

Du und Zamira? Das wäre ein Selbstmordattentat!

Moritz drehte sich zu Alfred um.

Wenn hier etwas hinter meinem Rücken passiert, dann kannst du deinen Sohn in London besuchen.

Obwohl ein Fernsehgerät in ihrer Wohnung stand, war es zur Gewohnheit geworden, dass Zamira sich die Nachrichten gemeinsam mit den Kleefelds ansah. Sehr oft ergaben sie Anlass zu interessanten, manchmal auch durchaus kontroversen Diskussionen. Zuerst der arabische Frühling, der ein Winter geworden war. Seit vielen Monaten nun der Bürgerkrieg in Syrien. Es bedrückte die junge Palästinenserin zu erleben, wie ein Land wie Syrien in den Abgrund schlitterte. Sie hatte kein Verständnis dafür, dass die Welt nur zuschaute. Sie schwieg nachdenklich, als Moritz ihr vorrechnete, dass in Syrien in den letzten Monaten mehr Menschen gestorben seien als im gesamten israelisch-palästinensischen Konflikt.

Ja, sagte sie zu den Kleefelds, ihr war klar, dass es in erster Linie an Russland und China lag, dass keine Hilfe möglich war, und doch war sie der Meinung, dass die Menschenrechte auch ohne Rücksicht auf die Vetomächte durchgesetzt werden müssten. Israel habe sich doch auch nie an Resolutionen gehalten.

Wenn Sie die berühmte Resolution 242 meinen, bemerkte Moritz, dann beinhaltet sie zwar die Pflicht, sich aus den 1967 besetzten Gebieten zurückzuziehen, Vorbedingung ist aber die Anerkennung Israels durch seine Nachbarn. Das wird gern unterschlagen.

Zamira war nach wie vor davon überzeugt, dass das Palästina-Problem die Ursache aller arabischen Konflikte war.

Was Moslems Moslems antun, sagte Alfred, ist täglich in vielen Teilen der Welt zu besichtigen. Und in Ländern, die weit weg von Palästina sind. Mali, Somalia, Nigeria, Indonesien. Der Islam ist eine aggressive Religion. Seit Mohammed ist der Islam auf Eroberung und auf Islamisierung der Erde aus. Hat der Prophet nicht gesagt, man solle den Islam mit dem Schwert verbreiten?

Und die Kreuzzüge?, fragte Zamira. Waren die Christen keine Eroberer?

Alfred sagte:

Das ist nur die zweite Halbzeit dieses Spiels, meine Liebe! Nämlich der Teil, der euch gefällt. Jetzt erzähle ich Ihnen mal von der ersten Halbzeit: Vor dem Jahr 600, also vor Mohammed, war Palästina viele Jahrhunderte lang ein christliches und jüdisches Land, nachdem Rom untergegangen war. Dann erst kamen die Mohammedaner. Sie kamen nicht als Touristen und in friedlicher Absicht, sondern sie haben das Land, das nicht ihres war, erobert und die Menschen islamisiert. Mit dem Krummsäbel, den man sinnigerweise auch in der saudischen Flagge findet. Erst nachdem die heiligen christlichen Stätten in muslimischer Hand waren, entwickelte sich in Europa die Idee der Kreuzzüge. Die Folgen sind bekannt und nicht nett. Aber die Christen wollten sich das zurückholen, was ihnen gehörte. So wie übrigens die Palästinenser heute. Aber es gehört zur arabischen Tradition, die eigenen Untaten zu unterschlagen oder wegzulügen.

Zamira schwieg. Moritz sah sie an und hatte Mitleid.

Zamira, sagte er dann, niemand will Ihnen Ihre Religion miesmachen. Mit Sicherheit hat der Islam schöne, weise und friedfertige Elemente. Aber sein Alleinstellungsanspruch verhindert eine gedeihliche Zusammenarbeit und eine Koexistenz mit anderen Kulturen. Der Islam negiert schlicht alles, was vor Mohammed war. Deshalb sind die Buddhas von Bamiyan zerstört worden und ich bin sicher, es werden auch eines Tages die Pyramiden und die Sphinx zerstört. Das ist in Malaysia zu sehen, wo praktisch die gesamte vorislamische, jahrtausendealte Hochkultur vom Erdboden und aus den Köpfen verschwunden ist.

Ich frage mich, sagte Alfred, was war eigentlich vor Mohammed, der ja erst eintausendvierhundert Jahre alt ist. Wo hat denn Allah vorher gesteckt? Wer hat denn da seinen Job gemacht, hn?

Bevor Zamira etwas sagen konnte, erklärte Moritz.

Auch dafür haben die Muslime eine Lösung. Die Menschen waren alle Muslime, nur wussten sie es nicht.

Eine Pause entstand.

Lasst uns aufhören damit, es regt einen nur auf, riet Alfred. Er zappte von Programm zu Programm.

Seht euch das an! Überall nur Talkshows! Gelaber, die Sucht nach Konsens. Und überall dieselben Gäste. Und jedes zweite Wort ist »sozusagen«. Oder »von daher«, wird auch gern genommen. Euch fällt das nicht auf, aber wenn man lang nicht mehr hier war, merkt man, dass die Deutschen blöder geworden sind. Ich gehe ins Internet, Nacht.

Genau, sagte Moritz, da sind die Klügeren.

Alfred erhob sich.

Nacht, Herr Klee, rief ihm Zamira freundlich hinterher.

Moritz nahm die Programmzeitschrift.

Auf arte bringen sie das Opernfestival aus Aix-en-Provence. Wollen wir uns das ansehen?

Super, sagte Zamira, muss ich mich umziehen?
Nicht nötig.
Sie setzte sich in Alfreds Sessel.
Aber ein Gläschen Schampus im Foyer, das muss sein!, bestimmte Moritz.

20

Alfred war wieder jung geworden. Mit einem unbeschreiblichen Hochgefühl saß er hinter dem Steuer dieses wunderbaren Wagens, als er vom Werkstattgelände kommend auf die Schranke zufuhr. Wie von Geisterhand bewegt schwebte sie nach oben, langsam rollte er auf die Straße zu. Er sah nach links, der Blinker klickte gut hörbar. Leise Musik kam aus dem Becker-Mexico-Radio. Als Alfred an der Ampel hielt, bemerkte er, dass die Fahrer der Autos neben ihm herüberstarrten. Kein Wunder. Sie waren wie füreinander geschaffen, das Mercedes 280er Coupé und Alfred Kleefeld.

Freddy!, hatte Raimund der Schrauber gerufen, als Alfred den Verkaufsraum betrat. Der alte Herr war auf ihn zugehumpelt und hatte die Arme ausgebreitet.

Raimund, hatte Alfred gesagt und sie waren sich um den Hals gefallen.

Mann, sagte der Werkstattbesitzer, du siehst ja aus wie früher.

Alfred strahlte.

Nur etwas älter, wackliger und faltiger, fügte Raimund dann hinzu.

Die Männer lachten.

Setz dich, wieso bist du wieder zurück in die alte Heimat?

Ach, weißt du, mein Bruder. Er ist jetzt fast achtzig und kommt nicht mehr so gut allein zurecht.

Das ist aber anständig, dass du dich um ihn kümmerst. Und, hast du mal wieder jemanden getroffen von früher?

Fünfzig Jahre sind eine Ewigkeit. Da verliert man den Anschluss.

Ja, ja. Raimund nickte. Und die meisten sind ja gestorben. Der Joe, der das Sheperd's hatte, du erinnerst dich. War später Arzt. Ist vor ein paar Monaten gestorben. Prostata. Wir verkaufen gerade sein Auto.

Der Joe, sagte Alfred, ich sehe ihn noch vor mir. Groß, rotblond, mit krummem Gang. Hat ein wenig mit der Zunge angestoßen beim »S«, klang wie ein »Z«. Gebildet und belesen. Wir sind nachts mit seiner Vespa nach Sachsenhausen gebrettert, ich hinten drauf, rein in die Äppelwoikneipen, unbemannte Sekretärinnen abschleppen!

Ja, ja, der Joe, sagte Raimund und dann nach einer Pause: Euer Schatzkästchen ist fertig. War viel dran.

Das sagst du nur, damit ich den Preis überlebe.

Aber hallo! Hinterachse, Längsholme, Lenkung, neue Reifen, Zylinderkopf planschleifen, Kat einbauen, Inspektion, TÜV und so weiter.

Na, sag schon.

Normalerweise kostet das zwanzig Riesen. Für dich vierzehn. Weil du ein alter Kumpel bist. Aber erzähl's keinem weiter, sonst wollen sie alle Rabatt.

Können wir es überweisen?

Logo. Mach dir kein' Kopf. Ich schick 'ne Rechnung.

Alfred erhob sich.

Freddy, sagte Raimund, du alter Pizza-Flitzer! Dass wir uns noch mal begegnen, gell.

Als Alfred in die Einfahrt fuhr, standen Zamira und Moritz vor der Garage. Sie hatten das Tor geöffnet, Alfred hatte aus dem Auto angerufen und seine Ankunft avisiert. Als er anhielt, applaudierten die beiden und freuten sich wie die Kinder. Sie stiegen in den Wagen, schwärmten und waren hellauf begeistert.

Ich habe eine Idee, sagte Moritz.

Bevor Zamira vorsichtig losgefahren war, hatte Alfred im Radio einen Nostalgiesender entdeckt und so summten oder sangen die beiden Männer viele der Lieder mit und hatten fast bei jedem Titel eine Geschichte zu erzählen.

Alfred berichtete von seinen Pizzafahrten, Moritz sezierte einige der Songs und erklärte die Metaphern und heimlichen Botschaften.

Es war eine prüde Zeit damals, müssen Sie wissen, sagte er, man konnte nicht sagen, zu mir oder zu dir? Deshalb ging man zur Musikbox und drückte ein Lied, in dem diese Wünsche zum Ausdruck gebracht wurden. Dann hörten die Mädchen Sätze wie: In deinen Augen steht so vieles, das mir sagt, du fühlst genauso wie ich. Will heißen: Stell dich nicht so an, du willst es doch auch, hab ich recht?

Zamira musste lachen. So hatte sie Moritz nicht eingeschätzt.

Herr Feld!

Herr Feld ist auch nicht aus Holz, sagte Moritz.

Seid mal ruhig, rief Alfred, das will ich hören!

Aus dem Radio kam: Those were the days.

Moritz verzog das Gesicht und sagte zu Zamira:

Dieses Lied ist, wie übrigens viele Lieder, geklaut. Es basiert auf einem jiddischen Volkslied.

Er brummte es mit.

Lei, lei, lei, lei, leila lei, lei lei, lei, leila.

Geht das wieder los! Moritz will jeden guten Song den Juden unterschieben. Selbst »Windmills of Your Mind« oder »Paint It Black« sind ursprünglich jiddische Volkslieder! Auch vor »Yesterday« von den Beatles schreckt er nicht zurück.

Er parodierte es:

Bababoy baba baba baba bababoy …

Nehmen Sie ihn nicht ernst, Zamira, von Musik verstehe ich mehr. Viele dieser Songs beruhen auf ostjüdischen Harmonien und Melodien.

Nein, sagte Alfred, man kann jede Melodie vereinnahmen, wenn man will.

Darin bist du doch Weltmeister, konterte Moritz. Du machst doch aus jedem, der in irgendeiner Disziplin Erfolg hat, einen Juden.

Spielberg ist kein Jude?, sagte Alfred.

Soros ist Jude.

Genau. Und Madoff auch!, pflichtete Moritz bei.

Und Einstein? Und Philip Roth? Und Natalie Portman?

Alles Juden, sagte Moritz. Genau wie Gershwin, Mahler oder Schnitzler.

Woody Allen, sagte Alfred, Freud.

Oder Usain Bolt!, rief Moritz, sein Vater hieß ursprünglich Yankel Boltowitsch! Wusstest du das, Freddy?

Alle lachten.

Wissen Sie, was ist komisch, sagte Zamira, Sie machen aus allen besonderen Menschen Juden, und bei uns sind alle Schurken Juden.

Das überrascht mich keinesfalls, meinte Moritz.

Muss ich raus hier?, fragte sie dann.

Ja genau, Wiesbaden Zentrum.

Als sie einige Minuten später über die Wilhelmstraße fuhren, wurde Alfred von einer Welle der Erinnerungen überrollt. Wie oft war er in seiner Kindheit und Jugend hier gewesen! Zuerst mit seiner Mutter und David im Park-Café. Später mit David im Kasino. Der war kein exzessiver Spieler und konnte rechtzeitig aufhören. Er hatte es sich zum Prinzip gemacht, beim Roulette auf einfache Chancen zu spielen. Setzte er also einhundert Mark auf Rot und es kam Rot, dann verließ er sofort mit einhundert Mark Gewinn das Kasino. Mehr, so sagte er, konnte er in einer Minute nicht verdienen. Verlor er aber, verdoppelte er jedes Mal den Einsatz, bis er ihn zurückhatte. Dann ging er auch. Er hatte nichts gewonnen, aber auch nichts verloren. Ganz anders Alfred. Er setzte Carré und Transversale. Jedes Mal, wenn er das Kasino betrat und zum Roulette ging, fühlte er sich geschmeichelt, weil der Croupier ihn nicht nur erkannte und mit Namen ansprach, sondern sich auch noch an sein Spielsystem erinnerte. Das war ein Trick, wie David ihm einmal erklärte, auf den nur schlechte Spieler hereinfielen. Später, im Lauf seines Lebens, in Cannes oder Monte Carlo, erkannte Alfred schmerzlich, dass sich Davids Feststellung bewahrheitete.

Mein Gott, rief Alfred, die Wilhelmstraße!

Schön hier, bemerkte Zamira.

Schön?, rief Alfred, wo ist die Eleganz geblieben, das Flair?

Moritz drehte sich nach hinten zu ihm um.

Alles weg. Das Park-Café, das Blum, die eleganten Geschäfte.

Mir gefällt es, sagte Zamira.

Das ist die Hauptsache, meinte Moritz, da hinten links, da finden wir sicher einen Parkplatz.

Nach einem Bummel von etwa einer Stunde machten sie sich auf die Suche nach einem Restaurant. Vorher hatte sich Zamira anhören müssen, wie toll, wie elegant, wie edel dieses Viertel einmal gewesen war. Heutzutage wurde den Innenstädten jeder Charme ausgetrieben. Das war das Verteufelte an der Globalisierung. In jeder Stadt sah man Starbucks, H&M, Hugendubel, Jack Wolfskin, Vodafone oder Fielmann. Flüchtete man sich dann in eine der zahllosen Passagen, Konsumtempel mit Marmorböden, gläsernen Geländern und Rolltreppen, fand man wieder die gleichen Modeboutiquen, Drogeriemärkte oder Geschenkartikelläden.

Es amüsierte Alfred, dass Zamira vorschlug, in das japanische Restaurant zu gehen, das sie auf der gegenüberliegenden Seite entdeckt hatte. Moritz war einverstanden und so überquerten sie die Straße. Japanisch! Trejfe! Etwas Sündigeres konnte es für den Herrn Professor nicht geben. Fleisch ging gar nicht und ansonsten gab es Schalentiere. Alfred war gespannt.

Das Lokal war überraschend angenehm. Keinerlei Folklore, die Einrichtung war modern, funktional. Sie nahmen an einem Ecktisch Platz, von wo aus sie auf die Straße sehen konnten. Dann kam die Bedienung mit einem iPad. Auf dem Display waren alle Speisen abgebildet, die das Haus anbot, inklusive Beschreibung und natürlich der Preise. Sie waren überrascht, so etwas hatten die drei noch nie gesehen. Jeder bekam das Gerät in die Hand, scrollte nach Belieben hoch und runter und sobald man auf das entsprechende Gericht tippte, war die Bestellung in der Küche. Genial. So stellte sich jeder sein Essen zusammen und auch Moritz durfte einigermaßen sicher sein, dass er seine Fischspezialität bedenkenlos verzehren konnte. Er erkundigte sich, in welcher Pfanne oder Friteuse sie zubereitet wurde, und bekam natürlich exakt das zu hören, was er aufgrund seiner suggestiven Fragen erwartete.

Ja, natürlich, der Herr, sagte die freundliche Bedienung, in dieser Pfanne wird nur Fisch zubereitet.

Keine Muscheln?

Nein, auf keinen Fall.

Und in dieser Friteuse war noch nie Fleisch?

Nein, noch niemals!

Moritz war beruhigt.

Und wenn doch Schweinefleisch in der Friteuse war?, fragte Zamira.

Wenn ich es nicht weiß, ist es auch keine Sünde, erklärte ihr Moritz.

Das ist wie in dem Witz, sagte Alfred, wo der Mann vor dem Deli steht und sieht einen Schinken. Er geht rein und fragt: Was kostet der Lachs im Fenster? Der Verkäufer sagt: Das ist kein Lachs, mein Herr, das ist Schinken. Darauf der Mann: Ich habe nur nach dem Preis gefragt, nicht nach dem Namen.

Zamira lachte.

Als die ersten kleinen Vorspeisen kamen, flüsterte Moritz Zamira etwas ins Ohr und die junge Frau öffnete ihren Rucksack und zog einen Teller hervor, den sie Moritz vor die Nase stellte. Das Besteck folgte. Alfred konnte es nicht fassen! Sein Bruder hatte das unschuldige Menschenkind bereits mit seinen Blödheiten infiziert.

Ich werde Ihnen einen Tipp fürs Leben geben, sagte Moritz und zeigte auf die Vorspeisen, meiden Sie Restaurants mit viereckigen Tellern!

21

Irgendwann hatte sich Moritz entschlossen, Norma und ihre Freundin Halina einzuladen, die, davon war Norma überzeugt, die richtige Partnerin für Alfred sei. Um aber seinen Bruder nicht zu verunsichern, behielt Moritz den wahren Grund des Treffens für sich.

Alfred war mit allem einverstanden, er war seit einigen Tagen bestens gelaunt. Die Filmproduktion hatte sich wider Erwarten bei ihm gemeldet und ihn für zehn Drehtage in den kommenden Wochen engagiert. Das Drehbuch war durchwachsen. Eine der üblichen Vampirgeschichten, die zurzeit wieder in Mode waren:

Eine junge Frau verliebt sich in einen jungen Mann, der schön, reich und melancholisch ist, was Frauen fasziniert. Außerdem scheint er homoerotische Neigungen zu haben, was Frauen noch mehr fasziniert. So erleben die beiden eine Zeit des Glücks – so lange, bis der junge Mann die junge Frau auf das elterliche Schloss einlädt. Hier verliebt sie sich in den Vater, den alten Vampir, dargestellt von Freddy Clay, denn der ist noch melancholischer und homoerotischer als sein Sprössling. Daraufhin reagiert dessen Mutter verärgert und beißt die junge Frau, sodass diese nun ebenfalls zum Vampir wird. Am Ende kommt es zu einem dramatischen Showdown Shakespeare'schen Ausmaßes. Der Regisseur, so teilte er Alfred per Mail mit, wollte diesen Film als eine Metapher zur Finanzkrise und zur

Umweltproblematik verstanden wissen! Alfred nahm sich vor, dies nicht zu hinterfragen. Die Gage war zwar nicht hoch, eher niedrig, aber er hatte Arbeit, das war die Hauptsache.

Norma und ihre Freundin waren gekommen, Zamira hatte ihnen die Mäntel abgenommen und sie in den Salon geführt. Halina Pinsker war eine große, attraktive Frau um die sechzig. Sie trug ihr dunkles Haar, das einen rötlichen Schimmer hatte, zu einer Schnecke gedreht, was ihr eine gewisse Strenge verlieh. Sie hatte traurige Augen. Nach Jahren in den USA und in Israel war die gebürtige Münchnerin vor einiger Zeit nach Frankfurt gekommen, wo sie in einer Kunstgalerie einen Job gefunden hatte. Davon erzählte sie, während sie alle im Salon saßen und den Aperitif nahmen.

Zamira hatte sich große Mühe gegeben und ein arabisches Menü gezaubert, das alle vor Ehrfurcht verstummen ließ.

Als Vorspeise servierte sie eine Gemüsesuppe bestehend aus Tomaten, Kartoffeln, Karotten, Lauch und Broccoli. Darauf Kreuzkümmel und Koriander. Der zweite Gang bestand aus einem Joghurt-Gurken-Salat mit klein geschnittener Minze. Für Moritz ohne Joghurt, da es hinterher Lamm mit Rosinen und Akazienhonig gab. Dazu gab es Hirse. Die Kleefelds waren begeistert. Ebenso die beiden Damen.

Norma war Zamira in der Vergangenheit schon ein paarmal begegnet. Sie war verblüfft, so ein »Model«, wie sie es nannte, bei den Brüdern anzutreffen, und sie war sicher, die Kleefelds hatten sich für die Schönheit und nicht für häusliche Fertigkeiten entschieden. Deshalb erstaunte es sie, dass sie angesichts des Dinners ihre Vorbehalte aufgeben musste.

Alfred war dermaßen von Halina angetan, dass er sich mit seiner üblichen Darstellung eines Teufelskerls zurückhielt und den Eindruck eines nachdenklichen Intellektuellen machte, was natürlich auch Show war. Er hatte sofort wahrgenommen, dass Halina nicht auf »Frauchen« machte, sondern selbstbewusst und ernsthaft war. Dabei hatte sie Humor, allerdings von der eher bissigen Sorte. Während der anregenden Unterhaltung bei Tisch huschte Zamira herbei, trug ab, servierte, erklärte die Speisen. Sie wurde gelobt und die Frauen fragten sie nach Rezepten und den Geheimnissen der Zubereitung.

Moritz war zufrieden. Er hatte sich nicht blamiert. Es war ihm wichtig, Norma zu beweisen, dass er nicht auf ihre Unterstützung, ihr Mitleid und ihre Ratschläge angewiesen war, sondern Haus und Personal im Griff hatte. Und dass es Palästinenserinnen gab, die nicht »Tod Israel« riefen, Fäuste schwangen und mit der Zunge trillerten, wenn eine Rakete Sderot getroffen hatte, was inzwischen beinahe täglich geschah.

Nach dem Essen begaben sich die Kleefelds und ihre Gäste wieder in den Salon, wo Zamira bereits Mokka und arabisches Gebäck vorbereitet hatte. Nachdem alle saßen, meinte Alfred, dass die Halva so süß und klebrig sei, dass man früher damit die Pyramiden gebaut hätte. Alle lachten, auch Halina. Das freute ihn, denn er wollte ihr unbedingt gefallen.

Zunächst schlug die Stunde von Moritz. Der setzte sich an den Flügel, nachdem Norma ihn inbrünstig darum gebeten hatte. Zuerst spielte er die Nocturne Nr. 20 von Chopin und anschließend auf Wunsch von Halina die »Gymnopédies« von Eric Satie.

Kurz vor Mitternacht begleiteten die Brüder die Damen nach Hause. Es war eine linde Sommernacht. Während Moritz mit Norma einige Meter vorneweg lief, trotteten Halina und Alfred hinterdrein, in ein Gespräch vertieft. Er war beeindruckt von seiner Begleiterin und vermied tunlichst, sie zu berühren. Er war eher der Mann, der andere gern während der Unterhaltung anfasste, aber bei Halina wollte er alles vermeiden, was sie hätte verschrecken können.

Halina hatte ein ereignisreiches Leben hinter sich. Sie hatte als junge Frau in München Kunstgeschichte studiert und sich dabei in einen ihrer Dozenten, den wesentlich älteren Galeristen und Kunstsammler Charles Henri Pinsker, verliebt. Das Paar zog nach New York, wo die Söhne Ilan und Uri zur Welt kamen. Pinsker verstarb einige Jahre später an Leukämie und Halina zog nach Tel Aviv, ihren Söhnen hinterher, die sich für ein neues Leben in Israel entschieden hatten. Während Ilan seinen Militärdienst absolvierte, geriet Uri unter den Einfluss einer ultraorthodoxen Gemeinde im Jerusalemer Viertel Mea Shearim. Er ließ sich einen Bart und Schläfenlocken wachsen. Er trug sogar einen streimel, also einen Pelzhut, und wollene Kleidung.

Alfred konnte es sich nicht verkneifen zu bemerken:

Genauso, wie es geschrieben steht: Du sollst bei vierzig Grad Hitze einen Pelzhut und schwarze, lange, wollene Kleider tragen!

Halina lächelte kurz.

Mein Sohn wurde so fromm, dass er jeden Kontakt zu mir abbrach!

Sie machte eine Pause, wischte eine Träne fort. Dann erzählte sie leise weiter, wie ihr Sohn verheiratet wurde und vier Kinder bekam. Obwohl Halina anfing, einen koscheren

Haushalt zu führen, und alles tat, um Uris Herz zu erweichen und ihre Enkelkinder zu sehen, blieb ihr jüngster Sohn bei seiner unerbittlichen Haltung. Seine Mutter und ihr Haus waren unrein.

Der älteste Sohn Ilan kam nach seiner Militärzeit und Einsätzen im Südlibanon nicht mehr im Alltag zurecht. Trotz eines gut bezahlten Jobs als Programmierer beim Geheimdienst Mossad wurden seine Depressionen zunehmend dramatischer, bis er eines Tages seinem Leben selbst ein Ende setzte. Halina war nah daran, das ebenfalls zu tun, aber ihre Freundin Norma besuchte sie, stand ihr bei, ebnete ihr den Weg nach Frankfurt und half ihr, zurück ins Leben zu finden. Nun hat Uri sie sogar vor ein paar Monaten in Frankfurt besucht, das Verhältnis scheint sich behutsam zu entspannen.

Als sie vor dem Haus standen, in dem Halina wohnte und das Norma gehörte, drückte sie Alfred rasch ein Küsschen auf die Wange und verschwand wie ein verstörter Teenager im Hausflur.

Auf dem Rückweg erzählte Alfred seinem Bruder Halinas Geschichte. Bevor Moritz zu Bett ging, machte er sich noch eine Notiz: Zamira loben!

Als Freddy Clay am Drehort erschien, wurde er vom Regisseur und vielen aus dem Team mit Respekt begrüßt. Selbst die vorlaute Maskenbildnerin, die ihn noch vor Kurzem wie Abschaum behandelt hatte, war wie verwandelt. Sie sorgte dafür, dass er sofort einen Tee bekam und quatschte ihn mit Tratsch und Klatsch zu, zog über das Team her, wie es diese Damen in der Regel zu tun pflegen. Dass früher alles besser und professioneller war, verstand sich von selbst.

Alfred war sich bewusst, dass er sich auf das Abenteuer einer Low-Budget-Produktion eingelassen hatte. Außerdem wurde der gesamte Film auf Video gedreht, das war für ihn neu. Ebenso die Tatsache, dass er weder einen Wohnwagen noch eine eigene Garderobe hatte, sondern mit anderen Darstellern und Komparsen in einem Gemeinschaftsraum neben einer improvisierten Kantine warten musste. Trotzdem fühlte er sich wieder aufgehoben in der Welt des Films, es war der Geruch des heißen Staubs auf den Scheinwerfern, die Kabel, die Schienen, die Hektik der Mitarbeiter, die vertrauten Töne und Kommandos, die sein Herz höher schlagen ließen. Es dauerte auch nicht lange und der letzte und unbedeutendste Mitarbeiter hatte geschnallt, dass hier ein echter Filmstar saß:

Freddy Clay, ja, genau, der Zombie, der Dracula, der Untote unserer Kindheit. Leibhaftig! Alfred wurde um Autogramme angegangen und die Aufnahmeleiterin bat ihn, sich am kommenden Abend für einen Bericht des hessischen Regionalfernsehens Zeit zu nehmen. Das machte er doch gern.

Am Nachmittag hatte er seine erste Einstellung. Ein kurzer, bedrohlicher Blick auf das junge Paar, als es das Schloss betrat. In einer großen Halle war der Eingangsbereich errichtet worden. Er sah armselig aus. Nur Versatzstücke, wie in dem existenzialistischen Drama, das Alfred einmal als Schüler am jüdischen Theater inszeniert hatte.

Der Regisseur mit dem Milchbart kam und erklärte Alfred die Szene:

Sie sehen die beiden kommen und schauen sehr böse.

Warum?, fragte Alfred.

Warum was?, fragte der Regisseur.

Warum schaue ich böse?

Sie sind von Natur aus böse.

Ach so, meinte Alfred, verstehe. Ich schaue also wie immer.

Dann fügte er an:

Ich bin doch ein Vampir, oder?

Ja, sicher, meinte der junge Mensch.

Wo habe ich meine Zähne?

Die sieht man doch noch nicht. Es ist ja Tag.

Darauf wollte Alfred hinaus, als er anmerkte:

Bei Tageslicht streifen Vampire selten durch das Haus.

Ach, meinte der junge Mann, diese alten Gesetze hebeln wir aus.

Verstehe, ich soll nur böse schauen.

Ja, sage ich doch. Dann rief er:

Wir drehen!

Freddy Clay spähte mit zusammengekniffenen Augen höchst gefährlich durch einen roten Vorhang, das war's für heute.

Am Abend rief Halina überraschend an und wollte wissen, wie der erste Drehtag gelaufen war. Er war erstaunt, dass sie sich das Datum gemerkt hatte. Ein Beweis ihres Interesses?

Sie amüsierte sich, als Alfred den Dilettantismus des Regisseurs schilderte. Irgendwann im Lauf des Gesprächs meinte Alfred, dass es schön wäre, man könnte sich bald mal wieder sehen. Halina reagierte sachlich und meinte, sie sei ziemlich beschäftigt.

Später sprach Alfred mit seinem Bruder:

Sie ruft mich an, sie fragt mich nach dem Dreh, sie interessiert sich offenbar, und wenn ich frage, ob man sich mal wiedersieht, wird sie einsilbig, macht sie zu.

Alles Strategie. So sind sie. Sie wollen, dass du kämpfst, dass du dich verzehrst.

Das werde ich sicher nicht tun.

Das erwarten sie ebenfalls, sagte Moritz.

Am nächsten Morgen lernte Alfred seine Frau kennen. Sie hieß Ilona Illing und war in Deutschland ein TV-Star. Er erinnerte sich, dass er ihr apartes Gesicht hin und wieder auf den Titelseiten der Programmzeitschriften bemerkt hatte. Ihre Filme allerdings waren diese unsäglichen Schmonzetten, die nicht zu ertragen waren. Filmchen, in denen deutsche Schauspieler durch Cornwall taperten und englische Aristokraten gaben. Auch Ilona war in den letzten Jahren mehr durch die Darstellung von frustrierten adligen Damen aufgefallen denn durch Charakterrollen. Die Plots waren stets gleich: Entweder war die uneheliche Tochter des Hausherrn zufällig aufgetaucht – ein platter Autoreifen während des morgendlichen Ausritts wurde dafür gern genommen –, die das Leben durcheinanderwirbelte, weil sie sich in den jungen Lord verliebte, der ja in Wahrheit ihr Halbbruder war, was sie aber nicht wusste, was sich dann gottlob als falsch herausstellte, denn die Lady des Hauses hatte in ihrer Jugend auch mal einen Fehltritt getan. Oder der böse US-Konzern wollte die verarmte Baronin aus ihrem Schloss werfen, um daraus ein Golfhotel zu machen, aber wie es der Zufall wollte, kannte der Konzernchef die Baronin noch von früher, weil sie ihm beim Segeln vor Sardinien hin und wieder das Leben gerettet hatte.

Ja, das liebte das deutsche Fernsehpublikum und deshalb war Ilona Illing ein Star. Bedauerlich, denn sie war in der Tat eine hervorragende Schauspielerin und hatte als junge Frau auf der Bühne und im deutschen Film mit ernsthaften Rollen Erfolge gefeiert und viele Preise gewonnen, einmal sogar die Goldene Palme von Cannes.

Daran erinnerte sich Freddy Clay, als er ihr vorgestellt wurde und sie ein wenig ins Plaudern kamen. Am Abend zuvor hatte Alfred sie gegoogelt und sich die erforderlichen Informationen gemerkt. Sie war entzückt. Überhaupt schien sie von ihrem Filmpartner angetan und versprühte ihren Charme. Sie wusste einiges über Freddy Clay und der kam vor lauter Eitelkeit gar nicht auf die Idee, dass sie ihn ebenfalls gegoogelt haben könnte!

Auf jeden Fall lachten sie viel, stießen immer wieder auf gemeinsame Bekanntschaften. Kameraleute, Regisseure, Kollegen. Die Welt ist klein. In den Drehpausen wurden sie unzertrennlich und es entstand bereits im Lauf des ersten Tages eine erotisch aufgeladene Spannung.

Ilona lebte in Berlin und schwärmte von dieser Stadt. Sie konnte es nicht verstehen, dass Alfred von Rom nach Frankfurt gezogen war, das ja nun keine ausgesprochene Filmstadt war. So berichtete er von seinem hinfälligen Bruder, seiner Jugendzeit und seiner ewigen Liebe zu der kleinen Großstadt am Main.

Am Nachmittag rückte das Fernsehteam an, um einen Bericht über die Dreharbeiten dieses für Frankfurt herausragenden Films zu machen.

Eine junge, nicht unattraktive Reporterin setzte sich Alfred gegenüber und begann:

Wie kommt ein internationaler Filmstar wie Sie in solch einen eher kleinen Film?

Alfred lächelte.

Ich könnte jetzt sagen, dass mich die Rolle gereizt hätte

oder es schon immer mein Wunsch war, mit diesem Regisseur zusammenzuarbeiten, aber es war schlicht die Tatsache, dass ich gern arbeite und man mir einen Job angeboten hat.

Sie spielen hier, wenn ich es richtig gelesen habe, wieder mal einen Vampir. Langweilt es Sie nicht auf die Dauer, immer das Gleiche zu machen?

Ganz und gar nicht. Als ich jung war, war ich Cowboy, später dann Gladiator oder Pirat und heute, mit ein paar mehr Falten, bin ich eben ein Untoter. Ich könnte schlecht Tarzan sein in meinem Alter.

Die junge Frau lachte.

Sie leben in Rom, wie ich lesen konnte …

Nein, sagte Alfred, da muss ich Sie gleich korrigieren, ich lebe in Frankfurt seit einigen Monaten.

Wow, sagte sie, das wusste ich ja gar nicht.

Der Kameramann gab ihr ein Zeichen und sie sagte:

Freddy Clay, haben Sie vielen Dank für das Gespräch.

Das Interview war beendet.

Am folgenden Abend, als Alfred nach Hause fahren wollte, bat ihn seine Filmpartnerin Ilona Illing, den Text für die gemeinsame große Szene, die für den nächsten Tag disponiert war, durchzugehen. So begleitete er sie in ihr Hotel und auf ihr Zimmer. Sie hatte bereits von unterwegs eine Flasche Champagner bereitstellen lassen. Während sie nebeneinander auf dem Bett lagen, Champagner tranken und den Text übten, begann Ilona an Alfred herumzufummeln. Aber er reagierte nicht. Auch als sie plötzlich über ihn herfiel und ihn küsste. Sie stöhnte und drückte ihm ihre fordernde Zunge in den Mund. Aber er blieb zurückhaltend. Sie öffnete die Knöpfe ihrer Bluse und ließ ihr üppiges Dekolleté sehen. Keine Reaktion. Was war los mit ihm? Freddy Clay, der Womanizer, der nie in seinem Leben etwas hatte anbrennen lassen, der unzählige Frauen geliebt hatte, war keusch geworden? Und das, obgleich seine letzten Abenteuer lang zurücklagen, er also einen gewissen Hunger verspüren müsste. Und hier war eine reizvolle Frau, die sich nach ihm sehnte. War es das Alter? Hatte er Angst zu versagen?

Als er eine Stunde später auf Moritz' Bett saß und mit einem Mal das Bedürfnis hatte, seinem Bruder von dem Vorfall zu berichten, war der nicht überrascht. Er legte sein Buch zur Seite, setzte seine Lesebrille ab und sagte: Halina Pinsker!

Das war die Erklärung. Sie war schuld daran, dass Alfred sich zurückhielt. Er wollte ihr zartes, gerade beginnendes Verhältnis nicht beschmutzen. Während Moritz sprach, wurde Alfred klar, dass er sich seit seiner Jugendzeit nie mehr mit seinem Bruder über Themen unterhalb der Gürtellinie unterhalten oder ausgetauscht hatte.

Bist du je fremdgegangen?, wollte Alfred plötzlich von seinem Bruder wissen.

Er hatte ein spontanes »Nein« erwartet und hörte stattdessen Moritz sagen, nachdem dieser lange auf seine Hände geschaut hatte, die immer noch die Lesebrille hielten:

Ja.

Möchtest du darüber sprechen?, fragte Alfred.

Es ist eine mysteriöse Geschichte, sagte Moritz. Eine Sache, die ich schnell vergessen wollte, aber an die ich bis heute fast täglich denken muss. Obwohl sie schon fast zwanzig Jahre zurückliegt.

Er machte eine Pause, schaute zur Wand, als würde er dort etwas finden.

Ich war über das Wochenende mit ein paar Kollegen nach

Big Sur gefahren, wo einer von ihnen ein Haus am Meer besaß. Fanny musste mich sogar dazu überreden, denn ich war ja nie so ein Barbecue-Typ. Aber weil auch der Dekan anwesend sein sollte, hielt sie es für opportun und strategisch geschickt, wenn ich mich der Gruppe anschließen würde. Außerdem konnte ich das Bild vom introvertierten jüdischen Intellektuellen korrigieren. Die Kollegen hatten mich bis dato eher als einen ernsthaften Wissenschaftler kennengelernt, der niemals über die Stränge schlagen würde. Ich wollte ihnen das Gefühl geben, dass ich einer von ihnen sei. Bereits während der Fahrt wurde heftig gebechert, ich trank, glaube ich, das erste Mal in meinem Leben Bier aus der Dose. Als wir an jenem Freitagabend in dem Ferienhaus ankamen, waren wir alle schon ziemlich betrunken. Freitagabend, stell dir vor! Ich fühlte mich ein wenig wie Hiob, den Gott prüfen wollte. Ich war der einzige Jude in der Runde und wollte kein Außenseiter sein und so trank ich und trank, bis ich schicker wie a goj ins Bett fiel.

Am nächsten Tag fühlte ich mich zwar ziemlich erledigt, fuhr dann doch mit dem Hausherrn, meinem Kollegen Robert Robertson, den wir alle Bob Bobson nannten, zu einem Supermarkt, um Proviant für das Barbecue zu besorgen. Bob war Ethnologe, ein ehemaliger Quarterback. Groß, bullig, a klotz. Ein verlässlicher Kerl. Er hatte viele Jahre im guatemaltekischen Dschungel verbracht. Während er Tonnen von Würstchen, Steaks und Pork Ribs kaufte, besorgte ich für mich Chicken Wings und Pappteller und hoffte nur, mein Essen grillen zu können, bevor sie ihren Schweinefraß auf das Feuer warfen. Als ich auf den Parkplatz kam, stand Bob ein paar Meter von unserem Wagen entfernt und sprach mit einer attraktiven, exotischen Frau um die vierzig, die einmal kurz zu mir herübergelächelt hatte, wie mir schien. Sie ging mir jedenfalls nicht mehr aus dem Kopf und auf dem Rückweg fragte ich Bob nach ihr. Sie hieße Allison, erklärte er, und sie habe mal in der Nachbarschaft gewohnt. Sie käme aus Hawaii.

Du hättest sie einladen sollen, für heute Abend.

Das habe ich getan, sagte Bob. Vielleicht kommt sie.

Den ganzen Nachmittag ging mir diese Frau nicht mehr aus dem Kopf. Obgleich ich sie nur ein paar Sekunden gesehen hatte und mir bang war vor der Situation, wünschte ich sehnsüchtig, sie würde erscheinen. Ein törichter Gedanke. Der Abend verlief, wie ich befürchtet hatte. Man hing herum, man schwatzte über die Uni, über Kollegen, es wurde gelästert und gelacht, wieder viel getrunken. Ich grillte meine Hühnerstücke auf dem Schweinegrill und verschlang sie mit Ketchup und diversen nicht koscheren Soßen. Es war schon fast Mitternacht, als sie plötzlich vor mir stand! Ich hatte ein Auto gehört und Leute gesehen, die in den Garten gekommen waren, aber hätte niemals geglaubt, dass Allison dabei sein könnte. Sie setzte sich neben mich ins Gras und wir begannen, miteinander zu sprechen, und ich hatte das Gefühl, dass ich sie schon ewig kennen würde. Ich kann es gar nicht genau beschreiben, aber mein Herz öffnete sich. Sie stellte kluge Fragen, sie berührte wunde Punkte in meiner Seele, sie war wie eine wiedergefundene, vertraute Freundin. Später gingen wir wie selbstverständlich Hand in Hand hinunter zum Meer, legten uns nebeneinander in den Sand und redeten und redeten und warteten auf den Sonnenaufgang. Sie erzählte von Hawaii, das ihr fehlte, das irgendwo fernab von hier weit im Pazifik lag, von ihrem eintönigen Leben, ihrer kaputten Ehe und von Hoffnungen, die sich nie erfüllt hatten. Während sie sprach, kam es fast zufällig zu kleinen, liebevollen Berührungen zwischen uns. Es war bereits früher Morgen, als wir ins Haus schlichen, in mein Zimmer kamen, auf das Bett fielen, uns gegenseitig hektisch auszogen und mit ungezügelter Leidenschaft liebten. Und ich machte Erfahrungen und lernte Emotionen kennen, die ich nicht kannte. Ich war nicht mehr Professor Moritz Kleefeld, ich war einfach ich. Als sie sich gegen Mittag heimlich aus dem Haus stahl, hatte ich ihr vorher meine Visitenkarte in die Hand gedrückt, ihr versichert, dass ich ohne sie nicht mehr sein könnte, und sie gebeten, mich in der Uni anzurufen, sobald sie eine Möglichkeit sah, nach San Francisco zu kommen, damit wir uns treffen könnten. Sie sagte es zu. Noch einmal küssten wir uns voller Inbrunst, es tat weh, voneinander zu lassen. Dann ging sie den Flur entlang, drehte sich an der Treppe noch einmal um und ich bemerkte die Tränen in ihren Augen.

Und, wie ging es weiter?, fragte Alfred. So offen hatte er seinen Bruder selten erlebt.

Ich duschte mich nicht, war wie in Trance. Ich roch ihren Duft, ich spürte sie noch lange auf der Fahrt nach Oakland. Ich saß im Fond des Wagens, zwischen dem Dekan und einem Kollegen und war in Gedanken an Allison versunken.

Ich stellte mir vor, wie ich Fanny irgendwann die Wahrheit sagen, mich von ihr trennen und ein neues Leben beginnen würde. Ich sah es vor mir, das kleine Haus am Meer, hörte die Möwen schreien. Die geliebte Frau lag am Strand und ich beugte mich über sie ...

Und, Morris, wie war deine Nacht?, riss mich Bob, der den Wagen fuhr, aus meinen Gedanken.

Was sollte diese Frage? Diese Stunden sollten nur mir gehören. Ich wollte das Geheimnis für mich behalten und sagte nur kurz:

Okay.

Komm, sagte ein anderer, erzähl doch mal! Habt ihr's getrieben?

Getrieben!, dachte ich, für diese Idioten war das nur eine Nummer, aber für mich war es die schmerzlich schönste Offenbarung einer innigen, wahrhaftigen, überwältigenden Liebe, die wie ein Sturm über mich gekommen war. Zwei Menschen hatten sich im Chaos des Lebens gefunden, zwei Menschen, die sich nicht kannten und doch ewig nacheinander verzehrt hatten. Die Cantos von Pound kamen mir in den Sinn: »Du kamst aus einer Nacht und Blumen waren in deinen Händen. Ich, der dich sah, in einem Meer von Menschen ringsumher, hoffte dass ich dich wiederfände, allein!«

Es ... war ... okay. Kapiert?, sagte ich noch mal in einem Ton, der alle Diskussion unterbinden sollte.

Es ist also was gelaufen, ließ Bob nicht locker.

Die anderen grinsten.

Ja, sagte ich schließlich leise.

Es war furchtbar. Es war mir unangenehm. Es fühlte sich an wie Verrat.

Gut, mein Freund, hörte ich Bob lachend sagen, dann kriege ich fünfhundert Dollar von dir. So viel habe ich der Kleinen gezahlt, damit sie dich mal ordentlich rannimmt!

Während alle im Auto brüllten vor Lachen, dachte ich wieder an Hiob! Nur dass ich der Prüfung nicht standgehalten hatte.

Moritz schwieg jetzt.

Und, wie ging es aus?

Es ging nie aus, für mich geht es bis heute weiter, sagte Moritz. Ich habe sie nie vergessen. Es hat natürlich auch mein Verhältnis zu Fanny verändert.

Hatte sie einen Verdacht?

Das weiß man bei Frauen nie, meinte Moritz, jedenfalls ließ sie es mich nie spüren. Im Gegenteil. Etwa ein Jahr später kam sie auf die Idee, nach Big Sur zu fahren! Na, stell dir vor. Ich war wie elektrisiert und fragte, was willst du da, um Himmels willen? Ich will den Ort kennenlernen, wo Huxley lebte und Henry Miller. Das klang überzeugend und so fuhren wir hin. Unterwegs schaute ich im Vorbeifahren zu jedem Diner und jeder Tankstelle und natürlich zu Parkplätzen vor Supermärkten. Ich war plötzlich sicher, sie zu sehen. Irgendwann wurde ich mutiger, sogar fatalistisch, denn ich schlug Fanny vor, ihr das Haus von Bob zu zeigen. Ich war mit einem Mal davon überzeugt, dass Allison im Garten säße und auf mich wartete. Sie würde sich erheben, auf mich zugehen, mich in ihre Arme nehmen und sagen: Geliebter! Endlich! Jeden Tag war ich hier und habe auf dich gewartet!

Fanny würde alles verstehen, weise lächeln und verschwinden wie ein Geist. Allison und ich würden ans Meer gehen. Auf dem Weg dorthin hätte sich der Irrtum aufgeklärt. Sie war gar kein Callgirl. Bob hatte sich nur einen Spaß gemacht. Jetzt konnten wir darüber lachen. Später lagen wir am Strand und liebten uns wie beim ersten Mal.

Alfred erhob sich und sah zu seinem Bruder.

Eine schreckliche Geschichte, sagte er.

Welche, meinte Moritz, Hiobs oder meine?

Deine, sagte Alfred, denn bei Hiob ist es ja gut ausgegangen. War es nicht dein geliebter Adorno, der gesagt hat, es gibt kein richtiges Leben im falschen.

Moritz setzte seine Lesebrille auf und nahm sein Buch.

Ich bereue nichts in meinem Leben …, sagte er.

… außer, dass ich nicht jemand anderes geworden bin!, setzte Alfred fort.

Moritz lachte.

Das ist gut, sagte er.

Leider nicht von mir, meinte Alfred. Das ist von meinem Adorno. Woody Allen!

22

Es ist schon merkwürdig, dachte Alfred, jahrelang passiert nichts und dann überschlagen sich die Ereignisse. Zuerst Halina, dann Ilona und nun Juliette! Wieder schaute er auf die Mail, die vor ein paar Minuten gekommen war:

mein lieber freddy, wie schön, von dir zu hören. habe mich auch oft gefragt, wo du wohl stecken magst, aber dass du ausgerechnet in unserem alten frankfurt gelandet bist! ich lebe nach wie vor in zürich. meine söhne sind aus dem haus. ich habe nach wie vor meine praxis, sonst würde mir die decke auf den kopf fallen. wenn du magst, können wir uns sehen. ich wollte zur jahrzeit meiner mutter am 22. nach frankfurt kommen und auf den friedhof gehen. ich sag dir noch genau bescheid, wann ich ankomme. gib mir dein tel. dann rufe ich an.
bisous, juliette

Kannst du dich noch an Juliette Lubinski erinnern?, fragte Alfred während des Mittagessens seinen Bruder.

Na sicher. Pessach, bei dem dicken Anwalt und seiner Frau. Arbeitet sie nicht in der Schweiz als Therapeutin?

Sie kommt nach Frankfurt. Mich besuchen.

Schön, meinte Moritz, lade sie zu uns ein. Ich würde sie gern wiedersehen. Deine erste Liebe.

Alfred lächelte. Manchmal war sein Bruder doch nicht so fernab, wie man annehmen konnte.

Zamira kam und während sie das Geschirr abräumte, sagte sie:
Ich habe eine Frage.
Fragen Sie, meinte Moritz.
Habe ich Urlaub?
Na sicher, sagte er, Sie haben bezahlten Urlaub.
Nein, Sie müssen das nicht bezahlen.
Worum geht es? Setzen Sie sich.
Zamira klemmte sich schüchtern auf eine Stuhlkante.
Mein Cousin heiratet. In Beirut.
Der Cousin, den Sie heiraten sollten, sagte Alfred.
Ja, amüsierte sie sich, genau!
Und da wollen Sie hinfahren und dafür brauchen Sie Geld und Urlaub.
Urlaub ja, kein Geld. Ich habe gespart.
Sie kriegen Urlaubsgeld, sagte Moritz, keine Widerrede!
Wann soll das sein?, fragte Alfred vorsichtig.
Ende des Monats, sagte die junge Frau, zwei Wochen.
Okay, meinte Moritz, aber nur wenn Sie versprechen zurückzukommen.
Sie lachte, sprang auf und trug fröhlich das Geschirr nach draußen.
Sie fehlt mir jetzt schon.
Mir auch.

Obwohl Alfred seine Kindheit in New York verbracht hatte, er amerikanisch sozialisiert worden war, wie man es auch nennen könnte, lehnte er Essen in Kinos ab. Als würde man in zwei Stunden verhungern, schleppten die Leute Berge von Popcorn, Tacos, Chips oder Hamburger mit in den Saal, mampften, knisterten und stopften während der Vorstellung alles in sich rein. Nicht nur, dass diese Picknicks die Aufmerksamkeit und Erlebnisbereitschaft auch der anderen Besucher einschränkte, es roch unangenehm und am Ende sah es aus wie nach einem Tornado. Nicht alles, was die USA vorlebten, war nachahmungswürdig, kam ihm in den Sinn, als er in der Lobby des Cinemaxx stand und auf Halina wartete. Sie kam ihm vor wie ein scheues Tier, das sich nur mit Tricks aus der gewohnten Umgebung locken ließ. Alfred konnte es nicht verstehen, dass Menschen sich nicht für Filme interessierten. Manchmal ging er bevorzugt in frühe Vorstellungen, in denen er oft der einzige Zuschauer war und nicht von essenden Menschen behelligt wurde. Viele Blockbuster besorgte er sich auf DVD. Die schaute er sich nachts auf seinem Laptop mit Kopfhörer im Original an. Nur in Ausnahmefällen konnte er Moritz davon überzeugen, sich mit ihm gemeinsam Filme wie »Fluch der Karibik« oder »Tim und Struppi« auf der Leinwand anzusehen. Für seinen Bruder war Kino Zeitverschwendung. Die Filme der Coen-Brothers oder die von David Lynch waren vom Niveau her das unterste, was der Professor akzeptierte. Noch heute schwärmte er von solchem Psychoquatsch wie »Letztes Jahr in Marienbad«, »Die Einsamkeit des Langstreckenläufers« oder »Das Schweigen«, Filme, die man nicht einmal nacherzählen konnte.

Jetzt wollte sich Alfred mit Halina »Frankfurt Coincidences« ansehen, ein Film, der in verschiedenen Episoden vom Schicksal einiger Bewohner eines Frankfurter Wohnhauses erzählte. Alfred ging nur selten in deutsche Filme, er wurde zu oft enttäuscht. Meistens waren sie lustfeindlich, schicksalsbeladen und naturalistisch. Magersüchtige junge Menschen in Unterwäsche saßen in Wohnküchen und schauten auf Innenhöfe. Die Frauen hielten sich mit beiden Händen an dicken

Bechern mit Kräutertee fest, die Männer tranken Sojamilch aus Mehrwegflaschen und entwarfen Transparente für eine Demo. Es ging in der Regel um so sinnliche Themen wie Arbeitslosigkeit, Klimawandel, Pestizide, Gier der Banken oder Hartz IV, Themen, von denen er jeden Tag auf Spiegel Online lesen konnte. Warum sollte ein frustrierter Mensch ins Kino gehen, um sich dort frustrierte Menschen anzusehen?

Er würde sich auch den heutigen Film niemals angesehen haben, wenn nicht einige aus dem Drehteam ihn empfohlen hätten, in der Hauptsache deshalb, weil sie irgendwie daran mitgearbeitet hatten und weil er, selten genug, in Frankfurt spielte. Es war schön, vertraute Orte auf der Leinwand wiederzuerkennen.

Halina kam in letzter Minute und so konnte sich Alfred nicht mehr in die letzte Reihe setzen, was er gern tat. Während sie die Werbung über sich ergehen ließen, flüsterten sie miteinander, eine Unart, die Alfred anderen übelnahm, selbst wenn auf der Leinwand so profane Dinge abgehandelt wurden wie die Kraft eines Deos oder die Sparsamkeit eines französischen Kleinwagens. Er sah zu Halina. Er wurde nicht klug aus dieser Frau. Sie war freundlich, teilweise sogar herzlich, dann nahm sie sich wieder zurück und fremdelte. Nach einigen erfolglosen Versuchen hatte er davon Abstand genommen, sie zu berühren, denn sie ließ bei jedem Versuch deutlich ihre Ablehnung erkennen. Als der Film begann, besah sich Alfred neugierig ihr anmutiges Profil, bis sie es bemerkte und ihn verwundert anschaute. Der Film war schnell erzählt: In einem Haus leben Menschen unterschiedlicher Herkunft. Ein arabisches Mädchen wird von ihrem heimlichen deutschen Freund schwanger. Eine andere junge Frau muss sich prostituieren, um über die Runden zu kommen und ihr Kind durchzubringen. Ein Flüchtling aus Afrika leidet unter einem Kriegstrauma und hat Angst, abgeschoben zu werden, und schließlich gibt es da noch einen emeritierten Professor, der kaum noch Kontakt zur Außenwelt hat. Der Filmemacher hatte lautere Absichten. Es war ein bedrückender Film, ein realistischer Film, ein Film, den man nicht sehen mochte.

Aber er kam von Herzen, sagte Halina beim Hinausgehen.

Das Gegenteil von gut ist gut gemeint, sagte Alfred kurz.

Auf dem Weg zur Hauptwache erzählte er vom »Café Wipra«, das es in den fünfziger Jahren hier gegeben hatte, das »Café der Tierfreunde«, wie es damals hieß. Zwischen Aquarien, Volieren, Käfigen, Kletterbäumen und Stangen saßen die Gäste an Tischen, hatten Kännchen mit dem guten Onko-Kaffee vor sich und Schwarzwälder Kirschtorten. Umgeben von exotischen Tieren wir Affen, Vögeln, Echsen oder Fischen. Am Eingang saß ein uralter, großer, bunter Papagei, der jeden Gast, der das Café verließ, fragte: Haste auch bezahlt? Nur bei Gästen, die hinausgingen, machte er das. Bei Besuchern, die kamen, rief er: Ei Gude!

Hier in diesem Café hatte Alfred als Junge mit seiner Mutter, Onkel David und seinem Bruder gesessen, den Serengeti-Eisbecher vor sich, und die vielen Tiere bestaunt, die um ihn herum pfiffen, krähten, quietschten, krächzten, bellten, schrien oder nur stumm herumschwammen. Heute würde man das als Tierquälerei bezeichnen, so viele Tiere im Lärm des Cafés und, wie vor Jahren noch, im Zigarettenqualm. Wenn das Wipra nicht schon verschwunden wäre, hätten Tierschützer, davon war Alfred überzeugt, dafür gesorgt, dass es zumachen müsste.

Mögen Sie Tiere?, fragte Alfred seine Begleiterin und Halina sagte:

Tiere sind mir egal.

Sie erzählte von ihrer Nachbarschaft in Tel Aviv und dass es mehrheitlich die jeckes, die älteren jüdischen Emigranten aus Deutschland waren, die eine besondere Liebe zu den wilden Katzen und den herrenlosen Hunden entwickelten und sie durchfütterten. Auch dann, wenn sie selbst kaum etwas zum Leben hatten.

Hatten Sie je Tiere?, fragte sie ihn.

Ja, sagte Alfred, ich hatte mal einen Hund und ich denke heute noch fast täglich an ihn, obwohl er schon seit über zwanzig Jahren tot ist.

Erzählen Sie von ihm.

Sie machen sich doch nichts aus Tieren, wandte er ein.

Erzählen Sie schon. Sie möchten doch über den Hund sprechen, oder?

Der Hund hieß Lupa, was auf Deutsch »Wölfin« heißt. Obwohl sie eher wie ein Fuchs aussah. Sie ist über fünfzehn Jahre alt geworden. Mindestens, denn ich weiß nicht genau, wie alt sie war, als ich sie bekam. Wir drehten einen Abenteuerfilm auf Stromboli und saßen jeden Abend mit der ganzen Crew am Hafen vor einer Kneipe. Da gab es auch Straßenhunde, die um die Tische herumlungerten und hofften, dass etwas herunterfiel oder man sie fütterte. Und eines Abends sah ich Lupa und verliebte mich sofort in sie. Sie war noch jung. Ich teilte mein Abendbrot mit ihr und sie wich mir nicht mehr von der Seite. Ich nahm sie mit nach Rom, obwohl das idiotisch war. Ein Landhund in dieser großen Stadt, ein Herrchen, das selten zu Hause war. Wer sollte sich kümmern? Aber entgegen der Voraussage von Freunden lief alles perfekt. Wir entwickelten ein symbiotisches Verhältnis. Lupa lernte schnell, sie war klug und vernünftig, stellte sich sofort auf neue Situationen und neue Menschen ein. Trotz ihres Temperaments war sie extrem anpassungsfähig. Ich nahm sie mit auf Reisen, in Hotels, zu Freunden und zu Dreharbeiten, sie wurde zum Liebling der Filmcrews. Sie brauchte keine Leine. Selbst in mein Kino um die Ecke durfte sie mich begleiten und schlief unter meinem Sitz, während auf der Leinwand geballert wurde. Nur Hunde durften in den Filmen nicht bellen, da bellte sie mit und ich musste ihr die Schnauze zuhalten. Es entwickelte sich eine wirkliche Lebensgemeinschaft und ich habe von Lupa mehr bedingungslose Liebe bekommen als von irgendeinem Menschen. Ich habe sogar einmal eine Beziehung beendet, weil die Dame Lupa ablehnte. In ihren letzten Lebensmonaten wurde sie blind und konnte irgendwann auch nicht mehr gehen, wegen eines Tumors in der Wirbelsäule. Ich habe sie schließlich einschläfern lassen, habe Gott gespielt, was ich bis heute tief bereue und was mich immer noch schmerzt, obwohl es sicher richtig war. Sie liegt auf dem Tierfriedhof in Rom. Ich besuche sie jedes Mal, wenn ich in der Stadt bin. Am Grab meiner Mutter in Nizza war ich seit ihrer Beerdigung nie mehr.

Eine Dreiviertelstunde später standen sie vor Halinas Haus und verabschiedeten sich züchtig voneinander. Halina war nicht auf die Idee gekommen, Alfred zu fragen, möchten Sie noch einen Moment mit hinaufkommen?

Alfred hatte nicht vorgehabt, länger, als es die Höflichkeit verlangte, auf der Abschlussfeier des Films zu bleiben, aber dann erfuhr er, dass Ilona Illing bereits abgereist war und war erleichtert. Jetzt fand er es doch überraschend nett in dem Kellerlokal in Sachsenhausen, zwischen den Beleuchtern, den Kameraleuten, den Schauspielern und dem Produktionsstab. Merkwürdig, dachte er, wie oft hatte er es erlebt, dass sich Kollegen, die sich den gesamten Dreh über reserviert, ja teilweise gleichgültig verhielten, bei der Abschlussfeier auftauten und plötzlich mitteilten, wie großartig und menschlich einmalig sie diese Dreharbeiten empfunden hätten. Auch Alfred bekam Lob und Komplimente von Leuten, die er während des Drehens kaum bemerkt hatte. Man empfand es als wohltuend, dass ein internationaler Filmstar wie er so unprätentiös und kollegial aufgetreten war. Das meistgebrauchte Wort an diesem Abend war »professionell« und es klang ganz besonders komisch aus dem Munde jenes jungen, dilettantischen Regisseurs, der die mangelnde Professionalität in der Branche kritisierte. Er saß neben Alfred auf der unbequemen Eckbank, trank seinen fünften Äbbelwoi, hatte sich bei ihm untergehakt und sagte:

Freddy, super, du warst Weltspitze! Echt saugut. Ich wollte dich ja von der ersten Sekunde an haben. Die Rolle hatte ich auf dich geschrieben, echt, ehrlich wahr. Nur die Produktion dann so: Nee, der ist zu teuer, nee, der kann doch nicht mehr spielen, der ist nicht mehr textsicher und so. Aber ich habe an dich geglaubt und gewusst, dass du das bringst und dass wir das voll durchziehen, das war geil, echt super! Prost, Freddy!

Er hob sein Glas.

Prost, Uwe, sagte Alfred.

Ulf, verbesserte der junge Mann.

Dann tranken sie.

Als Alfred nach Hause kam, war Moritz noch wach und saß im Salon vor dem Fernseher.

Er machte das Gerät leise und fragte:

Na, wie war's?

Das Übliche, meinte Alfred und setzte sich in seinen Sessel, man bleibt jetzt für immer in Verbindung und der Regisseur schreibt ein Drehbuch, nur für mich.

Moritz lächelte. Dann sagte er:

Weißt du was? Was hältst du davon, wenn wir auch wegfahren, wenn Zamira nicht da ist?

Okay, meinte Alfred, wohin willst du?

Nach Zirndorf.

Alfred war überrascht.

Du willst dich auf die Spuren deines Vaters begeben?

Unseres Vaters.

Der ICE aus Zürich sollte um 13 Uhr 53 eintreffen, hatte aber eine Viertelstunde Verspätung. Das war keine Überraschung, stellte Alfred fest, es war in den letzten Jahren eher selten, dass ein Zug pünktlich war. Der Nimbus der zuverlässigen deutschen Bahn war dahin, der Lack war ab. Pünktlich wie die Bahn war in früheren Jahren ein Wertsiegel. Alle reden vom Wetter, wir nicht. Aus und vorbei. Aber das galt nicht nur für die Bahn, das galt für nahezu jeden Lebensbereich. Autos wurden zurückgerufen, Organe wurden verschoben, Flughäfen und Philharmonien nicht rechtzeitig eröffnet, Babys vertauscht, Mitarbeiter zu Unrecht entlassen, Gelder ins Ausland geschafft, Konkurse manipuliert, Schiedsrichter bestochen, Lebensmittel vergiftet. Deutschland wurde langsam ein Land wie jedes andere auch. Nicht weit weg von Italien. Letztlich beruhigend. Es gab kein deutsches Wesen mehr, an dem die Welt genesen konnte. Aber Züge konnten sie bauen. Ja, schön war er, der ICE, dachte Alfred, als die lange Schnauze des Zuges langsam auf ihn zurollte.

Würde er Juliette wiedererkennen?, ging es ihm durch den

Kopf, als die Reisenden an ihm vorbeieilten, ihre Rollkoffer hinter sich herziehend. Der Rollkoffer, dachte er, welche grandiose Erfindung! War es nicht ein gewisser Paul Roll gewesen? Er musste grinsen.

Alfred bewegte sich nicht vom Fleck, reckte sich, sah in die vielen Gesichter. Es war immer wieder verblüffend, jeder Mensch sah anders aus. Nur nicht in China. Aber das dachten die da drüben von uns auch: Alle Langnasen sehen gleich aus!

Dann sah er sie. Juliette! Damenhaft, elegant, wie sie es schon als Teenager war. Sie strahlte, winkte. Sie hatte sich nicht verändert, nur reifer war sie geworden. Dann ließ sie ihren Rollkoffer stehen und sie fielen sich wortlos in die Arme. Sie drückte ihren Kopf an seine Brust und sie hielten sich ganz fest, wie vor hundert Jahren in der schaukelnden Straßenbahn.

Freddy, sagte sie und sah zu ihm hoch.

Juliette! Er strich ihr über das Haar. Es war wie in einem schlechten Hollywoodfilm, so kam es ihm vor. Das Leben war ein schlechter Hollywoodfilm!

Du hast dich kaum verändert, sagte Alfred.

Außer, dass ich inzwischen Großmutter bin.

Sie saßen nebeneinander im Taxi und das Herz schien ihr überzugehen. Sie plapperte und plapperte. Sie hatte inzwischen einen leichten Schweizer Tonfall, das gefiel Alfred.

Mein ältester Sohn, der Noah, war schon ganz früh ein Fan von dir. Er rannte in jeden Film. Und als ich ihm sagte, dass wir Jugendfreunde waren, ist er fast ausgeflippt. Mama, sagte er einmal, warum hast du nicht den Freddy Clay geheiratet, dann wär der jetzt mein Papa, oder! Ich habe dich mal um ein Autogramm gebeten, erinnerst du dich? Ich habe an deinen Agenten geschrieben und tatsächlich kam dann ein Bild von dir mit Grüßen für Noah.

Alfred nickte, aber er erinnerte sich nicht.

Und, was machst du so?, fragte sie ihn irgendwann.

Ich habe jeden Tag Ferien, sagte Alfred, das ist sehr aufregend.

Juliette lachte. Sie hatte im Hilton in der Hochstraße reserviert und als das Taxi hielt, sah sich Alfred verwundert um.

Das Stadtbad Mitte ist ja verschwunden!, rief er.

Ja, mein Lieber, das ist jetzt der Pool des Hotels.

Eine Gedenktafel hätten sie aber anbringen können, für uns, sagte er.

Sie lachte immer noch mädchenhaft.

Ich habe ein Zimmer reserviert, sagte Juliette am Empfang, Tisch, Zürich.

Ja, natürlich, Frau Dr. Tisch, sagte die Frau hinter dem Tresen, auf deren Namensschild »Ramona« stand, Sie waren ja schon bei uns.

Ramona, dachte Alfred, gab es nicht mal einen Schlager, der so hieß? War der nicht von zwei Indonesiern? Blue Diamonds! Mein Gott, dass ihm das jetzt eingefallen war.

Während Juliette eincheckte, dachte Alfred an die gemeinsamen Stunden im Stadtbad Mitte. Er hatte wieder den abgestandenen Geruch der Umkleidekabinen in der Nase, Dampf und Schweiß, die glitschigen Holzpaletten, über die man ging, die lauwarmen Duschen, bunte Bändchen mit Schlüsseln an dünnen Handgelenken. Das Kreischen von Kindern in der großen, verglasten Schwimmhalle. Die schrille Pfeife des Bademeisters. Im Wasser dann die scheuen Berührungen, das Wettschwimmen, das Untertauchen, an den Beinen ziehen, lachen, schüchterne, gechlorte Küsse. Meistens blieb er länger im Wasser als sie. Die Erektion musste abklingen. Daher der Name Abklingbecken!

Er schmunzelte.

Wie geht es jetzt weiter, riss sie ihn aus seinen Gedanken, you are the captain.

Willst du dich ein wenig frisch machen und wir sehen uns dann später?

Frisch machen! Sie lachte. Hältst du mich für nicht mehr ganz frisch?

Sorry, sagte Alfred, ein blöder Begriff.

Schon gut, ich könnte ein wenig arbeiten, ein paar Mails schreiben und so.

Dann hole ich dich um sechs ab. Wir essen bei uns.

Prima, ciao Freddy, sagte sie und dann: Ich bin übrigens Vegetarierin.

Macht nichts, meinte Alfred, ich habe dich trotzdem lieb.

Küsschen links und rechts, dann verschwand sie im Lift.

Zamira gab sich besondere Mühe, nachdem Alfred ihr ein wenig von seiner Jugendliebe Juliette Lubinski erzählt hatte, und war nun dabei, ein vegetarisches Menü zu kreieren. Er war zu ihr in die Küche gekommen, hatte für Zamira einen Espresso und für sich einen Tee zubereitet und dann war er geblieben, hatte sich an den Küchentisch gesetzt und ein wenig über früher geplaudert, während Zamira Gemüse putzte. Er erzählte von Juliette, von ihrer unschuldigen Liebe, dem Grandseigneur Lubinski und seinem Maybach, von der unerbittlichen Mutter Lulu, den Fünfzigern, die für eine junge Frau mittelalterlich anmuten mussten und für eine junge Palästinenserin schon jenseits aller Vorstellungskraft waren. Er sprach vom Louis-Armstrong-Konzert, vom Rock'n'Roll, von Mopeds und Petticoats. Alfred war angetan, wie aufmerksam Zamira zuhörte, welche Fragen sie stellte. War es am Anfang ausschließlich ihre Schönheit, die ihn betört hatte, entstand nun das Bild einer Persönlichkeit, die ihm näherkam. Es war in der Tat so, wie Moritz es in einer seiner Veröffentlichungen geschrieben hatte: Je besser man den anderen kennt, umso besser versteht man sich selbst. Oder wie Martin Buber es einmal ausdrückte: Kein Ich ohne Du.

Als er auf den Flur kam, ging die Türklingel. Er öffnete, vor ihm stand Maik Lenze, der ewige Student.

Hallo, Herr Kleefeld, sagte er.

Kommen Sie rein, Maik, wann darf ich »Doktor« zu Ihnen sagen?

Wir sind auf der Zielgeraden, meinte der junge Mann.

Freut mich zu hören, sagte Alfred, obwohl er nicht daran glaubte.

Gehen Sie durch, der Meister ist in seiner Klause.

Als er am Speisezimmer vorbeiging, sah er Zamira, die das Geschirr aus der Anrichte holte, um den Tisch zu decken. Maik blieb einen Augenblick stehen. Er musste an die Stöcklein denken, wie sie stöhnte und ächzte, wie ihr alles eine Last gewesen war. Und Zamira? Immer summte sie ein Lied, stets war sie gut gelaunt. Sie drehte sich um.

Beobachten Sie mich?, fragte sie.

Ja, es gibt Schlimmeres.

Moritz thronte am Kopfende, Juliette und Alfred saßen sich gegenüber. Genau wie an Pessach vor fast sechzig Jahren, als es der füllige Rechtsanwalt Lubinski war, der den Tisch dominierte, während sich die Teenager anstarrten. Juliette war für die Feiertage aus dem Schweizer Internat zurückgekehrt, wohin sie ihre Rabenmutter deportiert hatte, nachdem sie die Liebe zu Alfred hatte unterbinden müssen. Nichts war mehr wie vorher und doch gab es eine tiefe Zuneigung. Genau wie heute, dachte Alfred. Juliette hatte sich nicht geändert, trotz Mann, Kindern und Kindeskindern, einer Karriere als Analytikerin. Sie war der lustige, unbeschwerte Backfisch geblieben, abenteuerlustig und illusionsbereit. All das ging ihm durch den Kopf, während Juliette und Moritz unvermeidliche Fachgespräche führten. Unterhalten sich Metzger privat auch immer über Fleisch? Sagen Sie, Kollege, wie oft klopfen Sie ein Schnitzel? Nun, das ist eine komplexe Frage …

Ich habe dein Buch verschlungen. Und dann habe ich mal versucht, deine Theorie über die widerläufigen Effekte in einem Praxistest zu überprüfen, sagte Juliette.

Und?, fragte Moritz kauend.

Das ist ganz schön in die Hose gegangen.

Moritz ließ das Besteck sinken.

Wieso das denn?

Weil das kein klassenspezifisches Problem ist.

Moritz widersprach.

Ich behaupte, dass der Mensch, der mehr Spielmöglichkeiten hat, sein Image zu gestalten, diese auch nutzt. Es ist wie in der Vogelwelt, wo sich die bunten Hähne aufplustern. Wer nichts zum Plustern hat, der hat zwar schlechtere Karten, aber ist wahrhaftiger.

Juliette lachte, dann sah sie hinüber zu Alfred.

Langweilst du dich, Darling?, fragte sie kokett.

Nein, sagte Alfred, ich höre euch gern zu, wirklich.

Moritz nahm die Serviette, wischte sich den Mund ab und sagte:

Mein kleiner Bruder langweilt sich immer, wenn es nicht um ihn geht.

Keiner kennt mich so gut wie dieser alte Mann.

Der Regen passt, dachte Alfred, als er den Mercedes vor der roten Klinkerwand des Friedhofs parkte. Er stieg aus, lief um den Wagen herum und half Juliette beim Aussteigen. Sie hatte als praktische Frau einen Schirm dabei. Alfred setzte sein Käppchen auf, nahm den Schirm, unter den Juliette schlüpfte, indem sie sich bei Alfred einhakte. Sie durchschritten das Portal, überquerten den menschenleeren Innenhof. Ein Mann kam aus dem Verwaltungsbüro gelaufen und rief: Juliette!

Er umarmte sie und begrüßte dann Alfred.

Du kennst Alfred Kleefeld?, fragte Juliette.

Na sicher, sagte der Mann, ich bin Bibi Werbowitzer. Du warst doch immer im Imbiss meines Vaters.

Ja klar, Bibi, erinnerte sich Alfred, auf der Kaiserstraße, neben Fränkels Teppichladen. Hast du nicht Zahnmedizin studiert?

Hat er auch, schaltete sich Juliette ein, Bibi hatte eine Praxis. Vor ein paar Jahren war ich mal bei ihm. Ich bekam hier plötzlich irre Zahnschmerzen.

Na ja, wie das so ist, meinte Bibi, ich habe aufgehört und mir gesagt, jetzt wird gelebt, und was soll ich dir sagen? Ich habe mich gelangweilt. Die Kinder sind aus dem Haus, der Hund ist tot, die Frau reist den Enkeln nach. Deshalb habe ich den Job hier vom alten Herschkowitz übernommen. Ehrenhalber.

Und wie läuft es so?, fragte Alfred.

Wunderbar, die Kundschaft geht mir nie aus, sagte Bibi und lachte.

Und du? Du bist doch beim Film, oder?

Bevor Alfred antworten konnte, zog ihn Juliette weiter.

Bis später, rief sie.

Sterben kommt nicht aus der Mode, sagte Alfred, als sie Hand in Hand durch die Grabreihen gingen. Das letzte Mal, konnte er sich erinnern, war hier der Friedhof zu Ende, heute ging er endlos weiter, unglaublich. Sie kamen an den Gräbern von Holzmann, von Fränkel, Verständig und Fajnbrot vorbei. Jedes Mal erzählte Alfred Juliette eine kleine Geschichte voller Witz und Wehmut und sie legten Steinchen auf die Gräber. Dann standen sie mit einem Mal vor dem Familiengrab der Lubinskis, Jean und Lulu, auch im Tod unzertrennlich.

Hat sie sich umgebracht?, fragte Alfred.

Wir wissen es nicht und ich habe auch nicht weiter geforscht. Sie ist nie über den Tod meines Vaters hinweggekommen. Er war der Mittelpunkt ihres Lebens. Sie hat alles für ihn getan, sie hat ihn geliebt, verehrt, vergöttert. Deshalb bin ich übrigens Analytikerin geworden. Um das zu begreifen, auch um mich in dieser Konstellation zu finden. Ich habe mal einen Essay darüber geschrieben. Kann ich dir mailen.

Ja, bitte.

Juliette blieb noch eine Weile stumm vor dem Grab ihrer Eltern stehen, dann sagte sie:

So, wen haben wir noch?

Nach zehn Minuten hatten sie das Grab von David Bermann gefunden. Es war überwuchert von Pflanzen, aber Name und Daten waren noch zu erkennen. 20.12.1898–11.1.1972. Während Alfred nach einem Steinchen forschte, sagte Juliette:

Ich sehe ihn vor mir. Ein gut aussehender Mann, wie ein

Filmstar hat er ausgesehen. Und war immer super gekleidet, sehr elegant. Deine Mutter und er waren ein optimales Paar. Ich war als junges Mädchen schwer beeindruckt. Du hast übrigens viel von deinem Onkel David.

Er war mein Vater!, sagte Alfred plötzlich. War es unüberlegt oder wollte er, dass sie dieses Geheimnis kennen sollte? Nun war es in der Welt und Juliette schaute entsprechend ungläubig.

Was?! Sie starrte ihn an.

Es ist, wie ich dir sage. Das Trauma meines Lebens. Nicht, dass er mein Vater ist, aber die Tatsache, dass man es mir so lange verschwiegen hat.

Wie lange weißt du es schon?

Leider habe ich es erst nach seinem Tod erfahren.

Er machte eine Pause, sah in den Himmel. Die Tränen kamen ihm, als er leise sagte:

Das habe ich ihr niemals verziehen …

Er weinte und die kleine Juliette nahm ihn in die Arme.

23

Es war Jahre her, dass sie eine lange gemeinsame Autofahrt unternommen hatten, denn meist endeten diese im Streit. Das vorletzte Mal, als ihn Moritz in Rom besuchte und sie nach Neapel gefahren waren, erregte sich sein Bruder darüber, dass der Wagen keine Klimaanlage hatte und man bei offenem Fenster fahren musste. In Neapel lag Moritz dann zwei Tage im Hotel, weil er sich einen steifen Nacken geholt hatte.

Du hättest deinen schmock aus dem Fenster halten sollen, meinte Alfred spöttisch, aber das kam bei seinem Bruder gar nicht gut an. In Pompeji stolperte Moritz und prellte sich das Knie. Am letzten Abend in Rom verdarb er sich in einem Restaurant, selbstverständlich einem koscheren, den Magen. Zwei Tage später rief Fanny in Rom an und meinte in ihrer oberlehrerhaften Art:

Alfred! Ich habe dir einen kerngesunden Mann geschickt und zurück bekomme ich ein Wrack!

Er hatte sich damals geschworen, nie mehr mit seinem Bruder zu verreisen. Aber er brach seinen Schwur und ein Jahr später, als er in Hollywood arbeitete, besuchte ihn Moritz und sie kamen auf die Idee, einen Wagen zu mieten und nach Las Vegas zu fahren. Der Wagen hatte eine Klimaanlage, man konnte sich auf Liegesitzen ausstrecken, es gab nichts zu meckern. Während der Autoreise hatte Moritz plötzlich das Bedürfnis, etwas Extremes zu unternehmen und so bogen sie einfach von der Route 15 ab, in die Wüste. Irgendwann fanden sie nicht mehr zurück und landeten in einem Gebiet, das sich sinnigerweise »Rattlesnake Area« nannte. Moritz wurde panisch, die Dunkelheit fiel wie ein schwarzer Vorhang herunter und so entschlossen sie sich, im Auto zu übernachten und am frühen Morgen weiterzufahren.

Müßig zu erwähnen, dass die Brüder kaum etwas zu trinken und lediglich ein paar Kekse dabeihatten, denn auf der Landstraße lockte üblicherweise alle paar Meilen ein Diner.

Es war eine unruhige Nacht, denn Professor Kleefeld hört Schakale heulen, Schlangen klappern und Berglöwen knurren. Da die Klimaanlage zuerst auf »saukalt«, dann in der Nacht auf »mörderheiß« lief, machte der Wagen am nächsten Morgen nur einen kurzen Satz, dann war der Tank leer. Alfred, als Bandido, Mongole, Sklavenhändler, Kopfgeldjäger und Desperado in den Wüsten der Welt zu Hause, lief zu Fuß los. Wie in einem Western hatte Moritz mit sterbender Stimme geröchelt:

Lass mich hier zurück und rette dich!

Bereits jenseits des nächsten Hügels erblickte Alfred die Straße und kehrte nach einer Stunde mit einem Farmer auf dessen Pick-up und mit einem Benzinkanister zurück.

In Las Vegas checkten sie im »Tropicana« ein und stürzten sich sofort in die glitzernde, surrende, klingelnde, klappernde, scheppernde, dudelnde Welt der Spielkasinos. Sie hatten ja nur einen Abend und da sollten die Millionen reinkommen! Alfred rannte zu den unterschiedlichen Slotmaschinen, zum Bingo, zum Black Jack, Roulette und den Würfeln und hatte nach knapp zwei Stunden sein Geld verloren. Betrübt kehrte er zu Moritz zurück, der immer noch an derselben Slotmaschine saß, die er seit zwei Stunden traktierte.

Und?, fragte der, wie schaut es aus?
Fünfzehnhundert verloren, sagte Alfred betrübt, und du?
Nichts gewonnen, nichts verloren, antwortete Moritz.

Am nächsten Morgen checkten sie aus und aßen bei McDonald's noch ein »loser's brunch«, das Essen für Verlierer zu sich, das es zum Billigtarif gab. Dabei beobachteten sie ein älteres jüdisches Ehepaar, das anscheinend sein gesamtes Vermögen eingesetzt und verloren hatte. Die beiden saßen nebeneinander, übernächtigt, sie in einem weißen Tüllfummel, er im beigefarbenen Dinnerjacket. Sie weinte, er starrte wie hypnotisiert an eine Wand, wo ein überdimensionales Foto von Elvis hing.

Ab und zu fragte sie ihn unter Tränen:
Sam, wie soll es denn jetzt weitergehen?
Sam schwieg.
Sam, wie kommen wir denn nach Hause?
Sam hatte keine Antwort.
Sam, wie kriegen wir denn die Kreditkarte zurück?
Sam spitzte die Lippen.
Sam, wie konnte das passieren?
Auch dafür hatte Sam keine Erklärung.
Irgendwann erhob sich Moritz, ging hinüber und sprach das Pärchen an. Man redete miteinander, dann zog Moritz zwei Hundert-Dollar-Scheine aus der Tasche und drückte sie Sam in die Hand. Er konnte gerade noch verhindern, dass ihm die Frau die Hände küsste, und kam zurück an den Tisch.
Was sollte das?, fragte ihn Alfred.
Der Greyhound nach Albuquerque, sagte sein Bruder, nebbich.
Sie waren eine Stunde gefahren, als Moritz das Steuer

übernehmen wollte. Alfred war dankbar, er war ziemlich müde und schlecht gelaunt. Als er auf dem Beifahrersitz Platz genommen hatte, griff sein Bruder in die Brusttasche, holte wie in einem Mafiafilm ein zusammengerolltes Bündel Geldscheine heraus und warf es Alfred in den Schoß.

Bist du verrückt? Was ist das?

Tausendfünfhundert. Ich habe dreitausend gewonnen!

Du ganef!, lachte Alfred und boxte seinem Bruder an den Oberarm.

Wenn ich es dir in Vegas gegeben hätte, wäre es weg!

Etwa drei Stunden, nachdem sie in Frankfurt losgefahren waren, verließen sie die Autobahn und kamen auf die Bundesstraße, die nach Zirndorf führte. Moritz faltete die Landkarte zusammen, die er auf den Knien gehalten hatte, und legte sie ins Handschuhfach. Zehn Minuten danach passierten sie den Ortseingang, wo praktischerweise auch ein Hinweisschild zum Hotel »Schwarzer Hirsch« stand, in dem sie reserviert hatten. Es war das einzige Hotel im Ort, das eine Garage anbot.

Das renovierte Fachwerkhaus lag an der Hauptstraße, unweit des Bahnhofs. Es war fünf Uhr nachmittags, als sie ihr Zimmer bezogen.

Bei der jungen Frau an der Rezeption hatte Moritz die Anmeldung ausgefüllt.

So, Herr Kleefeld, ihr Schlüssel ...

Da kam ein älterer Mann aus dem Nebenraum und sagte: Grüß Gott. Hat hier auch mal a Familie Kleefeld geben.

Vermutlich ist das unsere, sagte Alfred.

Des warn fei Juden.

Ach so, sagte Moritz, na dann ...

Zimmer vierundzwanzig, sagte die junge Frau, im ersten Stock.

Moritz war unter der Dusche und Alfred lag angezogen auf dem Bett. Er hatte seinen Laptop aufgeklappt vor sich, wählte eine Nummer auf seinem Handy und sagte dann:

Herr Bühler? ... Kleefeld hier ... ja, danke, alles bestens ... morgen früh ... sehr schön ... wie heißt die Dame? ... Frau Rose ... gut, ja ... so machen wir's ... Guten Abend.

Er beendete das Gespräch, als Moritz, nur mit einem Handtuch bekleidet, aus dem Bad kam.

Morgen früh um zehn auf dem Friedhof, sagte Alfred.

Wo sind meine Hausschuhe?, fragte Moritz.

Eine Frau Rose wird uns führen.

Ich hatte sie doch mitgenommen, da bin ich ganz sicher.

Alfred sprang auf und zeigte neben das Bett.

Hier sind sie!

Wenn das schon so anfängt, dachte er.

Ich wusste doch, dass ich sie mitgenommen habe, war Moritz zufrieden, früher hat die Stöcklein immer meinen Koffer gepackt, ich musste mich um nichts kümmern.

Wie ich das hasse, sagte Alfred, als er vor dem Kleiderschrank stand, befestigte Kleiderbügel! Als hätte man nichts anderes im Sinn, als ihre verschissenen Bügel zu klauen. Ich gehe jetzt duschen!

Er wollte ins Bad, da klingelte sein Handy. Er lief hin, sah auf die Nummer, murmelte: Wer ist das denn?, und nahm das Gespräch an.

Ja, bitte, sagte er ... Zamira? ... Ja, alles okay, danke. Und Sie? ... Fein, dann noch viel Spaß ... Ciao!

Moritz schaute Alfred fragend an.

Stell dir vor, sie ruft aus Beirut an, um zu fragen, ob wir gut angekommen sind.

Unglaublich, das Mädchen ist nicht von dieser Welt.

Die Bedienung schaute etwas verwundert auf Moritz, der seinen koscheren Teller in den Händen hielt, und sagte:

Ja, an Fisch hammer da. Sie kenna a Forelle aus der Pegnitz ha'm oder an Zander aus der Regnitz.

Dann nehme ich den Karpfen aus der Schnegnitz, sagte Moritz gut gelaunt.

Als die Frau dumm schaute, sagte er freundlich, den Zander, mit Salzkartoffeln. Auf diesen Teller, bitte. Und du?

Er sah Alfred an.

Ich nehme die sechs Nürnberger Rostbratwürstchen und den Kartoffelsalat mit Speck.

Ha'm Sie auch an Deller?, fragte die Frau.

Nein, sagte Alfred, Sie können diesen nehmen!

Er zeigte auf den Teller seines Bruders.

Wie jetzt?, fragte die Frau, aber da sagte Moritz schnell:

Der Herr wollte nur einen schlechten Witz machen.

Er gab ihr den Teller.

Alfred nahm sich eine Laugenbrezel aus einem Korb.

Irgendwie anrührend, wenn ich denke, dass Louis Kleefeld als kleiner Junge sicher auch mal hier in diesem Lokal war.

Moritz schaute sich um. Es war eine mittelalterlich anmutende, rustikale Gaststube mit dunklen Deckenbalken und Fachwerkwänden.

Na, ganz bestimmt, meinte Moritz, unser Großvater Jakob war ja Viehhändler, da wurde jeder Handel im Wirtshaus begossen, so war das damals. Das hat mir unser Vater noch erzählt.

Dein Vater.

Unser Vater! Moritz wurde ärgerlich. Sei nicht blöd! Mein Vater ist David Bermann, basta!

Dein leiblicher Vater, okay, aber du bist ein Kleefeld, dein ideeller Vater ist Louis Kleefeld. Sonst wäre ich nicht dein Bruder. Und ich bin doch dein Bruder, oder?

Alfred biss in die Brezel und sagte kauend:

Wenn du meinst.

Die Bedienung kam und brachte zwei Suppen.

An guten, die Herrn, sagte sie, als sie die Tassen abstellte.

Entschuldigung. Wir haben keine Suppe bestellt, sagte Moritz.

Die ist fei immer dabei. Tagessuppe, erklärte die Frau, oder mögen's ka Suppen?

I mag a Suppen! Eierstich, herrlich, rief Alfred, hundert Jahre nicht mehr gegessen!

Moritz wollte ihr seine Suppentasse reichen, aber Alfred sagte:

Nein. Die esse ich auch noch.

Die Frau lächelte und ging.

Hmm, schwärmte Alfred, die Suppe ist ein Gedicht.

Moritz war davon überzeugt, denn er sagte sehnsüchtig:

Ja, sieht gut aus. Und riecht lecker.

Ist garantiert koscher, komm schon.

Ich habe keinen koscheren Löffel dabei.

Hier, sagte Alfred und reichte ihm seinen Löffel, ich bin doch dein Bruder. Und wenn ich nicht koscher bin, bist du's auch nicht.

Alfred lag wach und starrte an die Decke. Neben ihm saß sein Bruder, ein Kissen im Rücken, und las. Es war unmöglich für ihn, mit Moritz in einem Zimmer zu schlafen.

Warum hast du ein Doppelzimmer genommen?
Ich habe nicht nachgedacht, sorry.
Ich kann aber nicht schlafen, sagte Alfred.
Dann lies etwas.
Ich habe keine Lust zu lesen.
Dann schlaf.
Ich bin es nicht gewöhnt, neben einem anderen zu schlafen.
Zwei Nächte wirst du es aushalten. Es gibt Schlimmeres.
Ich kann nicht furzen, wie ich will, mich nicht an den Eiern kratzen, aufstehen, Licht machen, Fernsehen, was weiß ich.

Jetzt konnte Moritz nicht mehr lesen und ließ das Buch sinken.

Weißt du, oft denke ich noch an unser Zimmer in der Bockenheimer Landstraße. Ich habe dich beneidet, du hast am Fenster geschlafen und konntest immer rausschauen.

Ich weiß, erinnerte sich Alfred. Gegenüber haben die Kreitlings gewohnt, die hatten zwei Töchter.

Na sicher. Wie hießen die noch?
Ursel und Bärbel.
Genau.
Alfred setze sich auf.
Die Bärbel war erst vierzehn, aber hatte schon Riesendinger. Ich habe immer gehofft, sie mal nackt zu sehen.
Die Ursel war ein blitzgescheites Mädchen, sagte Moritz.
Das war mir nicht wichtig, damals.
Es kommt mir vor, als sei das gestern gewesen.
Es war gestern!

Wahnsinn, wie schnell die Zeit vergeht. Plötzlich ist man alt.

Und das ist große Scheiße!

Findest du?, fragte ihn Moritz.

Ja, das finde ich. Altwerden ist scheiße! Immer tut dir was weh. Der Rücken, die Gelenke. Ich könnte den ganzen Tag stöhnen.

Ich nicht?, fragte Moritz. Was glaubst du? Ich bestehe nur aus Schmerzen.

Na, sicher. Aber man nimmt es als gottgegeben hin. Es ist eine Tatsache, dass man als älterer Mensch ziemlich geschlagen ist.

Du hast recht.

Aber es hat auch einen Vorteil. Es kann morgen schon alles vorbei sein.

Du hast also keine Angst vor dem Tod?, fragte Moritz.

Nein, aber vor dem Sterben. Ich möchte nicht leiden. Du musst mir versprechen, dass du bei mir den Stecker ziehst, wenn es so weit ist.

Quatsch! Davon wollte Moritz nichts hören. Du wirst mich sowieso überleben!

Er sagte nach einer Pause:

Apropos, wenn du mich überlebst, wirst du das Haus erben.

Alfred streckte den Daumen nach oben:

Wow! Dann eröffne ich ein Bordell!

Du kannst machen, was du willst, sagte Moritz, ohne weiter auf Alfreds Vorschlag einzugehen, aber es kommt nicht infrage, dass nach deinem Tod dein entzückender Sohn Howard …

Harold!

… Harold alles erbt!

Keine Angst. Was soll ich machen?

Du vermachst es einer jüdischen Stiftung. Die Adresse schreibe ich auf.

Alfred sah seinen Bruder an und legte die Hand an die Schläfe:

Aye, Sir!

Moritz kam mit seinem Teller vom Frühstücksbuffet, wo er sich Butter und Käse geholt hatte. Alfred tunkte ein Croissant in seinen Milchkaffee und schien belustigt.

Lachst du über mich?, fragte sein Bruder.

Ausnahmsweise nicht, flüsterte Alfred, aber es ist immer wieder eine große Show, allein reisende Geschäftsmänner am Buffet zu beobachten. Hilflos wie Säuglinge. Der da hinten, guck jetzt nicht hin, wollte partout seine Laptoptasche nicht loslassen und jonglierte seine Essen wie Rastelli. Sein Kollege lief vier Mal, bis er alles hatte. Unbeholfen. Aber zu Hause, da machen sie den dicken Max: Trude, wo bleibt mein Frühstück!

Moritz musste grinsen. Manchmal war es vergnüglich, mit Alfred unterwegs zu sein. Solange er sich andere als Opfer ausguckte.

Entschuldigung, rief Moritz der Bedienung zu, kann ich noch einen Milchkaffee bekommen?

Kommt sofort, sagte sie.

Ich sage es dir jetzt zum letzten Mal, zischte Alfred seinem Bruder zu, du musst dich nicht dafür entschuldigen, wenn du was bestellst! Die Frau ist dafür da, dich zu bedienen, kapiert? Das ist ihr verdammter Job!

Damit verdient sie ihr Geld.

Habe ich tatsächlich wieder »Entschuldigung« gesagt?

Ja, du hast gesagt: Entschuldigung, kann ich noch einen Milchkaffee bekommen!

Es wird nicht mehr vorkommen, sagte er, Entschuldigung.

Annegret Rose, eine schlanke, vornehm wirkende Frau um die sechzig, wartete am Gitter des alten jüdischen Friedhofs, als der Mercedes anhielt und die Brüder Kleefeld dem Wagen entstiegen. Man begrüßte sich höflich und anschließend gingen die drei durch das verzierte Tor mit dem Davidstern. Zuerst betraten sie die restaurierte Leichenhalle, die aus der Gründerzeit stammte. Aus einer Epoche, als sich die Juden zu emanzipieren begannen, als sie die Gettos verließen, um ein Teil der bürgerlichen Gesellschaft zu werden. Außer dem Beamtentum und der Offizierslaufbahn standen ihnen fast alle Berufe offen, sie konnten den Status des Bürgers erlangen, Grundbesitz erwerben und Unternehmen gründen. Wie in den vielen Fürstentümern des zersplitterten Reiches hatte man auch hier in Bayern erkannt, dass die Juden den Herrschenden durch ihr Talent und ihre Strebsamkeit von Nutzen sein konnten. So begann auch der Aufstieg der Familie Kleefeld, als sie aus dem Umland in den Marktflecken Zirndorf bei Fürth zog.

Hier war die erste Eisenbahn gefahren, hier begann die Industrialisierung. Brauereien, Spielwarenfabriken, Textilmanufakturen wurden gegründet, die nicht selten jüdische Eigentümer hatten.

Die Brüder Gabriel, Moses und Jakob Kleefeld wurden erfolgreiche Kaufleute und Viehhändler, heirateten Henriette, Klara und Caroline, wohlerzogene Töchter aus jüdischem Hause, und bekamen Kinder. Zu Beginn des 20. Jahrhunderts waren sie angesehene Bürger der aufstrebenden Stadt Zirndorf und saßen im Gemeinderat.

All dies lernten die Kleefelds durch die rührige Frau Rose, die sich intensiv mit der Familiengeschichte der Kleefelds befasst und sogar einen Stammbaum der Familie aufgezeichnet hatte. Sie stand neben Alfred und Moritz in der Leichenhalle vor einer Gedenktafel, in die die Namen aller im Holocaust ermordeten jüdischen Bürger der Stadt eingraviert waren. Unter dem Buchstaben »K« befanden sich etwa fünfzehn Personen, die Kleefeld hießen, darunter auch der Name Louis Kleefeld.

Ihr Vater, sagte Frau Rose.

Alfred und Moritz sahen sich kurz an.

Ja.

Sie faltete den Stammbaum auseinander und legte ihn auf einen Tisch, wo ein Gedenkbuch aufgeschlagen lag, für die wenigen Besucher, die an diesen Ort kamen.

Moritz beugte sich über die Aufzeichnungen und las:

Louis Kleefeld, geboren 1890 in Zirndorf, heiratete Barbara, geborene Petersen, geboren 1904 in Altona, zwei Söhne, Moritz, geboren 1935 in Frankfurt am Main, und Alfred, geboren 1938 ebenda. Moritz heiratete Fanny, geborene Trindel, geboren 1944 in Antwerpen!

Er schaute Frau Rose an.

Chapeau, sagte er, woher wissen Sie das alles?

Alte Stammbücher, Register, Internet. Wenn man sich für etwas interessiert, findet man es heraus.

Alfred war in der Zwischenzeit ein wenig in der Halle herumgelaufen, ließ den hellen, schönen Raum auf sich wirken und machte ab und zu ein Foto mit seiner Lumix.

Das ist ja alles stilecht, jedes Detail, hörte man ihn von hinten rufen.

Ich will nicht unbescheiden sein, sagte Frau Rose, aber das ist mein Werk.

Tatsächlich?

Ich bin den Politikern, den Sponsoren und den jüdischen Organisationen jahrelang auf den Wecker gegangen. Die haben mich verflucht. Das war eine Ruine und der Friedhof ein Trümmerfeld. Das wäre alles unwiederbringlich weg gewesen. Aber am Ende habe ich es geschafft. Ich denke, das sind wir den Juden von Zirndorf schuldig.

Die Juden von Zirndorf, sagte Moritz, ist das nicht ein Roman von Wassermann?

Genau, sagte Frau Rose, es ist die Geschichte des Sabbatai Zwi.

Es dämmert. Dieser falsche Prophet. Er hat die Leute aufgefordert, ihm ins Heilige Land zu folgen.

Ja, bestätigte die Frau, es folgten ihm auch die Juden aus der hiesigen Gegend und gingen ins Verderben. Aus Zirndorf, Fürth und Nürnberg.

Das war während des Dreißigjährigen Kriegs. Hunger, Not, Epidemien, da sind viele Menschen durchgedreht und haben nach jedem Strohhalm gegriffen. Da hatten Scharlatane leichtes Spiel.

Ist er nicht am Ende zum Islam konvertiert?, fragte Alfred.

Ja, sagte Frau Rose.

Diese Konvertiten, das sind die Schlimmsten!

Ich bin zum Judentum übergetreten, meinte Frau Rose herausfordernd.

Alfred war das unangenehm.

Äh, also ich wollte Sie nicht …

Ich bin das gewöhnt, sagte die Frau, ich habe ein dickes Fell, denn ich bin aus Überzeugung Jüdin geworden und nicht wegen einer Heirat. Mein Mann war Christ. Auch mein Sohn ist kein Jude. Ich habe die Religion nicht gesucht, sie hat mich gefunden. Ich war lang in Israel, ich spreche Hebräisch, ich habe den Talmud studiert, ich bin religiös und führe einen koscheren Haushalt.

Ich auch, sagte Moritz stolz, so als hätten beide ein seltenes gemeinsames Hobby. Wie Schneekugeln sammeln.

Gehen wir mal raus?

Der verwunschene Friedhof war liebevoll hergerichtet, selbst die alten Grabsteine, zum Teil noch aus dem 18. Jahrhundert, waren restauriert, entmoost, die Namen der Verstorbenen leserlich. Alfred und Moritz entdeckten die Gräber ihrer Urgroßeltern. Alfred fotografierte eifrig, Moritz wanderte mit Frau Rose umher. Am Ende standen sie vor dem imposanten Familiengrab der Kleefelds, wo lediglich zwei Namen eingraviert waren. Die leeren Flächen waren für all jene Familienmitglieder vorgesehen, die dann wider Erwarten nicht in Zirndorf in gesegnetem Alter eines friedlichen Todes gestorben waren. Auf einer schlichten Gedenktafel standen ihre Namen:

Gabriel Kleefeld, 84 Jahre, ermordet in Majdanek,
Henriette Kleefeld, 83 Jahre, ermordet in Majdanek,
Moses Kleefeld, 81 Jahre, ermordet in Treblinka,
Therese Kleefeld, 80 Jahre, ermordet in Sobibor,
Sigmund Kleefeld, 79 Jahre, ermordet in Auschwitz,
Klara Kleefeld, 75 Jahre, ermordet in Auschwitz,
Jakob Kleefeld, 78 Jahre, ermordet in Riga,
Caroline Kleefeld, 73 Jahre, ermordet in Riga,
Louis Kleefeld, 53 Jahre, ermordet in Theresienstadt,
Henri Kleefeld, 48 Jahre, ermordet in Buchenwald,
Sophie Kleefeld, 22 Jahre, ermordet in Stutthof,
Manfred Kleefeld, 12 Jahre, ermordet in Auschwitz,
Max Kleefeld, 10 Jahre, ermordet in Auschwitz,

Minna Kleefeld, 30 Jahre, ermordet in Auschwitz,
Ruth Kleefeld, 3 Jahre, ermordet in Auschwitz.
Alfred kam hinzu und machte Fotos.
Jakob und Caroline, sagte Moritz, unsere Großeltern.

Herr Bühler wartete wie vereinbart am Ausgang des Friedhofs. Der gemütliche Pensionär, ein ehemaliger Polizist, war so etwas wie der Stadtchronist und Leiter der Geschichtswerkstatt. Frau Rose und er schienen sich nicht sonderlich zu mögen, stellte Alfred aufgrund der flüchtigen Begrüßung fest.

Es ist mir eine große Freude, dass Sie zu uns nach Zirndorf gekommen sind, Professor Kleefeld, sagte der Mann und sah dann zu Alfred. Das gilt natürlich auch für Sie, Herr Kleefeld.

Die Brüder bedankten sich.

Unser Bürgermeister lässt es sich nicht nehmen, Sie beide zu einem kleinen Empfang ins Rathaus zu bitten.

Tja, dann werde ich ja nicht mehr gebraucht, sagte Frau Rose schnippisch.

Sie können gern mitkommen, Frau Rose, sagte Herr Bühler halbherzig.

Sie verabschiedete sich von den Kleefelds, die sich für den interessanten Vormittag und den Stammbaum bedankten, und Moritz gab der Frau seine Visitenkarte.

Da ist auch meine E-Mail-Adresse drauf, fügte er hinzu.

Danke, Professor, wir bleiben in Verbindung, sagte sie und ging davon.

Die Männer sahen ihr hinterher, wie sie die Straße überquerte und zu ihrem kleinen Fiat ging.

Eindrucksvolle Person, sagte Moritz.

Ja, meinte Herr Bühler, aber a wen'g schwierich.

Sie waren im Konvoi gefahren und parkten ihre Autos vor dem modernen Rathaus. Bevor sie das Haus betraten, führte sie Herr Bühler zur Straßenecke und zeigte zur anderen Seite.

Das da drüben, das Eckhaus, wo jetzt der Laden drin ist, das war das Haus ihrer Familie. Das Haus von Jakob Kleefeld.

Moritz und Alfred blieben einen Moment stehen und sahen auf das schmucke, dreistöckige Wohnhaus, dem man offensichtlich ein neues Dachgeschoss aufgesetzt hatte. Alfred zückte die Kamera.

Wir gehen am Nachmittag mal rüber, schlug Herr Bühler vor, vielleicht kommen wir rein.

Der Bürgermeister sei noch in einer Besprechung, ließ die Sekretärin mitteilen, die Herren mögen sich einen kleinen Moment gedulden. So standen Moritz, Alfred und Herr Bühler im Flur vor dem Amtszimmer herum und der Leiter der Geschichtswerkstatt erläuterte die Bildergalerie der Bürgermeister, die honorig von den Wänden auf die Besucher herabblickten.

Wir hatten auch mal einen jüdischen Bürgermeister, sagte Herr Bühler stolz, der Siegfried Levy. Das war vor 1914.

Hat der hier unsere Familie auf dem Gewissen?, fragte Alfred, als er unter einem Porträt die Jahreszahlen 1934 bis 1943 las.

So kann man das nicht sagen, meinte Herr Bühler, er ist nach dem Krieg von den Amerikanern nur als Mitläufer eingestuft worden.

Na, dann ist ja alles in Butter, meinte Alfred sarkastisch.

Wie auf Stichwort kamen zwei junge Damen mit Tabletts, auf denen halbe belegte Brötchen lagen, grüßten scheu und trugen sie in einen Raum.

Es öffnete sich eine Tür und der Bürgermeister kam mit

ausgebreiteten Armen auf die Brüder Kleefeld zu. Norbert Wieland war ein großer, sportlicher Mann von etwa fünfzig Jahren.

Grüß Gott, es ist mir eine große Freude, dass ich Sie hier in unserer Gemeinde begrüßen darf.

Mit beiden Händen schüttelte er Moritz die Hand.

Herr Professor, herzlich willkommen.

Danke, sagte Moritz, mein Bruder Alfred.

Er zeigte auf ihn und auch ihm wurde die Hand geschüttelt.

Kommen Sie doch bitte.

Wieland machte eine joviale Geste und einen Moment später befanden sie sich im Gemeindesaal, wo etwa ein Dutzend Leute, darunter auch die örtliche Presse, und die Schnittchen warteten.

Immer wenn Redner ankündigten, dass sie nicht viele Worte machen würden, wurde es gefährlich. Man konnte sich auf endlose Vorträge einstellen und so war es auch diesmal. Der Bürgermeister schlug einen weiten Bogen vom Mittelalter bis zur Jetztzeit, lobte die geradezu symbiotische Verbindung der Zirndorfer mit ihren jüdischen Mitbürgern, die gegenseitige Toleranz, das problemlose Miteinander. Bis leider, leider diese dunkle Zeit kam, wo die Nazis die Macht übernahmen und wo den Juden großes Unrecht widerfuhr. Daran würde sich Zirndorf stets erinnern und das Andenken seiner ermordeten Mitbürger in Ehren halten.

Gerade deshalb ist es uns eine große Freude, schloss der Bürgermeister seine Rede, dass Sie, lieber, verehrter Professor Kleefeld, und Ihr Bruder zu uns gekommen sind und uns heute die Hand zur Versöhnung reichen. Vielen Dank.

Nachdem sich der Applaus gelegt hatte, ein paar Fotos gemacht waren, trat Moritz nach vorn.

Herr Bürgermeister, meine Damen und Herren, ich hatte nicht vorgehabt, hier etwas zu sagen, aber nun ist es mir ein Bedürfnis, einiges von dem, was ich soeben gehört habe, zu relativieren. Es war ja nicht so, dass die Nazis wie eine Heuschreckenplage über das Land kamen, sondern sie verkörperten den Geist des Volkes. Wir nennen sie Nazis, aber es waren Deutsche, Bayern, Franken, Zirndorfer. Ich war sechs Jahre alt, als ich unseren Vater Louis Kleefeld zum letzten Mal sah, und bin aus diesem Grund als Zeuge wenig glaubhaft, aber ich habe Briefe von ihm an unsere Mutter und einen Onkel in Australien, der uns erzählte, wie aus guten Nachbarn hämische Feinde wurden, wie besagter Onkel, Vaters Cousin Leopold Kleefeld, hier im sogenannten braunen Haus fast totgeschlagen wurde von seinen eigenen Kameraden aus dem Sportverein. Nicht nach der Pogromnacht im November 38, sondern bereits 1934! Ich will Ihnen auch berichten, dass man unserem Großvater Jakob, der hier in der Stadt ein angesehener Mann, Mitglied des örtlichen Schützenvereins und ein Wohltäter war, lange vormachen konnte, dass er persönlich mit den Angriffen auf Juden nicht gemeint wäre und dass man ihn und seine Frau Caroline verschonen würde. Bis man sie schließlich in einen Güterwaggon stopfte, nach Riga verfrachtete, wo sie sofort erschossen wurden.

Was nun die Hand angeht, lieber Herr Wieland, die mein Bruder und ich zur Versöhnung reichen sollen, so müssen wir Sie enttäuschen. Wir müssen uns nicht versöhnen, denn wir haben keinen Konflikt miteinander. Sie persönlich haben keine Schuld, die heutigen Zirndorfer ebenso wenig. Sie beweisen uns, dass sie Verantwortung empfinden für das, was geschehen ist, das ist lobenswert. Aber wir können keine Absolution erteilen oder im Namen der toten Juden verzeihen, das könnten nur die Ermordeten selbst tun. Vielen Dank für diesen freundlichen Empfang.

Nach dem verhaltenen Applaus bekamen Alfred und Moritz als Gastgeschenk einen zünftigen Bierseidel mit dem Wappen der Stadt überreicht. Der wurde mit Bier gefüllt und dann trank man auf die Zukunft. Alfred griff beherzt zu einem Schinkenbrot und brachte seinem Bruder ein Käsebrötchen auf einem Pappteller. Der zögerte einen Moment, dann nahm er es und biss hinein.

Moritz stand gemeinsam mit Herrn Bühler und zwei adretten Zirndorfer Damen zusammen, die ihn mit Beschlag belegten und ihm von den zahlreichen kulturellen Besonderheiten des Ortes berichteten. So erfuhr er, dass die ehemalige Synagoge heute eine physiotherapeutische Praxis beherbergte, in deren Keller sich noch die mikwe befand. Alle Erinnerungen an die jüdischen Bürger seien im Museum untergebracht und Moritz sagte zu, dass er es anschließend besuchen würde. Währenddessen sprach Alfred den Bürgermeister an und fragte, wie denn die verworrenen Eigentumsverhältnisse nach dem Krieg geregelt worden waren. Soweit er sich erinnerte, war es seiner Mutter nicht gelungen, eine Entschädigung für das konfiszierte Vermögen des Jakob Kleefeld zu erhalten. Wieland nahm Alfred zur Seite.

Herr Kleefeld, das Problem ist, dass hier bei uns nach dem Krieg alle Akten von den einrückenden Amerikanern vernichtet wurden! Sie wollten Platz schaffen, als sie das alte Rathaus in Besitz nahmen, und haben die Unterlagen aus dem Fenster geworfen.

Sonderbar, dachte Alfred, ausgerechnet die Amerikaner, die in allen Ecken des zerschlagenen Deutschen Reiches nach Naziverbrechern suchten, sollen Akten vernichtet haben?

Und das auch noch ein paar Kilometer entfernt von Nürnberg?

Glauben Sie das wirklich?, fragte er den Bürgermeister.

Ich muss es glauben. Und von daher, so erläuterte er weiter, konnte man sich nur auf die eidesstattlichen Versicherungen verlassen, die die Käufer der sogenannten »Judenhäuser« abgaben und in denen sie bestätigten, dass sie ihren Besitz rechtmäßig und zu einem marktüblichen Preis erworben hatten.

Bevor Alfred antworten konnte, hatte ihn eine junge, blonde, freundliche Dame am Ärmel gezupft.

Herr Kleefeld, meine Name ist Uschi Lederer, ich habe eben a wen'g g'lauscht. Wir wohnen in dem Haus, das wo Ihrem Urgroßvater Abraham Kleefeld gehört hat. Möchten Sie es mal anschauen?

Sehr gern, ist es weit?

Hier is fei nix weit, sagte sie lachend. Sie sind ja nachher im Museum, der Herr Bühler weiß, wo's ist.

Fein, Frau Lederer, dann bis später.

Das Zirndorfer Heimatmuseum war ein großes, hochherrschaftliches Fachwerkhaus, sorgfältig restauriert und mit blauen Fensterläden versehen. Es fanden sich darin Ausstellungsstücke aus der ländlichen Spielwarenindustrie, dem Druckereiwesen und der bäuerlichen Welt. Im Mittelpunkt standen allerdings Waffen, Uniformen, Fahnen, Stiche und Darstellungen aus dem Dreißigjährigen Krieg. Zirndorf gehörte zu den Schauplätzen der blutigen Auseinandersetzung zwischen den Heerführern Wallenstein und Gustav Adolf von Schweden. In der obersten Etage fanden sich die Exponate aus dem jüdischen Leben in Zirndorf. Langsam gingen Moritz und Alfred durch die niedrigen Räume und besahen sich Fotos, Gebetbücher, Kultgegenstände, Karten, Textilien, Briefe, Dokumente einer untergegangenen Welt. Immer wieder stießen sie auf den Namen Kleefeld und entdeckten Fotos oder gemalte Porträts ihrer Verwandten. Die Leiterin des Museums sowie Herr Bühler waren bemüht, alle ihre Fragen, soweit sie es konnten, zu beantworten. Moritz, ganz Wissenschaftler, betrachtete die Ausstellung mit eher pragmatischer Distanz. Alfred hingegen war berührt bei dem Gedanken, dass die meisten dieser Gegenstände noch aus glücklichen, hoffnungsfrohen Zeiten stammten und ihre Eigentümer ihr entsetzliches Schicksal nicht ahnen konnten.

Dann entdeckten die Brüder Kleefeld das Hochzeitsfoto von Louis und Baby Kleefeld und waren überrascht. Moritz las die Bildunterschrift und korrigierte:

Unser Vater war nicht Direktor der Rothschild-Bank in Frankfurt, wie es hier steht. Er hat dort seine Ausbildung gemacht. Er war Direktor der Effekten- und Wechselbank.

Danke, sagte die Museumsdirektorin, wir werden das korrigieren.

Eine Stunde später, im Garten der Familie Lederer, saß man unter einer mächtigen Linde und sprach miteinander, aber die Stimmung war irgendwie belastet und Alfred war in seinen Gedanken immer bei Abraham Kleefeld, dem dieses stattliche Anwesen einmal gehört hatte.

Frau Lederer hatte die Brüder vorher durch das Wohngebäude geführt und mit Stolz auf die kostspielige Restaurierung hingewiesen, die es erfahren hatte. Sie konnte sogar noch Möbelstücke benennen, die einmal Abraham Kleefeld gehört hatten. Ihr Mann und ihr etwa zwölfjähriger Sohn gesellten sich hinzu, als sie anschließend am Gartentisch

Limonade anbot und ein paar Kekse. Moritz war zufrieden, ein wenig entspannen zu können. Frau Lederer hatte den Brüdern eine alte Urkunde in Kurrentschrift vorgelegt, in der Abraham diesen Besitz im Jahr 1875 an seinen ältesten Sohn Gabriel überschrieb. Alfred bat darum, eine Kopie zu bekommen, und Frau Lederer sagte es zu. Da flüsterte der kleine Sohn plötzlich seinem Vater etwas ins Ohr, Herr Lederer wurde verlegen und zog seine Frau kurz zur Seite und sprach mit ihr. Allmächt', hörte man sie flüstern.

Sie hüstelte ein wenig, bevor sie zu den Kleefelds mit ernster Stimme sagte:

Also, mein Sohn hat gefragt, können uns die Männer das Haus wieder abnehmen?

Alfred hielt den Atem an. Was würde jetzt passieren?

Moritz, der mit halb geschlossen Lidern zugehört hatte, schaute den Jungen an und fragte dann:

Wie heißt du?

Thomas, sagte der Junge, aber Sie können mich Tommy nennen.

Nein, Tommy, wir wollen euch das Haus nicht abnehmen. Deine Eltern haben es rechtmäßig erworben und es war sicher nicht billig. Sie haben es renoviert und es ist jetzt euer Zuhause. Den Leuten, von denen sie es gekauft haben, gehörte es wahrscheinlich zu Unrecht. Aber die leben nicht mehr und ich bin fast achtzig Jahre alt und habe keine Lust, mich mit den Erben dieser Menschen herumzuschlagen. Deshalb lassen wir am besten alles so, wie es ist. Okay?

Der Junge nickte stumm.

Ich muss hier weg, sagte Alfred, als er hinter dem Lenkrad saß und sie zum Hotel fuhren. Moritz sah ihn an:

Was heißt, du musst weg?

Ich will nicht mehr länger in dieser Stadt sein!

Sei nicht kindisch!

Kindisch? Wir stehen vor Vaters Elternhaus wie die Deppen und eine Frau ruft aus dem ersten Stock, ich muss sie nicht reinlassen! In unser Haus!

Auf dem Weg zum Parkplatz war Herr Bühler mit ihnen zu Jakob Kleefelds Haus gegangen. Sie hatten kurz und wehmütig in den Hinterhof geschaut und daran gedacht, dass Louis Kleefeld einst als kleiner Junge dort gespielt hat.

Dann hatte Herr Bühler bei der Eigentümerin geklingelt und darum gebeten, ob sich die beiden Herren aus Frankfurt mal die Wohnung im ersten Stock ansehen könnten. Aber die Frau hatte sich geweigert.

Wir checken aus, sagte Alfred, als sie kurz vor dem Hotel waren.

Meschugge. Dann müssen wir die Nacht bezahlen.

Dann bezahlen wir sie eben.

Moritz schüttelte den Kopf.

Und wo willst du hin?

Weiterfahren. Wir werden unterwegs was finden. Zwei Einzelzimmer. Es ist erst vier Uhr.

Aber ich bin müde.

Und ich bin hellwach.

24

Exakt vierundzwanzig Stunden später standen Moritz und Alfred Kleefeld auf dem mittelalterlichen Friedhof von Prag vor dem Grab des berühmten Rabbi Yehuda Löw. Vorher waren sie zwischen den Gräbern herumgestolpert und Moritz hatte dabei aus seinem alten, zerschlissenen Baedecker zitiert, den er seit Kindertagen durch die ganze Welt schleppte:

Der Friedhof stammt aus dem 15. Jahrhundert und wurde bis zum Jahr 1750 genutzt. Aus Platzmangel wurden die Toten in mehreren Schichten übereinander bestattet, in bis zu 12 Lagen. Geschätzte 100 000 Menschen sind hier begraben. Noch heute entspricht der Friedhof nahezu seiner mittelalterlichen Größe. Über 12 000 Grabsteine finden sich hier dicht beieinander. Zahlreiche Grabmäler sind verziert mit Zeichen, die z. B. Familiennamen symbolisieren wie Löwen, Blumen, Trauben. Einige Grabsteine sind in der Umfriedung eingemauert, diese stammen von einem noch älteren Friedhof der Prager Neustadt.

Nun standen sie also schweigend, während hinter ihnen eine Gruppe amerikanischer Studenten mit backpacks und kippas laut redend und lachend vorbeitobte.

Als es wieder still geworden war, sagte Moritz: Nu?

Alfred nahm ein weißes Taschentuch aus seiner Jacke, entfaltete es und zum Vorschein kam der Wirbelknochen des Rabbi Löw! Alfred kniete sich auf das Grab, grub mit den

Händen ein etwa zehn Zentimeter tiefes Loch und legte den Wirbelknochen hinein. Dann schüttete er das Loch wieder zu. Dazu sprach Moritz leise das Kaddischgebet.

Alfred fragte, als er sich mit dem Taschentuch den Schmutz von seiner Hose wischte und wieder neben ihm stand:

So, Moische, bist du jetzt glücklich?

Ich nicht, aber der Rabbi.

Als sie losgingen, berührte Moritz Alfreds Arm und sagte:

Danke.

Kurz vor dem Ausgang fanden sie sich im Pulk der amerikanischen Studenten wieder und plötzlich drehte sich einer um, bemerkte Alfred und rief:

Wow! I know who you are!

Er alarmierte seine Freunde und alle starrten Alfred an.

Freddy Clay!, rief er.

The guy who was Dracula in the movies!, sagte ein anderer.

What are you doing at this place?, fragte der nächste.

Alfred beugte sich mit eisigem Blick zu dem Studenten hinunter und knurrte im klassischen Dracula-Ton:

I live here!

Als sie am Abend über die Karlsbrücke geschlendert waren und durch die engen Gassen der Altstadt flanierten, Moritz hatte sich bei Alfred untergehakt, da wurde Alfred an seine Jugendzeit erinnert. Er war wieder der kleine Bruder, der sich vom großen Bruder die Welt erklären ließ.

Moritz dozierte über die Kaiser und Könige auf dem Hradschin, über Leo Perutz und die steinerne Brücke, kam über Hus und Havel zu dem jungen Mann, der sich auf dem

Wenzelplatz verbrannt hatte, wie hieß er noch mal, ach ja, Jan Palach, bekam die Kurve zu Franz Kafka und von dort zu Heydrich. Jede Konversation, sagte er dann, egal ob Party, Familienfeier, Empfang oder Betriebsausflug, endet zwangsläufig beim Holocaust, eigenartig.

Irgendwann wurden sie von Wirtshauslärm, von Musik, Tellerklappern, Stimmengewirr in einen typischen Prager Innenhof gelockt, wo unter Weinranken und Laternen lange Biertische und Bänke standen, voll besetzt mit ausgelassenen Touristen, dazwischen wenige Tschechen.

Einige junge Leute winkten den beiden zu, rückten zusammen und so quetschten sich Moritz und Alfred auf die Bank und bestellten zwei Bier. Neben Alfred saß eine milchkaffeefarbene junge Frau aus Amsterdam, deren Eltern aus Curacao nach Holland eingewandert waren, wie Alfred bald erfuhr. Während er sich angeregt mit ihr unterhielt, konnte er hin und wieder durch die weiten Ärmel in ihr T-Shirt schauen und war entzückt.

Moritz hatte das Pech, neben einem österreichischen Geschäftsmann zu sitzen, der sofort versuchte, ihn für eine einmalige Investment-Idee zu begeistern. Moritz sah eben aus wie ein Kapitalist. Er sei in einen Glückstopf gefallen, prophezeite ihm sein Nebenmann, denn er hatte hier und heute, es gab ja keine Zufälle, die letzte Gelegenheit, in einen Fonds einzusteigen, der Kapital für Bauvorhaben in den Boomländern Osteuropas zur Verfügung stellte, die noch vor dem ersten Spatenstich langfristig vermietet waren, wobei man diese Verträge als Sicherheit für Kredite hinterlegen konnte, um somit noch mehr Kapital für noch mehr dieser garantiert wasserdichten Projekte zu generieren. Das sei ein Investment für Anleger, die in langfristigen Zyklen planten. In zehn Jahren, das bekäme er sogar schriftlich, hätte sich der Einsatz verdreifacht.

Dann bin ich fast neunzig, sagte Moritz.

Ist doch wurscht, meinte sein Tischnachbar, Geld ist Geld, und gab ihm eine Visitenkarte.

Darf ich Sie was fragen?, kam er nah an Moritz ran.

Fragen Sie.

Sind Sie Jude?

Ja, aber was tut das zur Sache?

Die Juden sind ja die besten Geschäftsleute. Unser Chef ist auch einer. Der Serge Turteltaub. Ein Wiener. Ein Fuchs. Kennen Sie den zufällig?

Nein, sagte Moritz, ich kann nicht jeden Juden kennen.

Dem seine Familie hat schrecklich viel mitgemacht unter den Nazis.

Ein typischer Abend, dachte Moritz, wieder war man beim Holocaust angelangt.

An einer Tankstelle kurz vor Karlsbad hatten sie angehalten und Alfred vertrat sich ein wenig die Beine. Moritz war dabei, sich seine Autohandschuhe anzuziehen, halbe Finger, Strick mit hellem Leder und einem Druckknopf – er fuhr niemals ohne –, als der dicke, verschwitze Inhaber der Tankstelle erschien und lächelnd um den Wagen herumstrich. Dann wischte er sich die Hände an seinem karierten Hemd ab, steckte sie verlegen unter die Hosenträger und trat an Moritz heran.

Mit Verlaub, wenn Sie möchten gestatten, gnädiger Herr, begann er wie ein Wiedergänger des Soldaten Schwejk, aber wenn Sie so gut sein möchten und einmal für mich die Motorhaube aufmachen könnten, wenn's beliebt.

Wir brauchen kein Öl, danke, sagte Moritz.

Der Mann lachte und zeigte seine wenigen Zähne.

Nein, es ist nur wegen dem Motor, ich hätte ihn halt gern einmal gesehen, den Motor, wenn es möglich wäre. Man sieht sie ja nicht mehr so oft, solchene Maschinen, nicht wahr.

Gern, meinte Moritz, ging zum Wagen und zog an einem Hebel.

Mit einem satten Ton bewegte sich die Haube und der Tankstelleninhaber klappte sie hoch. Alfred kam hinzu und zu dritt schauten sie auf den Motor.

Wunderbar, schwärmte der Mann, diese Verarbeitung, die Kraft, die man spürt, die was aus den Zylindern herauskommt.

Dann schaute er zu einem Schuppen neben der Tankstelle, der wohl als Werkstatt diente, und rief:

Pavel!

Ein junger Mann im Overall kam rasch herbeigelaufen.

Das ist mein Sohn, wenn's beliebt, sagte der Mann.

Pavel, schau hier rein. No, was siehst du da?

Er zeigte in Richtung des Luftfilters.

Der junge Mann starrte in den Motorraum und sagte leise: Motor?

Du Depp, rief der Mann und schlug seinem Sohn mit der flachen Hand auf den Hinterkopf, bevor er fragte:

Was ist das? Hier. Das da.

Pavel bückte sich, schaute unter den Filter und zuckte mit den Schultern.

No, ein Vergaser ist das! Ein Vergaser! So was kennen die jungen Menschen heut' nicht mehr. Nur die Deitschen konnten erstklassige Motoren bauen, stimmt's?

Ja, bestätigte ihm Alfred, mit Vergasen kennen sie sich aus.

Der Garagist nickte.

Da haben Sie recht, mein Herr. Es gibt keine Vergaser mehr. Was für eine Welt! Man steckt nur noch Kabel an Computer und fertig.

Mit einer harschen Handbewegung schickte er Pavel zurück an die Arbeit. Er schloss mit viel Gefühl die Haube. Dann verbeugte er sich vor Moritz und Alfred und sagte:

Wünsch' auch eine angenehme Fahrt, wünsch' ich. Und möchten Sie gut ankommen.

Danke, sagte Moritz und stieg ein.

Als sie an den nächsten Kreisverkehr kamen, von dem aus viele Straßen in alle Richtungen abgingen, sagte Moritz auf einmal:

Im Frühjahr fahren wir nach Polen, was meinst du?

Wieso das?, fragte Alfred.

Warum wohl? Wir fahren nach Neu-Sandez, nach Novy Sacz, wo Onkel David herkommt, und dann forschen wir nach deinen Vorfahren!

Alfred lächelte. Er kannte diesen Mann neben sich schon sein ganzes Leben und war doch immer wieder überrascht.

25

Alfred stand an der Tür und beobachtete Zamira, die aus dem Taxi stieg. Sie kam mit ihrer Reisetasche die drei Stufen hinauf und fiel Alfred um den Hals.

Herr Klee, ich bin froh, wieder daheim zu sein.

Daheim!, dachte Alfred, ein schönes Wort.

Sie war noch nicht ganz im Haus, als sie fragte:

Wie geht's Herrn Feld?

Etwas besser.

Haben Sie mir einen Schreck eingejagt am Telefon.

Als wir von Prag zurückkamen, ging es ihm nicht gut. Ich habe sofort Doktor Perlmann gerufen. Der meinte, es sei eine Angina Pectoris.

Ist das schlimm?, fragte sie.

Während sie zu Moritz' Zimmer gingen, sagte Alfred:

Es fühlt sich jedenfalls schlimm an. Enge in der Brust, Atemnot. Es dauert meist nur ein paar Minuten.

Sie waren am Zimmer angelangt, wo die Tür offen stand und der Patient aufrecht im Bett saß.

Zamira!, rief Moritz, welcome home!

Darf ich Sie drücken?, fragte sie und setzte sich aufs Bett.

Sie müssen mich drücken, sagte Moritz.

Sie nahm ihn in die Arme und er strich ihr übers Haar.

Sie machen uns Sorgen, Herr Feld.

Ich hätte auf jeden Fall mit dem Sterben gewartet, bis Sie wieder zurück sind.

Hören Sie auf mit dem Quatsch.

Gut sehen Sie aus, fand Moritz, wie war's? Erzählen Sie.

Ja, sagte Alfred, was gibt's Neues im Nahen Osten?

Er setzte sich dabei in Fannys Louis-Seize-Sessel, der in der Ecke stand.

Na ja, durch Syrien herrscht auch im Libanon angespannte Stimmung, begann Zamira zu berichten. Es kommen viele Flüchtlinge ins Land. Man hat mich beschimpft, weil ich gesagt habe, dass Assad mehr Menschen getötet hat als Israel. Ich habe nicht gesagt, wo ich arbeite.

Wie war die chaßene?, fragte Moritz.

Was ist das?

Die Hochzeit, erklärte Alfred.

Die chaßene war schön. Mein Onkel war supernett, aber mein Cousin war unfreundlich. Ich habe nicht gesagt, dass ich in Scheidung lebe. Dann werde ich nicht angemacht.

War Ihre Mutter auch da?, fragte Moritz.

Zamira nickte.

Ist was?

Möchten Sie, dass ich erzähle, was sie alles machen musste, bevor sie die Reisegenehmigung hatte?

Nein, sagte Alfred und erhob sich, wir können es uns denken und wir entschuldigen uns in aller Form dafür. Übermitteln Sie das bitte auch Ihrer verehrten Frau Mama.

Damit ging er nach draußen.

Herr Klee!

Moritz tätschelte ihre Hand.

Lassen Sie ihn, er leidet immer wie ein Hund, wenn Israel sich schlecht benimmt!

Am Abend erschien Doktor Perlmann. Zamira öffnete ihm die Tür und er verharrte einen Augenblick.

Ah, Zamira, sagte er, Sie sind wieder im Land, Gott sei Dank!

Und während er eintrat:

Wenn Sie nicht da sind, sind die beiden noch unerträglicher!

Sie lachte.

Wie war's in Kairo?, fragte er.

Beirut, sagte sie.

Tatsächlich? Gut, ich will Ihnen nicht widersprechen. Ich schau mal auf die Intensivstation.

Rufen Sie, wenn ich helfen soll.

Er drehte sich nicht um, als er sagte:

Bleiben Sie bloß weg, sonst steigt sein Blutdruck noch mehr.

Als er an der offenen Tür zum Salon vorbeiging, sah er Alfred im Erker sitzen und über einem Sudoku brüten.

Freddy, sagte der Doktor und blieb in der Tür stehen.

Marian, was ich dich fragen wollte ...

Er kam nah an den Arzt heran und sprach leise:

Sag, war es was Körperliches oder ...

Er tippte sich an die Stirn.

Nein, es war sicher der Stress. Ihr seid auch meschugge, ihr zwei. Macht in fünf Tagen zweitausend Kilometer. Auf eure alten Tage.

Die meiste Zeit bin ich ja gefahren, sagte Alfred.

Umso schlimmer, meinte Perlmann, dann ist der Stress noch größer!

Du schmock!, sagte Alfred.

Nein, im Ernst, dein Bruder ist achtundsiebzig und auch

wenn er äußerlich fit wirkt, so ist alles, was er unternimmt außerhalb der Normalität wohlgemerkt, mit Aufregung verbunden. Er muss sich auf neue Menschen einstellen, auf neue Situationen, und was ihr da unten erlebt habt, in der Heimat eures Vaters, war auch nicht schlecht. Warum muss man sich das antun?

Ich war gestresster als er, sagte Alfred.

Freddy, du bist Stress gewöhnt. Du warst Single, musstest dich selbst um alles kümmern. Dein Bruder hat im Elfenbeinturm gelebt. Hatte seine Uni, seine Frau, musste sich nie um etwas sorgen. Und wenn so jemand plötzlich in eine ungewohnte Lage kommt, kann das auf die Pumpe gehen. Kapiert?

Alfred nickte.

Damit machte sich Perlmann auf den Weg zu Moritz.

Zwei Wochen später am Jom Kippur war Moritz enttäuscht, dass ihn Alfred nicht zur Synagoge begleitete. Aber der wollte nicht heucheln, wie er sagte. Er sei bereits an Rosh Hashana gegen seinen Willen mit ihm in der Synagoge gewesen, das sei nun wirklich genug der Folklore. Also musste Moritz allein gehen.

Vor dem Betsaal traf er Norma und Halina, die sich nach Alfred erkundigten.

Fühlt er sich nicht gut?, fragte Norma.

Ich befürchte, er fühlt sich sogar sehr gut, erwiderte Moritz.

Verstehe, meinte Halina etwas verschnupft, allein mit dieser Amina.

Zamira, verbesserte Moritz.

Nachdem er gebetet hatte, wandelte er in den Pausen

durch die Halle und traf immer wieder Bekannte. Nach dem Gottesdienst, gegen Abend, verließ er die Synagoge und ging nach Hause.

Du hättest mitkommen sollen, sagte er zu Alfred, der bereits am Tisch saß.

Warum?

Ich habe eine Menge Leute getroffen. Du jammerst doch immer, dass du keine sozialen Kontakte hast.

Ich hatte heute wunderbare soziale Kontakte!

Halina hat dich übrigens vermisst.

Ich sie nicht.

Ach? Ist dein Interesse schon wieder erlahmt?

Ich bin zu alt, um noch Balztänze aufzuführen!

Moritz wollte etwas erwidern, aber da kam Zamira ins Zimmer.

Sie stellte eine dampfende Schüssel auf den Tisch.

Sie erwartete offensichtlich ein Lob von Moritz.

Nu?, fragte Alfred. Ist das nichts? Sag schon was.

Moritz warf einen kurzen Blick über den Brillenrand in die Schüssel.

Ja, sehr schön, meinte er, ich hab seit Jahren kein Couscous mehr gegessen.

Aber wir. Als du heute an deinem Jom Kippur in deiner Synagoge warst und gefastet hast, haben wir zusammen gemütlich Couscous gegessen, stell dir vor.

Zamira verließ das Zimmer.

Guten Appetit.

Danke, Zamira, sagte Alfred.

Moritz wurde misstrauisch.

Was heißt das: »zusammen gemütlich«?, fragte er. Seit wann isst du in der Küche?

Wir haben hier gegessen. Hier am Tisch, so what! Ist dir Zamira nicht koscher genug?

Moritz wurde verhalten laut:

Alfred, wir hatten eine Abmachung. Und du hast diese Abmachung selbstherrlich aufgekündigt.

Schon, meinte sein Bruder, spielt a roll.

Moritz warf seine Serviette auf den Tisch.

Na, hör mal! Wie stehe ich denn jetzt da? Du als Robin Hood, ich, der Frühkapitalist aus Manchester.

Ach was! Lächerlich.

Moritz trat auf die Klingel und rief gleichzeitig in die Küche:

Zamira!

Alfred war das nicht angenehm.

Bitte, Moritz, lass das Mädel aus dem Spiel.

Zamira kam und stand unsicher in der Tür.

Ja, Herr Feld …

Moritz sagte im Befehlston:

Nehmen Sie sich einen Teller und setzen Sie sich zu uns.

Zamira ging wortlos an den Schrank.

Moritz sprach weiter:

Von nun an essen wir zusammen Abendbrot.

Alfred ergänzte:

Und Mittag auch, oder?

Moritz reagierte unwirsch:

Selbstverständlich. Mittag auch.

Zamira setzte sich.

Die Männer schauten sie an.

Sie lächelte.

Sie griff nach dem Löffel.

Heute Mittag, sagte Alfred, hatten wir so eine scharfe Soße …

Zamira sprang auf.

Harassa! Hole ich!

Sie lief aus dem Zimmer.

Alfred sagte kauend:

Weißt du noch? Das Couscous bei Gad in Jerusalem? Tausendmal besser!

Moritz flüsterte:

Was heißt! Kein Vergleich!

Zamira kam mit der Sauciere zurück.

Sie löffelte den Herren die Soße über die Hirse.

Dabei sagte Moritz kauend:

Zamira, Kompliment. Das Couscous, perfekt! Besser als bei unserem alten Freund Gad in Jerusalem.

Zamira strahlte:

Schön, dass Sie das sagen, Herr Feld. Das hat Ihr Bruder auch gesagt.

Am nächsten Morgen kam Doktor Perlmann zu einem Hausbesuch, bevor er in seine Praxis fuhr. Er erkundigte sich, wie Moritz das Fasten vertragen hatte, und als er anschließend in die Küche schaute, wo Zamira werkelte, fragte sie ihn, ob er einen Kaffee wolle. Obwohl der Arzt vor ein paar Minuten erst zu Hause einen getrunken hatte, sagte er nicht Nein.

Er setzte sich an den Küchentisch und fragte:

Ist Alfred noch nicht wach?

Doch.

Und wie ist er gelaunt?

Gut.

Dann hat er einen schlechten Tag, sagte der Doktor.

Sie lachte.

Er ist immer im Internet, liest Nachrichten. Er hat Angst, dass Israel Gaza angreift. Wegen der Raketen.

Das kann passieren, meinte Perlmann und griff dabei nach einem Buch, das auf dem Tisch lag. Er besah sich den Umschlag.

Rilke? So etwas lesen Sie?

Ja, sagte Zamira und stellte ihm den Kaffee vor die Nase, ich liebe Poesie. Beim »Panther« muss ich immer weinen. Leider weiß ich nix von Rilke. Und Sie?

Nun, Rilke war das Produkt einer amour fou zwischen einer Adligen und einem armen Müller.

Wirklich?, fragte sie und setzte sich.

Ja, sagte der Doktor, das ist doch bekannt. Rilke machte bereits mit zwölf Abitur und war der erste Mensch, der die Zugspitze im Winter in Halbschuhen bestieg.

Zamira schaute ungläubig.

Das wissen die Wenigsten. Nachdem er die Hieroglyphen entschlüsselt und die Quantenmechanik entdeckt hatte, durchschwamm Rilke aufgrund einer Wette den Ärmelkanal, er war sehr sportlich. Als seine Mutter von einer Pferdekutsche überfahren wurde, ließ er sich aus Schmerz über ihren Tod einen Schnurrbart stehen, nur weil er aussehen wollte wie sie. Und er nannte sich zu ihren Ehren von nun an Maria. Und das, obwohl seine Mutter Brigitte hieß. Rilke blieb ein rätselhafter Mensch.

Doktor!

Ich habe null Ahnung von Rilke, sagte er und nahm einen Schluck Kaffee.

Sie schmunzelte.

Alfred kam im Morgenmantel mit seiner Teetasse in die Küche geschlurft.

Was sitzt du hier rum? Warum bist du nicht in der Praxis?

Die Leute sollen ruhig ein wenig warten, sagte Perlmann

und erhob sich, stell dir vor, du kommst zum Arzt und der hat sofort Zeit für dich. Zu so einem würdest du doch nicht mehr gehen, oder?

Wochen gingen ins Land. Die Kleefelds lebten in relativer Harmonie gemeinsam mit ihrem arabischen Hausmädchen, während die Eurokrise voranschritt, Frankreich ins Rutschen geriet, die Hamas Raketen nach Israel feuerte und ein Wirbelsturm die Ostküste der USA heimsuchte.

In der US-Wahlnacht schlief Zamira friedlich wie ein Säugling im Sessel, während Alfred und Moritz auf den Fernseher starrten. Es war früher Morgen und es liefen die Meldungen mit den aktuellen Ergebnissen aus den USA.

Als der Sprecher das Resultat von Ohio verkündete, hoben die Brüder ihre Gläser und stießen an.

Er hat's geschafft, sagte Alfred, es ist gelaufen.

Gott sei Dank. Alles andere wäre eine Katastrophe geworden.

»Sandy« hat zwar das Leben der Menschen ziemlich durcheinandergewirbelt, sagte Alfred, aber der Hurrikan hat Obama zum Sieg verholfen.

In Gummistiefeln gewinnt man jede Wahl, sagte Moritz.

Alfred lächelte.

Das solltest du mal aufschreiben.

Dann leerte er sein Glas.

Ist sie nicht hinreißend?, fragte er seinen Bruder und zeigte auf die schlafende Zamira.

Ja, sagte Moritz, sie ist was ganz Besonderes.

26

Moritz saß in seinem Arbeitszimmer, als Zamira mit der Post kam und noch einen Moment unschlüssig herumstand.

Ist noch was?, fragte Moritz.

Schrecklich, das mit dem Angriff auf Gaza. Das macht der Netanjahu nur, weil bald Wahl ist.

Ja, zuerst hat er die Hamas gebeten, viele Raketen auf Israel abzuschießen, damit er vor der Wahl noch angreifen kann. Merken Sie nicht, wie schwach Ihr Argument ist?

Was ist Ihre Theorie?

Die Hamas will, dass Israel angreift, es ist ein Ablenkungsmanöver. Die Menschen sind arm, es gibt keine gute medizinische Versorgung, keine Arbeit. Viele Millionen fließen in die Rüstung und zu den Brigaden. Die Leute haben die Nase voll von einem islamischen Staat Gaza. Also muss die Hamas etwas tun, um ihre Macht zu festigen und von den Problemen abzulenken. Dazu benötigt man einen gemeinsamen Feind.

Warum ist das so?

Nehmen wir Ihr Leben, Zamira. Sie waren als Kind, so sagten Sie selbst, ziemlich radikalisiert, aber dann kam die Musik. Sie hat dafür gesorgt, dass sich Ihr Horizont erweiterte und sich Ihr Blick auf die Welt verändert hat. Der Schlüssel dazu war Bildung. Milliarden von Menschen werden ungebildet gehalten, um sie manipulieren zu können. Immer haben Diktatoren und auch Religionsführer Krieg gegen den Geist geführt, gegen Dichter, Philosophen, angebliche Ketzer, gegen das Fremde, gegen die Metropolen, gegen Radiosender, gegen Verlage, Bücher und Zeitungen. Die Moderne ist der Feind.

Und so ist es in Gaza?

Ja, weil alle das Gleiche sehen oder hören. Und viele noch Analphabeten sind. Das ist die große Chance der Demagogen, der Volksverführer. Das Wort Islam bedeutet »Unterwerfung« und damit die Unterdrückung jeglicher Individualität. Denken Sie an Ihre Fundamentalisten.

Ihre sind besser?

Nein, sagte Moritz, aber es sind nicht so viele.

Für uns in Hebron sind es zu viele!

Das verstehe ich.

Darf ich Sie noch was fragen?

Nur zu.

Glauben Sie, es kommt zu einem Krieg zwischen Israel und dem Iran?

Das Problem ist, dass diese Auseinandersetzung eine eigene Dynamik bekommen hat. Stellen Sie sich vor, Sie haben ein hübsches Haus, auf das Sie mit Recht stolz sind, und plötzlich fällt Ihnen auf, dass ein Nachbar in seinem Garten einen Flammenwerfer baut. Er behauptet zwar gegenüber den anderen Nachbarn, dass er ihn nur für friedliche Zwecke baut, zum Beispiel, um ein Barbecue zu machen, aber erklärt Ihnen gleichzeitig, dass er alles daran setzen wird, Ihr Haus zu zerstören. Was tun Sie?

Ich würde zu ihm gehen und reden. Arafat hat ja auch mit Rabin geredet und Sadat mit Begin.

Das ist zumindest Rabin und Sadat gesundheitlich nicht gut bekommen. Ich glaube nicht, dass man mit einem Größenwahnsinnigen wie Ahmadinedschad einen Vertrag aushandeln kann. Das iranische System braucht das Feindbild des zionistischen Dämons, um von der Unterdrückung abzulenken und seine verfehlte Politik zu rechtfertigen. Genau wie in Gaza. Sie müssen doch zugeben, dass bei den Ölmilliarden alle Iraner gut leben könnten. Tun sie aber nicht, stattdessen investiert man in teure Atomprogramme, angeblich zur Energieversorgung! In einem Land voller Öl, in dem auch noch die Sonne ohne Ende scheint.

Und was tut Israel?, fragte sie.

Ach, Israel ist leicht auszurechnen, es reagiert leider immer, wie alle es erwarten. Wie ein Pawlow'scher Hund eben.

Also, gibt es Krieg?, bohrte sie nach.

Nach den typischen israelischen Reflexen zu urteilen … ja! Nach dem gesunden Menschenverstand: nein!

Gegen Mittag kam Alfred ins Arbeitszimmer seines Bruders und schloss die Tür hinter sich.

Ich glaube, sie hat heute Geburtstag, ich habe vorhin gehört, wie sie einen Anruf bekam und sich für Glückwünsche bedankte.

Warte. Moritz öffnete seinen Schreibtisch. Hier habe ich ja ihre Lohnsteuerkarte.

Er begann, in Unterlagen zu blättern.

Tatsächlich. Heute. Hör zu, unten im Keller ist eine Magnum Grand-Puy Ducasse von 84, das ist ihr Geburtsjahr. Hol bitte die Flasche rauf und öffne sie. Und heute Abend feiern wir mit ihr.

Tolle Idee.

Als Zamira am Abend mit dem Tablett ins Speisezimmer kam, um Räucherlachs und Kartoffeln zu servieren, war sie überrascht, die Brüder Kleefeld in feierlicher Pose, mit einem Rotweinglas in der Hand, neben dem Tisch stehen zu sehen.

Happy birthday to you, Zamira!, sangen sie unisono.

Sie war fassungslos.

Woher wissen Sie das?

So was vergessen wir nie, meinte Alfred. Hier ...

Er zeigte auf das dritte volle Glas.

Lechaim!

Danke.

Sie erhob ihr Glas und alle tranken. Dann entdeckte sie die Magnum.

Sie rief: Sind Sie verrückt.

Neben der Flasche lag ein Umschlag und Moritz sagte:

Das ist für Sie.

Sie nahm den Umschlag und sah hinein.

Nein! Geld? Das kann ich nicht annehmen.

Sie machen uns eine große Freude, meinte Moritz.

Sie ging zu ihm und drückte ihm ein Küsschen auf die Wange.

Und ich lade Sie ins Konzert ein!

So bekam auch Alfred ein Küsschen.

Sie sind die nettesten Menschen, die ich kenne.

Als Alfred am nächsten Morgen in die Küche kam, saß Zamira mit ihrem Smartphone am Tisch und schickte eine SMS. Sie sah aus, als habe sie geweint, deshalb fragte Alfred nach dem Grund ihrer Traurigkeit. Sie wischte sich mit dem Handrücken über die Augen und lächelte.

Nein, ich bin glücklich.

Das freut mich, sagte Alfred und setzte Teewasser auf.

Auf dieser Hochzeit habe ich einen Mann kennengelernt.

Alfred war entsetzt!

Einen Mann, dachte er, sie hat einen Mann kennengelernt! Das klang gar nicht gut. Er sah ihn vor sich: bärtig, mit weißem Kaftan und roter kefiah saß er auf bunten Kissen und rauchte Wasserpfeife. Sie würde seine dritte Frau werden und ihm vier Söhne schenken, die später in den djihad ziehen würden. Alfred versuchte, gelassen zu bleiben, obwohl er innerlich bebte.

Ach ja? Erzählen Sie.

Er kam sich vor wie Zamiras beste Freundin!

Möchten Sie einen Toast?, fragte sie.

Toast! Er war gerade im Begriff, sich von Orgien im Beduinenzelt berichten zu lassen, und sie fragte nach einem Toast!

Gern, also, was ist jetzt mit diesem Mann?

Während sie zum Brotkasten ging, sagte sie:

Er heißt Hamed.

Tatsächlich?, dachte Alfred. So eine Überraschung! Das konnte ja keiner ahnen.

Er ist Arzt.

Na ja, wenigstens etwas, beruhigte sich Alfred, ein Akademiker und kein Vertreter für gebrauchte Kamele.

Er arbeitet im American Medical Center in Beirut. Er hat in den USA studiert.

Schön, meinte Alfred. Er war eifersüchtig, beruhigte sich aber langsam. Was sollte er auch tun. Hatte er tatsächlich erwartet, dass sie eines Tages, nach vielen harmonischen Jahren im Hause Kleefeld, über ihn herfallen würde? Freddy, ich habe dich schon immer geliebt! Ich verzehre mich nach einem alten, verkalkten Juden!

Alfred schwieg plötzlich, in Gedanken versunken.

Haben Sie was?

Nein, heuchelte er, ich freue mich für Sie. Ist es denn was Ernstes?

Er hoffte, sie würde es verneinen.

Na ja, er ist schon in mich verliebt.

Kunststück, dachte Alfred, da muss man kein arabischer Arzt sein, um dieses Weib toll und sexy zu finden! Aber wie war es mit ihr? War sie auch in ihn verliebt?

Und Sie?, hörte er sich sagen. Sein Herz pochte, er hatte Angst vor der Antwort.

Ich glaube, ich liebe ihn auch.

Sie liebt ihn auch! Das war der eiskalte Stich in sein waidwundes Herz.

War was zwischen euch?, hätte er gern gefragt, aber er sagte:

Ich freue mich für Sie, ganz ehrlich.

Das weiß ich.

So, jetzt muss ich mal wieder arbeiten, sagte er dann mit aufgesetzter Fröhlichkeit und verließ pfeifend die Küche.

Herr Klee, Ihr Toast, rief sie ihm hinterher.

Für Alfred war der Tag gelaufen.

Wir werden sie nicht mehr lange haben, sagte er, als er zwei Minuten später im Zimmer seines Bruders stand. Wir können bald wieder eine Annonce aufgeben.

Moritz lehnte sich zurück.

Sieh es doch mal positiv, immerhin ein Arzt. Vielleicht ist er sogar Kardiologe, das wäre nicht übel.

Aber warum muss es ein Araber sein?, jammerte Alfred. Hätte sie nicht hier einen netten jüdischen Arzt kennenlernen können?

Freddy, sie ist Araberin! Hast du das vergessen?

Ja.

Es war der Morgen des 30. November 2012.

Moritz und Alfred saßen am Frühstückstisch, als Zamira eine Teekanne und eine Kaffeekanne auf dem Tisch abstellte und sich setzte. Sie lächelte die beiden Männer erwartungsvoll an.

Na, sagte sie.

Was ist?, fragte Moritz. Sie strahlen ja so. Hat Ihr Freund Ihnen einen Antrag gemacht?

Wir haben jetzt einen eigenen Staat!

Ja, sagte Alfred aufgebracht, so kommt das in der Welt an. Auch die Presse überschlägt sich. Offenbar hat keiner die Rede von Abbas gehört. Er hat kein Wort von den Hamas-Raketen gesagt, dafür nur von israelischer Aggression und von Märtyrern gesprochen. Er hat Israel als rassistisch und kolonialistisch bezeichnet. Und behauptet, Israel würde ethnische Säuberungen vornehmen!

Moritz nickte und sagte dann:

Erst am Schluss meinte er, er wolle Israel damit nicht »delegitimieren«!

Müssen Sie alles schlechtreden, meinte Zamira. Warum gönnen Sie uns nicht unseren Staat?

Sie haben noch keinen eigenen Staat, sagte Moritz, sondern einen Beobachterstatus.

Und Alfred fügte an:

Das ist nur eine Formsache, mehr nicht.

Ich verstehe, dass Ihnen das nicht gefällt, sagte sie lächelnd.

Sie irren, ich habe kein Problem damit.

Aber wir können sie jetzt anklagen, wegen Kriegsverbrechen.

Wir sie auch, meinte Alfred.

Richtig verstanden, ich bin nicht unglücklich über diese

Entwicklung, sagte Moritz daraufhin. Vor allem müssen die Palästinenser jetzt beweisen, dass sie es ernst meinen mit dem Frieden und dass sie Israel anerkennen. Aus Terroristen müssen Politiker werden.

Genau. Ich bin gespannt, wie sich Herr Abbas gegenüber der Hamas verhält, denn das ist das viel größere Dilemma für ihn. Er muss sein Volk einigen und den Einfluss der Hamas und damit des Iran beenden. Na, viel Spaß!

Ich bin optimistisch, sagte Zamira, Israel muss jetzt aufhören mit den Siedlungen.

Moritz setzte sein Frühstück fort.

Wenn es nach mir ginge, hätten wir morgen Frieden, sagte Alfred.

Stimmt.

Sie lächelte und schaute die Brüder Kleefeld an.

Alle müssen sich an einen Tisch setzen. So wie wir.

Moritz spürte, wie Wut in ihm hochkam. Er beobachtete seinen Bruder, der sich für den Konzertabend mit Zamira zurechtmachte. Zuerst hatte er fröhlich singend und pfeifend Stunden im Bad verbracht, dann war er alle zwei Sekunden zu Moritz gekommen, der zuerst seinen Anzug, dann das Hemd und schließlich die Fliege begutachten musste.

Oder soll ich nicht besser eine Krawatte nehmen?

Ist doch egal.

Was bist du so mürrisch?

Bin nicht mürrisch. Es geht mir nicht gut.

Was ist mit dir?

Weiß auch nicht.

Du bist eifersüchtig, weil ich mit Zamira ausgehe!

Unsinn. Hältst du mich wirklich für so kindisch?

Ja!

Dann war Zamira erschienen und sah aus wie eine arabische Prinzessin!

Sie trug das schwarze Kleid, das sie bei ihren Konzerten getragen hatte, wie sie erzählte, darüber einen glitzernden orientalischen Schal und in ihrem glänzenden schwarzen Haar eine silberne Spange.

Wie sehe ich aus?, fragte sie Moritz ganz arglos.

Bevor der antworten konnte, sagte Alfred:

Sie sehen aus wie eine Granate!

Moritz hatte nur noch die Chance, mit seiner angegriffenen Gesundheit zu kontern, und so riet ihm Zamira besorgt, sich hinzulegen. Sie war dann noch rasch nach oben gelaufen, um ihren kleinen Fernseher zu holen, den sie ihm ins Schlafzimmer stellte, damit er im Bett bleiben konnte. Moritz hatte nicht vor, im Bett fernzusehen, es war der Anfang vom Ende, wie er meinte, alte Leute würden dann gar nicht mehr aus den Federn kommen. Aber auf 3sat war eine Sendung über Eric Kandel angekündigt, die wollte er sehen.

Er wünschte den beiden zähneknirschend viel Vergnügen.

Alfred hatte sich lang nicht mehr so gut gefühlt wie in diesem Moment, als er mit Zamira an seiner Seite am Opernplatz aus der U-Bahn-Station kam. Immer wieder musste er sie anschauen und bewundern. Als sie zum Opernhaus kamen und Alfred die Karten herausfingerte, blieben sie stehen.

Als Junge bin ich fast täglich an diesem Haus vorbeigegangen, es war eine Ruine damals. Es gab einen hohen Bretterzaun drum herum, damit niemand einsteigen konnte. Ich hätte es mir nie träumen lassen, dass man es je wieder so glanzvoll herrichten könnte. Wunderbar.

Von wann ist es?

Ich glaube um 1880.

Dem Wahren Schönen Guten, las Zamira die Schrift auf der Fassade.

Ja, das ist ein Fehler, sagte Alfred verschmitzt, es muss natürlich heißen: Die schönen guten Waren!

Etwas später saßen sie nebeneinander und lauschten dem Gastkonzert der Staatskapelle Dresden. Es begann mit der Ouvertüre zu Tannhäuser.

Boa! Richard Wagner! Wenn das der Herr Feld wüsste, flüsterte Zamira.

Alfred beugte sich zu ihr.

Das bleibt unser Geheimnis, meine Venus!

Er wollte ihre Hand nehmen, aber sie zog sie weg.

Herr Klee! Aufhören oder ich schreie, sagte sie gespielt böse.

Alfred grinste wie ein Vampir, kam nah an ihren Hals und flüsterte mit Grabesstimme:

Hier kann Sie keiner hören, meine Schöne! Wagner ist laut!

Er tat so, als würde er sie beißen.

Sie kicherte.

Da kam aus der Reihe hinter ihnen eine männliche Stimme:

Benehmen Sie sich! Machen Sie das zu Hause!

Alfred drehte sich zu dem Mann um und sagte:

Geht nicht, da sind meine Eltern!

27

Kurz bevor sie zu Hause ankamen, begann es zu schneien. Zamira hatte sich bei Alfred untergehakt, was er als angenehm empfand.

Kennen Sie die Geschichte? Also, da ist ein Konzert, sagte er, während er die Haustür aufschloss und ihr den Vortritt ließ, und plötzlich ruft einer aus dem zweiten Rang: Ist ein Arzt hier? Der Dirigent stoppt sofort das Orchester. Wieder ruft der von oben: Ist ein Arzt hier? Da steht einer im Parkett auf, schaut hoch und ruft: Ich bin Arzt! Da ruft der Mann von oben: Schönes Konzert, Kollege, nicht?

Zamira lachte und begab sich dann zu Moritz' Zimmer, aus dem Licht auf den Flur fiel.

Herr Feld? Sind Sie noch wach?

Moritz lag mit geschlossenen Augen wie tot in den Kissen.

Großer Gott! Herr Feld!

Sie rüttelt an ihm. Er öffnete die Augen, stöhnte und griff sich ans Herz.

Von hinten rief Alfred:

Ich rufe Perlmann!

Nein, sagte Moritz mit schwacher Stimme, nur einen Tee und Baldrian, bitte.

Mach ich, rief Zamira und eilte aus dem Zimmer.

Der Fernseher lief stumm in der Ecke.

Alfred setzte sich zu seinem Bruder aufs Bett.

Lass mich Marian rufen, vielleicht ist es wieder eine Angina Pectoris?

Was heißt »vielleicht«! Es ist eine Angina Pectoris! So habe ich mich aufgeregt.

Was regst du dich auf?

Moritz wütend:

Der Prinz zeigt dem kleinen arabischen Aschenputtel die feine Welt!

Du bist ein potz, weißt du das?

Alfred war sauer, aber Moritz ließ nicht locker:

Zufällig sehe ich die Hessenschau, wann guck ich sonst Hessenschau? Und was bringen Sie? Einen Bericht von den Proben und was höre ich? Wagner! Es ist ein Wagner-Abend!

Na und?

Na und? Ausgerechnet zu diesem Rischeskopp musst du sie ausführen. Zu diesem Stück Dreck! Das ist Faschismus in Reinkultur. Wie kann dir etwas gefallen, das Hitler gefallen hat?

Alfred war fassungslos.

Weißt du, was ich glaube? Du hast keine Herzattacke, sondern einen Schlag! Ein Mensch soll sich so aufregen?

Sein Bruder ließ nicht locker.

Und dann höre ich auch noch »Tannhäuser«, dieser Zuckerpuderquatsch mit Schleimsoße! Venus! Grotte! Das sind die eingeklemmten Eier von Herrn Wagner!

Zamira kam wieder ins Zimmer.

Bitte, regen Sie sich nicht auf, Herr Feld!

Ich rege mich nicht auf, sagte Moritz und zeigte auf Alfred, er regt mich auf!

Hier. Baldriantropfen. Mahler, sagte sie, liebe ich mehr als Wagner!

Hören Sie auf mit Ihren frommen Lügen, sagte Moritz.
Er trank seine Medizin und stand auf.
Ihr habt mich hintergangen.
Herr Feld! Ich habe nicht gewusst, dass es ein Wagner-Abend ist.
Alfred wurde laut:
Du bist nicht bei Trost! Was machst du für ein Theater! Meinst du, ich weiß nicht, um was es hier eigentlich geht?
Er zeigte auf Zamira, die unsicher an der Tür stand, während sich Moritz seinen Bademantel anzog.
Um sie geht es! Du bist eifersüchtig! Du hast wieder einmal gegen mich verloren und das bringt dich um den Verstand. Ja, wir haben einen schönen Abend verbracht, Zamira und ich. Und wir werden noch viele schöne Abende miteinander verbringen!
Zamira rief von hinten:
Herr Klee, hören Sie auf!
Sie begann zu weinen und rannte dann aus dem Zimmer.
Siehst du, was du anrichtest, rief Moritz. Dir geht es ja nur um das Mädchen, du eitler Pfau! Du kannst es nicht ertragen abzublitzen. Deshalb wendest du alle Tricks an und schreckst noch nicht einmal vor Wagner zurück! Das ist Verrat!
Die Standuhr schlug elf.
Alfred wurde laut:
Du gehst mir dermaßen auf die Nerven, mit deiner Scheiß-Psychologie! Und deinen Belehrungen. Ja, gerade du kennst dich aus. Dein Leben lang hattest du diese frigide Person um dich, ein einziges Mal bist du fremdgegangen mit dieser Hawaiianerin, die man dir noch ins Bett gelegt hat, denn allein hättest du sie nicht aufgerissen und du willst mir …
Ich verbiete dir, so mit mir zu reden! Was erlaubst du dir?

Moritz verließ wütend das Schlafzimmer und begab sich in den Salon.

Sein Bruder lief ihm hinterher und ließ nicht locker.

Ich sag dir noch mehr, du bist ein spießiger Kleingeist! Und du hast keine Eier. Das wusste schon Mom!

Mom! Natürlich! Das musste ja kommen. Sie hat dich nie durchschaut, sie ist immer wieder auf deine billigen Tricks reingefallen. Sie konntest du um den Finger wickeln. Sie hat dir deine Ammenmärchen geglaubt.

Alfred sah ihn kalt an.

Sie hat mich lieber gehabt, das ist wahr! Und willst du wissen, warum? Da, wo andere ein Herz haben, hast du ein Fachbuch! Und dann hast du noch diese raffgierige Frau geheiratet, die über Leichen ging. Aber sie hatte Geld. Du hast deine Seele verkauft. Mom hat sich oft bei mir ausgeweint.

Moritz sah seinen Bruder fast mitleidig an.

Ich habe mich niemals auf deine Kosten profiliert. Aber bei dir ist das schon ein Charakterzug. Du kannst nur glänzen, indem du andere runtermachst. Weil du selbst nichts zu bieten hast.

Sie hören Professor Moritz Kleefeld, den weltberühmten Psychologen! Ich werde dir was sagen: Du warst ja noch nicht mal in der Lage, dir selbst zu helfen. Erst hat dich Mom unterdrückt, dann hat dich deine Frau unterdrückt, dann die Stöcklein …

Moritz unterbrach:

… und jetzt werde ich von dir unterdrückt. Das willst du doch sagen!

Exakt!, rief Alfred. Du bist nämlich genau der Mensch, den man unterdrücken muss! Du bist das geborene Opfer. Du bist einer, der sich nicht wehrt. Das reizt einfach dazu, dich zu quälen. Das ist so, wie mit den Nazis und den Juden!

Dein Zynismus ist grenzenlos, pfui Teufel, bist du billig! Was bildest du dir denn ein? Lebst hier auf meine Kosten, spielst den großen Herrn und was hast du zustande gebracht in deinem Leben? Ein kleiner, mieser Schauspieler warst du, eine Knallcharge in ein paar Drecksfilmen. Ein aufgeblasener nebbich, sonst nichts! Heute protzt du mit deiner angeblichen Karriere und deinem Internet-Wissen.

Alfred sah ihn überheblich an.

Du kannst mich nicht verletzen.

Sitzt den ganzen Tag vor seinem Computer, Herr Wichtig! Der große Autor schreibt seine Memoiren! Billiger Quatsch, der keinen interessiert. Wer soll das lesen, hn? Die Erinnerungen eines unterbelichteten Schauspielers. Mein Leben als Null!

Ja, deine Bücher gehen ja toll!, giftete Alfred. Vierundachtzig Stück verkauft im letzten Jahr, wow! Gratuliere! Seit Jahren recycelst du dich selbst, eine einzige Wichserei. Du merkst ja noch nicht einmal, wie lächerlich du dich machst mit deinen verstaubten Thesen. Psychologie der Masse! Wen interessiert das heute noch? Nach dem Holocaust weiß jeder Idiot, wie das funktioniert, da brauch ich nicht die abgestandenen Weisheiten von einem Moritz Kleefeld, dem Mann, der vor fünfzig Jahren schon unmodern war. Der sich eine Lücke geschaffen hat, die er selbst ausfüllt, immer und immer wieder. Seit Jahren derselbe Mist. Damit kannst du vielleicht ein paar ahnungslose Frankfurter Witwen beeindrucken, die dich dann für den Kulturpreis empfehlen. Du bist eine Witzfigur, nur sagt es dir keiner.

Moritz war tief gekränkt. Er versuchte, ruhig zu wirken, als er sagte:

Geh bitte. Ich will dich nicht mehr hier haben, in meinem Haus.

Du kannst mir nicht drohen, ich werde dein verschissenes Haus so schnell wie möglich verlassen, rief Alfred, lieber verrecke ich in der Gosse, als noch einen Tag länger hier zu sein.

Moritz schrie plötzlich los:

Ja, geh doch! Geh in die Gosse, wo du hingehörst, du Bastard!

Für Alfred war dieses letzte Wort ein solcher Schock, dass er meinte, den Boden unter den Füßen zu verlieren und ins Schwarze zu fallen. Er sah seinen Bruder einen kurzen Augenblick mit weit aufgerissenen Augen an, dann stürzte er aus dem Zimmer.

Während er zur Haustür rannte, hörte er Moritz rufen:

Freddy, bleib hier, es tut mir leid! Es war nicht so gemeint!

Als Moritz aufgeregt zur offenen Tür kam, sah er nur noch die Schneeflocken, die in dieser kalten Nacht vom Himmel fielen.

Er blieb einen Augenblick unschlüssig stehen, dann lief er rasch an die Treppe und rief dabei: Zamira!

Sie kam heruntergelaufen.

Was ist passiert?

Mein Bruder, brachte Moritz mit schwerer Stimme hervor, wir haben uns furchtbar gestritten und dann ist er aus dem Haus gelaufen. So wie er war, ohne Mantel. Bei diesem Wetter. Wir müssen ihn finden.

Alfred war gelaufen und gelaufen, bevor ihm bewusst wurde, dass er immer noch seine leichten, geflochtenen Halbschuhe anhatte. Ein paar Mal wäre er beinah gestürzt, der frische Schnee war rutschig. Jetzt begann er auch zu frieren, seine

Socken wurden nass und die Kälte zog langsam die klamme Hose hinauf. Der eisige Wind pfiff durch sein leichtes Sakko und das Hemd. Das T-Shirt darunter war nur ein schwacher Schutz.

Du Bastard, so klang es ihm noch im Ohr, das war unverzeihlich. Dass Moritz je so etwas sagen würde, hätte er niemals für möglich gehalten. Aber es bewies, wie er im Grunde seines Herzens dachte. Wir sind doch Brüder, hatte er getönt, egal wer unsere Väter sind! Diese Verlogenheit. Natürlich hielt sich Moritz für etwas Besseres. Er war das reinrassige Produkt aus der edlen Linie der Kleefelds und Alfred nur das unselige Kind eines armen Wäschevertreters. Das Erzeugnis einer durchzechten Nacht in einer billigen Absteige in Paris. Hätte es ein Bidet gegeben, wäre er nicht auf der Welt!

Mit einem Mal befand sich Alfred am Eingang des Grüneburgparks. Wie seltsam still und friedlich die Welt wurde, sobald Schnee fiel. Alfred ging noch ein paar Schritte, dann fand er einen einsamen Plastikstuhl, der umgekippt am Rand der Wiese lag, ein letztes Rudiment des vergangenen Sommers. Er hob ihn an, klopfte ihn ab und setzte sich. Er starrte auf die Wiese, in die Bäume, deren Äste langsam weiß wurden.

Warum hast du mir das nie gesagt?, schrie er seine Mutter am Telefon an. Er stand in einer der zahllosen Telefonzellen am Hauptbahnhof, die eine lange Reihe bildeten und ständig besetzt waren. Unruhig hatte er mit viel Kleingeld in der Hand gewartet, bis eine frei geworden war. Dann hatte er die Nummer in Cap Ferrat gewählt, wo sie sich nach ihrer Operation aufhielt. Ihre Freunde hatten darauf bestanden, dass sie sich erst bei ihnen erholen sollte, bevor sie in ihre Wohnung nach Nizza zurückkehrte.

Freddy, Liebling, sagte sie, ich kann jetzt nicht so reden, das verstehst du doch, aber wir sollten uns bald sehen, damit ich dir alles erklären kann.

Nein, sagte er kalt, ich will jetzt wissen, warum du mich mein ganzes Leben belogen hast!

Ich wollte dich nicht belügen, aber der Zeitpunkt, dir die Wahrheit zu sagen, ist immer weiter fortgerückt. Zuerst, als ich schwanger war, hatte ich wirklich keine Ahnung, ob David oder dein Vater, sorry, Louis Kleefeld ...

Das ist ja toll, sagte Alfred.

... aber dann kamst du auf die Welt und trotz der schweren Zeit war Louis glücklich, du hast uns Hoffnung gegeben, Moritz war auch so stolz auf seinen kleinen Bruder ...

Er spürte, dass sie weinte, als sie weitersprach.

Dann brach der Krieg aus. Louis kam ins KZ. Hätte ich sagen sollen: Ach, übrigens, bevor du gehst, ich bin nicht ganz sicher, ob Alfred dein Sohn ist?

Alfred schwieg.

Bist du noch da?, fragte sie.

Ja, sagte er.

Erst als wir in Amerika waren, wurdest du David immer ähnlicher. Körperlich, der Tonfall, der Humor. Ich hatte kaum mehr Zweifel. Aber David war in Europa verschollen. Es gab keinen Grund, diesen Verdacht zu äußern, verstehst du?

Weiter.

Als ich dann David nach dem Krieg wiederfand, wollte ich die Harmonie, die es zwischen dir und Moritz gab, nicht unnötig belasten und auch mein Verhältnis zu David ...

Das verstehe ich nicht. Wieso konntest du uns nicht die Wahrheit sagen? Oder wenigstens Onkel David.

Genau deshalb. Weil er jetzt euer beider Onkel war. Ich war davon überzeugt, dass ich euer gutes Verhältnis zerstören würde. Der Vater von Moritz war tot, du solltest plötzlich einen haben! Wie konnte das gut gehen? Es gab den toten Louis Kleefeld und ihr wart seine Söhne. Aus. Schluss. Das gefiel mir.

Es gefiel ihr!, dachte er. Na wunderbar!

Aber wie konntest du damit klarkommen, David und mich miteinander zu erleben? Du hast uns um jeden Tag unseres Lebens betrogen, hast uns die Chance genommen, Vater und Sohn zu sein.

Du hast recht, und es tut mir so leid. Das musst du mir glauben. Aber, bitte, lass uns persönlich darüber sprechen, nicht am Telefon. Gib mir die Chance. Ich will dich sehen. Freddy?

Aber ich will dich nicht sehen. Er hängte den Hörer ein.

Genau einen Monat später, im Februar 1972, befand sich Alfred auf dem Gelände der Universität von Berkeley und suchte das Büro von Professor Kleefeld.

Moritz' Sekretärin Miss Harris bot ihm einen Kaffee an und bat ihn, einen Moment zu warten, der Professor würde gleich eintreffen.

Und so war es auch. Moritz, lange Haare, Schnauzbart, sechsunddreißig Jahre alt, ein wenig Mark Spitz, betrat sein überladenes Zimmer und nahm den kleinen Bruder, der größer war als er, in die Arme. Miss Harris schloss diskret hinter den beiden die Tür.

Freddy, erzähl, wie geht es dir?, fragte er, während er sich an seinen Schreibtisch setzte und Alfred sich einen Stuhl heranzog.

Danke, könnte mir besser gehen.

Einer meiner Studenten ist ein gewisser Ron Zanuck. Sein Onkel ist ein big shot in Hollywood. Ich kann mal mit ihm reden, wer weiß?

Mach dir keine Sorgen, was den Job betrifft, bin ich zufrieden. Ich bin wegen Mom hier.

Ja, sie ist kryptisch am Telefon, sagte Moritz, hat mich gefragt, ob und wann wir miteinander gesprochen hätten und so. Was ist los?

Als ich vor einem Monat den Nachlass von Onkel David verpackt habe, bin ich zufällig auf einen Brief gestoßen.

Was für einen Brief?

Ein Brief von Mom an David.

Und?

In diesem Brief gestand sie ihm, dass ...

Was? Sag schon! Moritz wurde ungeduldig.

... dass Onkel David mein Vater ist!

Moritz starrte seinen Bruder an.

Nein! Sag, dass das nicht wahr ist, rief er.

Es ist aber so, wir sind nur noch Halbbrüder, sorry.

Ist sie sicher?

Anfangs war sie wohl unsicher, es ist in Paris passiert, 1937. Aber dann in New York, als ich größer wurde, war sie davon überzeugt, dass er mein Vater ist.

Bitch!, rief Moritz und sprang auf.

So weit wollte Alfred nun nicht gehen.

Immerhin hat sie ihn geliebt. Und wenn es nicht passiert wäre, dann gäbe es mich nicht.

Es klang wie eine Entschuldigung.

Moritz lief in seinem Büro hin und her.

Warum rückt sie so spät damit raus?

Sie sagt, sie wollte unser Verhältnis nicht gefährden.

Quatsch, das hätte doch nichts verändert, oder?

Nein, bestätigte Alfred.

Das ist verantwortungslos. Sie hat keine Ahnung, was das für dich bedeutet. Für mich auch, aber für dich ist das hochdramatisch. Freddy, du hast über dreißig Jahre ein falsches Leben gelebt. Du hast ein Recht, die Wahrheit zu kennen, zu wissen, wo du herkommst, wo deine Wurzeln sind.

Stimmt, meinte Alfred.

Und wir sitzen jahrelang mit Onkel David am Tisch und spielen Schach und sind ahnungslos. Und er auch. Fuck!

Er schlug mit der Faust gegen die Wand.

Sie hat uns betrogen, das ist unverzeihlich!

Er ging zurück zum Schreibtisch und machte sich eine Notiz.

Ich werde ihr schreiben.

Was wirst du ihr schreiben?

Sie will im Sommer herkommen. Wir haben vor, zusammen runter nach Santa Barbara zu fahren. Aber ich will sie nicht sehen!

Langsam fuhr Zamira mit dem Mercedes die verschneiten Straßen des Westends ab, die Wischer auf volle Kraft, die Nase an der Windschutzscheibe, die Scheinwerfer aufgeblendet. In jeder Kurve geriet der schwere Wagen aus der Spur, die Hinterreifen drehten immer wieder durch.

Herr Klee, sagte sie laut zu sich, wo sind Sie?

Kettenhofweg, Savignystraße, Westendstraße. An der Beethovenstraße hatte sie kurz gehalten und einen einsamen

Radfahrer gefragt, ob der nicht einen älteren Herrn gesehen habe, der durch die Straßen irrte. Der Mann konnte nicht weiterhelfen. Zamira überquerte die Bockenheimer Landstraße, und als sie langsam am Nebeneingang des Palmengartens vorbeifuhr, gab sie plötzlich Gas.

Sie erreichte den dunklen Park, lief zur Wiese, sah ihn dort im Stuhl sitzen. Wie eine Skulptur. Er war völlig eingeschneit. Sein Kinn war auf die Brust gesunken.

Herr Klee, rief sie und schüttelte ihn, sodass der Schnee von seinen Haaren fiel, sind Sie verrückt?

Sie wollte ihm auf die Beine helfen, aber er fiel in den Schnee. Wieder und immer wieder versuchte sie, ihn hochzuziehen. Schließlich schaffte sie es, er wankte, war wie betrunken, legte seinen Arm um ihre Schulter.

Wieso machen Sie den Quatsch? Das ist Wahnsinn!

Alfred blieb stumm, stapfte mechanisch und ohne jede Reaktion neben ihr her.

Alfred lag warm eingepackt, gut versorgt mit Tee und Aspirin in seinem Bett. Moritz hatte sich große Sorgen gemacht und Zamira gebeten, Doktor Perlmann zu rufen, aber Alfred hatte protestiert, er wolle keinen Arzt sehen.

Als Zamira das Zimmer verlassen hatte, zog sich Moritz einen Stuhl an Alfreds Bett und setzte sich. Vorsichtig berührte er die Hand seines Bruders, die immer noch kalt war. Er nahm sie in seine Hände.

Freddy, es tut mir so leid, ich wollte das nicht, es hat sich so hochgeschaukelt, aber du sollst wissen, dass ich dich liebe, du bist doch mein kleiner Bruder.

Alfred hatte die Augen geschlossen und schwieg.

Ich weiß, es ist unverzeihlich, wie ich dich beleidigt habe.

Verzeih mir, bitte. Lass uns weiter zusammenbleiben. Es ist schön mit dir. Ich schwör's. Okay, ab und zu fetzen wir uns, das kommt vor, aber wir sind doch Brüder. Echte Brüder. Seit du hier bist, ist mein Leben viel reicher geworden. Ich freue mich jeden Morgen, dich zu sehen. Ich liebe deinen sarkastischen Humor, auch deinen Blick auf das Leben und auf die Welt.

Alfred lag weiter reglos. Vorsichtig, als wäre er zerbrechlich, strich ihm Moritz übers Haar.

Ich habe mich nicht gut benommen. Ich habe dich beleidigt, das tut mir so leid. Verzeihst du mir?

Erwartungsvoll sah er seinen Bruder an.

Ja, hörte er Alfred leise sagen, der kaum die Lippen bewegt hatte.

Moritz legte seinen Kopf auf Alfreds Brust und sagte:

Du hast recht. Ich bin ein Feigling und ein Opportunist!

Ich verbiete dir, so von meinem Bruder zu sprechen, flüsterte Alfred.

Moritz spürte Alfreds Hand auf seinem Haar. Er begann zu weinen. Nach ein paar Minuten setzte er sich wieder aufrecht hin, schnäuzte sich in sein weißes Taschentuch, wischte die Tränen ab.

Ehrlich gesagt, ich war immer verdammt neidisch auf dich. Du warst groß, sportlich und extrovertiert. Du hattest immer Erfolg bei den Mädchen. Kaum waren wir im Schwimmbad, schon hattest du deine Groupies um dich geschart. In der Synagoge schauten die jungen Frauen nicht zur Thora, sie sahen dich an. Wie gern wäre ich in deiner Theatertruppe in der Gemeinde dabei gewesen, nicht wegen Sartre, sondern wegen der Mädchen. Wegen Milly oder Juliette. Und im zionistischen Jugendlager warst du auch der Crack. Meine einzige

Waffe war mein Intellekt oder was ich dafür hielt oder was ich nach außen hin vorgab zu besitzen. Und bis heute ist es nicht anders. Du bist der Frauenschwarm, der Paradiesvogel.

Er stand auf.

Du hast recht. Ich habe mich unterdrücken lassen, aber ich habe mich auch selbst unterdrückt. Mein ganzes Leben habe ich meine wahren Bedürfnisse unterdrückt. Konventionen, Spielregeln und Etikette waren mir wichtiger als mein persönliches Wohlempfinden. Ich habe nie auf den Tisch gehauen! Klar, ich habe es genossen, verehrt, bewundert und gelobt zu werden. Aber das ist normal, geht doch jedem so. Geht dir auch so, oder? Du hättest gern den Oscar. Denn du findest, du hättest ihn verdient. Wir können gar nicht existieren, ohne das Bild, das wir uns von uns selbst machen. So objektiv ist niemand. Es wäre auch gefährlich. Stell dir vor, ein schmock würde sagen, wow, bin ich ein schmock!

Moritz glaubte, ein leichtes Lächeln auf Alfreds Gesicht zu erkennen, und setzte sich wieder zu ihm ans Bett.

Ach, Freddy, mein Freddy, sag mir, warum zwei gescheite Menschen wie wir plötzlich zu Neandertalern werden, sich anspucken, an den Haaren ziehen und sich am Ende die Keulen auf die Köpfe hauen. Was sorgt dafür, dass da plötzlich ein Schalter umgelegt wird, verdeckt von jahrtausendealtem Staub und Spinnweben? Wir können zwar in die Gehirne schauen, uns die Regionen, die Nervenzellen, die Synapsen, die Eiweiße und Aminosäuren ansehen, aber warum wir so oder so reagieren, das bleibt uns verborgen.

Alfred war eingeschlafen. Moritz erhob sich langsam. Alles würde wieder gut werden.

28

Am Morgen hatte Alfred eine Erkältung, was niemanden überraschte. Er hustete stark. Zamira versorgte ihn mit heißer Zitrone und er nahm wieder ein Aspirin. Moritz kam und entschuldigte sich noch einmal für sein schlechtes Benehmen.

Das hast du doch schon heute Nacht getan, sagte Alfred schwach.

Ich wusste nicht, ob du das erinnerst.

Das Telefon klingelte und Zamira kam und gab es an Moritz weiter. Es war Norma. Später würde sich Moritz dafür verfluchen, dass er die Erkältung seines Bruders erwähnte, denn eine Stunde später standen Norma und Halina in der Tür. Moritz saß an Alfreds Bett, als Norma das Kommando übernahm. Sie hatte ein Huhn gekauft und bestimmte, dass sofort eine Hühnersuppe gekocht werden müsse, das beste Mittel gegen Erkältung, jüdisches Penicillin, wie sie es nannte.

Eine Minute später hörte man Geschrei aus der Küche und Moritz lief nach vorne, um nachzusehen, was geschehen war.

Das ist meine Küche!, schrie Zamira.

Norma und Halina standen ihr wie zwei wild gewordene Hyänen gegenüber. Norma hielt das kalte, nackte Huhn in der Hand und fuchtelte damit herum.

Was erlauben Sie sich, schrie Norma zurück, Sie haben doch keine Ahnung von Hühnersuppe!

Ich koche hier und sonst niemand!

Ja, ihren arabischen Fraß können Sie gern kochen, schrie

Halina, aber überlassen Sie uns die Hühnersuppe. Hühnersuppe muss man können. Das ist jüdische Tradition!

Was ist denn das für ein Hühnerstall?

Moritz war in die Küche gekommen.

Lieber, säuselte Norma, ich wollte eurem Dienstmädchen nur Arbeit abnehmen …

Bin ich kein Dienstmädchen und muss man mir keine Arbeit abnehmen!

Es gibt keinen Grund, warum Sie sich hier so aufführen, sagte Norma, was bilden Sie sich ein! Muss ich mir das gefallen lassen? Dass ich hier angeschnauzt werde von dieser, dieser …

Moritz wollte schlichten. Aber er kam nicht dazu, denn in der Tür stand jetzt Alfred. Er war schwach und lehnte sich an den Türrahmen. Er sagte mit gebrochener Stimme:

Norma, Halina, geht jetzt bitte. Wir kommen gut ohne euch zurecht.

Wir wollten dir eine Hühnersuppe machen, sagte Norma.

Und Halina säuselte:

Wir haben es doch nur gut gemeint.

Niemand kocht so eine erstklassige Hühnersuppe wie Zamira, sagte Alfred. Stimmt's, Moritz?

Das ist wahr, sagte sein Bruder.

Norma knallte das Huhn auf den Küchentisch. Wortlos verließ sie mit Halina die Küche. Bevor Moritz den beiden Frauen hinterhergehen konnte, waren sie aus dem Haus und die Tür fiel laut ins Schloss.

Alfred legte seinen Arm um Zamiras Schulter, stützte sich auf sie und so schlurfte er neben ihr her zurück in sein Zimmer.

Danke, Herr Klee.

Herr Feld! Professor!

Zamira rüttelte ihn wach.

Was ist los?, fragte Moritz verschlafen und setzte sich auf. Er hatte sich im Salon zum Mittagsschlaf zurückgezogen.

Ich mache mir Sorgen um Ihren Bruder. Ich glaube, es geht ihm schlechter. Er hat hohes Fieber. Und Schmerzen.

Wo?

Im Unterleib.

Dann sagte sie leise:

Er hat Pipi ins Bett gemacht.

Rufen Sie Doktor Perlmann!

Er ist schon unterwegs, sagte sie, bevor sie den Salon verließ.

Moritz zog seine Schuhe an und lief zum Zimmer seines Bruders.

Alfreds Gesicht war rot und glühend heiß. Er stöhnte. Er schwitzte stark. Er war in einem bedauernswerten Zustand.

Moritz stand hilflos neben dem Bett.

Du hast dir eine schwere Erkältung geholt, kein Wunder, sagte er.

Alfred versuchte zu sprechen, nickte dann nur.

Perlmann wird gleich da sein. Da ist er schon.

Er drehte sich um, hörte den Arzt bereits auf dem Flur mit Zamira reden.

Dann betrat der Doktor das Zimmer und begann, Alfred zu untersuchen.

Er fühlte seinen Puls.

Tut es hier weh?

Der Doktor drehte sich zu Zamira und Moritz um, die besorgt in der Ecke standen, und sagte:

Raus!

Sie hatten etwa fünf Minuten im Flur gewartet, als Perlmann aus dem Zimmer kam und sagte:

Zamira, packen Sie ein paar Sachen, frische Wäsche, sein Necessaire, ich habe die Ambulanz gerufen. Er muss sofort in die Klinik.

Zamira war schon losgerannt.

Was ist es?, fragte Moritz besorgt.

Es ist eine Blasenentzündung, wenn du mich fragst. Ich befürchte, die Nieren sind angegriffen, wegen des hohen Fiebers. Ziehende Schmerzen in den Flanken. Und schneidendes Wasser, wie wir sagen. Zamira hat mir erzählt, was heute Nacht los war, meinte der Doktor, ihr seid nicht ganz dicht!

Okay, wir hatten Streit, aber dass er einfach rausrennt …

Du musst doch am besten wissen, was Menschen machen, wenn sie außer sich sind, oder? Sie machen immer das Undenkbare.

Moritz nickte wie ein ertappter Schuljunge.

Sanitäter kamen mit einer Trage.

Währenddessen suchte Moritz hektisch die Versicherungsunterlagen seines Bruders. Er war ziemlich durcheinander, wie Perlmann feststellte. Der Arzt hielt Moritz zurück und rief in seiner Praxis an und bat seine Mitarbeiterin, Alfreds Patientendaten an die Klink zu mailen.

Als Moritz sich rasch anziehen wollte, schlug ihm Zamira vor, dass sie Alfred allein in die Klinik begleiten würde. Moritz war nicht unglücklich hierzubleiben. Er spürte, dass ihn das alles sehr belastete. Er ging zum Fenster und beobachtete besorgt die Abfahrt des Krankenwagens. Es war unvorstellbar, was alles in wenigen Stunden passieren konnte, dachte er. Aus heiterem Himmel.

Alfred lag auf der Trage im Krankenwagen und hatte die Augen geschlossen. Er hustete stark. Zamira saß neben ihm, strich ihm über die Stirn, während sie die Fragen des Sanitäters nach Alfreds persönlichen Daten beantwortete, so gut sie es konnte. Immer wieder meldete sich auch Alfred mit schwacher Stimme, wenn nach Allergien oder spezifischen Besonderheiten des Patienten gefragt wurde.

Nach zwanzig Minuten waren sie in der Klinik.

Aufgeregt lief Moritz zur Tür, als er Zamira kommen hörte.

Was ist los?, fragte er.

Er hat ein schönes Zimmer. Nummer 616, Station VI.

Wie geht es ihm?

Er wird jetzt untersucht. Um fünf dürfen wir zu ihm.

Alfred hing am Tropf und hatte die Augen geschlossen. Er sprach mit schwacher Stimme und hustete zwischendurch.

Zamira saß an seinem Bett, Moritz stand hinter ihr.

Ich kriege Antibiotika und fiebersenkende Medikamente. Sie warten jetzt auf den Laborbefund. Sie wollen sich noch die Lunge anschauen.

Wie fühlst du dich?, fragte Moritz.

Schwach, ich habe Schmerzen. Habe mich schon besser gefühlt.

Das glaube ich.

Ich will nicht mehr pischen, weil es so brennt. Was habe ich immer gern gepischt!

Er öffnete die Augen und sah Zamira.

Verzeihen Sie, sagte er dann.

Sie dürfen alles sagen, Herr Klee. Hauptsache ist, Sie werden bald wieder gesund.

Moritz legte die FAZ auf den Nachttisch.

Sag, wenn du was brauchst. Willst du deinen Laptop?

Nein, sagte Alfred, ich will nur schlafen.

Moritz und Zamira waren beim Frühstück, als Perlmann klingelte. Zamira ließ ihn herein und er kam in die Küche. Moritz sah ihn fragend an.

Nu?

Ich habe mit dem Arzt gesprochen. Leider verdichtet sich der Verdacht, dass er sich eine Lungenentzündung geholt hat.

Um Gottes willen!

Er wird jetzt geröntgt. Vielleicht machen sie eine Lungenfunktionsprüfung, wenn er das schafft. Auf jeden Fall eine Blutgasanalyse. Das Problem ist sein schwaches Herz. Es ist groß, aber schwach. Der Blutdruck ist schon lange zu hoch, das Immunsystem ist unten.

Und was heißt das?

Man kann noch nichts sagen, aber wir haben jetzt einen Zweifrontenkrieg.

Verstehe.

Möchten Sie einen Kaffee?, fragte Zamira.

Gern, danke.

Moritz bekam feuchte Augen. Er stand plötzlich auf und verließ die Küche. Der Doktor und Zamira sahen sich an.

Die untergehende Wintersonne schien in Alfreds Krankenzimmer. Er lag im Bett und atmete angestrengt. Immer wieder war ein Brodeln zu hören. Er hustete stark.

Zamira kam vom Fenster und setzte sich neben ihn.

Warum wird es nicht besser?, fragte er.

Sie bekommen eine intensive antibiotische Therapie und

Ihr Körper muss sich sehr anstrengen. Das dauert. Man muss das behutsam machen, wegen Ihrem Herz.

Was Sie alles wissen, Zamira, flüsterte er.

Ja, ich weiß jetzt alles über Sie.

Eine Schwester kam ungestüm ins Zimmer.

Hallihallo! Ich bin Schwester Edith. So, Sie müssen jetzt mal raus, sagte sie zu Zamira, die aufstand.

Sind Sie eine Verwandte?, fragte die Schwester.

Noch bevor Zamira antworten konnte, sagte Alfred mit schwacher Stimme:

Sie ist meine Tochter …

Sie können gleich wieder rein, zu Ihrem Vater.

Zamira verließ den Raum.

Sie stand etwa eine Minute auf dem Flur, als sie Moritz sah, der aus dem Arztzimmer kam und sich verabschiedete. Er entdeckte Zamira und ging zu ihr.

Was sagt der Arzt?, fragte sie.

Er meint, die Antibiotika würden anschlagen. Das dauert naturgemäß immer etwas, bis sich die ersten Erfolge zeigen, aber es hat sich nicht verschlimmert, meinte er.

Na, sehen Sie, Herr Klee. Wird alles gut.

Er nahm sie in den Arm und drückte sie ein wenig.

Ja, morgen geht es ihm sicher schon besser.

Als sie am nächsten Tag in Alfreds Krankenzimmer kamen, war sein Bett leer! Zamira lief panisch auf den Flur, um herauszubekommen, was mit Alfred geschehen war. Nach zwei Minuten kehrte sie zu Moritz zurück.

Er ist auf der Intensivstation, sagte sie.

Eine halbe Stunde später standen sie beide in OP-Kleidung mit Mundschutz an Alfreds Bett. Er war an diverse Monitore angeschlossen, die Atmung, Kreislauf und Herzfrequenz kontrollierten. Er hing an einer Infusion. Alfreds Gesicht war kaum zu erkennen unter den Schläuchen des Beatmungsgerätes.

Ihr Bruder hat leider eine schwere akute Pneumonie, hatte ihnen vor ein paar Minuten der verantwortliche Arzt mitgeteilt.

Er hat eine Stauung in der Lunge, sodass wir ihn beatmen müssen. Sorgen macht uns sein Herz, deshalb müssen wir trotz aller gebotenen Eile behutsam vorgehen. Es kann jetzt ein paar Tage dauern, aber wir sind zuversichtlich, dass wir ihn wieder hinkriegen.

Danke, sagte Moritz erleichtert.

Als sie am Nachmittag des folgenden Tages auf der Intensivstation erschienen und an Alfreds Bett traten, waren sie erschüttert, dass sich Alfreds Zustand dramatisch verschlechtert hatte. Zamira beugte sich über ihn und verstand, dass er nach »Lupa« rief, seiner Hündin. Er schien verwirrt!

Es hatte sich eine pneumogene Sepsis eingestellt, die fraglos durch einen Beatmungskeim ausgelöst worden war. Es hatte, so wurde ihnen erklärt, ein Erregerwechsel stattgefunden und der jetzt vermutete Keim hatte sich »aufgepfropft«.

Moritz war sofort klar, dass trotz aller Umschreibung hier ein multiresistenter Krankenhauskeim im Spiel war, und bestand darauf, den Chefarzt zu sprechen.

Nach zehn Minuten stand Moritz in dessen Zimmer.

Nehmen Sie doch Platz, Professor, sagte der Chefarzt, aber Moritz wollte sich nicht setzen.

Es liegt hier eine schwere, ambulant erworbene Pneumonie vor, sagte Moritz. Mein Bruder hat einen septischen Schock erlitten. Haben Sie eine Erklärung, wie das passieren konnte?

Nun, eierte der Chefarzt herum, es kommt leider immer wieder vor, dass es bei einer akuten Pneumonie zu einer Superinfektion durch Beatmungskeime kommt. Das ist bedauerlich, aber nicht auszuschließen. Wenn Sie noch die schlechte Konstitution Ihres Bruders in Betracht ziehen, seine Herzinsuffizienz und sein Immundefizit, dann sind diese Patienten besonders anfällig.

Aber das weiß man doch. Gerade dann müsste man sorgfältiger arbeiten.

Gewiss, Professor, glauben Sie mir, wir tun alles in unserer Macht Stehende, damit Ihr Bruder diese Krise überwindet. Die Chancen sind nicht schlecht. Geben Sie uns etwas Zeit. Wir tun unser Bestes.

Zamira und Moritz saßen im Auto und waren auf dem Weg nach Hause.

Es ist verrückt, was einem alles so in den Sinn kommt, meinte Moritz, wenn man an einem Krankenbett steht. Plötzlich zieht das Leben vorbei. Ich sehe uns noch als Kinder in New York, mit unseren Baseballhandschuhen. Oder in Frankfurt. Alfred auf seinem Rennrad, auf das er so stolz war, er hatte es sich selbst verdient mit einem Ferienjob. Als ich mit der Uni anfing, bekam ich ein Moped, manchmal saß Alfred hinten drauf und wir knatterten über die Bockenheimer Landstraße. Kopfsteinpflaster. Bei Regen konnte es passieren, dass man in die Straßenbahnschienen rutschte und sich hinlegte. Oder ich sehe uns am Tisch meiner Mutter. Schokoladenpudding. Ich liebte die Haut, Alfred ekelte sich davor und ich konnte seine mitessen. Zamira, es ist so, als sei es gestern.

Es war spät geworden. Sie saßen im Salon und Moritz hatte einen alten Wein aus dem Keller geholt, ihn geöffnet und gesagt:
 So. Das ist ein Cos d'Estournel. Alfreds Lieblingswein. Den trinken wir jetzt auf seine Gesundheit.
 Sie hoben die Gläser und Moritz sagte: Freddy! Auf dein Wohl! Lechaim!
 Das Telefon klingelte und Zamira nahm es hoch. Sie schaute kurz auf das Display, dann sagte sie:
 Bei Kleefeld …

Er ist kurz vor Mitternacht friedlich eingeschlafen, sagte die Schwester, als sie die Tür öffnete.
 Moritz und Zamira traten in das kleine, karge Zimmer. Auf dem Bett lag Alfred in einem lächerlichen Krankenhausnachthemd und hatte die Hände gefaltet. Über ihm an der Wand hing ein Kruzifix. Links und rechts neben dem Bett brannten zwei Kerzen. Moritz war verärgert, als er zur Krankenschwester sagte:
 Lassen Sie uns allein!
 Verwundert verließ sie das Zimmer.
 Zamira stand in der Ecke und weinte, während Moritz die Kerzen ausblies, sich über das Bett beugte und das Kreuz von der Wand nahm. Er legte es gemeinsam mit dem neuen Testament, das auf dem Nachttisch lag, in eine Schublade.
 Helfen Sie mir bitte, sagte er zu Zamira, wir müssen ihn auf den Boden legen.
 Auf den Boden?

Ja, so macht man das bei uns. Bitte.

Er umklammerte Alfreds Oberkörper, während Zamira die Beine nahm. Unter großen Anstrengungen ließen sie ihn auf den Boden neben das Bett gleiten und legten ihn auf den Rücken.

Moritz löste Alfreds Hände voneinander. Er versuchte, ihm den Ring vom kleinen Finger zu ziehen. Als es nicht gelang, versuchte es Zamira. Sie schaffte es und gab ihn Moritz. Der hatte sich inzwischen in eine Ecke gekauert, die Knie angezogen und weinte herzzerreißend. Immer wieder rief er:

Ich habe ihn getötet. Ich bin Kain. Ich habe ihn auf dem Gewissen! Und dann habe ich ihn noch einsam sterben lassen, in seiner letzten Stunde! Warum?

Sie hockte sich neben ihn und nahm ihn in den Arm. Während sie ebenfalls in Tränen aufgelöst war, sagte sie:

Sie haben keine Schuld! Es ist das Schicksal.

Moritz schüttelte den Kopf.

Wegen mir musste er ins Krankenhaus und hier hat er sich den Tod geholt! Ich hätte sterben müssen, nicht er! Ich habe ihn umgebracht! Bastard habe ich zu ihm gesagt! Bastard!

Wieder konnte Moritz nicht mehr weitersprechen vor Schmerz und Trauer.

Herr Feld! Bastarde sind die besten Hunde. Sie sind klug und treu. Sie sind Lebenskünstler.

Ach, Zamira, rief Moritz schluchzend und legte seinen Kopf an ihre Schulter.

Es klopfte an der Tür und sie wurde gleichzeitig geöffnet. Zamira erhob sich. Dr. Perlmann kam ins Zimmer. Stumm gab er Moritz die Hand, der auf dem Boden sitzen blieb. Danach begrüßte er Zamira mit einem Kopfnicken. Einen Moment stand er vor dem toten Alfred, dann sagte er:

Die chewra kommt noch heute Nacht und holt ihn.
Danke, sagte Moritz.
Du brauchst zwei weiße Leinentücher, erklärte der Arzt, und einen talles und eine kippa.
Ich weiß, sagte Moritz, ich kümmere mich darum.

29

Es war ein nebliger, grauer Wintertag, die ideale Voraussetzung für eine Beerdigung. Nur wenige Menschen standen an dem offenen Grab, das neben dem von David Bermann ausgehoben worden war. Der Rabbiner hatte ein paar unpersönliche Worte gesagt und Moritz anschließend Kaddisch. Danach hatte der Rabbiner einen weiteren Riss in Alfreds Kaschmirschal gemacht, den Zamira zu Moritz' Überraschung heute Morgen herausgenommen hatte.

Danach kamen die Trauergäste zu Moritz und kondolierten ihm. Fast alle warfen einen irritierten, zögerlichen Blick zu Zamira, die neben ihm stand. Manche gaben ihr die Hand.

Eine halbe Stunde zuvor, in der Trauerhalle, hatten sich die meisten von ihnen diskret in eine der leeren Reihen gesetzt und über den Raum verteilt, lediglich Moritz und Zamira saßen in der ersten Reihe nebeneinander.

Irgendwann hatte sich Moritz erhoben, nachdem der Rabbiner ihn aufgefordert hatte, ein paar Worte zu sagen. Moritz schritt zum Pult und Zamira bemerkte sofort an seiner Haltung, dass hier nicht der Professor stand, sondern Herr Feld. Moritz begann leise:

Es liegt in der Natur des Alterns, dass man immer öfter und in kürzeren Abständen mit dem Tod anderer Menschen konfrontiert wird. Ich habe den Tod der Mutter, den meiner Frau, den Tod vieler Freunde erleben müssen. Aber nun ist mein Bruder gestorben und es zerreißt mir das Herz. Ich habe mich gefragt, warum es ausgerechnet sein Tod ist, der mich so ratlos und einsam zurücklässt. Wir haben die meiste Zeit unseres Lebens nicht miteinander verbracht, wir lebten in verschiedenen Ländern, hatten verschiedene Berufe. Und doch ist es so, als sei ein Teil meiner selbst gegangen. Alfred und ich waren ein gutes Gespann.

Wir haben dank unserer Mutter eine sorglose und freizügige Kindheit und Jugendzeit verbracht. Unser Verhältnis war, trotz aller typischen Konflikte, wirklich brüderlich. Und nach der langen Trennung haben wir uns schließlich als alte Männer wiedergefunden und uns entschlossen, gemeinsam zu leben. Das ist nicht leicht, wie sich jeder denken kann, denn man entwickelt im Laufe des Lebens Gewohnheiten, die anderen auf die Nerven fallen. Das war bei uns nicht anders, aber wir haben sie benannt. Wir haben dem anderen gesagt, was uns nicht passt. Es hat zwar nichts geändert, aber man wusste Bescheid.

Die Trauergäste lachten, während Moritz weitersprach:

Als mein Bruder Anfang des Jahres zu mir nach Frankfurt kam, war es so, Sie müssen mir das glauben, als sei keine Zeit vergangen. Wir waren wieder die beiden Jungs aus der Bockenheimer Landstraße und trotz aller Querelen habe ich die Zeit mit Alfred genossen. Er war ein humorvoller und kluger Mann, der einen klaren Blick für Menschen hatte. Das ist ihm sicher in seinem Beruf als Schauspieler zugutegekommen. Wenn wir ihn heute zu Grabe tragen, dann möchte ich gern, dass Sie ihn in Erinnerung behalten als einen besonderen Mann, der auf sympathische Weise stets in einer Ecke seiner Seele ein liebenswertes Kind geblieben ist, und genau das ist es, was mir nun, auch in mir selbst, verlorengegangen ist.

In den nächsten sieben Tagen hielt Moritz strikt die religiöse Trauerzeremonie ein, indem er tagsüber in Strümpfen auf einer Matratze saß, die im Salon auf dem Boden lag. Die Spiegel hatte er verhüllt und er rasierte sich nicht. Zweimal am Tag sagte er das Kaddischgebet und stets brannte ein Licht. Obwohl keine zehn erwachsenen Männer anwesend waren, das minjan, wie es üblicherweise bei Juden der Fall sein muss, wenn man gemeinsam betete. In der Trauerwoche erschienen zu Moritz' Freude doch einige Besucher und kondolierten. Neben Norma und Halina, die angenehm zurückhaltend waren, erschienen ein paar von Alfreds alten Freunden aus Kindertagen. Aus Zürich kam Juliette für einen Tag und Milly unterbrach ihre Reise von Washington nach Moskau und machte in Frankfurt Station. Trotz der Trauer wurde auch gelacht, besonders wenn man die Jugendzeit Revue passieren ließ. Irgendwann erschien ein junger Regisseur namens Ulf, der in einer Zeitung einen Nachruf gelesen hatte, und brachte die DVD mit Alfreds letztem Film vorbei. Dass Freddy Clay so plötzlich gestorben war, tat dem jungen Mann »ein Stück weit weh«, wie er sich sperrig ausdrückte. Moritz versprach dem Filmemacher, sich das Werk bei nächster Gelegenheit anzusehen.

Zamira betreute die Gäste mit Kuchen und Kaffee und am letzten Abend spielte sie gemeinsam mit Moritz das Adagio in g-Moll von Albinoni, das ursprünglich für Cello und Orgel geschrieben war.

Wie kitschig, hätte Alfred gesagt, aber sich doch gefreut.

Moritz weinte fast jede Nacht und machte sich weiterhin bitterste Vorwürfe, was er aber Zamira gegenüber verbarg, denn das hatte sie ihm verboten. Er hatte sich Alfreds Laptop in sein Arbeitszimmer genommen und mit Zamiras Hilfe fand er auch rasch das Passwort: Lupa! Er arbeitete sich durch die Adressen und informierte einige von Alfreds Bekannten über seinen Tod.

Er konnte seine Neugier nicht zügeln und las die ersten Seiten von Alfreds Memoiren. Bereits eine Passage aus dem Vorwort beeindruckte ihn:

Ich bin und bleibe ein Jude. Ich habe eine Judennase. Ich spreche mit jüdischem Tonfall, den ich geschickt unterdrücke. Mir fehlt es an Kultur, aber ich verdecke das durch zu viel Kultur. Ich bin rückwärtsgewandt, aber mache auf modern und progressiv. Ich bin gläubig, tarne mich aber als Atheist. Ich bin Kapitalist, aber mache auf Sozialist. Ich entspreche dem Bild, das die Welt von Juden hat.

Er telefonierte mit Harold, den er weiterhin Howard nannte, und bot ihm an, sich auszusuchen, was er an Andenken von seinem Vater haben wollte. Aber der Engländer hatte nicht die Absicht, noch einmal nach Frankfurt zu kommen, und interessierte sich nur für das Geld. So überwies ihm Moritz ohne jede Diskussion Alfreds Ersparnisse von 126 411,– Euro und überschrieb ihm ein kaum erwähnenswertes Aktiendepot bei der Banco di Roma. Alfreds Zimmer beließ er weitgehend unangetastet und Zamira putzte es regelmäßig und hielt es wie gehabt sauber und ordentlich.

Es hatte etwas gedauert, bis Moritz dazu bereit war, sich Alfreds letzten Film anzuschauen. Gemeinsam mit Zamira saß er im Salon und als der Film begann und Freddy Clay hinter dem Vorhang auftauchte, musste Moritz weinen. Zamira kam zu ihm, setzte sich auf die Lehne seines Sessels und nahm ihn in den Arm.

Ist das nicht wunderbar, dass er weiterlebt?, sagte sie.

Moritz nickte.

Ja, sagte er leise, er ist unsterblich.

Jetzt musste Zamira weinen und Moritz reichte ihr sein großes weißes Taschentuch.

Danke, Herr ... Kleefeld, sagte sie.

30

Moritz hatte seinen Bademantel an, kam vom Briefkasten, schlurfte ins Haus und knallte hinter sich die Tür zu. Er zog aus seiner Post einen Brief heraus, die anderen Kuverts und Zeitschriften warf er im unaufgeräumten Salon achtlos auf einen Papierhaufen, der den Steinway bereits überwucherte. Er ging in die Küche, die ebenfalls einen erbarmungswürdigen Eindruck machte. Schmutziges Geschirr stand in der Spüle, überall lag etwas herum. Moritz setze sich an den Tisch, schob Geschirr, Gläser und Besteck zur Seite und öffnete einen Briefumschlag, der eine exotische Briefmarke trug. Er entfaltete einen Brief und ein Foto fiel ihm entgegen. Er nahm es hoch und sah es an. Es waren eine Menge gut und zum Teil bunt angezogener Menschen zu sehen und in ihrer Mitte stand ein Brautpaar, das sich anlächelte: Zamira und Hamed!

Moritz schaute sich das Foto noch einen Moment gedankenverloren an, erhob sich und befestigte es an dem überladenen Pinboard, das in der Ecke hing.

Er sah auf die Küchenuhr, es war halb zwölf. Er ging zum Herd, nahm einen Topf, füllte ihn mit Wasser und zündete das Gas an. Er nahm etwas Salz und warf es ins Wasser. Dann suchte er nach Nudeln und fand schließlich ein Päckchen Spaghetti. Er wollte es gerade öffnen, als es an der Tür läutete. Er machte den Herd aus, verließ die Küche und ging zur Haustür. Als er sie öffnete, stand Frau Stöcklein vor ihm!

Frau Stöcklein!

Herr Professor!

Und nach einer Schrecksekunde sagte sie:

Wie sehen Sie denn aus?

Moritz trug einen ansehnlichen Bart, denn er hatte sich seit Alfreds Tod nicht mehr rasiert. So war es Brauch bei gläubigen Juden während des Trauerjahrs.

Ich war gerade in der Gegend, sagte sie.

Schön. Kommen Sie rein.

Sie betrat den Flur und sah sich um.

Ich putze nicht jeden Tag.

Das sehe ich, sagte sie.

Während sie in Richtung Küche gingen, fragte er:

Nun, wie gefällt es Ihnen im Vogelsberg?

Ach, wissen Sie, Alt und Jung, das geht nicht gut zusammen.

Frau Stöcklein erschrak, als sie die Küche sah. Sie zog wortlos ihre Strickjacke aus und begab sich zur Spüle.

Was machen Sie da?, wollte Moritz zuerst sagen, aber dann hielt er sich zurück.

Glossar

Affidavit beglaubigte Bürgschaftserklärung für Flüchtlinge
aschkenasisch urspr. nach deutschem Ritus, heute mittel- und osteuropäisch
Batja bat Shlomo Juden haben oft auch einen jüd. Namen, *Batja*: Tocher des Salomon *Michuel ben Mendel* jüd. Name des Autors: Michael, Sohn des Mendel
beganeft beklaut, von *ganef*: Ganove
Bienvenue à bord! frz.: Willkommen an Bord!
Bonne anniversaire! frz.: Alles Gute zum Geburtstag!
broche hebr.: *bracha* Segensspruch
broche-schmoche iron., indem bei Wortwiederholung ein »Schm…« vorgesetzt wird
challe Mohnzopf aus Weizenmehl
Chanukka Lichterfest mit dem siebenarmigen Leuchter
Chassid ein Frommer
C'est tout. Das ist alles.
Chewra Kaddischa der Beerdigungsverein
chochem Schlaumeier
comme il faut frz.: wie es sich gehört
cuisine juive frz.: die jüdische Küche

djihad arab.: der Heilige Krieg
ejzes Ratschläge, Sing. *ejze*
effche vielleicht
emmes wirklich, tatsächlich, in der Tat
eppes etwas
fils à papa frz.: verwöhntes Söhnchen
fleischig nur für Fleischgerichte
ganef Ganove, Dieb
goj hebr.: Nichtjude
gojete Nichtjüdin
gojisch nicht jüdisch
Greyhound US-Überlandbusgesellschaft
halal arab.: erlaubt, zulässig
Halva orient. Nachspeise aus Ölsamen, Zucker, Honig, Mandeln etc.
… hamauzi lechem min ha'arez … der Du das Brot auf die Erde bringst
Jahrzeit Todestag eines Verwandten, an dem man trad. eine Kerze anzündet
jecke deutscher Jude
jeckepotz doofer Deutscher
Je m'en fou! frz.: Das ist mir wurscht!
Jerushalajim hebr.: Jerusalem

jid Jude, Plur. *Jidn*
Jom Kippur Versöhnungsfest, Fasttag, höchster jüd. Feiertag
kaddisch hebr.: das Totengebet
kallike ein Wehleidiger
kefiah arab.: viereckiges Kopftuch mit Karomuster und Fransen
Kibbuzim hebr.: Versammlung, Kibbuz: ländliches, selbstverwaltetes Kollektiv
kick Blick, Guck!
kippa Käppchen
klären nachdenken, reflektieren, schlussfolgern
klafte böses Weib, von »kläffen«
kol hakavot hebr., im Sinne von Gut gemacht!
koscher hebr.: *kascher* rein, erlaubte Lebensmittel/Gegenstände sind koscher
Kreppel umgangssprachlich im Frankfurter Raum für Krapfen, Berliner
Lechaim! hebr.: Auf das Leben! Trinkspruch wie Prost!
lewaje Beerdigung
lockschn Nudeln
Mazl tov! Viel Glück!, hebr.: *Mazl tov!*
Mazl und broche Glück und Segen
Menora der siebenarmige Chanukkaleuchter
meschugge verrückt, durchgeknallt, auch: *meschigge*
meshiach hebr.: der Messias
mesusah Hülse mit Segensspruch am Türpfosten

mezije günstige Gelegenheit
Miesnik von Adj. »mies« mit der russ. Nachsilbe -*nik*: männlich
mikwe das rituelle Tauchbad, meist eine Quelle im Kellergewölbe
milchig nur für Milchgerichte und Eier
minjan die erforderlichen zehn Erwachsenen zum Beten
mizwah gute Tat
Moische jidd. für Moses, auch Moritz
Monsieur le rabbin frz.: Herr Rabbiner
Morgue Leichenschauhaus
naqba arab.: Katastrophe
nebbich bemitleidenswert, auch Subst.: ein *nebbich*, Bemitleidenswerter
nudnik humorloser Langweiler, Besserwisser, Nervensäge
omejn hebr.: Amen
Pessach Das Fest erinnert an den Auszug der Juden aus Ägypten.
pischen pissen
potz Depp, Trottel
rachmunes Mitleid, auch: bemitleidenswerter Mensch
rattlesnake area Klapperschlangen-Gebiet
Rebbe Rabbiner
Rebbezen die Frau des Rabbiners (»wie bei der *Rebbezen* im Bett« heißt: »wie bei Hempels unterm Sofa«)
risches Antisemitismus
Rischeskopp: Antisemit

Rosh Hashana   hebr.: Kopf des Jahres, das jüd. Neujahrsfest im Herbst

Sabre   hebr.: *sabra* Kaktusfrucht, außen stachlig, innen süß, Synonym für im Land geborene Israelis

Schabbes   Sabbath

schammes   Synagogendiener

schicker   betrunken

schil   auch: *schul*, jidd. für Synagoge, Schule

schlamassel   Unglück, auch Unglücklicher, von *mazl*: Glück

schluf   Schlaf, Verb: *schlufen*, schlafen

schmock!   Schwanz, unangenehmer Mensch

schmonzes   Geschwätz, leeres Gewäsch, Sing. *schmonze*

schmusen   schwätzen

sephardisch   ursprüngl. nach südeuropäischem oder orientalischem Ritus

Shalom!   hebr.: Friede! Täglicher Gruß, arab.: *Salam!*

shma jisrael   hebr.: Höre Israel, das wichtigste Gebet, analog dem Vaterunser

Spielt a roll!   Spielt doch keine Rolle!

talles   hebr.: Tallith, Gebetsschal

tefillin   Gebetsriemen für fromme Juden beim Morgengebet

the riot   engl.: der Aufruhr

trejfe   nicht koscher

überchochmezt   übertrieben wichtig, überschlau (s. *chochem*)

Verveine   frz.: Eisenkraut, dt.: Verbene

WIZO   Women's International Zionist Organization (NGO)

Ya allah, chnu heda?   Arab.: Mein Gott, was ist das denn?

Originalausgabe
1. Auflage 2013
© by Arche Literatur Verlag AG, Zürich–Hamburg, 2013
Alle Rechte vorbehalten

Lektorat: Anke Apelt, Hamburg
Umschlag: Kathrin Steigerwald, Hamburg
Umschlagmotiv: [M] © plainpicture/Jan Baldwin;
gettyimages/Vetta/Joshua Blake
Satz: Pinkuin Satz und Datentechnik, Berlin
Druck und Bindung: CPI – Clausen & Bosse, Leck
Printed in Germany
ISBN 978-3-7160-2693-9

www.arche-verlag.com

Band 1 und 2
der legendären

»So ein Buch habe ich noch nie gelesen. Es ist zwar traurig, aber man lacht sich immer wieder kringelig dank dieses typisch jüdischen Überlebenshumors.«
Annemarie Stoltenberg, *NDR Kultur*

Michel Bergmann
Die Teilacher
288 Seiten. Gebunden
19,90 € [D]/ 20,50 € [A]
ISBN 978-3-7160-2628-1

»Teilacher«-Trilogie

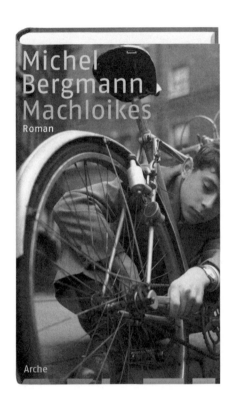

Michel Bergmann
Machloikes
336 Seiten. Gebunden
19,90 € [D] / 20,50 € [A]
ISBN 978-3-7160-2666-3

»Ein tolldreister, turbulenter, virtuos erzählter Schelmenroman über die abenteuerlichen Anfänge jüdischen Lebens in Deutschland nach dem Zweiten Weltkrieg.«
　　　　Hajo Steinert, *Tages-Anzeiger*

ARCHE Literatur Verlag